J. S. Scott
Entfesselte Leidenschaft

AF177265

Das Buch

In »Entfesselte Leidenschaft« wird die Liebesgeschichte von Kara und Simon erzählt. Das Buch setzt sich aus vier Kurzgeschichten zusammen, die alle in diesem Band enthalten sind.

Schwesternschülerin und Teilzeitkellnerin Kara Foster ist vom Glück verlassen, denn ihre ohnehin schon aussichtslose finanzielle Lage erfährt einen massiven Schlag, der sie garantiert obdachlos machen wird. Da kann nur noch ein Wunder helfen, und das naht von unbekannter, unwahrscheinlicher und überwältigender Seite. Milliardär Simon Hudson macht Kara ein Angebot, das sie unmöglich ablehnen kann. Andererseits macht es ihr Angst, ein solches Entgegenkommen von einem Mann anzunehmen, den sie nicht kennt. Wird der attraktive, aber dominante Milliardär wirklich die Lösung ihrer Probleme sein oder wird er letztendlich ihr Leben drastisch verkomplizieren und ihr seelisches Gleichgewicht ins Wanken bringen?

Die Autorin

J. S. Scott ist eine Bestsellerautorin pikanter Liebesromane. Sie ist eine begeisterte Leserin von Büchern und Literatur jeglicher Art. J. S. Scott schreibt, was sie selbst gerne liest, und das sind zeitgenössische sowie paranormale erotische Liebesgeschichten. Sie handeln meistens von dominanten Männern und haben ein Happy End, denn so schreibt sie sie einfach am liebsten!

J. S. SCOTT

Entfesselte
Leidenschaft

Übersetzt von Katja Rudnik

amazoncrossing 🌐

Die Originalausgabe erschien 2013 unter dem Titel
»The Billionaire's Obsession« im Selbstverlag.

Deutsche Erstveröffentlichung bei
AmazonCrossing, Amazon Media E.U. Sàrl
5 Rue Plaetis, L-2338, Luxembourg
April 2015

Umschlaggestaltung: bürosüd⁰ München, www.buerosued.de
Umschlagmotiv: © Getty Images, 483317269
Lektorat: Hilke Bemm M.A.
Satz: Monika Daimer, www.buch-macher.de

Printed in Germany
By Amazon Distribution GmbH
Amazonstraße 1
04347 Leipzig, Germany

ISBN: 978-1-503-94478-7

www.amazon.com/crossing

Inhalt

ERSTES BUCH

Heute Nacht gehörst du mir

Kapitel 1

Simon Hudson stand still in einer verborgenen Ecke der opulenten Lobby. Er hatte die Hände in die Taschen seiner Jeans gesteckt und lehnte mit einer Schulter am Rahmen eines zur Straße zeigenden großen Fensters. Seine Körperhaltung war angespannt und die dunkelbraunen Augen suchten den Bürgersteig mit der angestrengten, absoluten Konzentration eines Wahnsinnigen ab.

Wo zum Teufel ist sie? Es ist Viertel vor elf.

Er wusste, dass Kara heute Abend arbeitete. Sie hatte sich die letzten beiden Abende krankgemeldet, war heute aber wieder in Helen's Place, wo sie in der Spätschicht kellnerte. Er hatte das überprüft. Seiner Mutter gehörte das Bistro, in dem Kara arbeitete, und sie war im Allgemeinen ziemlich entgegenkommend mit Auskünften, wenn Simon danach verlangte. Allerdings war er vorsichtig. Wenn er das nicht wäre, würde sein einziger Elternteil ihn so lange verfolgen, bis er wüsste, wozu Simon die Informationen über Kara brauchte. Seine wunderbare, aber neugierige Mutter würde ihm wie ein Bluthund auf den Fersen sein, wenn sie vermutete, dass Simons Interesse nicht nur beiläufiger Art war. Sie würde ihm ständig in den Ohren liegen, um genau herauszufinden, welche Absichten er in Bezug auf Kara hatte.

Simon runzelte die Stirn. Als ob er irgendwelche Absichten hätte! Er hatte Fantasien, in denen Kara ausgestreckt auf seinem Bett lag und seinen Namen schrie, während er sie immer wieder zum Höhepunkt brachte.

Simon holte tief Luft und atmete langsam wieder aus, damit sich sein Körper entspannte. Er musste verrückt sein, sagte er sich, sonst würde er nicht Abend für Abend an genau derselben Stelle nach einer Frau Ausschau halten, die er noch nie offiziell getroffen hatte. Doch hier stand er wieder ... sein Rücken dem neugierigen Portier zugewendet, und stierte lüstern aus dem Fenster wie ein geistesgestörter Stalker, der darauf wartete, einen flüchtigen Blick auf Kara Foster zu werfen. Irgendetwas an der Frau brachte merkwürdige, besitzergreifende und beschützende Instinkte in Simon hervor, die ihn hier festhielten, Wache haltend und darauf wartend, dass sie auf dem Weg von der Arbeit nach Hause an seinem Apartmentblock vorbeikam.

Und wenn er sie dann entdeckte, machte er dasselbe wie immer. Er folgte ihr mit einem Abstand, der sie keinen Verdacht schöpfen ließ, und wartete, bis sie sicher an ihrem Apartment ankam und hinter der Tür verschwand. Dann drehte sich Simon um und ging nach Hause.

Er redete nicht mit ihr oder näherte sich ihr gar. Das hatte er nie getan. Es war nicht so, dass er es nicht wollte, aber Kara ging zur Krankenpflegeschule und arbeitete Vollzeit im Restaurant seiner Mutter. Die hatte erzählt, dass Kara sich hartnäckig weigerte, mit jemandem auszugehen, denn sie hatte keine Zeit oder Energie für eine Beziehung. Vielleicht hatte sie Recht. Die verrückte Frau schlief nicht genug, aß nicht genug. Es gab noch nicht einmal jemanden, der sich um sie sorgte, außer Simons Mutter ... und Simon. Verdammt, im letzten Jahr hatte sich Simon wahrscheinlich mehr um Karas Wohlergehen gesorgt, als ein Dutzend Familienmitglieder das getan hätten, und er konnte sie noch nicht einmal als eine Freundin bezeichnen. Das

Problem war ... er war kein Familienmitglied und seine Gefühle waren weit davon entfernt, brüderlich zu sein.

Mein Gott, sie war so süß!

Simon musste ein frustriertes Stöhnen unterdrücken bei dem Gedanken daran, als er Kara das erste Mal gesehen hatte. Blaue Augen, in denen der Schalk aufblitzte, schwarze seidige Ringellocken, die sich aus dem Pferdeschwanz gelöst hatten, den sie ständig trug, und ein geschmeidiger Körper, der sich im Restaurant seiner Mutter graziös von Tisch zu Tisch bewegte. Auch im Alter von achtundzwanzig Jahren hatte sie sich einen unschuldigen und verletzlichen Blick bewahrt, der Simon unbeabsichtigt in seinen Bann gezogen hatte. Seitdem kam er nicht mehr von ihr los.

Seine Mutter sprach von Kara, als wäre sie ihre Tochter, und Simon wusste, dass Kara und seine Mutter eine besondere Verbindung zueinander hatten, die nicht auf Blutsverwandtschaft beruhte, sondern auf einer speziellen Freundschaft. Scheiße ... wenn Kara jünger wäre, da war sich Simon ziemlich sicher, hätte seine Mutter sie adoptiert. Mit leicht zuckenden Mundwinkeln hoffte er, dass seine Mutter nie erwartet hätte, er wäre wie ein Bruder zu Kara gewesen. Das wäre nicht passiert. Jedes Mal, wenn er sie sah, stand sein Schwanz stramm, steinhart und bereit. Was zum Teufel hatte diese besondere Frau an sich, das ihn so kribbelig und nervös machte?

Simon hatte Frauen gefickt, die attraktiver oder niveauvoller waren, und keine einzige davon hatte je Gefühle in ihm hervorgerufen. Er war ein Einzelgänger, der seine Zeit lieber vor dem Computer verbrachte, als gesellschaftliche Veranstaltungen zu besuchen, doch es gab Zeiten, in denen er die Gesellschaft einer Frau brauchte, um sich körperliche Erleichterung zu verschaffen. Gelegentlich selbst Hand an sich zu legen reichte nicht aus. Simon hatte gewisse weibliche Bekannte für solche Gelegenheiten. Frauen, die ihm ohne viele Ansprüche und Fragen die Kontrolle überließen, die er im Schlafzimmer brauchte und haben musste. Verdammt noch mal! Das hatte ihm gereicht ... bis er Kara entdeckte.

Den Blick auf die Straße geheftet, verzog Simon das Gesicht, schob seine Hände tiefer in die Taschen und veränderte seine Position, indem er seiner Schulter eine Pause gönnte und sich stattdessen mit der Hüfte an der Wand abstützte. Mein Gott, er war bemitleidenswert. Wie lange würde er sich nach einer Frau sehnen, die ihn noch nie zur Kenntnis genommen hatte? Bis sie die Krankenpflegeschule beendet hatte und wegzog? Bis sie heiratete?

Fast stöhnte er bei dem Gedanken daran, dass die Hände eines anderen Mannes Karas himmlischen Körper berühren könnten. Simon kämpfte gegen einen ausgesprochen archaischen Trieb an, der bei diesem Gedanken in ihm aufstieg.

Sie gehört nicht dir, Arschloch. Nimm dich zusammen.

Zum ersten Mal in seinem Leben wünschte sich Simon, er wäre mehr wie sein älterer Bruder Sam, die andere Hälfte der Hudson Corporation. Sam hätte keine Probleme damit, sich an Kara heranzumachen. *Bezaubern, erobern und entsorgen* war immer der Stil seines Bruders gewesen, und Sam hätte keinen Gedanken an die Möglichkeit einer Ablehnung verschwendet. Wahrscheinlich weil Sam nie erfolglos war! Sein einziger Bruder verbrauchte die weibliche Bevölkerung wie jemand mit einer schlimmen Erkältung Papiertaschentücher. Sam hätte Karas Widerstand gebrochen, sie um den Finger gewickelt und dann wegen einer neuen Eroberung ausrangiert.

Oh, verdammt, nein! Simon liebte seinen Bruder, doch er sollte verdammt sein, wenn er je zuließe, dass Sam Kara verführte. Er wollte noch nicht einmal, dass die beiden im selben Raum waren.

Weil sie mir gehört.

Simon schüttelte überrascht über sein eigenes Verhalten den Kopf. Jaaa ... er mochte Kontrolle, brauchte genau genommen Kontrolle, doch er hatte nie eine bestimmte Frau gewollt. Jetzt konnte er an fast nichts anderes denken als an die hübsche Kellnerin, die vor einem Jahr seine Aufmerksamkeit erregt hatte.

Du hast Angst vor ihr.

Simon blickte bei diesem Gedanken finster drein. Den Teufel hatte er! Er hatte vor nichts Angst, und er fürchtete sich garantiert nicht vor Kara Foster. Sie war nur ... keine geeignete Liebhaberin. Aber warum sich darüber Gedanken machen?

Er fickte.

Er wollte keine Beziehung.

Und er mochte das so.

Sein Bruder Sam war das Gesicht der Firma, der Marketingfachmann. Simon war der Computerfreak und glücklich, im Hintergrund bleiben zu können. Was wusste er darüber, wie man eine Frau verführte? Er musste nie eine Frau in sein Bett zwingen. Die weiblichen Wesen, die er fickte, waren nur wegen ihres persönlichen Vorteils mit ihm zusammen. Er war als großzügiger Liebhaber bekannt und nicht so dumm zu glauben, dass sie irgendwelche persönlichen Gefühle für ihn hegten. Das verstand er, und damit konnte er umgehen.

Vielleicht muss ich einfach einen Weg finden, sie zu ficken, und über diese verrückte Besessenheit hinwegkommen.

Wäre das genug? Könnte er sich tatsächlich von der Fixierung auf diese Frau befreien, wenn er einen Weg fand, sie zu bekommen?

Herrgott! Er musste etwas tun. Seine absurde Beschäftigung mit Kara war im vergangenen Jahr schlimmer und schlimmer geworden und hatte dazu geführt, dass er keine andere Frau, nur sie, gewollt hatte. Seit gut einem Jahr hatte er sich selbst beholfen und es mit keiner mehr getrieben. Dieses Bedürfnis musste endlich gestillt werden. Doch es ging nicht. Wenn er in

Versuchung geriet, zu handeln und eine andere Frau anzurufen, sah er Karas hübsches Mädchen-von-nebenan-Gesicht vor sich und legte den Telefonhörer wieder auf.

Ich bin so verdammt besessen von ihr!

Simons Blick fiel auf eine sich nähernde Gestalt, doch sein Verstand klickte die schwarzhaarige Frau fast sofort wieder weg, die einen kurzen schwarzen Minirock und einen leuchtend roten Pulli trug. Er hatte Kara nie in etwas anderem als Jeans und T-Shirt mit Restaurantlogo gesehen, die legere Standardkleidung für die Angestellten im Bistro seiner Mutter.

Simon musste zweimal hingucken, während die Frau näherkam, und riss den Mund auf, als er ihr Gesicht erkannte. Himmelherrgott! Es war Kara. Sie war nahe genug, dass er ihre äußere Erscheinung sehen konnte, dasselbe Gesicht, das ihn jede verdammte Nacht in seinen feuchten Träumen heimsuchte, aber die Kleidung ...

Was zum Teufel trägt sie da?

Simon konnte fast jeden Zentimeter ihrer langen, schlanken, wohlgeformten Beine in dem ultrakurzen Minirock sehen, und das ganze Outfit zog sich wie ein Handschuh über ihre Brüste, den Oberkörper und den Arsch. Sein Schwanz nahm sofort stramme Haltung an, und Simon zog seine Hände aus den Hosentaschen. Sie ballten sich zu Fäusten, und eine Schweißperle lief über sein Gesicht. Gefolgt von einer weiteren. Und noch einer.

Gottverdammt! Was dachte sie sich dabei? In dem Aufzug bettelte sie praktisch darum, dass ein Mann sie von der Straße wegschnappte.

Und bei Gott, er würde dieser Mann sein. Diese Gelegenheit würde er keinem anderen Kerl überlassen, einem, der ihr womöglich wehtat.

War ihr nicht klar, dass das hier Tampa war? Eine Großstadt! Kein kleines Städtchen, wo sie sich nachts auf den Straßen bewegen konnte und nicht bemerkt oder angequatscht wurde.

Simon öffnete eine Faust und hielt sich am Fensterrahmen fest, wobei er die sich nähernde Frau zu keiner Zeit aus den Augen ließ. Er biss die Zähne zusammen und wusste, dass heute der Tag war, an dem er nah an sie herankommen musste, näher als je zuvor. Er konnte mit diesen animalischen, ungezügelten Gefühlen nicht mehr umgehen. Er mochte sie nicht, war nicht an sie gewöhnt. Alles, was er wollte, war seine Vernunft zurück, damit er sich wieder an seinen Computer setzen konnte, um seiner Leidenschaft, dem Entwickeln von Computerspielen, nachgehen zu können, ohne dass sein Verstand von erotischen Gedanken an Kara vernebelt wurde.

Verstand. Vernunft. Kontrolle. So funktionierte Simon, und das brauchte er, um wieder er selbst zu sein. Und verdammt noch mal, er musste zu seinem normalen Geisteszustand zurückkehren, egal, welche drastischen Maßnahmen nötig waren, um das zu erreichen. Irgendwie musste er sich von diesem unglaublich albernen und rasenden Verlangen nach Kara Foster befreien.

Entschlossen stieß sich Simon vom Fensterrahmen ab und stellte sich aufrecht hin. Eine Art Maske legte sich über sein Gesicht, das nun frei von Emotionen war. Darin war er gut. Er war in einem Bezirk von Los Angeles aufgewachsen, den die meisten normalen Leute mieden. Ein Ort, an dem man vernichtet wurde, wenn man schwach, begriffsstutzig oder in irgendeiner Weise labil war. Nicht zuletzt war Simon Hudson ein Überlebenskünstler. Mit maskenhaftem Gesichtsausdruck riss er seinen Blick vom Fenster los, bog scharf um die Ecke und ging entschlossen auf die Tür zu.

Kara Foster hatte einen richtig schlechten Tag gehabt! Sie rückte die Gurte ihres Rucksacks zurecht und griff nach dem Saum ihres lächerlich kurzen Rocks, den sie energisch nach unten zog, um ihren Arsch zu bedecken. Die Sachen hatten an ihrer Klassenkameradin großartig ausgesehen, aber Lisa war auch etliche Zentimeter kleiner und sieben Jahre jünger als

Kara. Leider sahen sie an Karas längerem und fülligerem Körper nicht ganz so vorteilhaft aus. Der Pulli spannte über ihren üppigen Brüsten, und der Rock war so verdammt kurz, dass er kaum ihre Arschbacken verbarg.

Kara war eine mit allen Wassern gewaschene Frau, die im schlimmsten Bezirk von Tampa aufgewachsen war und durch die dort gemachte Erfahrung bisher unbeschadet durchs Leben gekommen war. Sie wusste, wie sie sich schützen musste und wie sie ungewollte Aufmerksamkeit vermied. Verdammt, und wieso stolzierte sie dann in einem Outfit herum, das sie ganz sicher in Schwierigkeiten bringen würde?

Bescheuert, Kara. Richtig, richtig bescheuert.

Mit gerunzelter Stirn zwang sich Kara, weiterzugehen. Kein Problem. Sie befand sich in einem anständigen Bezirk. Da war es egal, dass sie aussah wie ein Betthäschen in Turnschuhen. Noch acht Blocks, dann war sie zu Hause, konnte endlich diese alberne Kleidung ausziehen und in ihre eigenen bequemen Jeans und ein T-Shirt schlüpfen.

Kara stieß einen Seufzer aus, während sie sich ausschließlich darauf konzentrierte, ihr winziges Apartment zu erreichen, das sie sich mit einer anderen Studentin teilte. Ihre Beine waren kalt, und sie zitterte. Sie beschleunigte ihre Schritte, um warm zu werden. Es war Januar in Tampa, und während es tagsüber recht angenehm war, wurde es nachts kühl. Sie hätte eine Jacke mitnehmen sollen, aber heute Morgen war sie spät dran gewesen. Kara hatte nicht vorgehabt, ihre Beine zu entblößen und mit ihrem Hinterteil in der kühlen Brise herumzuwackeln.

Der Tag ist fast vorbei.

Gott sei Dank! Sie hatte am frühen Vormittag Kaffee auf ihre Jeans und ihr T-Shirt geschüttet. Da Kara vor ihrer Arbeit keine Zeit gehabt hatte, nach Hause zu gehen und sich umzuziehen, hatte sie dankbar das Angebot ihrer Klassenkameradin Lisa angenommen, die immer mit Wechselkleidung im Auto unterwegs war und ihr diese angeboten hatte. Es war nicht so, dass Kara die Liebenswürdigkeit ihrer Mitschülerin nicht schätzte. Das tat sie durchaus. Sie wünschte sich nur, sie könnte die Kleidung mit der gleichen Haltung tragen wie Lisa. Doch ... das konnte sie nicht. Kara war daran gewöhnt, unauffällig aufzutreten, und schämte sich nun, dass sie wahrscheinlich einem Callgirl mit falschen Schuhen glich. Deshalb war sie den ganzen Tag und Abend mit leicht geröteten Wangen herumgelaufen und hatte es verzweifelt vermieden, sich vorzubeugen.

Als sie im Restaurant angekommen war, um ihre Schicht anzutreten, hatte ihre nette Chefin, Helen Hudson, Mitleid mit ihr gehabt, war in die Schubladen abgetaucht und hatte eine Schürze zutage gefördert, die bis zu Karas Knien reichte und ihren entblößten Hintern bedeckte.

Kara wünschte sich, sie hätte die Schürze anbehalten, als sie mit mehr als einem Hauch von Frustration erneut am Saum des eng anliegenden Rockes zerrte und hoffte, dass sie nicht mehr als entblößte Oberschenkel zur Schau stellte.

Kara war entkräftet, und ihr Magen knurrte. Bei der Arbeit war so viel losgewesen, dass sie sich nicht die Zeit genommen hatte, etwas zu essen. In dem kleinen, gemütlichen Restaurant war mehr Betrieb gewesen als üblicherweise, denn es war Freitagabend. Kara war dankbar gewesen für die vielen Gäste. Das Trinkgeld in ihrem Rucksack war alles, was zwischen ihr und ihrem völlig leeren Bankkonto stand. Vielleicht konnte sie mit den paar zusätzlichen Dollars ein paar Lebensmittel kaufen. Die Schränke zu Hause waren leer, und ihre Mitbewohnerin schien finanziell noch schlechter dazustehen als Kara. Lydia kaufte nie etwas zu essen, und was auch immer Kara anbrachte, verschwand schnell.

Das letzte Semester! Du schaffst das.

Verdammt ... es waren vier lange Jahre gewesen, und Kara fühlte sich viel älter als sie mit ihren achtundzwanzig Jahren wirklich war. Tatsächlich fühlte sie sich nur noch alt. Punkt! Die meisten ihrer Klassenkameradinnen waren kaum volljährig und redeten ständig von College-Partys, während Kara nur überlegte, wie sie durch den Tag kam, um wieder einen Schritt näher am Abschlussexamen zu sein.

Kara hatte mit achtzehn Jahren ihre Eltern bei einem Verkehrsunfall verloren und war seitdem ziemlich viel allein. Nachdem sie mehrere Jahre als Kellnerin gearbeitet hatte und ihr Verdienst kaum ausreichte, um zu überleben, war ihr klar geworden, dass sie genau zwei Möglichkeiten hatte. Entweder sie ging aufs College oder kämpfte sich ohne Aussicht auf das Ende der Armut weiterhin durchs Leben.

Sie hatte die Entscheidung, aufs College zu gehen, nie bereut. Doch es war schwer gewesen, ein mühsamer und einsamer Weg, der fast geschafft war, wofür sie nur dankbar sein konnte.

Du schaffst das. Bist fast am Ziel!

Als der Bürgersteig sich zu neigen schien und die Bilder vor Karas Augen verschwammen, blieb sie abrupt stehen. Oh Scheiße! Sie streckte die Hand aus, um sich an einem Laternenmast festzuhalten, während in ihrem Kopf alles durcheinandergewirbelt wurde und ihr Körper zitterte. Der Schwindelanfall machte es ihr unmöglich, sich weiter fortzubewegen.

Verdammt! Ich hätte mir Zeit zum Essen nehmen sollen.

»Kara!« Der tiefe, sachliche Bariton drang zu ihrem benebelten Verstand vor. Die Stimme klang schroff, doch es war beruhigend zu wissen, dass irgendjemand, der sie kannte, hier war.

Kara verstärkte ihren Griff um den Metallpfosten, schüttelte den Kopf in dem Versuch, den Nebel zu vertreiben, der ihr die Sicht nahm, und zwang sich, nicht auf dem kalten Pflaster des Bürgersteigs das Bewusstsein zu verlieren, während ihr Körper bedenklich schwankte und sich auf den Fall vorbereitete.

Kapitel 2

»Herrgott, Sie sehen fürchterlich aus!« Dieselbe Stimme, ungeduldig und heiser, drang zu Karas in Dunst gehüllten Verstand
vor, und sie spürte, wie zwei feste, muskulöse Arme sie hoch-
hoben und gegen eine kräftige, steinharte Brust drückten.

Warm ... so warm. Kara schmiegte sich instinktiv an die
kräftige, wärmeproduzierende Gestalt, versuchte, durch die
fremde Körperwärme ihre eigenen durchgefrorenen Muskeln
zu lockern.

Sie legte ihren Kopf, in dem sich immer noch alles drehte,
gegen eine sehr breite, sehr feste Schulter und seufzte, als der
mysteriöse Mann durch eine Reihe von Türen in ein warmes
Gebäude ging. Ihr Verstand sagte ihr, dass sie sich gegen den
fremden Mann, dessen Stimme sie nicht erkannte, wehren und
sich von ihm losreißen sollte, doch Kara hatte nicht die Kraft
dazu.

Sie nahm das *Pling* der Fahrstuhlklingel zur Kenntnis,
und ihr Magen rebellierte, als die stählerne Kabine abrupt
anfuhr und sich mit scheinbar blitzschneller, atemberaubender
Geschwindigkeit nach oben bewegte.

Wenige Augenblicke später wurde sie behutsam auf ein
bequemes Bett gelegt und in eine warme Decke gehüllt, die
ihrem Körper die Kälte nahm. Ihre Schuhe wurden von den

Füßen gezerrt und auf den Boden geworfen. Kara öffnete die Augen und versuchte, sich zu konzentrieren. Ihr Versuch, sich aufzusetzen, wurde von starken Händen auf ihren Schultern vereitelt, die sie zurück in die Kissen drückten. »Bewegen Sie sich nicht. Keinen Zentimeter.«

»Mir geht es gut. Ich hatte eine kleine Infektion. Dachte, sie wäre überstanden. Mir war nur ein bisschen schwindelig«, sagte Kara und versuchte erneut, sich aufzusetzen.

»Ihnen geht es nicht gut«, herrschte die Stimme sie an. »Der Arzt ist da, um nach Ihnen zu sehen. Er lebt hier im Haus und hat gesehen, wie sie fast vornüber auf dem Bürgersteig gelandet sind.«

»Der Arzt?« Beunruhigt konzentrierte sich Kara auf den anderen Mann, der sich hinter dem herrischen versteckte. »Ich brauche keinen Arzt.« Sie konnte sich keinen leisten.

»Zu spät. Er ist hier und wird Sie untersuchen.«

»Ich kann ablehnen«, antwortete Kara zögernd und blickte endlich in die dunklen Augen ihres Retters.

»Das werden Sie nicht«, befahl er mit warnender Stimme. Seine gefährliche Erscheinung drängte die scharfe Erwiderung zurück, die Kara auf der Zunge lag. Mein Gott, war er groß! Breite Schultern versperrten ihr den Blick, als er sich neben das Bett hockte. Kara hatte seinen muskulösen Körper gespürt, während er sie getragen hatte, doch als ihr Blick klar wurde und das Schwindelgefühl abnahm, konnte sie die kräftigen Arme und seine imposante Statur auch mit den Augen wahrnehmen.

Groß. Düster. Gefährlich. Karas Blick aus blauen Augen prallte auf ein Starren aus dunkelbraunen Tiefen. Er sah so grimmig aus, dass es fast zum Fürchten war. Mit düsterem Gesichtsausdruck fuhr er ungeduldig mit der Hand durch sein kurzes schwarzes Haar. Er war nicht gut aussehend im herkömmlichen Sinne. Dafür waren seine Gesichtszüge zu kantig und die olivfarbene Haut durch eine kleine Narbe auf seiner rechten Schläfe und eine weitere auf der linken Wange verunziert. Doch verdammt ... er war auf eine körperliche, sinnliche Art und Weise attraktiv. Kara spürte, wie die Intensität seines Körpers in ihren überging und sich ihre Brustwarzen hart und empfindlich aufstellten. »Wer sind Sie?«, fragte sie leise und erinnerte sich, dass er sie mit ihrem Namen angesprochen hatte.

»Simon Hudson. Helen Hudsons Sohn.« Er stand auf und trat zurück, damit der ältere Mann hinter ihm vortreten konnte.

Helens Sohn? Simon. Kara war Sam oder Simon nie begegnet, doch sie hatte alles über die beiden von ihrer Chefin erfahren, einer Frau, die über die Jahre zu einer sehr engen Freundin geworden war. Simon war der Jüngste. Anfang dreißig. Als Computergenie entwickelte er Computerspiele, die den Ausschlag dafür gegeben hatten, dass die Hudson Corporation zu einem Unternehmen werden konnte, das Milliarden wert war.

»Junge Dame, ich habe gehört, dass es Ihnen nicht gut geht. Ich bin Doktor Simms. Lassen Sie mich einen kurzen Blick auf Sie werfen.« Ein nettes Gesicht mittleren Alters ersetzte Herrn Groß, Düster und Unzufrieden. Kara atmete erleichtert auf und schenkte dem freundlichen Arzt ein kleines Lächeln.

»Mir geht es gut. Ein Virus. Vielleicht hatte ich ihn noch nicht auskuriert, und heute war ein langer Tag. Ich bin nur ein bisschen erschöpft«, versicherte Kara dem Arzt und wünschte sich, sie könnte ihre ausgetretenen Turnschuhe anziehen und so schnell wie möglich dieser demütigenden Situation entfliehen.

Simon stand hinter dem netten Doktor, die Arme vor der Brust verschränkt und mit eindrucksvollem Gesichtsausdruck. Oh weh ... der Mann war grimmig. Es war nicht so, dass Kara nicht schon viele Furcht einflößende Männer in ihrem Leben gesehen hatte, doch von Simon ging etwas aus, das ihr Herz schneller schlagen ließ und ihren Körper in höchste Alarmbereitschaft versetzte.

Kara ließ es zu, dass der Arzt sie untersuchte. Doktor Simms war liebenswürdig und gründlich und ging so einfühlsam mit ihr um, dass Kara lächeln musste, während er geistesabwesend plauderte. Er gab ihr Anweisungen und stellte Standardfragen, die Kara so kurz wie möglich beantwortete, denn sie wollte, dass die Untersuchung vorbei war und sie Simon Hudsons erzwungener Gegenwart entkommen konnte.

Doktor Simms stand mit einem freundlichen Lächeln auf, als er seine Untersuchung beendet hatte. »Sie brauchen Ruhe, Essen und mehr Zeit, um diese Virusinfektion auszukurieren. Sie haben sich wahrscheinlich einen Tag lang etwas besser gefühlt, weil Ihr Fieber gesunken war, aber Sie fiebern wieder, und das Virus ist noch nicht völlig aus Ihrem Körper. Sie sind erschöpft, und es hört sich nicht so an, als bekämen Sie ausreichend Schlaf oder würden ordentlich essen.«

Das Lächeln des Arztes wurde breiter. »Typisch für uns Leute aus dem medizinischen Bereich. Es mag eine Weile her sein, aber ich erinnere mich immer noch an mein Medizinstudium.« Nach einer Pause fragte er: »Könnte es sein, dass Sie schwanger sind?«

Karas Blick wanderte blitzschnell zu Simons Gesicht, und ihre Wangen brannten vor Verlegenheit. Musste Simon das hier wirklich alles hören? Er schaute Kara direkt in die Augen, und sein Körper schien sichtbar angespannt, während er auf ihre Antwort wartete.

»Nein. Das ist völlig unmöglich«, antwortete sie mit einer Schüchternheit, die eigentlich nicht Teil ihrer Persönlichkeit war. Es gab nicht den Hauch einer Chance, dass sie schwanger war, es sei denn, ein Vibrator hätte sie geschwängert, doch in letzter Zeit war sie sogar für dessen Gebrauch zu müde. Ihr Sexualtrieb war bei einer Achtzigstundenwoche, die gefüllt war mit Arbeit und Schule, zum Erliegen gekommen. Die einzige Bewegung in Karas Bett stammte von ihr allein, wenn sie wieder bis spät in die Nacht gelernt hatte und sich wenige Stunden Schlaf gönnte.

Der Arzt plauderte über das Thema Infektion, trug ihr auf, sich auszuruhen und die Symptome mit herkömmlichen fiebersenkenden Medikamenten zu behandeln.

Kara bedankte sich und schenkte ihm ein zittriges Lächeln, bevor er sich an Simon wandte. Die beiden Männer sprachen leise miteinander, während sie das Schlafzimmer verließen.

Kara setzte sich schnell auf, zu schnell, denn das Zimmer drehte sich eine Minute lang, bevor ihr Kopf wieder klar wurde. Mein Gott, durch das zurückgekehrte Fieber und die Tatsache, dass sie nichts gegessen hatte, war sie so schwach wie ein neugeborenes Kätzchen. Sie bückte sich langsam und schnappte ihre Schuhe, in die sie auf dem Bettrand sitzend ihre Füße quetschte, ohne die Schnürbänder aufzuknoten.

»Was zum Teufel machen Sie da?« Kara, die gerade halb mit dem Fuß in ihrem zweiten Schuh steckte, zuckte beim Klang der aufbrausenden Stimme zusammen.

»Ich muss nach Hause«, antwortete sie und fühlte sich bei dem Gedanken, dass sie jetzt mit Simon allein war, sehr unwohl. Er war zu groß, zu ruppig, zu fordernd, zu viel von allem. Irgendetwas an ihm brachte Kara aus dem Gleichgewicht, und es hatte nichts mit ihrem Virus zu tun.

Simon packte ihre Füße, zog ihr die Schuhe aus und legte ihre Beine zurück auf das Bett. Verdammt. Die ganze anstrengende Arbeit umsonst. Diese Schuhe anzuziehen war mühsam gewesen, und der Gedanke gefiel ihr überhaupt nicht, es noch einmal versuchen zu müssen.

»Sie sind krank, und Sie bleiben hier«, erklärte Simon streng, während sein Blick aus dunklen Augen über Kara hinwegstrich und er das Gesicht verzog.

»Ich kann nicht. Ich arbeite morgen und muss schlafen.«

»Sie werden mindestens eine Woche lang nicht arbeiten. Ich habe bereits meine Mutter angerufen und ihr gesagt, sie soll einen Ersatz für Sie beschaffen.« Mit missbilligendem Gesichtsausdruck deckte Simon Kara wieder zu und setzte sich auf die Bettdecke, wodurch sie regelrecht in der Falle saß. »Ich habe mir auch erlaubt, Ihre Schlüssel aus dem Rucksack zu holen, damit meine Assistentin in Ihre Wohnung fahren kann, um Kleidung für Sie zu holen, für den Fall, dass Ihre Mitbewohnerin nicht zu Hause ist.«

»Aber ich …«

»Keine Widerrede! Die Diskussion ist zu Ende. Ich werde Ihnen jetzt etwas zu essen machen, und Sie werden es essen. Und dann wird geschlafen.« Er stand auf und verließ den Raum, während seine Befehle noch immer durch das beeindruckend große Schlafzimmer hallten.

Wütend setzte Kara sich auf und überlegte, ob sie es riskieren sollte, aus dem Bett zu springen und aus der Tür dieser offensichtlichen Eigentumswohnung zu stürmen. Einer sehr schönen Eigentumswohnung! Das Schlafzimmer war geräumig und in hellbraunen und schwarzen Farbtönen gehalten. Hellbrauner, hochfloriger Teppich und maskuline, dunkle Möbel dominierten den Raum. Das Bett war riesig und lag auf einer verschlungenen, schwarzen, schmiedeeisernen Konstruktion, die einen Baldachin aus hellbrauner Seide mit eingewobenen schwarzen und braunen Mustern stützte. Es war ein schöner Raum, verwegen und dunkel, wie der Mann, dem er gehörte.

Erwartete er wirklich, dass sie hierblieb? Ja, seine Mutter war ihre Chefin und Freundin, doch Kara kannte Simon nicht, und sie war nicht sicher, ob sie ihn mochte. Er war herrschsüchtig, ungeduldig und erwartete, dass man seinen Anweisungen folgte, sobald er sie ausgesprochen hatte. In etwa wie ein wohlerzogener Hund. Bedauerlicherweise gehorchte Kara nicht gern. Sie hatte ihre eigenen Entscheidungen getroffen, seitdem ihre Eltern verstorben waren, und das Letzte, was sie brauchte, war ein herrischer Milliardär, der in ihrem Leben das Sagen hatte. Das Einzige, was Geld für Kara bedeutete, war Sicherheit. Abgesehen davon war es ihr völlig egal, was man mit Geld kaufen konnte; es war schwierig, materielle Dinge zu vermissen, die man nie besessen hatte.

Er hat Helen angerufen, damit sie einen Ersatz für mich findet? Eine Woche konnte sie auf keinen Fall bei der Arbeit fehlen. Die beiden Tage, die sie diese Woche nicht arbeiten konnte, hatten ihr leeres Bankkonto bereits überbeansprucht. Kara verließ sich auf ihr Trinkgeld, um zu überleben, und sie bekam kein Trinkgeld, wenn sie zu Hause auf ihrem Hintern saß. Sie hatte zwei Abende gefehlt, weil sie keine andere Wahl gehabt hatte. Die Virusinfektion hatte sich an ihr festgebissen, sie in die Knie gezwungen und sie so krank ans Bett gefesselt, wie sie seit ihrer Kindheit nicht mehr gewesen war.

Kara seufzte und lehnte sich in die Kissen zurück. Sie war so müde und im Augenblick so verdammt schwach. Sie wollte sich einfach nur in diesem warmen und bequemen Bett vergraben und schlafen, bis sie nicht mehr müde war. Wie wäre das? Sie konnte sich nicht an Zeiten erinnern, zu denen sie nicht erschöpft gewesen war. Es war für Kara in den letzten vier Jahren normal geworden, sich kraftlos zu fühlen; sie schlief nur ein paar Stunden pro Nacht und aß unregelmäßig, je nachdem, was sie sich erlauben konnte.

Kara sah auf, als sie das *Kling* von Glas hörte, das gegen Glas stieß, und sah, wie Simon Geschirr jonglierend ins Zimmer kam. Sie verkniff sich ein Lächeln und dachte bei sich, wie gut es war, dass Simon ein Computerfreak war, denn als Kellner hatte er keine Chance. Er hatte ein Glas in der einen Hand und einen Teller in der anderen. Ein Schälchen hielt er unsicher mit dem Unterarm an die Brust gedrückt. Kara hätte ihm gern gesagt, dass es einfacher wäre, das Schälchen auf den Teller zu stellen, doch sie verkniff sich den Vorschlag.

»Ich weiß nicht, was sie mögen«, brummte er, als er das Glas auf den Nachttisch stellte und ihr das Schälchen gab. Es hörte sich an, als sei er verärgert darüber, dass es etwas gab, was er nicht wusste. »Suppe. Essen Sie.«

Klingt ganz nach einem Mann, der wenig Worte macht. Er erteilte Kommandos wie ein Feldwebel. »Simon, ich kann nicht hierbleiben«, sagte Kara leise, als sie das Schälchen mit dampfender Suppe entgegennahm. Hühnersuppe mit Nudeln. Ihr Lieblingsessen. Ihr Magen knurrte, als ihr der verlockende Duft in die Nase stieg, und so hob sie den Löffel und probierte vorsichtig. Kara merkte, dass es Dosensuppe war, doch sie schmeckte köstlich, und ihr knurrender Magen ließ sie die Suppe wie eine Verhungernde in sich hineinlöffeln.

»Sie bleiben. Nehmen Sie diese hier.« Simon sah Kara finster an, als er die Hand hob und zwei Tabletten auf ihre Handfläche fallen ließ.

Extra starkes Tylenol. Kara steckte sie dankbar in den Mund und griff nach dem Glas, das Simon ihr reichte, bevor sie selbst herankam. Sie spülte die Tabletten mit dem Saft hinunter und gab das Glas an Simon zurück. Dann fuhr sie fort: »Ich muss arbeiten. Ich kann es mir nicht erlauben, freizumachen. Weil ich krank war, habe ich bereits zwei Tage verloren. Ich bin sicher, dass es mir morgen wieder besser geht.«

»Sie können ihren süßen, entblößten Arsch darauf verwetten. Ich werde dafür sorgen, dass es so ist«, erwiderte Simon mit aufbrausender Stimme.

Kara löffelte weiter ihre Suppe und sah ihn kritisch an. Er meinte es ernst. Verdammt ernst. Wie konnte eine nette Frau wie Helen so einen griesgrämigen Sohn haben wie Simon? »Sie sind nicht mein Chef, Simon.«

»Nein, aber meine Mutter, und sie meint auch, dass Sie nicht arbeiten werden. Sie hat nicht bemerkt, dass Sie noch krank sind«, erklärte er Kara mit missmutigem Gesichtsausdruck. »Verdammt ... ich weiß nicht, wie sie das übersehen konnte. Sie haben dunkle Ringe unter den Augen, die Sie wie einen Waschbären aussehen lassen, und Sie sehen zum Umfallen müde aus. Mom lässt definitiv nach. Normalerweise gräbt sie jedes Problem aus. Bohrt nach, wenn nötig«, polterte Simon, als erinnerte er sich an einige dieser schmerzhaften Erfahrungen.

»Vorhin ging es mir besser. Und sie hat mir etwas herausgesucht, das ich über meinem Rock tragen konnte«, erklärte Kara leise, als sie die Suppe aufgegessen hatte.

»Woher zum Teufel haben Sie dieses Outfit? Ich habe Sie immer nur in Jeans gesehen«, fragte Simon mit gefährlich klingender, dunkler Stimme. Kara schauderte, als sein Blick über die Steppdecke glitt, als könnte er ihren leicht bekleideten Körper darunter erkennen.

»Es war ausgeliehen«, antwortete sie und nahm den Teller entgegen, auf dem ein lecker aussehendes Sandwich lag, als er ihr das Suppenschälchen abnahm. »Ich Idiot habe heute Kaffee über meine Kleidung gegossen und hatte vor Arbeitsbeginn keine Zeit mehr, nach Hause zu fahren.«

»Sie sind kein Idiot«, entgegnete Simon barsch.

Kara, die gerade einen Bissen des köstlichen Sandwiches mit Eiersalat schluckte, sah Simon überrascht an. »Wir sind uns aber noch nie begegnet. Wie können Sie mich wiedererkennen? Woher wissen Sie überhaupt, was ich normalerweise trage?«

Er zuckte mit den Schultern und mied Karas Blick. »Ich habe Sie schon im Restaurant gesehen.«

»Ich Sie aber noch nie.«

»Ich schaue schon mal auf einen Sprung bei meiner Mutter vorbei. Normalerweise gehe ich nicht durch den Vordereingang.«

Helens Büro lag hinten, deshalb leuchtete es ein. Schweigend verschlang Kara den Rest ihres Sandwiches. Gott ... sie war so hungrig ... und dankbar für das Essen.

»Danke«, sagte sie aufrichtig, als sie Simon den Teller zurückgab und er ihn auf das Nachtschränkchen stellte.

»Sie müssen essen. Und schlafen.« Sanft berührte er mit dem Zeigefinger die dunklen Stellen unter ihren Augen. »Ich war Ihnen nie nahe genug, um zu bemerken, wie müde Sie aussehen.«

»Der Virusinfekt hat mich zurückgeworfen«, murmelte Kara leise und fühlte sich nicht nur wegen des Essens warm, sondern auch, weil Simon besorgt die Stirn runzelte. »Ich fühle mich gut genug, um morgen zu arbeiten.«

Er gab ihr das Glas mit Saft. »Denken Sie noch nicht mal daran. Trinken Sie aus und dann wird geschlafen.«

Zu müde zum Streiten, schüttete Kara den Saft hinunter und reichte Simon das leere Glas. Sie würde später alles regeln. Ihre Augenlider wurden schwer, und die Erschöpfung drückte ihren Körper wie Gewichte nieder. Sie musste die Augen schließen.

Kara kuschelte sich in die Steppdecke, seufzte und bettete ihren Kopf auf das Kissen. Zum ersten Mal seit Jahren fühlte sie sich satt, behaglich und ... sicher. Simon mochte unleidlich sein, aber er hatte sich offensichtlich zu ihrem Beschützer aufgeschwungen. Das war irgendwie ... beruhigend.

Mit diesem merkwürdigen Gedanken im Kopf schlief Kara ein.

Kapitel 3

Am nächsten Tag wachte Kara spät auf, fühlte sich vollkommen ausgeruht und fragte sich, wo zum Teufel sie war, bis ihr der Vorfall auf dem Bürgersteig einfiel und ihre anschließende Rettung durch Simon Hudson. War er hier oder hatte er die Wohnung bereits verlassen?

Nachdem Kara leise aus dem wuchtigen Bett geschlüpft war, steckte sie ihren Kopf aus der Schlafzimmertür, wo außer der Stille nichts zu hören war. Sie hob einen schwarzen Morgenrock aus Seide auf, der wahrscheinlich Simon gehörte, und zog am anderen Ende des Schlafzimmers eine Tür auf, die zu ihrer Erleichterung in ein großes Badezimmer führte. Sie schloss die Tür ab, zog sich schnell aus und befreite ihre Haare von der ziependen Haarklammer. Ihre Kleidung lag als Haufen zu ihren Füßen. Sie brauchte eine Dusche. Und Kaffee!

Sauber und in Simons Morgenrock gewickelte, fühlte sich Kara nach dem Duschen wieder mehr wie sie selbst. Sie zögerte, als ihr Blick sehnsüchtig auf eine Zahnbürste und Zahnpasta fiel, die auf der Marmorablage neben den beiden Waschbecken lagen. Sie wollte nicht unverschämt sein, doch der dringende Wunsch nach einer Zahnbürste ließ sie ein paar Schränke öffnen. Sie kicherte fast vor Freude, als sie eine brandneue fand, die noch in der Plastikverpackung steckte. Nachdem sie sich die

Zähne geputzt hatte, versuchte sie, ihre nassen Haare mit einer von Simons Haarbürsten zu bändigen. Nachträglich hoffte sie, es würde ihm nichts ausmachen.

Fühl dich wie zu Hause, Kara.

Als ob sie jemals eine Wohnung wie diese ihr Eigen nennen würde! Der ganze Luxus um sie herum haute Kara fast um, und sie starrte mit einem Stoßseufzer auf die große Badewanne. Was gäbe sie bloß für eine Stunde in einer solchen Badewanne!

Kara legte keinen Wert auf materielle Dinge, und doch wusste sie eine fabelhafte Badewanne zu schätzen. In ihrer Wohnung gab es nur eine winzige Dusche, und ein ausgiebiges Bad war etwas, das warten musste, bis sie die Schule beendet hatte und sich eine eigene Wohnung leisten konnte. *Und die würde eine Badewanne haben.* Kara entschied augenblicklich, dass dieser Punkt eine Anforderung an die neue Wohnung sein würde.

Sie widerstand der Versuchung, die die große ovale Wanne auf sie ausübte, zog den Morgenrock enger um sich, hob ihre Kleidung und das Handtuch auf und versuchte, sich nicht vorzustellen, wie sich Simons muskulöser Körper im Wasser zurücklehnte.

Du Närrin! Hör auf, über den Sohn der Chefin nachzudenken, und such deinen verdammten Rucksack, damit du dich schnell aus dem Staub machen kannst.

Als Kara aus dem Schlafzimmer trat, zögerte sie, denn sie war unsicher, wohin sie gehen sollte. Die Wohnung war riesig. Es gab geschmackvoll eingerichtete Gästezimmer am anderen Ende des langen Flures, der zum größten Schlafzimmer führte. Kara blieb fast die Luft weg, als sie vom Flur aus in ein geräumiges Wohnzimmer mit hoher Zimmerdecke und wunderschönen hellbraunen Ledermöbeln trat.

Heiliger Bimbam! Noch nie hatte sie einen so großen Fernseher gesehen. Der Bildschirm dominierte eine Seite des Zimmers und erinnerte fast an eine Kinoleinwand.

Hier gehöre ich garantiert nicht hin!

Ihre nackten Füße verließen den feudalen Teppich und landeten auf glatten Fliesen, als sie langsam die Küche betrat, die der Traum eines jeden Kochs wäre. In waldgrün und creme gehalten, verfügte sie über jede Annehmlichkeit, die man sich vorstellen konnte, und sogar über ein paar, die Kara noch nicht einmal kannte.

Sie entdeckte ihren Rucksack auf dem zu einem Küchenblock gehörigen Tisch und zog den Reißverschluss auf, um die geliehenen Kleider in das Hauptfach zu stopfen. Noch immer umklammerte sie das nasse Handtuch, unsicher, was sie damit tun sollte.

»Wie geht es Ihnen?« Kara zuckte beim Erklingen der tiefen Stimme in der stillen Küche zusammen. Sie legte eine zitternde Hand auf ihre Brust, als sich ihr Herzschlag beschleunigte, und drehte sich zu Simon, der sie lässig mit einem Arm an den Türrahmen gelehnt beobachtete und nun schwieg. Seine dunklen Haare waren nass, als hätte er gerade geduscht, und er trug Jeans, die sich eng an seinen muskulösen Körper schmiegten. Ein grüner Fleece-Pullover spannte über seinen kräftigen Schultern und der breiten Brust. Der Mann war ein ausgeprägtes ... Muskelpaket.

Sein intensiver Blick aus braunen Augen strich prüfend über ihren Körper und wurde mit jedem Mal unangenehmer. Auf und ab. Auf und ab. Kara zog den Morgenrock enger um sich. »Tut mir leid. Ich hatte nichts anderes anzuziehen.«

Simon zuckte mit den Schultern und stieß sich von der Tür ab. »Er steht Ihnen tausendmal besser als mir«, entgegnete er mit heiserer Stimme, als er zu einem Schrank in der anderen Ecke der Küche schlenderte. »Kaffee?«

Verdammt gern! Simon hätte sie auch fragen können, ob sie vorhatte, die Krankenpflegeschule erfolgreich abzuschließen. Kara war durch und durch koffeinsüchtig. »Gern, wenn es Ihnen nichts ausmacht.«

»Scheiße. Sie sollen sich doch ausruhen.« Simon wies zum Tisch, und Kara setzte sich auf einen der hohen Hocker. Sie beobachtete, wie er eine Tasse unter den Kaffeeautomaten stellte, Kaffee einfüllte und den Deckel der Maschine verschloss, die sogleich sprudelnd zum Leben erwachte. Innerhalb von kürzester Zeit war Karas Kaffee fertig.

»Der Traum jedes Kaffeeliebhabers«, seufzte sie, als Simon die dampfende Tasse vor sie stellte.

»Ich hoffe, Sie mögen ihn stark«, kommentierte er, während er das Milchkännchen aus dem Kühlschrank holte und zusammen mit der Zuckerdose vor sie hinstellte. »Es ist eine stärkere Mischung.«

Kara sog das köstliche Aroma ein, das der dampfenden Tasse entwich und ihr das Wasser im Mund zusammenlaufen ließ. »Er riecht fantastisch.« Simon hielt ihr einen Teelöffel hin, und als sie danach griff, streiften sich ihre Finger leicht. Karas Hand prickelte von der zufälligen Berührung, und Wärme durchzog ihren Körper. Simon stand dicht neben ihr, so dicht, dass sie seinen sauberen, maskulinen Duft einatmen konnte, als er seine Hand nach ihren in Seide gehüllten Beinen ausstreckte. Kara hielt den Atem an, als seine Finger an dem seidigen Material entlangstrichen und eine Hitzewelle bis in ihr Innerstes vordrang.

»Ich befreie Sie mal davon.« Er nahm das nasse Handtuch aus ihrem Schoß und streifte dabei langsam mit seinen Fingerknöcheln ihre Oberschenkel.

Kara zitterte. Eigentlich war es ein Beben, verursacht von der leichten, beiläufigen Berührung. Lieber Gott, sie musste weg. Irgendwohin, wo sie ihn nicht riechen konnte, nicht seine Hitze spürte und die beunruhigenden Schwingungen sexueller Energie. »Danke.« Ihre Stimme klang schwach, als sie das Handtuch losließ.

Sie seufzte erleichtert, als Simon in einen Nebenraum der Küche schlenderte und ohne Handtuch wieder zurückkam. »Sie haben meine Frage nicht beantwortet. Wie geht es Ihnen?«

Kara riss ihre Augen von seinem verführerischen Körper los und tat Milch und Zucker in ihren Kaffee. »Mir geht es großartig. Das Fieber ist weg. Vielen Dank, dass Sie mir geholfen haben, aber ich muss gehen.« Sie schloss die Augen und hätte fast gestöhnt, als der vollmundige Geschmack des Spitzenkaffees auf ihren Gaumen traf.

»Sie können nicht gehen. Nicht heute. Nicht morgen.« Simons Stimme klang neutral, während er zur Kaffeemaschine ging, erneut Kaffee einfüllte und den Deckel mit mehr Schwung als nötig schloss.

»Warum nicht?« Kara riss die Augen auf und sah ihn überrascht an.

Simon hatte den Blick auf seine dampfende Tasse Kaffee gerichtet, als er sich auf den anderen Hocker setzte, den Teelöffel vom Tisch nahm und ein wenig Milch in seinen Kaffee goss. »Sie mussten Ihre Wohnung räumen.«

Geschockt stieß Kara gegen ihre Tasse, sodass Kaffee über ihre Finger schwappte, und fassungslos fiel ihr Blick auf sein Gesicht. »Das kann nicht sein. Lydia zahlt die Miete. Sie bekommt jeden Monat meinen Anteil.«

Automatisch griff sie nach einer Serviette in der Mitte des Tisches und wischte ihre Finger ab. Den Schmerz der oberflächlichen Verbrennung registrierte sie noch nicht einmal, so sehr war sie von Simons Aussage schockiert. Sollte das ein Witz sein? War sein Sinn für Humor so dermaßen daneben? War ihm nicht klar, dass er eine fast mittellose Frau mit so etwas nicht aufziehen durfte?

Schließlich sah er sie grimmig, doch mit einem Hauch von Mitleid an. »Tut mir leid, aber Ihre Mitbewohnerin ist abgehauen. Alles, was gestern am späten Abend noch in Ihrer Wohnung stand, waren ein paar Kisten mit Ihren Schulunterlagen, der Geburtsurkunde und noch ein paar anderen Papieren.«

Karas Hände begannen zu zittern, und sie verschlang sie auf dem Marmortresen ineinander. Das konnte nicht wahr sein. Das war nicht wahr! »Es muss sich um einen Irrtum handeln.«

»Kein Irrtum. Meine Assistentin hat das heute Morgen mit dem Vermieter geklärt. Ihre Mitbewohnerin wurde zur Räumung gezwungen. Das Räumungsverfahren gegen sie lief schon einige Zeit. Gestern war der letzte Tag.« Simon nippte an seinem Kaffee und sah Kara unentwegt an.

Oh mein Gott! Oh mein Gott! Oh mein Gott! Karas Verstand raste, als sie die Auswirkungen seiner Enthüllung begriff. Keine Bleibe. Keine Habe. Das konnte doch nicht angehen!

»Es muss sich um einen Irrtum handeln«, flüsterte Kara und heftete ihren Blick auf die Kaffeetasse. *Bitte lass es ein Irrtum sein.* Es gab keinen Weg, die Miete nachzuzahlen oder ihre Habe zu ersetzen. »Was ist mit meinen Sachen, meiner Kleidung?«

»Ihre Mitbewohnerin war gründlich. Es waren nur noch ein paar Kartons da.«

»Das muss die falsche Wohnung gewesen sein.«

»Es war die richtige Wohnung, Kara. Tut mir leid.« Simon ratterte die Adresse sowie den Namen des Vermieters und der Mitbewohnerin herunter. »Stimmt alles?«

Tränen sammelten sich in ihren blauen Augen, und sie nickte. Der Kloß, der sich in ihrer Kehle gebildet hatte, machte es ihr unmöglich zu sprechen. Lieber Gott ... sie war seit Jahren auf einem Drahtseil balanciert, ohne Netz, und jetzt, so kurz vor dem Ende des Seils, stürzte sie in den Tod.

Kara sprach selten mit Lydia, aber sie hätte nie gedacht, dass ihre Mitbewohnerin zu so etwas fähig war. Sie gingen freundlich miteinander um, aber Kara war nur nachts zum Lernen und Schlafen zu Hause, und so traf sie nur sporadisch auf Lydia. Sie legte ihren Anteil an der Miete und den Nebenkosten jeden Monat auf den kleinen Küchentisch und hatte nie angezweifelt, dass ihre Mitbewohnerin damit ihre gemeinsamen Rechnungen bezahlte. Offenbar hatte sie das nicht getan. »Das gibt es doch nicht«, stieß Kara hervor und fühlte sich, als wäre gerade ihre ganze Welt zerbrochen. Und das war sie tatsächlich. Nur ein paar Worte – eine Katastrophe, ein Vertrauensbruch – waren nötig, um ihr Leben zusammenfallen zu lassen wie ein Kartenhaus.

»Sind Sie okay?«, fragte Simon zögernd, nippte an seinem Kaffee und sah Kara vorsichtig an.

»Ja. Nein. Ich weiß nicht«, hauchte sie ungläubig. »Ich muss nachdenken.«

Was sollte sie jetzt machen? Wo wohnen? Wie überleben? Sie schob die Kaffeetasse beiseite und ließ ihren Kopf auf ihre auf dem Tisch liegenden Arme sinken. Lieber Gott ... sie war erledigt. *Denk nach, Kara. Denk nach.*

»Ich wusste das nicht. Wie konnte ich das nicht mitbekommen?«, fragte sie Simon, doch eigentlich mehr sich selbst, als sie zu verstehen versuchte, wie das hatte passieren können.

»Ihre Mitbewohnerin hat letztes Semester das Studium geschmissen. Anscheinend hat sie Ihnen das alles verschwiegen, damit sie weiter Ihr Geld kassieren konnte, bis sie ausziehen musste«, antwortete Simon wutentbrannt. »Es tut mir leid, Kara. Sie haben schon ohne dieses Desaster genug um die Ohren.«

Kara hob den Kopf, und ihr verwirrter, angsterfüllter Blick traf überrascht auf seinen zornigen Gesichtsausdruck. Er war wütend. Auf Lydia. Auf die Situation. Simon hatte offenbar doch ein Herz.

»A-Alles ist weg? Die Möbel, die Sachen in meinem Schlafzimmer, meine anderen Habseligkeiten?«, stammelte sie, und Tränen schnürten ihr die Kehle zu.

»Die einzigen Kisten, die noch da waren, hat meine Assistentin Nina hierher gebracht. Sie stehen auf dem Bett im

Gästezimmer«, erklärte Simon ernst. »Ich habe alles überprüft, Kara. Es war rechtmäßig. Ihre Mitbewohnerin hat alles am allerletzten Tag mitgenommen. Wenn Sie gestern Abend nach Hause gegangen wären, hätten Sie eine leere Wohnung vorgefunden. Ich bin froh, dass Ihnen diese besondere Überraschung zu später Stunde erspart geblieben ist. Nina hat dem Vermieter den Schlüssel zurückgegeben. Die Schlösser sollen ausgetauscht werden. Sie können nicht zurück.«

Kein Zuhause. Kein Bett. Keine Bleibe.

Verzweiflung und Existenzängste stiegen in Kara auf, und plötzlich konnte sie nicht mehr atmen, nicht mehr denken. Stille Tränen liefen die Wangen hinunter, und sie dachte nur daran, wie arbeitsam und hart die letzten vier Jahre gewesen waren. Für nichts. Alles umsonst. Sie würde in einem Obdachlosenasyl enden, wenn es dort überhaupt einen Platz für sie gab. Die Schule würde warten müssen, bis sie wieder auf die Füße gekommen war.

»Nein. Oh Gott, nein.« Kara nahm einen tiefen Atemzug, versuchte, die Panik zu unterdrücken, doch das konnte sie nicht. Mit bebendem Körper, das Gesicht in den Händen verborgen, tat Kara Foster etwas, das sie seit dem Tod ihrer Eltern nicht mehr getan hatte. Sie weinte.

Kapitel 4

Das Eis um Simons Herz schmolz ein bisschen, als er die völlig verzweifelte, hilflose Frau vor ihm in Tränen ausbrechen sah und ihre hoffnungslosen Schluchzer ihn zutiefst berührten. Verdammt! Wenn er herausfinden könnte, wo ihre nichtsnutzige Mitbewohnerin abgeblieben war, würde er sie für jedes bisschen Schmerz, den sie Kara zugefügt hatte, büßen lassen.

Simon konnte nicht anders. Er ging zu Kara, zog ihren Körper in seine Arme und hob sie vorsichtig von ihrem Hocker, bis sie auf den Füßen stand und ihre Arme um seinen Hals legte, ihr Gesicht an seine Brust gedrückt. Er fühlte, wie ihr Körper bebte und ihre kleinere Gestalt an ihm klebte, während sie an seiner Schulter über ihr Elend wehklagte.

»Sssch ... Kara. Alles wird gut. Ich kümmere mich um Sie.« Simon strich mit einer Hand über ihr seidiges schwarzes Haar, wusste, dass er jedes Wort auch so meinte. Er sagte das nicht nur, weil er sie beruhigen und ihr den Schmerz nehmen wollte. Er wollte sich wirklich um diese Frau kümmern, die mehr Pech und Entbehrungen als so manch anderer mit bemerkenswerter Stärke durchgestanden hatte. Sie war etwas Besonderes, und ihre Tränen ließen ihn nahezu die Fassung verlieren.

Simon holte tief Luft und verstärkte den Druck seiner Arme um ihre Taille, um dann mit einer Hand beruhigende Kreise auf ihrem schlanken Rücken zu beschreiben. Sie fühlte sich so gut an, so richtig in seinen Armen. Sein Schwanz zuckte, als er ihren verführerischen Duft einsog. Sie roch nach Frühling und Kara – ein natürlicher, verlockender Duft, der seinen Hunger nach ihr entfachte.

Simon verfluchte seinen zuckenden Schwanz, während er ihren geschmeidigen, weichen Körper gegen seinen drückte. Jetzt war nicht der Zeitpunkt, erregt zu sein, aber er war sich sowieso sicher, dass er auch eine Meile von Kara entfernt eine starke Erektion bekommen würde. Ein verlangender Seufzer entschlüpfte seinem Mund und bewegte ein paar ihrer Locken.

Simon wollte all ihre Probleme beseitigen, sie verbannen, als hätten sie niemals existiert. »Wir machen das schon, Kara. Ich werde Ihnen helfen.«

Sie nahm ihren Kopf von seiner Schulter und wischte mit den Fingern beider Hände die Tränen fort. »Ich habe Sie ganz nass gemacht.« Sie bekam einen Schluckauf, als sie über sein feuchtes Hemd strich.

Am liebsten hätte Simon gewimmert, als sich Kara völlig aus seinen Armen befreite. »Das macht nichts.«

»Ich kann nicht wie ein Baby den ganzen Tag hier herumheulen. Ich muss gucken, ob ich in einer Notunterkunft Unterschlupf finde. Das hat mir jetzt finanziell nämlich völlig den Rest gegeben.« Sie sah gefasst aus, doch ihr Gesichtsausdruck war leblos.

»Keine Notunterkunft. Sie können hier bleiben. Ich habe jede Menge Platz.« Simon versuchte, seine Stimme ruhig klingen zu lassen, doch er war bereit, Kara, falls nötig, zu Boden zu ringen. Sie würde zu keiner Notunterkunft gehen. Vielleicht war sie im Moment verzweifelt, aber sie würde sich erholen. »Seien Sie vernünftig, Kara. Sie brauchen Hilfe, und ich möchte Ihnen helfen. Sie können Ihr letztes Semester beenden und hier wohnen.«

»Warum? Warum wollen Sie, dass ich hierbleibe? Ich bin eine völlig Fremde für Sie.«

Simon hätte ihr zu gerne erzählt, dass sie für ihn nie eine Fremde gewesen war, nicht, seitdem er sie das erste Mal gesehen hatte. Etwas in ihm hatte *Klick* gemacht, etwas Ungeschliffenes, Elementares. »Sie brauchen Hilfe. Jeder braucht mal Hilfe. Ich hatte meinen Bruder. Zum Glück.«

»Simon, ich kann Sie nicht einfach ausnutzen.«

Oh doch, das kannst du. Wann immer du willst. Simon ließ sich wieder auf den Hocker fallen, um seine zunehmende Erektion zu verbergen. Gott sei Dank setzte sich Kara auch wieder und zog die Kaffeetasse zu sich heran. »Sie nutzen mich nicht aus. Sie nehmen nur ein bisschen Hilfe an.«

Kara schnaubte, bevor sie einen Schluck lauwarmen Kaffee nahm. »Es ist mehr als ein bisschen. Die Schule geht noch vier Monate. Ich habe kein Geld, keine Kleidung, nichts.«

Obwohl Simon am liebsten gesagt hätte, dass sie gern auch nackt herumlaufen könnte, antwortete er: »Nina kauft ein paar Kleidungsstücke für Sie ein. Machen Sie sich keine Sorgen.« Er holte tief Luft, bevor er fortfuhr: »Ich stelle nur eine einzige Forderung. Ansonsten unterliegt meine Hilfe keinen Bedingungen.«

»Wie lautet sie?« Kara sah ihn über den Rand ihrer Tasse vorsichtig an.

»Ich möchte, dass Sie aufhören zu arbeiten, während Sie zur Schule gehen.« Simon musste sich ein Lächeln verkneifen, als auf ihrem Gesicht ein störrischer, unerbittlicher Ausdruck auftauchte. Das war ein heikles Thema, aber er würde gewinnen.

»Ich kann mit dem Arbeiten nicht aufhören. Ich muss leben, ich habe nichts«, erklärte Kara hartnäckig.

»Keine Arbeit. Ich werde Ihnen finanziell helfen. Sie haben schon vierzig Schulstunden und darin ist die Zeit fürs Lernen noch nicht enthalten. Nehmen Sie mein Angebot an oder lassen Sie es.«

Simon war nicht bereit, zuzusehen, wie Kara immer schwächer wurde. Nach nur einer Nacht ausreichendem Schlaf waren die dunklen Ringe unter ihren Augen bereits weniger geworden. Es wäre schön zu sehen, wie sie völlig verschwanden und wie sie anständige Mahlzeiten aß. Sie mochte einen inneren Kern aus Stahl haben, aber verdammt, ihr Körper war zerbrechlich.

»Aber ich …«

»Das ist die Abmachung. Nehmen Sie an oder lehnen Sie ab?«

Simon sah, wie ihr Gesicht rot wurde und sie ihn angewidert anstarrte. Ihm stockte der Atem, und sein Herz begann zu rasen. Das war ein riskanter Schritt, doch wohin konnte sie gehen? Was konnte sie tun? Einen Moment, einen Augenblick, der sich anfühlte wie eine Ewigkeit, beobachtete er ihr Gesicht und war sicher, dass sie ihm gleich sagen würde, er solle sie am Arsch lecken.

Simon stellte Forderungen, schrieb ihr vor, wie sie ihr Leben zu führen hatte, und instinktiv wollte sie sich dagegen auflehnen. Kara stieß einen frustrierten Seufzer aus. Ihr Blick war unerschütterlich und starr. Also kein Kompromiss. Entweder friss oder stirb. Hatte sie denn überhaupt eine Wahl? Sie könnte nach einer Unterkunft suchen, aber dann müsste sie vorläufig die Schule aufgeben und somit den ganzen Plan über den Haufen werfen.

»Was ist mit meiner Krankenversicherung, meinen Sozialleistungen? Was ist mit dem Restaurant?«

»Für Moms Restaurant ist das kein Problem. Sie hat Kellnerinnen, die Vollzeit arbeiten wollen.«

Kara zuckte bei seiner Aussage zusammen, denn sie wusste, dass er Recht hatte. Es gab Mitarbeiterinnen, die froh sein würden, ihre Vollzeitstelle übernehmen zu können.

»Ich sorge dafür, dass Sie weiter bei COBRA bleiben. Sie werden Ihre Versicherung nicht verlieren.«

Kara blickte Simon in die Augen, versuchte, darin zu lesen, doch er war ein Rätsel für sie. Warum tat er das? Konnte sie ihm vertrauen? Sie kannte ihn ja kaum. Kara vertraute Helen, und Helen liebte ihre Söhne über alles. »Okay. Ich mache es. Aber Sie müssen über die Ausgaben Buch führen, und ich werde alles zurückzahlen.«

»Nicht einverstanden.«

»Sie sagten aber, Sie hätten nur diese eine Bedingung.« Kara leerte ihren Kaffee und versuchte, die Hände ruhig zu halten, indem sie damit die Tasse umfasste.

Simon zuckte mit den Schultern. »Es ist ein Zusatz, weil Sie versucht haben, die ursprünglichen Konditionen zu ändern.«

»Was bringt Ihnen das hier eigentlich alles? Ich werde Ihre Privatsphäre stören, Ihr Geld nehmen und Sie bekommen nichts?« Verwirrt von der ganzen Vereinbarung starrte Kara Simon an.

»Ich will Ihr Geld nicht. Können Sie nicht einfach die Hilfe annehmen, ohne meine Beweggründe zu hinterfragen? Ich möchte helfen«, erklärte er störrisch mit harter Stimme und knallte die Tasse mit einem ungeduldigen *Rums* auf den Tisch.

»Ich möchte etwas tun, Ihnen für Ihre Unannehmlichkeiten etwas geben. Ich bin immer selbst für mich aufgekommen.« Aufgewühlt stand Kara auf und griff nach den Tassen. Sie trug sie zum Spülbecken und spülte sie aus, bevor sie sie in die Spülmaschine stellte. Eigentlich hätte sie ihm vor Dankbarkeit die Füße küssen sollen, doch in seiner Schuld zu stehen, störte sie. Kara war nicht daran gewöhnt, etwas anzunehmen. Von niemandem! Sie war eine Überlebenskünstlerin und tat immer, was sie tun musste, um die Armut immer einen Schritt hinter sich zu lassen. Das hier war so fremd, so verdammt verwirrend.

Kara drehte sich um und prallte gegen Simons kräftige Gestalt, die sie daran hinderte, sich vorwärts zu bewegen. Der Mann war wie Beton, starr und unbeweglich. Sie griff mit den

Händen nach seinen festen, muskulösen Bizeps, um sich abzufangen. »Tut mir leid«, murmelte sie, doch Simon bewegte sich nicht.

»Es gibt da nur eine Sache, die ich von Ihnen möchte, Kara.« Seine Stimme klang tief und heiser, und er beugte sich vor und atmete, als würde er ihren Duft einsaugen. Dann landete rechts und links von Kara jeweils eine Hand auf dem Küchentresen, und sie war festgesetzt.

Der Mann war wie ein brodelnder Kessel Testosteron, und jedes weibliche Hormon in ihrem Körper schwoll an, um glücklich der maskulinen Verlockung zu begegnen. Simon kesselte sie ein, machte sich ihren Körper untertan, erweckte in ihr den Wunsch, sich seiner Dominanz zu unterwerfen. Etwas in Kara schmolz, und sie wollte in seine starken Armen sinken.

»W-Was?« Was könnte er von ihr wollen?

Sie zitterte, als Simon sich an sie drängte und sie die Hitze spürte, die von seinem Körper abstrahlte. Kara war barfuß gemessen einen Meter dreiundsiebzig groß, doch Simon überragte sie an Größe, Kraft und Stärke. Er beugte seinen Kopf zu ihr hinab und seine Lippen liebkosten ihr Ohr. »Dich. In meinem Bett. Eine Nacht. Alles, was ich will, alles, was ich brauche.« Sein heißblütiges, leises Flüstern jagte ein rasendes Feuer durch ihren gesamten Körper.

»Mich?« Kara quietschte, als seine hungrigen Lippen an der Seite ihres Halses hinabwanderten, sich ihr Innerstes vor Verlangen verkrampfte und sie spürte, wie sie feucht wurde.

»Dich. Eine Nacht«, wiederholte Simon, während seine Hände über den seidigen Stoff des Morgenrocks zu ihren Hüften wanderten und gierig ihren Körper erkundeten.

Karas Kopf fiel zur Seite, um Simon ungehindert die empfindliche Haut ihres Halses erkunden zu lassen. Oh Gott, er fühlte sich so gut an, roch gut. Sie konnte nicht mehr denken, als sein Mund auf ihren traf.

Simon bat nicht, er forderte. Seine Zunge stieß mit Nachdruck gegen ihre Lippen, und Kara gab nach, ließ zu, dass er mit fordernden Stößen von ihrem Mund Besitz ergriff. Mitten in diesem Kuss entfuhr ihr ein unfreiwilliges Stöhnen, eine instinktive und willige Reaktion voller Entzücken und Überwältigung. Auch sie stieß zu, umschlang seine Zunge mit ihrer, erforschte und kostete ihn.

Ohne Kara aus seiner leidenschaftlichen Umarmung freizugeben, öffneten seine Hände den Morgenrock und besitzergreifende Finger fuhren über empfindsame Haut und hart werdende Brustwarzen, die er abwechselnd kniff und streichelte. Er steigerte ihre Lust, bis sie die Kontrolle verlor. Ein starker, in Jeans gehüllter Oberschenkel schob sich zwischen ihre Beine und sie stieß dagegen, süchtig nach dem Gefühl der Reibung. Ihre Hände pflügten durch sein dichtes, dunkles Haar, ballten sich darin zu Fäusten, als eine Welle erotischer Lust über sie hinwegrollte.

Simons Mund löste sich von ihrem, und er keuchte, als wäre er gerade einen Marathon gelaufen. »Mein Gott, du bist so heiß, Kara. So willig.« Ihr Körper pulsierte, als seine Hand über ihren Bauch strich. »Ich möchte eine Nacht.«

Kara zuckte zusammen, als seine Finger zu ihrer Feuchtigkeit gelangten, das weiche, willige Geschlecht stimulierten und er seinen Oberschenkel zurückzog, um sie gründlich zu erforschen.

»So feucht, so bereit«, flüsterte er mit rauer Stimme, während er kreisend ihre Klitoris umfuhr. »Ich kann deine Erregung riechen, und es macht mich wahnsinnig. Ich will dich schmecken.«

»Oh Gott. Bitte.« Kara war in einem Strudel der Gefühle gefangen. Jeder Nerv in ihrem Körper vibrierte vor Leidenschaft. Ihre Hände griffen nach seinen Schultern, an denen sie sich festklammerte, um nicht aus dem Gleichgewicht zu geraten.

»So süß«, murmelte er in ihr Ohr, bevor seine Zunge in einem Rhythmus über ihre seitliche Halspartie fuhr, der ahnen ließ, was er an anderer Stelle tun wollte. Kara war überwältigt von der glühenden Begierde, ihn genau dort spüren zu wollen, seine samtige Zunge zwischen ihren Schenkeln.

Sie schob ihre Hüften vor, brauchte mehr Kontakt, mehr von diesen kundigen, vorwitzigen Fingern. »Simon, ich brauche …«

»Ich weiß, was du brauchst. Dasselbe wie ich! Aber jetzt kann ich dir erst einmal das hier geben.« Seine Finger zielten auf ihre begierige Knospe, glitten durch die feuchte Ritze, fanden die Stelle, an der Kara berührt werden wollte.

Sie stöhnte auf, als Simon Tempo und Intensität steigerte. Unfähig zu denken, erfüllt von blanker Begierde, entfuhr ihren Lippen ein Wimmern, als seine eine Hand fortfuhr, ihre Brüste einer erotischen Tortur zu unterziehen, während die andere einen unerbittlichen Angriff auf ihre entflammte Klitoris vollführte. »Ja! Oh, ja!« Kara wusste, dass die leidenschaftliche, erregte Stimme ihre eigene war, doch sie erkannte sie fast nicht. Sie war schrill, klagend und bettelte um Erlösung.

Simons Mund verschluckte Karas Stöhnen, als wollte er jeden Bestandteil ihrer Lust in sich aufnehmen. Sie reagierte, biss in seine Lippe, öffnete sich seiner Inbesitznahme, ergab sich vollkommen.

Ihre Vagina verkrampfte sich, und Kara spürte bis in ihre Zehen, wie der Höhepunkt kurz bevorstand. Sie riss ihren Mund von seinem, warf den Kopf in den Nacken und stieß ein lang gezogenes Stöhnen aus, als ein gewaltiger Orgasmus von ihr Besitz ergriff und Wellen der Lust sie überspülten, die sie noch nie zuvor erlebt hatte.

Ihr Kopf fiel gegen Simons Schulter, während abklingende kleinere Wellen ihren Körper schaudern ließen. »Oh Gott! Was zum Teufel war das?«, keuchte Kara. Simon schloss ihren Morgenrock und zog ihren zusammensinkenden Körper gegen seinen.

»Genuss. Nur ein Vorgeschmack auf das, was uns im Bett erwartet«, antwortete er leise und wiegte Kara, die langsam wieder zu sich fand, leicht in seinen starken Armen. »Ich hätte gern eine Nacht mit dir, Kara. Nicht, weil du sie mit mir verbringen musst, sondern weil du es auch willst. Ich würde dir trotzdem helfen. Du entscheidest, ob du mir gibst, was ich will, oder nicht. Doch sei gewarnt ... ich habe gern die Kontrolle.«

Noch immer erschüttert und völlig durcheinander fragte Kara stockend: »Was genau heißt das?«

»Völlige Unterwerfung«, antwortete Simon mit tiefer, rauer Stimme, die vor kaum kontrollierter Leidenschaft vibrierte. »Denk darüber nach. Du musst es nur sagen, und ich werde alles tun, um dir zu einem noch nie erlebten Genuss zu verhelfen.«

»Ich bin aber nicht besonders erfahren. Ich ... du wirst enttäuscht sein«, ging nun auch Kara zum Du über. Sie hatte in den letzten fünf Jahren keinen Sex gehabt und auch davor nur einen Liebhaber. Es war ihre einzige sexuelle Beziehung gewesen, die fünf Jahre gehalten und dann unschön geendet hatte.

»Ich will keine sexuelle Erfahrung. Ich will dich«, antwortete Simon brüsk und wich von Kara zurück.

Sie bemerkte den angespannten Ausdruck in seinem Gesicht, die Furchen um seinen Mund. Als ihr Blick auf seinen Schritt fiel, konnte sie den langen Schaft erkennen, der sich unter dem Jeansstoff abzeichnete.

Simon beugte sich vor und küsste Kara behutsam auf die Stirn. »Entscheide das später. Du hast heute eine Menge durchgemacht und musst deine Krankheit auskurieren. Ruh dich aus. Iss. Entspann dich. Ich bin oben in meinem Computerlabor, falls du etwas brauchst. Nina wird bald mit deiner Kleidung hier sein. Du kannst den Morgenrock gern behalten. Er steht dir gut. Aber nur, dass du es weißt ... ich werde jedes Mal, wenn du ihn trägst, eine unbändige Erektion bekommen. Ich werde mich an jeden entzückenden Laut, jede köstliche Reaktion von dir erinnern, als du in meinen Armen gekommen bist.«

Als Simon sich umdrehte und aus der Küche schlenderte, sodass Kara das Spiel seiner Muskeln in seinem perfekt geformten Hintern und Rücken beobachten konnte, griff sie nach dem Küchentresen hinter sich und klammerte sich mit solcher Kraft daran fest, dass ihre Fingerknöchel weiß hervortraten.

»Ist das wirklich gerade passiert?«, flüsterte Kara erstaunt und hoffte, dass dieser ganze Tag nur ein schlechter Traum war, aus dem sie in ihrem eigenen Bett, in ihrer eigenen winzigen Wohnung erwachen würde.

Simon Hudson war eine Gefahr für ihren gesunden Menschenverstand, und sie musste sich so weit wie möglich von ihm fernhalten.

Vier Monate. Konnte sie das tun? Kara richtete sich auf und zog den Morgenrock enger um ihren Körper. Sie war eine Überlebenskünstlerin, sie würde überleben. Simon hatte erwähnt, dass es keine Voraussetzung war, mit ihm zu schlafen. Es musste also nicht geschehen.

Kara holte tief Luft und versuchte, ihren Körper zu entspannen. Sie würde tun, was immer sie konnte, um Simon zu helfen, *außer* mit ihm schlafen. Sie konnte kochen, putzen und bei allem Möglichen helfen. Keinen Job mehr zu haben würde sie sowieso ruhelos machen. Sie musste ihm mit anderen Dingen seine Hilfe zurückzahlen.

Das möchtest du zwar, aber du weißt, dass du ihn willst.

Kara schüttelte den Kopf, versuchte, ihre eigensinnigen Gedanken zum Schweigen zu bringen. Mit Simon Hudson etwas anzufangen, war keine gute Idee. Das milliardenschwere Genie war der Typ, der sie nach einer Nacht voller Leidenschaft am Boden zerstört zurücklassen würde. Das hatte er gerade bewiesen. Er hatte ihre Welt aus den Angeln gehoben, und sie hatte noch nicht einmal mit ihm geschlafen.

Aber jetzt weißt du, dass es eine unglaubliche Nacht wäre, die du niemals vergessen würdest.

Garantiert wäre es das. Das war ja gerade ihre Angst. Es wäre viel zu unvergesslich. Sie schüttelte den Kopf und plötzlich fiel ihr die Praxis ein. Sie hätte heute Morgen dort sein sollen.

Oh, Scheiße! Ich muss Maddie anrufen! Wie konnte ich das vergessen?

Kara hatte im letzten Jahr jeden Samstagmorgen ehrenamtlich mit Doktor Madeline Reynolds zusammengearbeitet, die an diesem Tag Kinder unentgeltlich in der Praxis behandelte. Obwohl Kara noch keine examinierte Krankenschwester war, half sie aus und übernahm jede Aufgabe, zu der sie imstande war, damit Maddie an diesem Tag so viele Kinder wie möglich behandeln konnte.

Kara schnappte sich ein schnurloses Telefon vom Küchentresen, wählte hastig Maddies Nummer und erklärte ihr, was passiert war und warum sie es nicht mehr in die Sprechstunde geschafft hatte.

»Du bist ja keine bezahlte Arbeitskraft, Kara, obwohl ich dir dankbar dafür bin, dass du kommst, um zu helfen. Ich komme klar heute. Bist du okay? Brauchst du eine Bleibe?«

Maddies Stimme klang besorgt, und Karas Herz schlug höher. Maddie war so großzügig, so fürsorglich … aber sie konnte ihrer Freundin nicht zur Last fallen. Kara wusste, dass Maddie jeden Penny, den sie übrig hatte, in die kostenlose Sprechstunde steckte, und es war noch nicht lange her, dass sie das Medizinstudium beendet hatte. Kara hatte gehört, wie Maddie im Scherz mehr als einmal gesagt hatte, dass sie noch bis ins Rentenalter ihren Studienkredit würde zurückzahlen müssen.

»Nein. Mir geht's gut. Ich habe einen … Freund, der mir hilft«, antwortete sie und hoffte, dass ihre Stimme normal klang.

Am anderen Ende der Leitung war es kurz still, bevor Maddie Kara einschärfte: »Ruf mich an, wenn du Hilfe brauchst, Kara. Das wirst du doch tun, oder?«

»Klar. Ich verspreche es. Dann bis nächsten Samstag.«

»Pass auf dich auf. Wenn du zufällig dieses Miststück von Mitbewohnerin treffen solltest, ruf mich an. Ich werde ihr die Hucke vollhauen«, sagte Maddie aufgebracht.

Kara lachte. »Du musst dich hinten anstellen. Ich bin so sauer, dass ich das selbst übernehmen werde.«

Nach ein paar weiteren Beteuerungen Maddie gegenüber, dass sie schon klarkommen würde, legte Kara mit einem Seufzer auf und ging auf der Suche nach ihren Sachen oder dem, was davon übrig geblieben war, durch die Wohnung.

Du schaffst das. Du hast es bis hierher geschafft. Vier Monate sind nicht die Welt. Irgendwann kannst du alles ersetzen, was dir abhandengekommen ist.

Eine Gänsehaut lief Kara über den Rücken, als sie sich auf die Suche nach dem Gästezimmer machte, in dem ihre Habseligkeiten lagen, und sie spürte, dass die nächsten vier Monate eine noch größere Herausforderung sein würden als alles, was sie bisher hatte bewältigen müssen.

Armut!

Einsamkeit!

Ablehnung!

Unsicherheit!

Angst!

Das alles war ein Klacks gewesen verglichen mit mehreren Monaten bei Simon Hudson. Die Versuchung würde ihr unnachgiebig im Nacken sitzen.

Kapitel 5

In den nächsten sechs Tagen fand Kara heraus, dass es einfach war, mit Simon zusammenzuleben ... solange er seinen Willen bekam. Sie erwischte sich mehr als einmal dabei, dass sie über seine anmaßende Haltung und seine Taktik, immer die Führung übernehmen zu wollen, murrte.

Der Mann war ohne Frage großzügig, und sie hatte bereits mehrere hysterische Anfälle bekommen, weil er so viel Geld für sie ausgab. Kleidung, Laptop, iPhone, iPod, iPad ... Simon liebte Geräte, die mit einem *i* anfingen, und alles, von dem er glaubte, dass es für Karas Wohlbefinden notwendig war. Sie hatte versucht, ihm geduldig zu erklären, dass sie vorher auch gut ohne diese Dinge gelebt hatte, doch Simon grummelte nur und gab ihr binnen Kurzem ein weiteres sogenanntes unentbehrliches Gerät, die allesamt ganz bestimmt nicht lebensnotwendig waren.

Der einzige Kampf, den sie tatsächlich gewonnen hatte, war der über den Kauf eines Autos für sie. Kara hatte ein Machtwort gesprochen und es mit der Begründung abgelehnt, dass sie lieber den Bus nehmen würde. Ehrlich gesagt hatte sie auch bei dieser Diskussion nicht gewonnen. Der einzige Grund, weshalb Simon eingelenkt hatte, war, dass er einen Fahrer hatte, einen reizenden Mann namens James, der sie jeden Tag zur Schule fuhr und nach dem Unterricht oder Praktikum wieder abholte. James schien für Simon immer auf Abruf bereitzustehen, obwohl Simon selbst jeden Morgen in einem Bugatti Veyron ins Büro fuhr. Kara wäre fast die Luft weggeblieben, als sie das unerhört teure, schnittige Fahrzeug zum ersten Mal gesehen hatte. Solch ein Geschoss kannte sie nur von Fotos. Simon zuckte lediglich mit der Schulter und erzählte Kara, dass Sam auch so einen besitzen würde, nur neuer. Und diese Tatsache schien Simon jedes Mal zu ärgern, wenn von seinem heiß geliebten Wagen die Rede war. Kara hatte mit den Augen gerollt und war gegangen. Simon war wirklich wie ein kleiner Junge ... nur reicher ... viel reicher ... und seine Spielzeuge waren sehr viel teurer.

Nina, Simons persönliche Assistentin und Mitarbeiterin, die ihr sofort sympathisch gewesen war, hatte Kara am vergangenen frühen Samstagmorgen neue Kleidung gebracht. Sie war nicht allein gekommen. Eine Reihe kräftiger Männer war nötig gewesen, um die komplette neue Garderobe hereinzuschleppen, die ganz gewiss nicht von Walmart oder einem normalen Textildiscounter stammte.

Kara hatte jetzt einen riesigen begehbaren Kleiderschrank, der mit teurer Designer-Kleidung gefüllt war, von der sie das meiste wahrscheinlich gar nicht tragen würde. Himmelherrgott, sogar die Jeans waren Designerware und teuer. Jedes Stück passte perfekt. Simon hatte anhand der verschmutzten Kleidung in Karas Rucksack ihre Größe herausgefunden. Die Sache mit der neuen Garderobe war die erste von vielen Erfahrungen gewesen, die Kara gelehrt hatten, dass Simon sich nie mit wenig zufriedengab.

Sie war regelrecht zurückgeschreckt, als sie gesehen hatte, wie viel Geld er auf ihr Girokonto eingezahlt hatte. Woher zum Teufel hatte der Mann ihre Kontonummer? Er hatte nur wieder mit den Schultern gezuckt und ihr mitgeteilt, dass sie es ihn wissen lassen solle, wenn sie mehr Geld brauche. Er würde sich darum kümmern. Mehr Geld? Er hatte einhunderttausend Dollar auf ihr Konto überwiesen! Kara hätte fast einen Herzinfarkt bekommen, als sie ihren Kontostand überprüfte. Ein Konto, das sich normalerweise im einstelligen Bereich bewegte, war plötzlich zu einer unerschöpflichen Geldquelle geworden. Wie konnte man in ein paar Monaten so viel Geld ausgeben?

Kara hatte versucht, Simon dazu zu bringen, das meiste davon zurückzunehmen. So viel Geld auf dem Konto zu haben war tatsächlich ein bisschen beängstigend, und ihre Bedürfnisse waren einfach. Sie hatte bereits alles, was sie brauchte, und sogar noch mehr dank Weihnachtsmann Simon. Der hatte jedoch nur einen Fluch gemurmelt und irgendetwas über dickköpfige Frauen und ihre Bitte ignoriert. Schließlich hatte Kara resigniert die Hände in die Luft geworfen und war etwas über unflexible, arrogante Männer grummelnd davongestampft. Ein leises Kichern folgte ihr, als sie das Zimmer verließ, und sie hatte sich zwingen müssen, nicht zurückzuschauen, um herauszufinden, ob Simon grinste.

Eigentlich war sie froh gewesen, ihm ein bisschen Belustigung verschafft zu haben, denn mit etwas anderem schien sie ihn nicht unterstützen zu können. Fast die ganze Zeit fühlte sich Kara furchtbar schuldig, seine großzügige Art so auszunutzen.

Einmal pro Woche kam Personal, das putzte und sich um die Wäsche kümmerte. Deshalb gab es für Kara wenig zu tun außer zu kochen, für das sie mehr als genug Zeit hatte. Backen und Kochen waren die einzigen nützlichen Dinge, die sie tun konnte, um Simon zu helfen, doch er schien zu denken, es sei eine monumentale Aufgabe, vergleichbar mit der Rettung seines Lebens, wenn Kara eine Mahlzeit zubereitete.

Es schien, als würde Simon niemals kochen und sich zu Hause vorwiegend von Sandwiches ernähren, denn die Anstellung eines Kochs hatte er nie ins Auge gefasst. Seine persönliche Assistentin kaufte zwar Lebensmittel für ihn ein, doch diese Aufgabe hatte Kara nun von einer dankbaren Nina übernommen.

Simons Mitarbeiterin erzählte Kara, dass sie es satthabe, zuzusehen, wie sich Simon von Fertiggerichten aus der Mikrowelle und Sandwichzutaten ernährte, die er jede Woche orderte. Die sehr kleine, gepflegte, wahrscheinlich über sechzigjährige Frau hatte nur mit Nachdruck »Halleluja, er wird endlich essen« von sich gegeben und Kara äußerst erfreut die übliche Einkaufsliste übergeben.

Kara schlug ihr Krankenpflegebuch zu, beendete ihre Lernphase und streckte sich auf dem großen Bett im Gästezimmer aus. Sie hatte sich auf den Rücken gerollt und starrte an die Decke. Sie sollte Simon fragen, was er zum Abendessen wollte, obwohl sie bereits wusste, was er antworten würde: *Alles, was ich nicht kochen muss!*

Morgens war er normalerweise im Büro und am Nachmittag und Abend oben in seinem Computerlabor. Die Wohnung war riesig, und Kara fragte sich, ob sie sich je zurechtfinden würde, denn immer wieder einmal bog sie falsch ab.

Sie hüpfte vom Bett und ging durch das prächtige Wohnzimmer, wo sie die Aussicht aus dem großen Panoramafenster bestaunte. Simon lebte im Penthouse, in der größten Wohnung des Gebäudes, und jedes funkelnde Licht Tampas lag in atemberaubendem Glanz vor ihr ausgebreitet. Einfach unglaublich, diese prächtige Aussicht jeden Abend bewundern zu können. Kara wünschte, Simon würde sich einen Moment Zeit nehmen und sie genießen. Im Augenblick schien er völlig von einem Projekt in Anspruch genommen zu sein und kam nur kurz zum Abendessen herunter, bevor er wieder in seinem Labor verschwand.

Kara fragte sich, ob er ihr aus dem Weg ging, und hatte ein schlechtes Gewissen bei dem Gedanken, dass er sich vielleicht in seinem eigenen Zuhause versteckte. Sie hatten nie darüber gesprochen, was sich vor sechs Tagen in der Küche ereignet hatte. Höflich bewegten sie sich umeinander herum und führten beim Abendessen oberflächliche Gespräche.

Als Kara um die Ecke bog und eine schwarze Wendeltreppe hinaufstieg, gestand sie sich ein, dass sie seine Gesellschaft eigentlich brauchte. Als sie neben der Schule noch gearbeitet hatte, war sie so beschäftigt gewesen, dass ihr ihre Einsamkeit gar nicht aufgefallen war. Doch jetzt hatte sie zu viel Zeit und am Abend nach dem Lernen nichts weiter zu tun, als vor Simons riesigem Fernseher zu sitzen oder zu lesen. Zurückgezogenheit war gut und schön, aber jeden Abend alleine zu sein, machte sie einsam. Als Kara noch gearbeitet hatte, waren wenigstens Kunden und die anderen Mitarbeiter um sie herum gewesen.

Über sich selbst empört, bog Kara, am Ende der Treppe angekommen, nach links und machte sich auf den Weg zu Simons Labor. Worüber wollte sie sich beschweren? Sie hatte jeden Luxus, jede Annehmlichkeit. Sie lebte in einer Wohnung, von der die meisten Leute nur träumen konnten, und musste sich keine Sorgen ums Geld machen. Obwohl Kara eigentlich verdammt froh sein musste, dass sie ein Dach über dem Kopf hatte und haufenweise zu essen, hätte sie dennoch gern ein bisschen mehr von Simon gehabt.

Vor seinem Labor angekommen klopfte sie vorsichtig an. »Herein.« Die abrupte, verwirrte Antwort ließ Kara lächeln. Er war garantiert in irgendein Projekt vertieft.

Normalerweise steckte sie nur ihren Kopf durch die Tür, aber diesmal betrat sie neugierig auf Simons Labor den Raum und schloss die Tür hinter sich. Überall standen Computer, und Simon saß auf einem Bürostuhl mit Rollen und rollte von einem Computer zum anderen, was durch die große Bodenschutzmatte aus Plastik erleichtert wurde, die sich unter den im Halbkreis aufgebauten Computern befand. Kara tappte über den hochflorigen Teppich, bis ihre Füße auf das glatte Plastik trafen, und spähte auf die Computerbildschirme. Überrascht stellte sie fest, dass sie das Bild auf dem größten Bildschirm kannte.

Mit zusammengekniffenen Augen fragte sie leise: »He! Ist das Myth World?«

Simon hob den Kopf und sah Kara überrascht an. »Ja! Kennst du das Spiel?«

»Ob ich es kenne? Ich bin auf dem Experten-Level«, antwortete sie ein bisschen beleidigt darüber, dass er dachte, sie wäre mit solch einem bekannten Spiel nicht vertraut. »Lydia hatte es, und ich war sofort Feuer und Flamme, als ich es das erste Mal ausprobiert habe.«

Kara liebte das Spiel, und wann immer sie etwas Zeit erübrigen konnte, spielte sie es auf Lydias Computer, manchmal sogar spät nachts. Das war ihre einzige Schwäche. Sie konnte nicht widerstehen und ließ sich vom Computer in eine ganz neue Welt entführen, bei dem die Herausforderung darin bestand, Geheimnisse herauszufinden und gegen mythologische Figuren zu kämpfen.

Simons Mund verzog sich immer mehr, bis sich ein fast dümmliches Grinsen in seinem Gesicht eingegraben hatte und Karas Herz für einen Schlag aussetzte. Es war das erste ehrliche, durch und durch strahlende Lächeln, das sie je bei Simon gesehen hatte.

Er rollte mit seinem Schreibtischstuhl hinüber zum Bildschirm mit den bekannten Figuren und sagte: »Das ist mein Spiel. Das hier ist Myth World II.«

»Oh mein Gott. Lass mich sehen.« Völlig aufgeregt drängte sich Kara vor ihn. Sie hatte die Ursprungsversion seit einer Woche nicht gespielt, und hier war die neuste Version. Genau hier, in der Wohnung, in der sie lebte. »Ist es fertig? Kann ich es spielen? Ich vermisse das kleine bisschen Realitätsflucht wirklich.«

»Das hier ist die Demo-Version. Es ist noch nicht auf dem Markt. Du kannst es ausprobieren, wenn du magst«, antwortete Simon mit gutmütiger, jungenhafter Stimme. Er ging die Bedienelemente durch, stand auf und überließ ihr den Stuhl, damit sie sich auf das neue Spiel konzentrieren konnte.

Es war ähnlich und doch völlig anders. Kara schob die Unterlippe vor, während sie alle komplizierten Details des Spiels herauszufinden versuchte. »Du hast es schwerer gemacht«, beklagte sie sich lachend bei Simon.

»War die ursprüngliche Version einfach?«, fragte er mit einem Lächeln in der Stimme.

»Nein, aber nicht so schwierig wie diese hier«, antwortete Kara und starrte konzentriert auf den Bildschirm.

»Doch. Du bist nur noch nicht an diese Version gewöhnt.« Während Simon sie forschend ansah, fragte er: »Was gefällt dir an dem Spiel?«

»Die Strategie, die Aufgabe, Geheimnisse herauszufinden, die Scheinwelt. Es ist, als würde man für kurze Zeit in eine andere Dimension katapultiert werden.« Kara sah zu Simon auf, nachdem sie auf dem Bildschirm gerade völlig vernichtet worden war. »Du bist ein Genie, Simon«, erklärte sie völlig aufrichtig. »Mir war nie bewusst, dass das hier ein Hudson-Spiel ist.«

Kara hätte schwören können, dass Simon rot wurde, als er seinen Kopf wegdrehte und fast schüchtern antwortete: »Es ist nur Computerkram. Nichts Aufregendes.«

Sie nahm ihre Hände vom Schreibtisch und faltete sie sorgfältig in ihrem Schoß, als sie nachdrücklich fortfuhr: »Es ist unglaublich kreativ, Simon. Es gehört mehr dazu, als nur zu programmieren, um auf solche Ideen zu kommen.«

»Ich überspiele es dir auf deinen Laptop«, bot er leise an.

»Oh Gott, nein. Ich käme nie mehr zum Lernen«, sagte sie und sah ihn lachend an.

»Ich glaube, du hast dich sehr gut unter Kontrolle«, wandte er sich wieder zu ihr um und klang enttäuscht.

»Überhaupt nicht. Ich gerate völlig außer Rand und Band, wenn es um Myth World geht. Gibt es noch andere Spiele, die du entwickelt hast?«

»Na klar, Dutzende.«

»Würde es dir etwas ausmachen, sie auf den PC im Arbeitszimmer zu überspielen?«, fragte Kara zögernd.

»Du kannst hochkommen und sie auf dem Anwendungscomputer spielen.« Simon deutete auf einen großen Computer mit Bürostuhl in der Ecke. »Alle meine Spiele sind darauf gespeichert. Eigentlich jedes nur erdenkliche Spiel.«

Kara legte in vorgetäuschtem Erstaunen die Hand aufs Herz. »Ach du liebes bisschen! Du hast sogar die Spiele anderer auf diesem Computer?«

Er kam mit einem verschmitzten Lächeln auf den Lippen näher. »Manchmal finde ich es wichtig ... die Konkurrenz im Auge zu behalten.«

»Ist sie gut?« Kara sah zu ihm auf und war fasziniert von Simons jungenhafter Seite.

»Nee ... aber ich muss wissen, was sich gut verkauft«, antwortete er feixend.

Gott, der Mann war so heiß, wenn er Witze machte. Oh verdammt, er war eigentlich immer heiß. Kara nahm seinen maskulinen Geruch wahr, den Hauch von Sandelholz. Es war ein warmes, volles Aroma. Kara wand sich, und ihre Haut kribbelte. »Wenn es dir nichts ausmacht, werde ich auf dein Angebot zurückkommen. Ich bin eigentlich daran gewöhnt, viel zu tun zu haben, und bei den neusten Fernsehserien nicht auf dem Laufenden. Manchmal bin ich ein bisschen einsam. Diese Wohnung ist so groß.« Warum hatte sie das zugegeben? »Sei aber nicht böse, wenn ich das Abendessen nicht rechtzeitig fertig habe, weil ich mich in deinen Spielen verliere«, sagte sie mit gespielt warnender Stimme, ein Versuch, witzig zu klingen.

Simon beugte sich ein wenig vor, stützte sich auf einem Knie ab und befand sich nun auf Augenhöhe mit ihr. »Bist du einsam hier, Kara?« Seine Stimme klang beunruhigt und verblüfft, als sich ihre Blicke trafen. »Gefällt es dir hier nicht?«

»Nein! Oh nein! Simon, es ist herrlich hier. Wie könnte es mir nicht gefallen?« Kara seufzte und versuchte es zu erklären. »Ich bin nur so sehr daran gewöhnt, nicht viel Zeit zum Nachdenken zu haben, Zeit für mich. Ich muss mich nach dem verrückten Tempo, in dem mein Leben bisher abgelaufen ist, erst daran gewöhnen.«

»Selbstmörderisch, meinst du«, entgegnete Simon gereizt. »Mit der Lebensweise warst du auf dem besten Wege, dich kaputt zu machen, Kara.«

»Ich weiß. Und ich bin dankbar. Wirklich, das bin ich. Dies hier ist nur so anders«, versicherte sie ihm und wollte nicht, dass er sie für undankbar hielt. Verdammt, sie säße jetzt auf der Straße, wenn Simon nicht so großzügig gewesen wäre, aber dennoch ... »Hier oben bei dir werde ich glücklicher sein.«

»Willst du denn meine Gesellschaft?« Simon betrachtete Kara forschend. Er klang verwirrt.

»Natürlich. Aber ich weiß, dass du viel zu tun hast. Und ich dachte, du würdest mir aus dem Weg gehen, nachdem ... also nachdem ...«

»Nachdem ich dir gesagt habe, dass ich dich ficken will?«, fragte er geradeheraus und hielt seinen Blick auf Kara geheftet.

»Ja«, flüsterte sie leise, erschrocken über seine schroffe Formulierung, aber froh, dass es heraus war. Es hatte schon die ganze Zeit in ihr gebrodelt und ihr Angst gemacht.

»Ich bin dir nicht aus dem Weg gegangen, Kara. Ich möchte dich sehen, bei dir sein, ob du mich ficken willst oder nicht«, erklärte Simon mit fester Stimme.

»Wirklich?«, fragte Kara leicht verwundert. »Warum?«

»Ich fühle mich manchmal auch einsam, und ich bin gern mit dir zusammen.«

Sie holte tief Luft, bemüht, ihr rasendes Herz zu beruhigen. *Ich will, dass du mich fickst. Ich will, dass du mich auf hundert verschiedene Arten nimmst und es dann noch einmal tust.*

Kara stieß die Luft aus und ließ ihren Blick über Simon schweifen. Nur an diesen großen, festen, dominanten Körper über ihr, in ihr, zu denken, ließ sie unruhig auf ihrem Stuhl herumrutschen. Es juckte ihr in den Fingern, das Gesicht zu berühren, das ihrem eigenen so nahe war, die sexy, raue Wange mit dem sinnlichen Bartschatten zu streicheln, der die Narben fast unsichtbar machte. Seltsamerweise verstärkten diese kleinen Narben Simons Sexappeal, machten ihn noch männlicher, noch unwiderstehlicher.

Nein, Kara. Denk nicht daran. Abendessen. Du wolltest ihn wegen des Abendessens fragen. Simon Hudson ist überhaupt nicht deine Liga.

»I-Ich bin eigentlich gekommen, um dich zu fragen, was du zu Abend essen möchtest.« Karas Stimme war unsicher, und sie stolperte praktisch über ihre Worte. Simons direkte Nähe ging ihr an die Nieren, ließ sie mehr haben wollen als nur seine Gesellschaft. Sie stieß ihren Bürostuhl zurück und stand auf, wischte nervös ihre schwitzenden Handflächen an ihrer Jeans ab.

Es half nichts. Auch Simon erhob sich und überragte sie nun wieder. »Ich werde dir helfen. Ich bin hier vorerst fertig.«

Kara schluckte, fragte sich, ob die riesige Küche groß genug für sie beide war. Sie wollte ihm zwar nahe sein, doch nicht so nahe, dass die Sehnsucht, die sie fühlte, sie übermannte. »Gut. Dann lass uns sehen, was wir dahaben.« Ihre Schritte waren lang und schnell, als sie zur Küche voranging, glücklich, dass Simon ihr Gesellschaft leisten würde, doch nicht so ganz sicher, wie sie mit ihrem heimtückischen Körper und seiner Reaktion auf Simon umgehen sollte.

Völlige Unterwerfung.

Was genau hatte er damit eigentlich gemeint ... und wollte sie das wirklich herausfinden?

Kapitel 6

Simon wusste, dass er langsam und ungewollt völlig die Kontrolle verlor. Sein Verstand wanderte zu Stellen, zu denen er nicht abdriften sollte, und er hatte in den letzten Tagen Überstunden machen müssen, weil er an nichts anderes mehr denken konnte, als an die Tatsache, dass Kara hier war, in seinem Zuhause, und ihn damit immer mehr in den Wahnsinn trieb.

Wenn ich sie nicht bald ficke, drehe ich durch.

Froh, dass er hinter ihr ging und sie somit seine offensichtliche Erektion nicht sehen konnte, beobachtete er ihre hin und her schwingenden Hüften in einem Paar arschbetonender Jeans, während er ihr in die Küche folgte. Ein frischer, verführerischer Geruch entströmte ihrem Körper, und er atmete ihn ein wie jemand, dem man den Sauerstoff entzogen hatte. Simon war gierig nach ihrem Duft. Er roch sie überall, sogar in seinem Schlafzimmer. Ihr Duft schien jedem Teil seiner Wohnung anzuhaften und erinnerte ihn an ihre Anwesenheit. Als ob er die vergessen könnte!

Was faszinierte ihn so sehr an Kara? Es war ja nicht so, als würde sie es darauf anlegen, unwiderstehlich zu sein. Sie schminkte sich nur sehr wenig, und er hatte sie noch nie in etwas anderem gesehen als in Jeans, abgesehen von der atemberaubenden Nacht, als sie in diesem kurzen Minirock und engen Pulli aufgetaucht war. Und doch war Simon völlig verzaubert von ihr.

»Warum hast du keinen festen Freund?«, fragte er neugierig. »Wäre es nicht leichter gewesen, zur Krankenpflegeschule zu gehen, wenn du einen Mann in deinem Leben hättest?«

Sie hatten die Küche erreicht, und Kara holte Salat, Paprikaschoten und anderes Gemüse aus dem Kühlschrank. »Möchtest du beim Schneiden der Zutaten für den Salat helfen? Ich werfe ein paar Steaks in die Pfanne.« Sie öffnete erneut den Kühlschrank und holte das Fleisch heraus, bevor sie auf seine eigentliche Frage antwortete. »Warum sollte ich einen Freund wollen, wenn ich die Schule besuche?« Kara warf Simon einen verblüfften Blick zu, zog ein Schneidebrett hervor und gab ihm ein Messer aus dem Messerblock.

»Damit dir jemand helfen kann. Wäre das nicht leichter?«, antwortete Simon, während er das Gemüse wusch und ungeschickt mit dem Zerschneiden begann. Kochen gehörte eindeutig nicht zu seinen besten Fähigkeiten.

Er schnitt sich fast in den Finger, als sie laut auflachte, bevor sie antwortete: »Nach meinen Erfahrungen sind feste Freunde nicht gerade hilfreich.«

Kara klang belustigt, doch Simon hörte einen Hauch von Schmerz aus ihrer Stimme heraus. »Schlechte Erfahrungen?«

»Ja.«

»Was ist passiert?«

Kara legte die Steaks auf den Bratrost im Backofen und drängte Simon beiseite. Sie öffnete den Kühlschrank, holte ein Bier heraus, öffnete den Verschluss und drückte es Simon in die Hand. Dann scheuchte sie ihn zu den Sitzgelegenheiten am Küchentresen. »Ich schneide. Du amputierst dir womöglich noch einen Finger oder zwei.«

Simon zog die Stirn in Falten, als er sich setzte, und beobachtete ihr Profil, als sie schnitt und würfelte wie eine professionelle Köchin. »Also, was ist passiert?«

Kara seufzte. »Ich war fünf Jahre mit Chris zusammen und habe geglaubt, dass wir heiraten würden. Dummerweise bin ich eines Tages früher von der Arbeit nach Hause gekommen und habe ihn im Bett mit einer Frau erwischt, von der ich dachte, sie sei meine beste Freundin.«

War der Typ völlig verrückt? Er hatte Kara jede Nacht in seinem Bett und wollte eine andere? »Er war ein Idiot.«

»Es hatte nicht sein sollen. Ich war wirklich froh, dass ich nicht mit ihm verheiratet war.«

»Aber es tut noch weh.«

Kara zuckte mit den Schultern. »Das ist schon lange her.«

»Scheißkerl!« Simon konnte nicht anders. Er hätte das Arschloch am liebsten verprügelt.

»Und du?« Kara warf einen Blick auf Simon, während sie in Streifen geschnittene grüne Paprikaschoten in die Salatschüssel gab.

»Was ist mit mir?«

»Freundin? Ich fühle mich, als würde ich dich einengen. Also, weil ich hier lebe.« Kara sah Simon nicht an und widmete sich den Tomaten.

Er zuckte mit den Schultern. »Ich hatte nie eine.«

Mitten im Schneiden hielt sie inne und starrte ihn erstaunt an. »Im Ernst?«

Simon zählte die eine Frau nicht dazu, die sein Leben im Alter von sechzehn Jahren für immer verändert hatte. Jahrelang hatte er ihren Namen nicht ausgesprochen oder über sie geredet. Mit niemandem.

»Nein. Ich bin nicht gerade das, was man einen geselligen Typ nennt. Sam ist zwanghaft hinter Verabredungen her. Aber er hat auch das Aussehen dafür«, antwortete er trocken und nahm einen kräftigen Schluck Bier.

Kara murmelte etwas, das Simon nicht ganz mitbekam. »Was hast du gesagt?«, fragte er und wunderte sich, dass sie rot wurde wie eine Tomate.

»Ich habe gesagt, dass du besser aussiehst.«

Simon ließ fast sein Bier fallen, fing es gerade noch auf, bevor es in seinem Schoß landete. »Hast du Sam schon mal gesehen?«

Kara sauste ins Esszimmer, um den Salat auf den Tisch zu stellen, und rief: »Na klar. Du hast Fotos von ihm und Helen überall.«

Simon klappte die Kinnlade herunter, und er wartete, bis sie zurückkam, um nach den Steaks zu sehen, bevor er unfreundlich antwortete: »Dann weißt du auch, dass das nicht wahr ist.«

»Meiner Meinung nach aber schon«, entgegnete sie stur. »Bilde dir darauf aber bloß nichts ein.«

Er grinste. Nur Kara konnte ein Kompliment raushauen und ihm gleich darauf einen Dämpfer verpassen. Trotzdem konnte er nicht glauben, dass sie ihn tatsächlich attraktiv fand. »Und was ist mit meinen Narben? Sam sieht gut aus wie ein blonder Filmstar mit grünen Augen. Frauen scheinen das zu lieben.« Die Frauen liebten Sam ... und Sam liebte die Frauen. Alle! Er bezauberte Frauen jeglichen Alters. Zu schade, dass die grenzenlose Liebe nicht lange andauerte, sobald er eine Beziehung begann.

»Ich schätze, ich stehe auf große, dunkle, griesgrämige Männer«, verriet Kara ihm heiter, während sie die Steaks aus dem Ofen holte.

Simon griff nach einem Topflappen, und sein Grinsen wurde breiter, als er die brutzelnden Fleischstücke entgegennahm und jeweils eines auf die beiden Teller legte, die Kara bereitgestellt hatte. Aus zusammengekniffenen Augen beobachtete er sie und versuchte herauszufinden, ob sie wirklich mit ihm flirtete. Er hatte keine Ahnung. Vielleicht war sie einfach nur nett. Immerhin kannte sie Sam nicht und lebte in seiner Wohnung. Und doch verursachte ihr Kommentar ein warmes Gefühl, und er kam sich vor wie etwas Besonderes. Verglichen mit Sam hatte ihn noch nie jemand für gut aussehend gehalten, außer vielleicht seine Mutter. Die Frauen, mit denen er Sex hatte, machten das aus finanziellen Beweggründen. Eine gegenseitige Abmachung, die für ihn in Ordnung gewesen war ... bei diesen Frauen!

Kara war eine völlig andere Geschichte. Instinktiv wusste Simon, dass ihn eine Vereinbarung mit Kara, die den bisherigen Abmachungen glich, kaputt machen würde.

Als sie sich an den Esstisch setzten, erinnerte sich Simon plötzlich daran, was er vorhin für Kara beschafft hatte. »Ich habe etwas für dich.«

Fast musste er lachen, als sie die Stirn runzelte, den Kopf schüttelte und meinte: »Simon, ich nehme nichts mehr von dir an. Du hast genug für mich getan. Viel zu viel.«

Er war nicht der Ansicht, dass er auch nur annähernd genug getan hatte, doch er entgegnete: »Das hier wirst du annehmen.«

»Nein ... werde ich nicht.«

Gott, er liebte diesen störrischen Ausdruck in ihrem Gesicht. Er lehnte sich auf dem Stuhl zurück und griff in die Vordertasche seiner Jeans. Dann zog er die Hand wieder heraus und hielt sie Kara hin, doch die schüttelte noch immer hartnäckig den Kopf. Deshalb legte Simon den Gegenstand auf den Tisch.

»Oh mein Gott«, hauchte Kara leise und in ihrer Stimme schwangen Ehrfurcht und Entzücken. Sie griff mit zitternder Hand nach dem Ring und ließ ihn langsam auf ihren Finger gleiten. »Der Ring meiner Mutter. Ich hätte nicht gedacht, dass ich ihn jemals wiedersehen würde. Woher hast du ihn?«

»Aus dem Pfandleihhaus«, antwortete Simon und war froh, dass er einige seiner Mitarbeiter auf der Suche nach dem Ring in alle Leihhäuser des Bezirks geschickt hatte. »Ich wusste, dass dich sein Verlust traurig gemacht hat.«

»Er ist nicht kostbar, aber er bedeutet mir viel. Es ist das Einzige, was ich von meiner Mutter noch habe«, sagte Kara mit erstickter Stimme.

Simon würde ihr niemals erzählen, dass Karas Mitbewohnerin nur ein paar Dollar für das Schmuckstück an ihrem Finger bekommen hatte. Es war ein billiger Ring in der Form eines Schmetterlings mit einem winzigen Amethyst-Splitter in der Mitte, doch Simon hatte Kara den Schmerz über den Verlust angesehen.

»Ich bin froh, dass wir ihn finden konnten.«

Simon hatte sie nicht kommen sehen. Sie war von ihrem Stuhl aufgesprungen, landete mit ihrem entzückenden Hintern auf seinem Schoß und schlang ihre Arme um seinen Hals, und er umfasste ihre Taille, damit sie nicht herunterrutschte, als sie ihn mit Küssen überschüttete. Auf sein Gesicht, auf seine Haare, überall, wo sie hinkam. Simon fühlte die Begeisterung, die ihrem Körper entströmte, die Freude, die aus jeder Pore drang. »Danke, Simon. Du bist der wunderbarste Mann auf der Welt.«

Herrgott! So sehr er auch ihre Begeisterung liebte und ihre Glückseligkeit schätzte, doch wenn sie nicht aufhörte, mit ihrem knackigen Hinterteil auf ihm herumzuhüpfen, dann würde er in seiner Jeans kommen. Ihre üppigen Brüste rieben gegen seine Brust, und ihr Duft weckte in ihm das Verlangen, sie zu verschlingen. Jeden entzückenden Zentimeter von ihr. »Ich finde, ich verdiene einen richtigen Kuss. Ich habe dir doch gesagt, dass du es annehmen würdest«, erinnerte er sie leise und mit heißblütigem Klang in der Stimme.

Kara pflügte mit den Fingern durch sein Haar, und ihre Blicke prallten aufeinander, als sie seinen Kopf nach hinten neigte. Simons Herz stolperte, denn er sah den hungrigen, leidenschaftlichen Glanz in ihrem Blick.

Ihre Augenlider senkten sich langsam, während ihr Gesicht sich seinem näherte. Auch Simon schloss die Augen und ergriff mit einer Hand ihren Hinterkopf. Er seufzte, als seine Finger durch ihre seidige dunkle Mähne fuhren. Sie schmeckte nach Frau und Verlangen, und er reagierte mit einer unkontrollierten Begierde, die ihn fast um den Verstand brachte.

Kara knabberte abwechselnd an seiner Lippe oder reizte seine Zunge mit ihrer, was in ihm das Gefühl schürte, mehr zu wollen, mehr zu brauchen. Er verstärkte den Druck auf ihren Hinterkopf, presste seinen Mund auf ihren, wollte jeden Zentimeter der süßen Höhle erkunden. Die Hand auf ihrer Taille glitt zu ihrem Hintern, schob sie noch näher an sich und entlockte ihm ein Stöhnen in ihren Mund, als sich ihre Zungen umschlangen und kosteten.

Kara reagierte so heftig, war so voller Begehren, dass Simon sich genau in dem Moment völlig in ihr verlor und sich nicht darum kümmerte, ob er je wiedergefunden wurde. *Kara. Kara.* Ihr Name hämmerte in seinem Kopf, als er versuchte sie zu verzehren, zu besitzen. Angetrieben von wilder Besitzgier sauste seine forschende Zunge immer wieder in ihren Mund, glitt sinnlich gegen ihre.

Kara entzog ihm ihren Mund, rang nach Luft und vergrub ihr Gesicht an seinem Hals. Simon spürte ihren heißen Atem an seinem Ohr, als ihre Lippen abwechselnd leckend und zwickend an der Seite seines Halses entlangwanderten.

»Kara, ich bin kein Heiliger.« Du lieber Himmel, lange hielt er das nicht mehr durch. Sein Schwanz war hart genug, um Nägel einzuschlagen, und jeder Trieb schrie ihn an, sie zu nehmen.

»Ich will dich, Simon. Unbedingt.« Diese besonderen Worte, hervorgebracht mit einer lasziven Stimme, ließen Simon aufstöhnen, sich inständig wünschen, in sie einzudringen. Und dennoch ...

»Mach es nicht aus Dankbarkeit«, knurrte er.

Kara löste sich von ihm und sah ihn mit Augen an, aus denen das pure Verlangen sprach. »Ich würde es niemals aus Dankbarkeit machen. Ich bin es satt, mich gegen diese Anziehung zu wehren, die zwischen uns herrscht, Simon. Ich will meine eine Nacht. Die, die du angeboten hast.«

Eine Nacht. Simons Herz trommelte. »Völlige Unterwerfung?«

»Ich bin mir nicht sicher, was es bedeutet ... aber ja ... völlige Unterwerfung. Ich weiß, du würdest mir niemals wehtun.«

Ihr Vertrauen und ihr Glaube an ihn zwangen Simon fast in die Knie. Kara hatte keine Ahnung, was sie erwartete, doch ihr Verlangen nach ihm war groß genug, um seinem Wunsch nachzukommen. Er liebkoste ihr Ohr, während er rau flüsterte: »Es bedeutet, dass ich die Kontrolle brauche. Ich will dich an mein Bett fesseln, dir die Augen verbinden und dich ficken, bis keiner von uns mehr fähig ist, sich zu bewegen.«

Simon spürte, wie Kara in seinen Armen schauderte, doch sie antwortete leise: »Dann mach es. Bring mich ins Bett, Simon.«

Kaum fähig zu glauben, dass sie in seinen Armen lag und willig war, erhob sich Simon und trug sie zu seinem Schlafzimmer. Er hoffte inständig, sich nicht mitten im besten feuchten Traum zu befinden, den er je gehabt hatte.

Kapitel 7

Kara zitterte, als Simon sie mit seinen starken, muskulösen Armen anhob und zärtlich gegen seinen kraftvollen Körper drückte. Hatte sie wirklich zu ihm gesagt, er solle sie ins Bett bringen und alles mit ihr tun, was er wollte? Ja ... das hatte sie ... und sie zitterte vor gespannter Erwartung. Was sie gesagt hatte, stimmte. Sie war es leid, sich gegen die Anziehung zu sträuben, die er auf sie ausübte. Eine Anziehung, die so viel mehr war, als ein kleines bisschen Chemie. Noch nie hatte sie sich von einem Mann so sehr angezogen gefühlt, und deshalb war Widerstand zwecklos und das Endergebnis unvermeidlich. Ihr Körper verzehrte sich danach, von ihm, und nur von ihm, genommen zu werden.

Eine kluge, mit allen Wassern gewaschene Frau könnte sich wahrscheinlich der Versuchung widersetzen. Doch Kara war noch nie von einem Mann wie Simon Hudson verführt worden. Er war ein Rätsel, ein Mysterium, das sie noch nicht gelöst hatte. Schroff, abweisend, beeindruckend ... doch ebenso umsichtig, sogar nett, und ab und zu bemerkte sie eine Verletzlichkeit, die in Kara den Wunsch auslöste, ihn eng an sich zu drücken und seine verletzte Seele zu trösten. Sie hatte keinen Zweifel daran, dass Simon Hudson irgendwann in seinem Leben verletzt worden war. Schlimm! Wie konnte sie dem Verlangen widerstehen, das sie für ihn fühlte? Sie hatte eine einzige Nacht mit ihm, eine Gelegenheit, wahre Begierde zu erleben. Wenn sie diese Chance nicht ergriff, das wusste Kara, würde sie es für den Rest ihres Lebens bereuen. Es war nur ein Bauchgefühl, doch sie war unter widrigen Umständen aufgewachsen und hatte gelernt, auf ihre Intuition zu hören.

Genau diese Intuition hatte sie heute Abend regelrecht angeschrien, Simons Angebot anzunehmen, hatte ihr klargemacht, dass sie die Gelegenheit ergreifen musste, um eine Leidenschaft und Begierde zu erfahren, wie sie sie noch nie erlebt hatte und wahrscheinlich auch nie wieder erleben würde.

Kara fühlte den hochflorigen Teppich in Simons Schlafzimmer unter ihren Füßen, als er sie langsam auf dem Boden absetzte und ihre Körper aneinander entlangglitten, bis Kara wieder Halt fand. Simons Gesichtsausdruck war verschlossen und sein Blick dunkel vor Verlangen und Begierde, als sich sein Mund zu ihrem herabsenkte. Pure Lust ergriff von Karas Körper Besitz, und ihre hinter seinem Hals verschränkten Arme verstärkten ihren Druck, als Simon ihren Mund eroberte, die Spange aus ihren Haaren zog und seine Finger in ihrer Mähne versenkte, während er ihren Mund noch fester gegen seinen presste. Eine Hand wanderte zu ihrem Hinterteil, zog sie heran und drückte sie gegen seine heftige Erektion, sodass Kara vor Verlangen, ihn in sich zu spüren, in seinen Mund stöhnte. Schon jetzt war sie feucht und bereit, sich von ihm in Besitz nehmen zu lassen.

Kara wollte unbedingt seine nackte Haut berühren und griff nach seinem Hemd.

»Nein«, herrschte er sie an, nachdem er seinen Mund von ihrem losgerissen und ihr Handgelenk gepackt hatte.

»Ich muss dich berühren«, keuchte Kara, verwirrt von seinem völlig veränderten Verhalten.

»Ich brauche dich nackt. Es muss so laufen, wie ich es will, Kara«, erklärte er ihr leise. »Ich habe dir gesagt, was ich will, und das war mein voller Ernst.«

Seine Stimme war fordernd, doch Kara hörte eine Spur Verletzlichkeit aus seiner Äußerung heraus. Ihr Verlangen nach ihm war größer als ihr Bedürfnis nach Atemluft, deshalb trat sie zurück und zerrte ihr T-Shirt über den Kopf. Nachdem sie den Knopf ihrer Jeans geöffnet hatte, zog sie den Reißverschluss herunter und begegnete Simons Blick ohne Verlegenheit. Sie schob die engen Jeans nach unten und streifte sie ab, als sie an ihren Knöcheln hängenblieben. In einem sehr dünnen schwarzen Seiden-BH und dazu passendem Tanga stand sie vor ihm, den Blick wie gebannt auf Simon gerichtet.

»Himmelherrgott! Du bist die schönste Frau, die ich je gesehen habe«, hauchte er ehrfürchtig, als er ihre Wange mit seiner Hand umschloss, seine Finger langsam über ihr Gesicht und an der Seite ihres Halses entlangstrichen, bevor sie die Wölbung ihrer Brüste erreichten, die durch den fast transparenten BH betont wurde.

»Das sind die teuren Dessous«, sagte sie leise zu ihm. Ihr Atem ging stoßweise, als Simon leicht die Spitzen ihrer Brüste streichelte und Kara vor Verlangen zitterte.

»Das bist du«, entgegnete er und seine Finger griffen nach dem Verschluss des BHs auf der Vorderseite. Er ließ sich leicht öffnen, und ihre Brüste schmiegten sich in seine wartenden Hände. »Du bist vollkommen.«

Kara schüttelte die Arme, und der BH fiel leise zu Boden. Als seine Hände über ihren Körper wanderten, sich über die zarte Haut ihrer Brüste legten und seine Daumen ihre empfindlichen Brustwarzen streichelten, gab sie einen zischenden Laut von sich. Seine Finger versahen Kara mit seinem Zeichen und hinterließen lichterloh brennende Spuren, wo immer er sie auch berührte.

»Obwohl ich dieses Höschen liebe, muss es weg«, verlangte Simon mit heiserer Stimme, die nur ein Flüstern war, als sein Mund an ihrem Ohrläppchen knabberte. Es war in Sekunden verschwunden. Karas Verlangen, ihn in sich zu spüren, war heftig, und ihr Innerstes schrie nach Befriedigung.

Sehnsucht und Besorgnis lieferten sich einen Kampf in ihrem Kopf, als sie völlig nackt vor ihm stand. »Simon, ich habe schon lange nicht mehr mit einem Mann geschlafen.«

»Wie lange?«, knurrte er und seine Hand umschloss besitzergreifend ihren Hintern.

»Fünf Jahre. Und auch da war ich nicht sehr gut im Bett. Es gab nur Chris, und ich war nicht genug, um ihn zufriedenzustellen«, antwortete sie leise und versuchte zu vermeiden, dass sich die Unsicherheit der Vergangenheit in ihrem Kopf festsetzte.

»Verdammt, hat er das zu dir gesagt?« Simon wollte es unbedingt wissen. Kara spürte seinen heißen Atem an ihrem Hals.

»Ja. Er sagte, dass er deshalb eine andere Frau brauchte«, stieß sie gedemütigt hervor. Sie hatte Chris geglaubt. Obwohl er ihre erste und einzige feste Beziehung gewesen war, wusste sie, dass irgendetwas Gravierendes gefehlt hatte.

»Er war ein kompletter Idiot, Kara. Du bist die Frau, von der jeder Mann träumt und die jeder haben will. Du bist genau, was ich brauche. Es war sein Problem, nicht deines«, knurrte Simon, legte seine Hände auf beide Seiten ihres Kopfes und schob sie von sich weg, bis ihre Blicke sich trafen.

»Ich will es. Wirklich. Ich will dich. Ich bin nur ein bisschen nervös«, gab Kara zu, während die Erregung noch immer in ihrem Körper bebte. »Ich will dich nicht enttäuschen.«

»Hör mir zu«, brummte Simon, als sich seine Hände in ihren Haaren zu Fäusten ballten. »Du könntest mich niemals enttäuschen. Ich will dich so sehr, dass ich kurz davorstehe, meinen Verstand zu verlieren. Ich habe dich hier. Ich habe die Kontrolle. Ich treffe die Entscheidungen. Du hast nichts weiter zu tun, als zu kommen, so laut und so lange du willst. Mir gefällt allein schon, dass du hier bist und mich willst. Solange ich dich dazu bringen kann, dass du kommst, bin ich völlig zufrieden.«

Kara seufzte, und ihr Körper entspannte sich. Simon würde es gut machen. Das wusste sie bereits. »Dann bring mich dazu, zu kommen, Simon. Bring mich ins Bett.«

Er hob sie hoch und legte sie in die Mitte des Bettes. Die Bettdecke riss er nach unten, bis sie zerknittert am Fußende lag. Ein schwarzes seidenes Laken streichelte Karas Hintern, als sie im Bett nach oben rutschte.

Simon saß auf der Bettkante, und seine Hände griffen nach der Schublade neben dem Bett. Er zog vier mit Fell versehene Handschellen hervor, gefolgt von einem schmalen langen Stück schwarzer Seide.

»Völlige Unterwerfung«, murmelte Kara, als sie sich gegen die seidigen Kissen lehnte.

»Ja«, antwortete er leise, und sein Blick suchte hungrig ihren Körper ab, als er nach ihrem Arm griff, um die erste Handschelle anzulegen.

Kara hatte keinen Zweifel daran, dass Simon das hier bereits viele Male zuvor gemacht hatte. In weniger als einer Minute hatte er sie mit ausgestreckten Gliedern ans Bett gefesselt. Sein Blick war ausgehungert auf ihren Körper geheftet, während er jede Bewegung mechanisch ausführte.

Sie war überrascht über ihre eigene Reaktion. Je hilfloser Simon sie machte, desto erregter wurde sie. So ausgestreckt vor seinem lüsternen Blick dazuliegen gab ihr eine Freiheit, die sie noch nie erlebt hatte. Sie musste keine Entscheidungen treffen und sich nicht fragen, was ihm gefiel. Er war der Meister, und alles, was sie zu tun hatte, war, auf ihre Befriedigung zu warten. An sein Bett gefesselte zu sein hatte etwas so Erotisches, dass ihre Hüften kreisten und sie leise stöhnte, während sie an den

Handschellen riss, die fast keinen Spielraum ließen, aber auch nicht schmerzten.

»Wird du mich knebeln?«, fragte Kara neugierig, aber nicht verängstigt.

»Oh, keineswegs. Ich will jeden kleinen Lustschrei, jeden süßen kleinen Laut hören, den du von dir gibst, wenn du für mich kommst.«

Die Erregung, die über ihren Körper strich, näherte sich bei diesen geknurrten Worten dem Siedepunkt. Kara schloss die Augen. Sie brauchte so dringend Erlösung, dass sie leise wimmerte.

Als sie die Augen wieder öffnete, sah sie einen angespannten, ausgehungerten Ausdruck in seinem Gesicht, bevor er ihr mit einem Stück schwarzer Seide die Sicht nahm. Ein Moment der Panik erfasste Kara, doch sie fühlte Simons heißen Atem an ihrem Ohr, seine Zunge, die den Rand nachfuhr, als er flüsterte: »Nichts zu sehen wird jedes Gefühl verstärken, Kara. Jede Berührung meiner Zunge wird spürbarer, heftiger sein. Alles wird viel erregender.«

»Ich bin erregt genug, Simon. Um Himmels willen, berühr mich, bevor ich vor Verlangen sterbe«, wimmerte sie und wartete in der Dunkelheit darauf, dass sie ihn spürte.

Kara spürte, wie Simon das Bett verließ, und hörte seine Kleidung mit einem Rascheln zu Boden fallen. Die Matratze senkte sich unter seinem Gewicht, als er zurückkehrte. »Du siehst so unglaublich schön aus, dass ich mich gar nicht entscheiden kann, wo ich anfangen soll. Ich habe mir das schon so lange vorgestellt und kann nicht glauben, dass du wirklich hier bei mir bist. In meinem Bett.« Seine Stimme klang rau und holprig.

Kara wollte gerade ihren Mund öffnen, um ihm zu sagen, dass er mit jeder Stelle anfangen könne, *nur bitte fang jetzt an*, da bedeckte sein Mund den ihren. Sein Kuss war gierig und voller Verlangen. Er war nackt, und Kara seufzte in die Umarmung hinein, als sie seine glühend heiße Haut auf ihrer spürte. Seine fordernde Zunge und sein Mund erhoben erneut ihren Anspruch auf sie, während seine streichelnde Hand über ihren Körper wanderte, ihre Brustwarzen liebkoste, über ihre Hüfte strich, zwischen ihre gefesselten, gespreizten Beine glitt und in ihre feuchte Ritze.

Kara riss ihren Mund von seinem los und schnappte nach Luft, als seine Finger über ihre geschwollene, empfindliche Klitoris strichen. »Bitte Simon. Oh Gott!« Sie brauchte ihn. Ihr ganzer Körper brannte, und sie riss an ihren Fesseln, lechzend nach mehr Kontakt.

Seine Lippen bewegten sich zu ihren Brüsten. Abwechselnd liebkoste er ihre Brustwarze und biss behutsam hinein, dann in die andere. Er ließ einen Finger in Karas Vagina gleiten und dann einen weiteren, dehnte sie, öffnete sie und erweckte in ihr den Wunsch, er möge sie mit seinem Schwanz einnehmen.

»Oh mein Gott, Kara. Du bist so feucht, so eng«, murmelte Simon erregt gegen ihre Brustwarze, während sich sein angespannter Körper gegen ihren drückte.

Mit verbundenen Augen und gefesselten Gliedmaßen konnte Kara nur noch fühlen, und Simon spielte auf ihrem Körper, als wäre er ein Musikinstrument. Ihre Sinne schärften sich ... erreichten ein fast unerträgliches Niveau. »Ich brauche dich. Bitte.«

»Gleich, Liebling«, summte er, während diese schlimme Zunge ihren Bauch hinabfuhr, in ihren Bauchnabel schnellte und schließlich ihre Schamlippen benetzte. Kara schrie auf, und stürmische, schmerzhafte Lust ließ sie erschaudern. Seine Finger glitten durch das sorgfältig rasierte Haar auf dem Schamhügel, während seine talentierte Zunge den feuchten Schlitz zwischen ihren Schamlippen entlangfuhr, tiefer und tiefer eindrang und Kara eine Reihe kurzer, unzusammenhängender Wimmerlaute entlockte.

Sie bog ihren Rücken durch und riss an den Fesseln, während sein fester, hartnäckiger Mund ihre bedürftige Knospe umkreiste, bevor er endlich über ihr zuschnappte und sie leicht mit den Zähnen festhielt. Heißglühende Gier überkam Karas bebenden Körper, als er das nackte Kügelchen für seine unermüdlich umherschnellende Zunge in Stellung brachte.

»Oh Gott, Simon.« Ihre Stimme klang heiser und voller Sehnsucht, bettelte darum, dass er sie zum Höhepunkt brachte. Jeder Nerv in ihrem Körper stand kribbelnd unter Spannung, und ihr Innerstes verkrampfte sich vor Verlangen, als der Druck einen fast unerträglichen Pegel erreichte.

Simons große Hände glitten unter ihren Hintern und drückten ihr Geschlecht fest gegen seinen Mund. Der Druck auf ihre Klitoris verstärkte sich, und Kara spürte, wie der Höhepunkt durch sie hindurchjagte, jeden Zentimeter ihres Körpers erzittern ließ und sich Kontraktion und Entspannung in schneller Folge abwechselten. Immer und immer wieder. »Ja! Oh ja!« Karas Kopf fiel nach hinten, und sie stöhnte hemmungslos, als ihr gesamter Körper in Flammen aufging. Simon leckte ihre Körpersäfte auf, murmelte seine Freude über jeden einzelnen Tropfen.

Schaudernd verspürte Kara seine köstliche, glühende, nackte Haut auf ihrer, als er nach oben über sie rutschte. Seufzend empfing sie seinen Kuss, schmeckte sich selbst auf seinen Lippen. Gütiger Gott, noch nie hatte sie einen so starken, so intensiven Orgasmus erlebt. Sie erwiderte seinen Kuss, versuchte, Simon die Bedeutung dessen, was gerade passiert war, was sie erfahren hatte, bewusst zu machen, indem sie jedes Quäntchen Leidenschaft, das sie fühlte, in die Umarmung einfließen ließ.

»Das war unglaublich«, hauchte sie, als sie ihm ihren Mund entzog. Kara wand sich unter dem Druck seines harten Schwanzes gegen ihren Schenkel, denn sie war mehr als bereit, sich von ihm nehmen zu lassen, wusste, dass er mehr als diese eine Leere in ihr ausfüllen würde. Wild warf sie sich gegen ihn, bettelte um seine ungezähmte Inbesitznahme.

»Du schmeckst wie ausgezeichneter Wein, Kara. Ich hätte den ganzen Tag dort verharren können«, murmelte er mit verlangender, sehnsuchtsvoller Stimme. »Du bist so schön, so wunderschön.«

»Das bist du auch, Simon. Bitte nimm mich«, stöhnte sie und ihr Körper war ein einziges Flehen.

»Sag mir, dass du mich willst, dass du mich brauchst«, forderte Simon in rauem Ton. Kara spürte die Hitze seine Gliedes, das an ihre enge Öffnung stieß. »Oh Scheiße! Kondom«, stöhnte Simon qualvoll.

Kara hob ihre Hüften, wollte ihn so dringend in sich spüren, dass sie kurz davorstand zu schreien. »Ich nehm die Pille. Ich bin geschützt, und ich habe keine Krankheiten.«

»Ich auch nicht, und es wäre das erste Mal, dass ich es ohne Kondom mache. Aber ich halte es nicht mehr aus, und ich will dich, ohne dass etwas zwischen uns ist«, warnte er Kara, und sie spürte seinen Atem keuchend und heiß an ihrem Hals.

»Es ist mir egal. Nimm mich, Simon. Ich will dich so sehr. Ich brauch dich so sehr«, bettelte sie mit einem leichten Schluchzer und völlig außer Kontrolle.

Seine Hüften schoben sich nach vorne, und er füllte sie vollkommen aus. Er war groß, und sie hatte seit Langem keinen Mann mehr in sich gespürt. Simon dehnte sie, zwang die Scheidenwände, nachzugeben und ihn aufzunehmen, und Karas willige, feuchte Scheide gab nach, nahm sein kräftiges Glied in voller Größe auf.

»Mein Gott, Liebling, du bist so eng«, stieß Simon hervor, und es hörte sich an, als hätte er Schmerzen. »So heiß. Du fühlst dich so verdammt gut an, so unglaublich.«

»Ja«, keuchte sie, vollkommen erfüllt und vereinnahmt von ihm. Seine großgewachsene Gestalt verschlang sie, dominierte sie, während er sein Geschlecht zurückzog, um erneut in sie einzudringen. Er rieb ihren G-Punkt und beschleunigte sein Tempo, was sie in immer höhere Sphären trieb. Seine Hüften bewegten sich kolbenartig vor und zurück, und eine Hand glitt unter ihren Hintern, um sie noch näher an sich zu ziehen. Haut klatschte auf Haut, kraftvoll und befriedigend.

In der Dunkelheit sog Kara jedes Gefühl, jeden Stoß auf. Simon brachte ihren Körper vor Freude zum Klingen. Sie griff nach den Ketten der Handschellen, grub ihre Finger in das Metall und schrie seinen Namen. Sein Körper prallte auf ihren, und Kara genoss jeden Stoß, jede Pumpbewegung seiner Hüften. Beide Körper waren schweißnass, und sie rieben sich in erotischer, gleitender Bewegung aneinander. Der feine Haarflaum auf Simons Brust strich an Karas Brustwarzen entlang und verstärkte ihre Erregung. Stöhnend warf sie den Kopf von einer Seite zur anderen, nicht sicher, ob sie diese Flut an Gefühlen würde aushalten können.

»Komm für mich, Kara. Komm. Ich will deine Lust sehen.« Seine tiefe, verführerische Stimme flüsterte ihr die Worte zu, umschmeichelte sie, während sein Schwanz immer wieder in sie hineinstieß. Schneller und immer schneller.

Als sich seine Hand zwischen ihre Körper schob und erfahren über ihre Klitoris strich, wurde Kara von Ekstase gepackt – und explodierte. Sie sah leuchtende Farben in der Dunkelheit aufblitzen, während ihr Körper vibrierte und sich ihre Vagina um seinen Schwanz verkrampfte, ihn molk.

»Oh mein Gott, Kara«, stöhnte Simon. »Du bist so süß. Und so verdammt heiß.« Sein Mund legte sich auf ihren, während er ein letztes Mal in sie hineinstieß, als wollte er jeden Teil von ihr besitzen, und sich tief in ihr mit einem rauen, gequälten Stöhnen ergoss.

Langsam kehrten beide in die Wirklichkeit zurück. Simon rollte sich neben sie, sein Kopf auf ihrer Schulter, seine Arme um ihren Körper geschlungen, und drückte sie besitzergreifend an sich. Ihre suchenden Lippen küssten seinen Kopf und sie versuchte, wieder zu Atem zu kommen.

Karas Herz raste, und sie wünschte, sie könnte Simon in diesem Augenblick sehen. Sein Haar zerzaust, seine Augen noch immer schwelend vor vergehender Leidenschaft. Die Intensität ihrer Gefühle hätte Kara fast vernichtet. Hatte sie in Schrecken versetzt. Berauscht. Verwirrt. In diesem Moment war sie vollkommen durcheinander, nicht sicher, was sie fühlen oder wie sie reagieren sollte. Sex war niemals so alles verzehrend für sie gewesen. Was zum Teufel war passiert?

Simon. Simon war passiert. Und sie würde niemals mehr dieselbe sein.

Kara spürte seinen Kuss, ein leichtes Streicheln seiner Lippen, bevor er sich aus dem Bett rollte. Sie hörte, wie er sich anzog und den Reißverschluss seiner Jeans schloss. Nur Augenblicke später wurde sie von den Handschellen befreit und die Augenbinde entfernt.

Simons Haar war hinreißend zerzaust, und sein Blick wanderte über ihren nackten Körper, als wäre er bereit, sie noch einmal zu nehmen. Kara zitterte, doch nicht nur wegen ihrer Nacktheit, sondern wegen des gequälten Ausdrucks, den sie in seinen Augen entdeckte.

Er hob sie hoch und trug sie den Flur entlang zu ihrem Zimmer. Nachdem er die Bettdecke aufgeschlagen hatte, setzte er sie in der Mitte des Bettes ab und zog die Decke hoch über ihren nackten Körper. Im Zimmer war es dunkel. Die einzige Lichtquelle war der Mond, der durch das Fenster schien, doch Kara konnte Simons finsteren Blick sehen.

Bereute er, was passiert war? War er verärgert, weil er gerade mit einer Frau geschlafen hatte, die er kaum kannte? So verärgert, dass er sie loswerden wollte, sie zurück in ihr eigenes Bett brachte und vergessen wollte, dass diese schicksalsschwere

Zusammenkunft je stattgefunden hatte? Vielleicht hatte es nur ihr eigenes Leben verändert.

Er beugte sich vor, küsste sanft ihre Stirn und flüsterte mit tiefer, rauer Stimme: »Danke, Kara. Ich werde diese Nacht niemals vergessen.«

Tränen nahmen ihr den Atem, blockierten ihre Kehle. Sie konnte nicht antworten, konnte keine der Fragen stellen, die sie so dringend beantwortet haben wollte. Simon verließ das Zimmer und schloss leise die Tür hinter sich. Weg. Einfach so. Er wollte noch nicht mal bei ihr schlafen.

Kara ließ ihren Tränen freien Lauf, ließ sie die Wangen hinunterlaufen, während sie ihren Kopf auf das Kissen fallen ließ und sich fragte, was gerade passiert war. Dass Simon sie nach diesem unglaublichen sexuellen Zusammensein in ihrem Zimmer abgeladen hatte, war wie ein Schlag ins Gesicht.

Er ist Milliardär, Kara. Wach auf. Hast du gedacht, er will mehr als einen zwanglosen Fick?

Kara musste sich daran erinnern, dass sie ein großes Mädchen war. Sie war mit offenen Augen in dieses Zusammentreffen gegangen und hatte gewusst, dass es nicht mehr war als eine einzige Nacht.

Warum tat es dann so verdammt weh?

Sie glitt leise aus dem Bett, öffnete eine der Schubladen ihrer Kommode und schlüpfte in ein Nachthemd, bevor sie sich wieder ins Bett legte. Ihr Körper bebte, und sie wickelte die Bettdecke eng um sich herum. Simon war so heiß, so warm gewesen. Jetzt fühlte sie nur noch Kälte und Leere.

Seine Ablehnung und ihre verletzten Gefühle beiseiteschiebend, versuchte Kara, die Situation zu überdenken. Unabhängig davon, was Simon für sie fühlte, hatte er sichtlich ein paar Probleme. Die Fesseln, die Augenbinde, die Tatsache, dass sie ihn nicht sehen sollte, als sie Sex hatten. Vielleicht waren es kleine sexuelle Vorlieben – sie hatte schließlich ebenfalls entdeckt, dass sie es mochte – aber da gab es noch etwas, das ihm im Kopf herumging.

Etwas Tiefgründiges.

Etwas Dunkleres.

Er hatte noch nie eine Freundin gehabt? Das war an sich schon befremdlich. Es fehlte ihm garantiert nicht an sexueller Erfahrung. Er war unglaublich reich und verdammt gut aussehend. Warum also hatte er nie eine längere Beziehung gehabt?

Kara rollte sich auf den Rücken, und ihr Verstand arbeitete auf Hochtouren. Simons Probleme gingen sie wirklich nichts an, und sie bezweifelte, dass er es schätzen würde, wenn sie ihre Nase in sein Leben steckte. Aber sie wollte ihm helfen. Es war nicht sein Fehler, dass er sich nichts aus ihr machte. Er war nur großzügig und nett gewesen. Wenn sie ihm helfen konnte, könnte er sich vielleicht verlieben und eine Beziehung mit einer Frau eingehen, die er eines Tages lieben würde.

Bei diesem Gedanken verkrampfte sich Karas Inneres, und sie verspürte einen furchtbaren Druck auf der Brust, doch sie versuchte, es zu ignorieren. Simon verdiente es, glücklich zu sein. Sie musste ihm eine Freundin sein und versuchen, seinen Problemen auf den Grund zu gehen.

Du willst mehr als eine Freundin sein, und du weißt das.

»Halt verdammt noch mal den Mund«, flüsterte sie wütend in den dunklen Raum hinein, warf sich auf den Bauch und zog sich ein Kissen über den Kopf, als ob sie damit die heimtückischen Gedanken zum Schweigen bringen könnte.

Es funktionierte nicht. Und so brauchte Kara einige Zeit, bis sie endlich in einen unruhigen Schlaf fiel, der Träume von einem gut aussehenden Mann mit dunklen Haaren und dunklen Augen heraufbeschwor, aus dessen Gesicht Kummer und Leid sprachen, und der Dämonen zu bekämpfen versuchte, die er nicht wirklich sehen konnte. In dem Traum fungierte Kara als Beobachterin, die verzweifelt versuchte, an den Höllenqualen erleidenden Mann heranzukommen, die ihre Hand nach ihm ausstreckte, ihn anflehte, sie zu ergreifen und sich von ihr helfen zu lassen. Er hob langsam eine Hand und stach mit der anderen noch immer auf die Dunkelheit ein, versuchte, die nach ihm greifenden, ihn bedrohenden Schatten zu bezwingen. Endlich spürte sie den festen Griff seiner Hand und zerrte daran mit vereinten Kräften, versuchte, ihn zu sich zu ziehen.

Doch am Ende gelang es ihr nicht. Der Mann zog Kara in die Dunkelheit, und sie stieß einen entsetzten, markerschütternden Schrei aus, als sie mit ihm in einen tiefen, dunklen, wirbelnden Strudel gerissen wurde. Er fiel und sie mit ihm, wissend, dass es kein Entkommen gab.

ZWEITES BUCH

Jetzt gehörst du mir

Kapitel 1

Simon erwachte am Morgen nach der unglaublichen sexuellen Begegnung von Karas verlockendem Duft und fühlte sich, als würde etwas in seinem Bett fehlen.

Er rollte sich auf den Rücken. Sein Schwanz war hart und geschwollen, und Simon versuchte, nicht an die atemberaubenden Ereignisse in der Nacht zuvor zu denken. Er zog ein Kissen über sein Gesicht und sog ihren Duft ein, der ihn wahrscheinlich für immer verfolgen würde. Und jedes Mal, wenn er sich an diesen Duft erinnerte, würde er auch daran denken, wie sie geschmeckt hatte. Wie sie gelächelt hatte. Wie sie gestöhnt hatte. An ihren vollendet schönen, nackten Körper. An ihre Schreie, als sie für ihn gekommen war, immer enger wurde, bis auch er Befriedigung fand.

Oh, verdammt! Er war so was von am Arsch.

Die letzte Nacht war für Simon ein lebensveränderndes Ereignis gewesen. Nie wieder würde er in der Lage sein, sich mit irgendeiner Frau in seinem Bett zu begnügen, um bei einem leidenschaftslosen Fick seine körperlichen Bedürfnisse zu befriedigen.

Er war sich nicht sicher, ob er stinksauer sein sollte oder Ehrfurcht vor der Frau haben musste, die diese Gefühle in ihm geweckt hatte. Gewiss, er hatte immer nur jeweils eine

Frau gehabt. Auf eine beschissene Art war er monogam und rief immer nur dieselbe Frau an, bis er zur nächsten überging. Aber das geschah nicht, weil er dachte, dass sie besser wäre als die zuvor. Oder diejenige davor. Es kam einfach ein Zeitpunkt, und den spürte er jedes Mal, an dem er dachte, er sollte die Frau wechseln, damit es keine Verwicklungen gab. Nicht, dass eine jener Frauen wirklich *ihn* gewollt hätte, aber sie hatten immer mehr und mehr von dem gewollt, was sein Reichtum ihnen beschaffen konnte.

Simon zog das Kissen von seinem Gesicht, aber es milderte nicht den bis auf die Knochen gehenden Schmerz, den er bei dem Gedanken an Kara verspürte. Sie in ihr eigenes Bett zurückzubringen war das Härteste gewesen, was er je getan hatte. Aber sie hatte ihm nur eine Nacht angeboten, und er hatte noch nie neben einer Frau schlafen können. Er war nicht dazu imstande und hatte es auch nie gewollt ... bis letzte Nacht. Da wäre er gern mit Kara in seinen Armen eingeschlafen. Ihr Körper an seinen geschmiegt und ihr warmer Atem an seinem Gesicht.

Simon war zu seinem Zimmer zurückgegangen, doch an Schlaf war nicht zu denken gewesen. Er hatte sich in einem Bett hin und her geworfen, das nach heißem, knisterndem Sex und Kara roch. Völlig frustriert war er in den Fitnessraum gegangen und hatte trainiert, hatte gehofft, sich zu verausgaben, und sich inständig gewünscht, in latente Besinnungslosigkeit flüchten zu können. Leider erfolglos. Stattdessen war er am Ende müde und völlig verausgabt gewesen ... und konnte noch immer nicht schlafen.

Um welche Uhrzeit hatte er endlich aufgegeben und war eingeschlafen? Sein Blick wanderte zur Uhr, und schockiert stellte er fest, dass es fast Mittag war. In der Regel war Simon ein Frühaufsteher und hatte noch nie so lange geschlafen, noch nicht einmal am Wochenende. Er schlüpfte aus dem Bett und ging direkt unter die Dusche.

Er duschte schnell und hasste den Gedanken, dass er *ihren* Geruch von sich wusch. Dann machte er sich auf den Weg zur Küche und fragte sich, ob Kara noch schlief. Die Küche war blitzsauber, und die Reste ihres nicht beendeten Essens von gestern Abend waren weggeräumt. Er griff sich eine Tasse frisch aufgebrühten Kaffee und ging durch die Wohnung. Karas Schlafzimmertür stand offen, ihr Bett war gemacht. Offenbar war sie schon auf, doch wo zum Teufel steckte sie?

Er schoss mit dem Gedanken die Treppe hinauf, dass sie vielleicht im Labor am Computer spielte. Dort war sie nicht.

Sie ist nicht hier.

Simon spürte, wie ihm ein kalter Schauer langsam den Rücken hinunterlief und erlebte einen kurzen Moment der Panik. Mit rasendem Herzen rannte er, immer zwei Stufen auf einmal nehmend, die Treppe wieder hinunter. Sein Verstand sagte ihm, dass sie nicht gehen würde. Sie hatte keinen Grund, zu gehen. Sie waren beide damit einverstanden gewesen, ihren sexuellen Trieb zu befriedigen, indem sie nur eine Nacht miteinander verbracht hatten. Eine Nacht.

Eine Nacht. So ein Quatsch! Eine Nacht würde nie genug sein. Sie gehört mir.

Simon hatte es letzte Nacht gewusst, und er wusste es immer noch. Er würde nie genug von Kara bekommen. Sie war eine Sucht, die er nicht mit nur einer Nacht unglaublichem Sex in den Griff kriegen konnte. Er war sich nicht sicher, wie es funktionieren sollte, aber es war nicht damit getan gewesen, sie bis zur Besinnungslosigkeit durchzubumsen. Eigentlich war es dadurch noch schlimmer geworden. Jetzt, wo er sie einmal besessen hatte, wollte er sie wieder und wieder.

Der Kaffee, den er trank, wühlte ihn auf. Die Wahrheit war, dass er es hasste, solch ein besitzergreifendes Verlangen nach einer Frau zu verspüren. Sich um jemanden zu scheren, der nicht zur Familie gehörte, bedeutete nur Ärger. Hatte er diese

Lektion nicht vor langer Zeit qualvoll gelernt? Offenbar war nichts hängengeblieben, denn er scherte sich mehr um Kara, als er eigentlich wollte ... und das machte ihm eine Scheißangst.

Simon griff nach seinem Handy, das auf dem Couchtisch im Wohnzimmer lag, und sendete eine SMS an Karas Handy. *Bist du okay?*

Ungeduldig klopfte sein Finger gegen das Kunststoffgehäuse des Handys. Verdammt, er wusste noch nicht einmal, ob sie ihr Telefon dabeihatte, aber er wäre stinksauer, wenn nicht. Wie oft hatte er sie darum gebeten, es aus Sicherheitsgründen immer bei sich zu tragen?

Ein Schnauben entwich seinem Mund, während er das Handy und seinen Kaffee in die Küche trug. Aber sie hörte ja nicht auf ihn. Sie tätschelte seinen Kopf und machte fröhlich so weiter, wie es ihr gefiel. Insgeheim liebte er ihre Unabhängigkeit, doch sie machte ihn auch wahnsinnig. Es gab einfach zu viele Gelegenheiten, bei denen sie zu lässig mit ihrer Sicherheit umging.

Das Handy gab einen Piepton von sich und erschreckte Simon so sehr, dass er seinen Kaffee auf die makellosen Fliesen schüttete. *Verdammt, ich bin total nervös heute Morgen.* Fluchend las er die eingegangene SMS. *Polizeirevier. Erzähl es dir später.*

Verdammte Scheiße! Seine Finger flogen über das Tastenfeld, als er einen weiteren Text tippte. *Wo? Warum?*

Kara antwortete kurz, gab ihm den Namen der Polizeiwache und eine äußerst ärgerliche, weil vage Erklärung sowie das Versprechen, ihm später alles zu erzählen.

Später, von wegen! Niemand ging an einem Samstagmorgen nur so aus Spaß zur Polizeiwache. Irgendetwas war da faul.

Frustriert fuhr sich Simon mit der Hand durch die Haare, riss sich fast ein paar Locken vom Kopf. Herrgott! Wenn er so weitermachte, hätte er innerhalb einer Woche eine Glatze. Er schickte ihr eine weitere SMS, in der er ihr mitteilte, dass er auf dem Weg zu ihr war, und stopfte sein Handy in die Hosentasche. Einen Moment später piepte das Handy erneut, doch er ignorierte es. Er wusste bereits, dass es Kara war, die ihm schrieb, dass er nicht kommen sollte.

Er schnappte seine Schlüssel, schlüpfte in das am nächsten stehende Paar Schuhe und verließ die Wohnung, wobei er noch nicht einmal zusammenzuckte, als die Tür laut krachend hinter ihm ins Schloss fiel.

Kara seufzte leise, als sie einen Schluck aus dem Styroporbecher nahm und hoffte, dass der Kaffee ihr helfen würde, sich zu konzentrieren. Sie schluckte schwer, um die starke, verbrannt schmeckende Flüssigkeit die Kehle hinunterzubekommen, und blickte mit einem schwachen Lächeln zu Maddie auf. »Ich glaube, wir sind fast fertig.«

Sie hatte die beiden Verdächtigen bereits anhand von Fahndungsfotos identifiziert. Zwei bewaffnete Räuber, die heute Morgen in die Praxis gestürmt waren und Drogen verlangt hatten. Maddie war in einem Behandlungszimmer gewesen und hatte die beiden Männer nicht gesehen, aber Kara hatte sie von Angesicht zu Angesicht aus nächster Nähe betrachten können. Eine Grimasse schneidend wünschte sie, es wäre nicht passiert.

Sie war allein im Wartezimmer gewesen und hatte auf ein Kind aufgepasst, dessen Mutter mit dem Geschwisterkind bei Maddie im Behandlungszimmer war. Nie würde sie den toten Ausdruck in den Augen der Männer und ihre ausgezehrten Gesichter vergessen, in denen sich jahrelanger Drogenmissbrauch widerspiegelte. Sie kannte diesen Ausdruck, hatte ihn in ihrer Jugend oft gesehen, doch damals hatte man ihr keine Pistole unter die Nase gehalten.

Dieser Moment, diese entsetzliche Unsicherheit, nicht zu wissen, ob die nächsten paar Sekunden ihre letzten sein würden, hatten gereicht, um Kara zu Tode zu erschrecken. Sie hatte das Kind hochgerissen, war um die Ecke gerannt und hatte den

Alarmknopf unter dem Schreibtisch gedrückt, während sie das Kind hinter sich versteckt hielt. Der Alarm war ohrenbetäubend und laut genug gewesen, dass Maddie herbeigerannt kam und die Männer davonliefen.

Einer der beiden hatte einen nervösen Zeigefinger gehabt, und seine Schusswaffe war beim Erklingen des Alarms losgegangen. Die Kugel war so dicht an Karas Kopf vorbeigesaust, dass sie den Luftzug gespürt hatte.

Zitternd schlang sie die Arme um sich. Ihr war nicht wirklich kalt, aber sie erinnerte sich mit mehr als einem leichten Unbehagen an die Gesichter der Männer und ihren letzten brutalen Kommentar, als sie durch die Praxistür geflüchtet waren. *»Wir kriegen dich, Schlampe!«*

Maddie hatte nur noch ihre Flucht beobachten können, war nur Sekunden, nachdem sich die beiden umgedreht hatten, um sich aus dem Staub zu machen, im Wartezimmer erschienen. Gott sei Dank waren alle unverletzt geblieben.

»Der nette Kripobeamte wird bald zurück sein, und dann können wir die Polizeiprotokolle unterschreiben und endlich hier verschwinden«, erwiderte Maddie grimmig und hatte ihren Blick auf Kara gerichtet. »Bist du sicher, dass du okay bist? Du siehst ein bisschen blass aus.«

Kara zuckte mit den Schultern und versuchte, unbeeindruckt auszusehen. »Nur ein bisschen aufgewühlt. Ich fühle mich ... gut.« *Zu Tode erschrocken! Von Angst zerfressen! Aber ansonsten, einfach gut.*

Das Letzte, was Kara wollte, war, ihre Freundin beunruhigen. Sie wusste, dass Maddie sich dafür verantwortlich fühlte, dass Kara fast erschossen worden wäre.

Maddie griff über den Tisch nach Karas Hand und drückte sie fest. »Sie haben auf dich geschossen. Es ist normal, dass du aufgebracht bist. Das war eine verdammt knappe Sache. Es tut mir so leid, Kara.«

»Maddie, es war doch nicht dein Fehler …«

»Wer zum Teufel hat auf sie geschossen?« Eine zornige Männerstimme dröhnte von der Tür her, und Kara brauchte sich nicht erst umzudrehen, um genau zu wissen, wer dort stand. Sie erkannte Simons polternden Tonfall sofort. Keiner konnte so fürchterlich brüllen wie Simon, wenn sein Temperament mit ihm durchging.

»Was geht hier verdammt noch mal vor? Der Beamte sagte, du bist in irgendeiner Praxis überfallen worden …«

»In meiner Praxis«, unterbrach ihn Maddie und stand auf, um ihm entgegenzutreten. »Wer zum Teufel sind Sie?« *Ohoh.*

Kara erhob sich, bereit, sich zwischen die Streitenden zu werfen. Maddie mochte das Gesicht eines Engels haben, mit feuerroten Korkenzieherlocken, die ihre perfekten Gesichtszüge umrahmten, doch wenn sie wollte, konnte sie zur aufgebrachten Furie werden. Nicht, dass die Leute diese Seite an ihr oft zu sehen bekamen. Ihre Patienten, junge ebenso wie alte, liebten sie und ihr sonniges Gemüt. Doch wenn Maddie für eine Sache oder etwas, an das sie glaubte, kämpfte, wurde sie zu einer gefährlichen Feindin.

Kara beobachtete, wie ihre Freundin die Schultern nach hinten drückte und ihr weißer Arztkittel um ihre üppigen Rundungen schwang, die die engelsgleichen Züge ergänzten. Kara unterdrückte ein Grinsen, als sich Maddie gerade aufrichtete, um ihre Größe von einem Meter sechzig in Vorbereitung des Kampfes zu kompensieren.

»Ich bin Karas …« Simon hielt abrupt inne, als wäre er nicht sicher, was er sagen sollte, bevor er zögernd fortfuhr, » … Bekannter. Und ich will verdammt noch mal wissen, warum jemand auf sie geschossen hat.«

»Halloooo. Ich bin doch hier, Simon.« Kara streckte ihre Hand aus, ergriff sein Kinn und zwang ihn, sie anzusehen. »Ich kann selbst antworten.«

Sein Gesichtsausdruck veränderte sich, der Zorn verschwand, als sein immer noch hitziger Blick auf Karas traf. Er streckte die Hände nach ihren Schultern aus und fragte: »Was ist passiert? Bist du okay? Haben sie dich verletzt?« Seine Hände glitten über ihre Arme, bevor sie wieder auf ihren Schultern landeten.

Zu erklären, was passiert war, wurde mühsam. Simon unterbrach sie, fluchte wie ein Bierkutscher und stellte Kara gefühlte eine Million verdammte Fragen. Sie versuchte, sie geduldig zu beantworten, um ihn zu beruhigen.

Sie nahmen alle auf den wackeligen, unbequemen Stühlen Platz, die um den riesigen Tisch herum standen. Kara stellte Simon und Maddie einander vor, berichtete und beantwortete dann noch mehr Fragen, die aus dem zornigen Mann vor ihr fast schneller heraussprudelten, als sie sie beantworten konnte. Simon fluchte unaufhörlich. Und Maddie sah ihn nur sprachlos und verblüfft an.

»Haben sie sie gekriegt?«, fragte Simon mit rauer Stimme, als wäre er selbst durch die Hölle gegangen.

»Nein. Und Kara muss vorsichtig sein, denn sie haben ihr gedroht«, schaltete sich Maddie schließlich beschützend ein.

»Das hast du nicht erwähnt.« Simon warf Kara einen düsteren Blick zu.

Ihr Gespräch wurde von einem Polizeibeamten in Zivil unterbrochen, einem sehr netten, ziemlich jungen, blonden Mann, der sich als Detective Harris ausgewiesen hatte. Er legte Papiere vor Kara und Maddie und bat ruhig: »Könnten Sie bitte die Protokolle durchlesen und uns sagen, ob Sie noch etwas hinzufügen möchten?« Er hielt sich mit einer Hand beiläufig an Karas Rückenlehne fest und lehnte sich über ihre Schulter, um den Bericht mit ihr durchzugehen.

Ein tiefer Laut drang aus Simons Kehle. Karas Blick wanderte zu ihm, doch er sah sie nicht an. Seine Augen waren auf

Detective Harris geheftet, dem er einen bedrohlichen Blick zuwarf, der Kara erschreckte.

Anscheinend war der Detective nicht im Geringsten davon beeindruckt. »Ihr Freund?«, fragte er leise, leise genug, dass Simon seine Worte nicht verstand.

»Bekannter«, murmelte Kara und hasste sich dafür, dass sie sich wünschte, diese Frage mit einem simplen Ja beantworten zu können.

Schnell, jedoch mit der nötigen Sorgfalt, las sie das Protokoll durch. Nachdem der offizielle Papierkram erledigt war, stand sie auf, streckte sich und fühlte sich ein wenig wackelig auf den Beinen.

»Vorsichtig!« Der Detective nahm ihren Arm, um sie zu stützen, denn sie schwankte leicht. »Sie hatten einen aufregenden Tag«, sagte er freundlich. Dann griff er in seine Tasche, zog zwei Visitenkarten heraus und reichte Kara und Maddie jeweils eine. »Meine Karte. Sie können mich jederzeit anrufen. Meine Handynummer steht auf der Rückseite, falls Sie sie brauchen.«

»Ist das wirklich nötig?«, fauchte Simon, schlang seinen Arm um Karas Taille und zog sie beschützend zu sich heran.

Der Detective zuckte mit den Schultern. »Ja. Ist es. Kara wurde bedroht. Ich will, dass die Damen mich jederzeit erreichen können.«

»Danke, Detective Harris. Sie waren sehr freundlich.« Kara lächelte sanft und schüttelte die Hand des Detectives. Auch Maddie verabschiedete sich von ihm, bevor alle drei das Gebäude zusammen verließen.

Draußen tat Kara einen tiefen Atemzug und sog die klare, erfrischende Luft in ihre Lungen. »Ein guter Tag, um lebendig zu sein«, murmelte sie vor sich hin, dankbar, dass sie noch unter den Lebenden weilte und unverletzt war.

Als die drei die Stufen zum Bürgersteig hinunterliefen, fragte Maddie Simon leise: »Sie sind nicht zufällig mit Sam

Hudson verwandt? Ich weiß, der Nachname ist ziemlich verbreitet, aber ich habe mich das trotzdem gerade gefragt.«

Am Ende der Stufen angekommen blieben sie stehen, und Simon sah Maddie überrascht an. »Ja ... er ist mein Bruder. Warum fragen Sie? Kennen Sie ihn?«

Maddie blickte finster drein. »Oh Gott.« Sie stieß einen langen Atemzug aus. »Äh ... ja ... habe ihn kennengelernt ... vor langer Zeit.«

»Waren Sie befreundet?«, fragte Simon neugierig und sah Maddie gespannt an.

»Nein! Nicht wirklich«, antwortete sie abrupt, wobei ihr Gesicht so rot wurde wie ihre Haare.

»Ah ... verstehe«, sagte Simon. Doch er war noch nicht bereit, das Thema fallen zu lassen, und fügte hinzu: »Schlechte Erfahrungen mit meinem Bruder?«

»Er ist durch und durch hinterhältig und falsch.« Maddie strich ihre Locken aus dem Gesicht. Der Wind blies kräftig, und widerspenstige Spiralen wippten um ihren Kopf.

Als ein raues Lachen Simons Mund entschlüpfte, fuhr Kara zusammen. »Glauben Sie mir, sie sind nicht die erste Frau, die dieser Meinung ist. Tut mir leid.«

»Ist nicht Ihre Schuld, dass Ihr Bruder solch ein Widerling ist. Ich hoffe nur, dass Sie beide sich in mancherlei Hinsicht nicht zu sehr ähneln«, entgegnete Maddie unbeholfen. »Passen Sie auf Kara auf.«

»Mit Vergnügen, Maddie«, antwortete Simon sanft und streckte ihr seine andere Hand entgegen. »Schön, Sie kennengelernt zu haben, wenn auch unter widrigen Umständen.«

»Finde ich auch«, murmelte Maddie, als sie widerwillig Simons ausgestreckte Hand schüttelte. »Ich weiß, ich kann den einen Bruder nicht anhand des anderen beurteilen, aber ich hasse alles, was mich an Sam Hudson erinnert.« Schaudernd ließ sie Simons Hand los und umarmte Kara. »Pass auf dich auf.

Ich rufe dich an. Mach nichts Unüberlegtes«, warnte sie Kara aufs Schärfste und flüsterte dabei so leise, dass nur Kara ihren eindringlichen Rat verstand.

Kara drückte sie fest. Sie war sich sehr wohl der Gefahr bewusst, in der sie und ihre Freundin geschwebt hatten. Wie leicht hätte alles ganz anders ausgehen können. Sie liebte Maddie wie verrückt, obwohl diese manchmal eine raue Schale hatte, aber eben auch einen äußerst weichen Kern. »Du auch. Wir hören bald voneinander.«

Simon zog Kara wieder zu sich, indem er seinen Arm um ihre Taille legte und sie zu seinem Auto führte, während Maddie über den Parkplatz zu ihrem eigenen Wagen ging.

Gott, was für ein fürchterlicher Tag. Müde, aufgewühlt und in Gedanken noch bei den Ereignissen des Tages, sperrte sie sich noch nicht einmal dagegen, als Simon sie auf den Beifahrersitz seines sündhaft teuren Veyron verfrachtete und selbst hinter dem Lenkrad Platz nahm. Sie waren beide still, versunken in ihre Gedanken, als sie sich auf den Weg nach Hause machten.

Kapitel 2

Simon fuhr nicht auf direktem Weg zurück in die Wohnung. Er bog auf einen Parkplatz in der Nähe seines Zuhauses ein und sauste mit dem kleinen Sportwagen in eine freie Parklücke.

»Wir müssen etwas essen. In diesem Restaurant gibt es das beste italienische Essen der Gegend, aber es ist nichts Piekfeines.« Simon sprang aus dem Auto und eilte zur Beifahrertür. Er öffnete sie, nahm Karas Hand und zog sie aus dem Fahrzeug.

»Äh ... für etwas Piekfeines bin ich auch nicht angezogen.« Sie trug noch immer ihre Jeans und den Pullover aus der Praxis und wusste, dass es sowohl um ihr Inneres als auch Äußeres grässlich stand.

»Du bist wunderschön. Aber ich weiß, dass das ein harter Tag für dich war. Ist das Lokal okay?«

»Es ist großartig. Ich liebe italienisches Essen, und ich bin am Verhungern.«

Erstaunlicherweise stimmte das. Kara hatte das Frühstück ausfallen lassen, weil sie spät aufgestanden war, und ab der Mittagszeit waren sie auf dem Polizeirevier gewesen.

Simon hielt ihr die Tür auf und führte sie mit einer Hand auf ihrem Rücken in das Restaurant. Bei Gott, der Mann hatte großartige Manieren. Sie musste daran denken, Helen später dazu zu beglückwünschen, dass sie ihren Sohn zu einem höflichen Menschen erzogen hatte. Kara konnte sich nicht daran erinnern, wann ihr ein Mann das letzte Mal die Tür aufgehalten hatte. Vielleicht ... noch nie.

Das Innere des Restaurants war schummerig, und jeder Tisch wurde von einer großen, dicken Kerze in der Mitte erleuchtet. Es war nicht extravagant, aber auch nicht gerade eine Spelunke.

»Mister Hudson, wie nett, Sie wieder einmal zu sehen.« Die langbeinige, schöne Blondine, die sie begrüßte, führte sie zu einem Tisch in einer Ecke und bedachte Simon mit einem Lächeln, das direkt aus einer Zahnpastawerbung hätte stammen können.

Nachdem sie Platz genommen hatten, bestellte Simon ein Bier vom Fass und Kara bat um einen Eistee. Sie stieß einen Seufzer der Erleichterung aus, als die Simon umgarnende Frau endlich ging, um die Getränke zu holen.

»Die flirtet aber gern.« Kara hätte sich am liebsten sofort auf die Zunge gebissen. Was ging es sie an, wenn eine Frau mit Simon flirtete? Vielleicht mochte er das.

»Du meinst Kate?« Simon sah verwirrt aus, als er die Speisekarte zuschlug und offensichtlich bereits entschieden hatte, was er wollte.

»Heißt sie so? Sie hat sich mir nicht vorgestellt. Sie schien mehr an dir interessiert zu sein.« *Halt verdammt noch mal die Klappe, Kara. Du hörst dich an wie eine eifersüchtige Freundin.*

»Sie hat nicht geflirtet. Ich bin Stammkunde. Deshalb muss sie nett sein.« Simon zuckte mit den Schultern.

Oh Gott, der Mann hatte keine Ahnung. Kara studierte die Speisekarte und versuchte, das Thema fallen zu lassen. »Du warst also schon mal hier. Kannst du etwas empfehlen?«

»Alles ist gut. Ich nehme das Hähnchen mit Parmesan.«

Kara sah auf die Speisekarte wie ein Kind auf die Auslagen im Süßigkeitenladen. Es war schon so lange her, seitdem sie so eine große Auswahl gehabt oder als Gast in einem Restaurant gegessen hatte. »Ich kann mich gar nicht entscheiden.«

Simon grinste, als Kara endlich von der Speisekarte aufsah. »Du siehst aus, als hättest du ein großes Problem.«

»Sehe ich etwa aus wie jemand, der nicht oft rauskommt?«, fragte sie mit einem hellen Lachen.

Simon sah sie mit einem leidenschaftlichen Blick so eindringlich an, dass Kara fühlte, wie eine Hitzewelle jeden Zentimeter ihres Körpers erfasste. »Du bist die reizendste Frau, die mir je gegenübergesessen hat. Niemand reicht auch nur im Geringsten an dich heran.«

Kara errötete, allerdings eher wegen des heißen Verlangens in seinem Blick und der Leidenschaft in seinen Augen. Kein Mann konnte sie so verrückt machen wie Simon. Ein Wort, eine Äußerung, ein Blick ... und sie war aufgeregt wie ein durchgedrehter Teenager.

Kara war dankbar, dass eine ältere, dunkelhaarige Kellnerin ihre Getränke brachte und die Essensbestellung aufnahm. Sie beschloss, der Einfachheit halber das Gleiche wie Simon zu bestellen. Als die Kellnerin gegangen war, griff Kara verwirrt nach ihrem Getränk. »Ich glaube, die haben mir einen alkoholischen Eistee gebracht.«

Simon kicherte, während er auf das Getränk in ihrer Hand blickte. »Das ist definitiv ein alkoholischer Eistee. Ich wusste nicht, dass du einen ohne Alkohol wolltest.«

»Was ist da drin?«, fragte Kara und starrte auf das Glas mit der Flüssigkeit, dessen Farbe dem normalen Eistee zwar sehr nahe kam, doch in einem Longdrinkglas, an dessen Rand eine Kirsche klemmte, serviert worden war. Keines der Restaurants, in denen sie je gearbeitet hatte, verfügte über eine voll ausgestattete Bar, und mit Getränken kannte sie sich sowieso nicht besonders gut aus.

Simon grinste schelmisch. »Rum, Gin, Tequila, Wodka, Orangenlikör ... und ein Spritzer Cola und Sour Mix.«

So ein Mist! Sie würde einen Freudentanz auf dem Tisch aufführen. Ein Glas Wein machte sie schon beschwipst, wahrscheinlich weil sie so selten Alkohol trank. »Versprich mir, dass du mich davon abhältst, nackt auf dem Tisch zu tanzen, wenn ich genug habe.« Kara sah Simon mit hochgezogener Augenbraue an und wartete auf seine Zustimmung.

Doch der brach in herzhaftes Gelächter aus und schnappte nach Luft, bevor er fragte: »Ernsthaft? Von einem oder zwei Drinks?«

»Das ist nicht lustig. Ich trinke nicht viel«, verteidigte sie sich und fühlte sich plötzlich weltfremd und deplatziert, denn sie saß einem Milliardär gegenüber, der sicher schon das eine oder andere erlebt hatte.

Simon grinste sie an. »Ich weiß. Versuch es. Wenn du es nicht magst, bestelle ich dir etwas anderes.« Sein Gesichtsausdruck wurde ernst, und in seinen Augen brannte Leidenschaft und etwas, das Kara nicht genau definieren konnte. »Und ich verspreche auf jeden Fall, dass du nicht nackt auf dem Tisch tanzen wirst, es sei denn, zu Hause bei einer privaten Vorstellung.« Seine Stimme war rau und sein Blick leidenschaftlich, als ob er sich genau dieses Szenario vorstellte und sich darauf freute.

Kara wich seinem Blick aus, und der Kloß in ihrer Kehle fühlte sich an wie ein Baseball. Himmel, warum nicht? Nach einem Morgen wie diesem konnte sie einen Drink gebrauchen. Vorsichtig nippend ließ sie die Flüssigkeit über ihre Zunge fließen und die Kehle hinunter, schwer schluckend vorbei an dem Knoten, der sich wegen Simons verführerischem Kommentar gebildet hatte. »Nicht schlecht.« Kara leckte über ihre Lippen. »Schmeckt eigentlich gar nicht so stark.«

Simon warf ihr ein schelmisches Lächeln zu. »Das täuscht. Es ist ziemlich stark.«

Sie genossen ihre Drinks und das Abendessen bei angenehmer Unterhaltung. Simon sprach von seiner Familie und über einige seiner Projekte. Kara steuerte lustige Geschichten von ihrer Laufbahn als Kellnerin bei und einige aus den Jahren in der Krankenpflegeschule.

Simon vertilgte sein Hühnchen mit Parmesan und aß auch Karas Reste noch auf, als sie keinen Bissen mehr herunterbekam. Er bestellte für beide Tiramisu und einen weiteren Drink. Das Dessert war köstlich, doch sie schaffte es nicht, ihre Portion aufzuessen. Natürlich war er bereit, auch diesen Rest zu verdrücken. Der Mann konnte wahnsinnig viel essen. Vielleicht brauchte er das, um den großen, kraftvollen Körper zu nähren, nach dem Kara inzwischen lechzte wie ein Hund nach einem Stück Wurst.

»Wie erhältst du solch einen unglaublichen Körper, wenn du so viel isst?«, fragte sie und hätte sich für diese Äußerung am liebsten in den Hintern getreten. Sie wusste, dass der Alkohol ihr die Worte in den Mund gelegt hatte.

Notiz an mich selbst: Trink ab jetzt nicht mehr als ein Glas Weinschorle.

Simon sah ihr mit seinem schelmischen Blick direkt ins Gesicht. »Unglaublich, was?«

Kara zuckte mit den Schultern. Warum sollte sie es leugnen? Sein Körper war unglaublich. »Durchaus.« *Unglaublich. Steinhart und verdammt sexy. Der heißeste Körper auf diesem Planeten.*

»Ich trainiere jeden Tag zu Hause im Fitnessraum. Wenn du meinst, ich sehe gut aus, dann nehme ich an, dass es das wert ist«, unterrichtete er Kara mit ungläubiger Stimme.

Oh ja! Sehr viel wert.

»Das sieht man«, stieß sie hervor und versuchte, die Tatsache, dass sie ihn am liebsten auf einhundert verschiedene Arten bespringen würde, nicht augenscheinlich werden zu lassen. »Das ist einer der Gründe, weshalb Frauen wie Kate über dich herfallen. Nicht der einzige Grund, aber einer davon.«

Oh Scheiße! Hatte sie das gerade laut gesagt? Verdammter Alkohol! Sie musste sich auf die Zunge beißen.

»Frauen bewundern nicht meinen Körper, meinen Charakter oder irgendetwas anderes, sondern mein Geld«, erklärte Simon nüchtern.

Kara sah ihn entgeistert an. Glaubte er das wirklich? »Oh, es spielt also keine Rolle, dass du wahnsinnig gut aussehend, ein Genie, lustig und extrem liebenswürdig bist? Frauen wollen nur dein Geld?« Gott, er machte sie wirklich wütend. Wusste er das nicht? War ihm nicht bewusst, dass er so viel mehr zu bieten hatte als nur sein Geld?

»Ja.«

Karas Herz schmerzte, denn sie wusste, dass er tatsächlich dachte, Geld sei sein einziges Plus. Schwer zu glauben, besonders, weil sie so oft auf der Empfängerseite seines großzügigen Naturells stand. Auch deshalb schwer zu verstehen, weil sie sehnsüchtige Blicke über den Tisch auf den bestaussehenden, begehrenswertesten Mann warf, den sie je gesehen hatte. »Aber ich bewundere es.« Simon sah sie verdutzt an, als die Worte in einem hitzigen Ausbruch aus ihr heraussprudelten. »Ich will dich. Und das hat nichts mit deinem Geld zu tun.«

Die Worte waren ihr ohne zu stocken und unkontrolliert über die Lippen gekommen. Sie drehte den Kopf weg, leicht beschämt über ihre Offenheit, doch seine fortwährende Weigerung, seinen eigenen Wert zu erkennen, machte sie wahnsinnig. »Mir ist dein Geld scheißegal.«

»Ja … ich habe es bemerkt«, sagte er mit rauer Stimme.

Schließlich sah Kara ihn an und erblickte einen unergründlichen Gesichtsausdruck. Verwirrung? Unglaube? Misstrauen? Hoffnung? All das spiegelte sich in seinem Gesicht wider, doch sie wusste beim besten Willen nicht, welches dieser Gefühle am stärksten sein würde.

Sie kippte den Rest ihres zweiten Eistees hinunter. »Ich bin fertig.« Wenn sie noch einen dritten Drink hätte, würde sie ihre Kleider von sich reißen und ihn anbetteln, sie zu nehmen. Auf der Stelle.

Kara fragte sich, ob sie ihren spontanen Gefühlsausbruch später bereuen würde, und beschloss, dass sie das nicht tun würde. Irgendwie musste sie zu Simon durchdringen, auch wenn es äußerst demütigend war. Er war so distanziert, so beherrscht, doch da gab es eine tiefer liegende Verletzlichkeit, die unter der Oberfläche lauerte. Dieser Selbstzweifel, den sie ab und zu in den wunderschönen Augen entdeckte, sollte dort nicht bleiben. Ein Mann, der so gut aussehend, nett und großzügig war, sollte zu keinem Zeitpunkt unsicher sein.

Simon war ohne Frage ein Alphamännchen, doch Kara musste sich fragen, ob dieses Bedürfnis, eine Frau beim Sex hilflos und mit verbundenen Augen vor sich zu haben, ein Dominanzproblem war. Natürlich hatte diese Art von Dominanz etwas Erotisches und war so erregend, dass bei jedem Gedanken an die Nacht zuvor ihr Slip feucht wurde, doch Kara hasste die Vorstellung, dass Simon wegen mangelnden Vertrauens auf nur eine Art von Sex beschränkt sein sollte. Das war zumindest ihr Verdacht. Ihr Bauchgefühl sagte ihr, dass dieses Problem nichts mit Dominanz, sondern ausschließlich mit Vertrauen zu tun hatte.

Sie standen auf, und Simon zog seine Geldbörse aus der Tasche und legte das Bargeld auf die Rechnung. Kara seufzte, als er fest ihre Hand ergriff und sie sachte hinter sich her durch die Tür zog. Es war früher Abend, und die kühle Luft half Kara, ihren benebelten Kopf freizukriegen. Sie konnte sich an keine der Zutaten in ihren Drinks erinnern, aber sie hatten definitiv ihre Zunge gelockert.

Die Fahrt zurück in die Wohnung ging nur um ein paar Häuserblocks, doch Kara rutschte auf ihrem Sitz unruhig hin und her. Simon war zu nah und roch viel zu verführerisch. Außerdem war es Kara immer noch peinlich, dass sie ihm praktisch ihr Herz ausgeschüttet hatte. Oh, vielleicht nicht ihr ganzes Herz, aber zuzugeben, wie sehr sie ihn wollte und keine richtige Antwort zu bekommen, war schon ziemlich ernüchternd gewesen.

Welche Antwort hätte ich mir denn gewünscht? Ich möchte ihm helfen und das bedeutet, dass ich nichts von ihm erwarten darf. Er hat nie etwas außer überwältigendem Sex versprochen. Und den habe ich bekommen. In höchstem Maße!

Kara hatte wirklich nichts erwartet, doch es wäre schön gewesen, wenn er gesagt hätte, dass auch er sie wolle. Jetzt fühlte sie sich nackt, entblößt. Und im Moment war ihr in seiner Gesellschaft alles andere als wohl.

Ich verstehe ihn nicht. Ich weiß nicht, was ihn zu einem solchen Verhalten veranlasst.

Doch Kara wollte es herausfinden. Nichts wollte sie lieber, als jedes einzelne von Simon Hudsons Geheimnissen verstehen.

Als sie in der Wohnung ankamen, stieß sie einen Seufzer der Erleichterung aus. Sie ging durch die Küche in Richtung ihres Zimmers, um zu duschen. Gerade wollte sie Simon ein kurzes »Gute Nacht« zurufen, als sich ein langer, muskulöser Arm um ihre Taille legte und sie an einen großen, männlichen Körper zog.

»Geh nicht. Noch nicht.« Simons heisere Stimme an ihrem Ohr jagte einen Schauer des Verlangens durch ihren Körper, und sie verfiel wie betäubt in Schweigen.

Simon hob sie hoch und hielt sie gegen seine Brust gedrückt, als er ins Wohnzimmer ging, wo er sich auf das Sofa setzte und sie auf seinem Schoß behielt. »Was ist los?«, fragte Kara leise und spürte die ruhelose Spannung in seinem Körper. Seine Muskeln waren stark angespannt, als sie ihre Hände auf seine Schultern legte.

»Ich muss dich ein bisschen festhalten. Bitte. Du hast mich heute zwanzig Jahre meines Lebens gekostet, Kara. Ich werde am Ende alt, glatzköpfig und verrückt sein, wenn du weiterhin solche Sachen machst.« Simon schlang seine Arme um sie und drückte sie fest an sich.

»Tut mir leid.« Sie legte ihren Kopf auf seine Schulter, genoss das kratzende Gefühl seiner Barthaare an ihrer Wange und versuchte, sich nicht darüber zu freuen, dass er eine Zukunft für sie beide angedeutet hatte.

»Ich halte das nicht aus. Ich ertrage den Gedanken nicht, dass dir etwas passieren könnte« stieß er hervor.

Im Wohnzimmer war es dunkel. Nur von der Küche schien ein wenig Licht herein. Karas Herz raste, als sie den Kopf von seiner Schulter nahm, um seine raue Wange zu streicheln. Er hatte Angst um ihre Sicherheit, und diese Sorge rührte sie. In Karas Leben gab es wenige Menschen, die sich so um sie gesorgt hatten, und ganz sicher keine Männer, abgesehen von ihrem Vater. Ihr Ex hätte den Überfall wahrscheinlich mit einem Schulterzucken abgetan und ihr gesagt, es sei ihre eigene Schuld, weil sie in diesem Teil der Stadt freiwilligen Dienst tat. Er war nicht gerade der fürsorgliche Typ gewesen.

Simon ergriff ihre streichelnde Hand und zog sie zu seinen Lippen, bedeckte ihre Handfläche mit sanften, zärtlichen Küssen. »Es hat mich sehr viel Überwindung gekostet, eurem Polizeibeamten heute nicht an die Gurgel zu gehen.«

»Warum?«

»Himmelherrgott, Kara, der Mann hat dich mitten in der Wache mit seinen Augen vernascht.« Seine Antwort war barsch.

»Er war nur nett.«

»Er hat sich vorgestellt, wie es wäre, dich zu ficken«, klärte er sie mit heiserer Stimme auf. »Ich bin ein Kerl. Glaub mir. Ich weiß das. Und ich habe es verdammt noch mal gehasst. Ich teile nicht gern.«

Schluck. Deutete er gerade an, dass ...

»Ich wusste nicht, dass ich dir gehöre.« *Tat sie das?*

»Das tust du jetzt.«

»Seit wann?«

»Wahrscheinlich seitdem ich dich das erste Mal gesehen habe. Bestimmt aber seit dem Moment, als ich dich berührt habe. Und ganz sicher seit letzter Nacht.« Seine Hand wanderte zu ihrem Nacken und führte ihren Mund zu seinem.

Mit einer geschmeidigen Bewegung und ohne, dass sein Mund ihren verließ, beugte er Kara nach hinten. Gerade noch saß sie auf seinem Schoß, und jetzt lag sie ausgestreckt auf dem großen Sofa unter ihm. Er küsste sie, bis sie keine Luft mehr bekam, nicht mehr denken konnte, sondern nur noch fühlen. Kara spreizte die Beine, um seinen Körper in Empfang zu nehmen, schlang ihre Arme um seinen muskulösen Oberkörper, versuchte, ihm so nahe wie nur irgend möglich zu sein.

Sie brauchte das, brauchte ihn. Kara ließ ihre Zunge an seiner entlanggleiten, versuchte verzweifelt, ihm noch näher zu kommen, wollte in ihn hineinkriechen. Ihre Hüften stießen sehnsüchtig gegen seine Leisten, und sie wimmerte in seinen Mund hinein, als sie die heftige Erektion spürte, die gegen seine Jeans und ihren Schamhügel drängte und sie vor Sehnsucht, ihn in sich zu spüren, fast verrückt werden ließ.

Kara löste ihre Lippen von seinen und keuchte: »Du musst mich ficken, Simon. Bitte.«

Mit einem kehligen Laut vergrub er sein Gesicht an ihrem Hals. »Schlafzimmer.«

»Nein. Hier. Jetzt. Genau jetzt«, keuchte Kara. Sie wollte sich nicht mehr bewegen, wollte sich dieses Mal nicht die Augen verbinden und fesseln lassen. Sie schlang in stillem Flehen ihre Beine um seine Taille und schob ihre Hände zu seinem Hintern, um ihn an sich zu ziehen, während ihre Hüften sich kreisend bewegten. »Verdammt! Ich kann nicht denken, wenn du das tust. Ich will nicht warten«, stieß er mit rauer Stimme hervor, ließ seine Hände unter ihren Hintern gleiten und zog sie mit einem tiefen, gequälten Stöhnen fest gegen seine heftige Erektion.

»Warte nicht. Bitte.« Karas Körper war entfacht wie ein tobender Waldbrand.

»Du weißt, dass ich das nicht kann.« Simons Stimme klang verärgert und frustriert, doch er ließ Karas Hintern nicht los.

»Du kannst es.« Sie wollte ihn jetzt, spontan und zügellos. Kara nahm ihre Beine von seiner Taille, krümmte sich und steckte ihre Hände zwischen seinen und ihren Körper. Sie öffnete den Knopf ihrer Jeans und zerrte am Reißverschluss, um ihn herunterzuziehen. Mit schlängelnden Bewegungen zwang sie Simon, seinen Körper anzuheben, während sie ihre Jeans und ihr Höschen so weit nach unten schob, bis sie sie von ihren Beinen treten konnte. »Berühre mich.«

Simon stöhnte, als seine Hand zwischen ihre Körper und seine Finger in ihre triefende Muschi glitten. »Mein Gott, du bist so verdammt feucht.«

»Für dich«, entgegnete sie leidenschaftlich. »Erzähle mir nicht, dass Frauen dich nur wegen deines Geldes wollen. Ich will dich so verdammt dringend, dass ich dich anbettele, mich zu ficken«, sprudelte es aufgebracht aus Kara heraus. Sie wollte ihm klarmachen, dass ihre Gefühle weit entfernt waren von Gedanken an Geld. Doch sie konnte ihm die Tiefen ihrer Sehnsucht nicht mitteilen. Noch war sie nicht bereit, ihre Seele zu entblößen, und Simon nicht bereit, es an sich heranzulassen. Und vielleicht war sie auch nicht bereit, sich damit zu befassen. Aber verdammt, er würde *dies* annehmen. Er würde *sie* nehmen. Jetzt.

Ihr Körper schauderte, als seine Finger durch ihre zarten, feuchten Schamlippen glitten und ihre pochende Klitoris umkreisten. »Ja, berühre mich.« Sie war verloren, ihr Körper reagierte auf jede Empfindung, jedes Streichen seiner Finger. Wild warf sie den Kopf hin und her, während sie sich seinem kühnen, unerschrockenen Streicheln hingab.

»Du bist so erregt. So verdammt willig. Es ist schwer zu glauben, dass du mich so willst. Sag es mir. Noch einmal«, verlangte Simon und sein Streicheln wurde heftiger, fordernder.

»Ich brauche dich, Simon. Fick mich.«

»Nur mich?«

»Nur dich. Du bist der Einzige, der in mir solche Gefühle weckt.« Und er war der einzige Mann, der sie mit einer einfachen Berührung dermaßen wahnsinnig machen konnte. Kara wusste, dass es eine Schwäche war, doch im Augenblick konnte sie sich nicht dazu durchringen, sich darüber Gedanken zu machen.

Simon richtete sich auf und riss seine Jeans auf, zerrte sie herunter, bis sein steifer, gieriger Schwanz befreit war und pochend heraussprang. »Ich will dich so sehr, Kara, aber ich bin nicht sicher, ob ich es tun kann.« Seine Stimme war leidenschaftlich, aber auch wütend.

Kara erkannte sein Bedürfnis nach Dominanz. Der Grund dafür war nicht klar, doch sie wusste, dass er Kontrolle brauchte. »Halt meine Hände fest, Simon. Übernimm die Kontrolle. Fick mich, wie du willst. Es ist mir egal, solange du es jetzt machst.«

Sie wollte nach dem wunderbaren Schwanz greifen und ihn dort einführen, wo sie ihn am dringendsten brauchte, doch sie hob ihre Hände und griff damit nach seinen. Sie waren zu festen Fäusten geballt, die sich langsam öffneten, als Kara danach griff. Die Finger ineinander verhakt, führte er ihre so verbundenen Hände über Karas Kopf.

»Ja. Du hast die Kontrolle. Ich bin genau dort, wo du mich haben willst. Nimm mich jetzt«, flehte Kara und wollte es genau auf diese Weise. Sie hatte die letzte Nacht genossen, doch da hatte sie gewollt, dass er sie fesselte und ihr die Augen verband, weil es erotisch und sexy war, nicht, weil sie es brauchte. Instinktiv wusste sie, dass es entscheidend war, ihm in kleinen Schritten Vertrauen beizubringen, damit er mit ihr schlief und sie nicht nur fickte.

Den Tränen nahe, als sich sein kräftiger Körper über sie senkte, stöhnte sie bei dem Gefühl seines Schwanzes an ihrer engen Öffnung auf. Ihre Hüften bewegten sich hin und her, bis sie die richtige Position eingenommen hatte. Und dann, wie durch ein Wunder, drang er mit einem kräftigen Stoß in sie ein.

Kara gab einen Zischlaut von sich, als sein Schwanz in sie fuhr, sie dehnte und sie völlig vereinnahmte. »Ja. Du fühlst dich so gut an.« Sie schlang ihre Beine um ihn, wollte das Gefühl bis zum Letzten auskosten.

»Verdammt. Du bist so feucht. Nichts ist zwischen dir und meinem Schwanz. Es gibt kein besseres Gefühl als dieses«, keuchte Simon an ihrem Hals, während sich seine Brust über ihren Brüsten hob und über ihre geschwollenen Brustwarzen rieb.

Die Hände ineinander verschlungen, drückten seine Finger zu, bis ihre Hände fast taub waren. Simons Hüften stießen in Kara hinein, und sie reagierte, indem sie ihm auf halbem Wege entgegenkam.

Ihr Herz schmerzte, als sich ihr Körper immer und immer wieder mit Simons vereinigte, und sie wusste, dass dieser Augenblick entscheidend, außergewöhnlich und etwas ganz Besonderes war.

Sie drückte ihre Fersen in seinen steinharten Hintern, drängte ihn tiefer und zu noch schnelleren Bewegungen. Seine Stöße wurden energisch, kraftvoll. Hinein und hinaus. Immer und immer wieder.

Sein Mund bedeckte ihren, und sein Kuss war fast brutal. Er plünderte ihren Mund, ergriff von ihm Besitz, während seine samtweiche Zunge durch jeden Zentimeter der Höhle fegte und im gleichen Rhythmus zustieß wie sein Schwanz.

Überwältigt von seiner Stärke, völlig in Anspruch genommen vom Takt seines stoßenden Schwanzes und seiner drängenden Zunge, versank Kara in Simon. Vollkommen. Ganz und gar. Bereitwillig.

Tränen rannen ihre Wangen hinunter, als sie in seinen Mund wimmerte und ihr Körper zitternd und pulsierend in den unglaublichsten Höhepunkt katapultiert wurde, den sie je erlebt hatte.

Ihre Vagina verkrampfte sich, zog sich um Simons Schwanz zusammen und lockerte sich wieder, während er mit rasender Hingabe in ihren Körper stieß. Er stöhnte in ihren Mund, schlang seine fordernde Zunge um Karas und versank ein letztes Mal tief in ihr. Als er kam, erzitterte sein kräftiger Körper über ihr, und ihr Unterleib wurde von Hitze durchflutete.

Simon riss seinen Mund von ihren Lippen und sein Kopf fiel gegen ihren Hals. »Verdammt! Verdammt! Verdammt!«, rief er atemlos.

Kara riss ihre Hände los, damit das Blut wieder zirkulieren konnte. Sie schlang ihre Arme um ihn, fuhr mit den Händen durch seine schweißnassen Haare und bettete seinen Kopf in ihre Halsbeuge. Sein entspannter und gesättigter Körper lag schwer auf ihr, doch sie wollte noch nicht, dass er sich bewegte.

»Ich glaube, ich bin gerade gestorben«, schnaufte Simon immer noch schwer atmend.

»Ich nehme an, ich muss dann gerade mit dir zusammen gestorben sein. Ich war nämlich auch dabei«, antwortete Kara und rang nach Luft, während ihre Hände noch immer durch seine Haare fuhren.

Später fragte sie sich, wie lange sie und Simon dort in ihrer eigenen Welt gelegen hatten. Überwältigt und erstaunt über das, was gerade geschehen war, doch in dem Moment nahm Kara nur den Frieden in sich auf, der dem turbulenten Sturm folgte.

Nach unendlich langer Zeit rollte sich Simon von ihr. »Ich bin schwer. Tut mir leid.«

Kara kuschelte sich an seine Seite und seufzte schwer. »Es war okay.«

»Es war mehr als okay«, knurrte er scherzhaft, sie absichtlich missverstehend.

»Danke, Simon«, flüsterte Kara sanft.

»Wofür?«, fragte er verwundert, als er einen Arm schützend um sie legte und mit der anderen Hand eine Haarsträhne aus ihrem Gesicht strich.

»Für das, was gerade geschehen ist.« *Dass du mir vertraut hast. Dass du ein paar Geister vertrieben hast. Dass du dir gegeben hast, was du brauchtest.*

Kara konnte sein Gesicht nicht sehen, doch das brauchte sie auch nicht. Sie hörte das Grinsen in seiner Stimme. »Liebling, danke mir nicht. Ich sollte auf dem Boden knien und dich anbeten.«

»Ah ... gut ... wenn du meinst ... auf geht's«, entgegnete Kara wie eine Königin, die sich an einen ihrer Untertanen wendet und versuchte, die Stimmung zu heben.

Kleine Schritte.

Simon schnaubte. »Geht gerade nicht. Du hast mich geschafft.«

»Undankbarer Schurke.« Kara schlug ihm mit einem Lächeln auf die Schulter.

»Ich muss nicht vor dir niederknien. Ich bete dich bereits an«, flüsterte Simon zärtlich, als seine Lippen über ihre hinwegstrichen und er Kara freigab, um wieder in seine Jeans zu schlüpfen.

Kara setzte sich auf und tastete nach ihrer eigenen Jeans und ihrem Höschen. »Ja, ja ... das sagen alle Männer nach einem anständigen Orgasmus.« Ihre Finger strichen über Jeansstoff, und sie sprang auf und zog schnell ihren Slip und die Hose über die Hüften.

Simon griff nach ihr, als sie sich umdrehte, um zu gehen. »Es war viel mehr als ein guter Fick. Du hast geweint. Sag mir nur, ob es vor Freude oder vor Schmerz war«, fragte er mit warmer, besorgter Stimme.

»Vor Freude. Ganz bestimmt vor Freude.« Nicht gewillt, noch mehr zu sagen, strich sie mit ihren Lippen an seinen entlang und zwang sich zu gehen. Sie wusste, was Simon über den Beischlaf dachte. Sie musste im Augenblick mit dem zufrieden sein, was gerade geschehen war. »Ich muss duschen. Irgendjemand hat mich ganz ... nass gemacht.«

Lachend über das tiefe Knurren, das sie hinter sich hörte, verschwand Kara in ihr eigenes Zimmer, um zu duschen und ins Bett zu kriechen, wo sie in einen erschöpften, jedoch zufriedenen Schlaf fiel.

Kapitel 3

Alles okay? Kara lächelte auf die SMS von Simon herab, während James sie zu Helen's Place fuhr. Sie hatte schon etliche Tage nicht mehr mit Helen gesprochen, und heute waren sie zum Kaffee verabredet. Da Helen sich schlecht vom Restaurant losreißen konnte, kam Kara gewöhnlich nach der Schule in den weniger hektischen Zeiten vorbei, um mit Helen zu plaudern.

Kara schickte eine SMS zurück. *Ja, Papa. Alles okay.*

Es war Freitag, und fast eine Woche war seit dem Vorfall in der Praxis vergangen. Simon meldete sich für gewöhnlich mehrmals am Tag bei Kara, um sicherzugehen, dass es ihr gut ging. Sie machte zwar Witze darüber, dass er sich wie ein überfürsorglicher Vater benahm, doch insgeheim fand sie es rührend, dass er sich um ihre Sicherheit sorgte.

Seit der Nacht, die dem Vorfall in der Praxis gefolgt war, hatten sie nicht mehr miteinander geschlafen. Sie scherzten, sie sprachen miteinander, aber sie hatten keinen Sex. Es war fast, als hätten sie beide Angst davor, dass das, was passiert war, sich nicht wiederholen ließe. Oder vielleicht hatten sie sich auch beide fast zu Tode erschreckt. Kara ganz sicher, denn so etwas Intensives hatte sie noch nie erlebt.

Ihr Handy piepte erneut. *Sei vorsichtig. Lass mich wissen, wann du wieder gehst. Bist du schon dort?*

Kara antwortete. *Sind gerade vorgefahren. Werde Ihre Befehle ausführen, Sir.*

Das Auto hielt vor Helens Restaurant, als Karas Handy erneut piepte. *Schön wär's. Nur in meinen Träumen führst du Befehle aus.*

Kara kicherte, als sie das Handy in die vordere Hosentasche steckte und fast hören konnte, wie Simon diese Worte mit verärgerter Stimme laut aussprach. »Danke, James. Bis gleich.« Sie lächelte dem netten älteren Herrn zu, als sie die Autotür öffnete.

Er grinste breit. »Viel Spaß, Miss Kara. Ich werde hier auf Sie warten. Grüßen Sie Helen von mir.« James arbeitete schon viele Jahre für die Familie und kannte jeden.

»Mach ich.« Kara stieg aus dem Auto und winkte James zu, als sie die Tür zum Restaurant erreicht hatte.

Sogar während der ruhigeren Stunden herrschte in Helen's Place kein Mangel an Gästen. Das Restaurant war bekannt für großartiges Essen zu günstigen Preisen. Kara steuerte auf eine Tischnische zu und wollte sich gerade setzen, als Helen mit einem breiten Lächeln und weit ausgebreiteten Armen aus der hinteren Tür trat.

Kara umarmte die ältere Frau innig, atmete tief den vertrauten Vanilleduft ein, den Helen immer zu verströmen schien.

Helen trat einen Schritt zurück und griff nach Karas Schultern. »Wie behandelt dich mein Sohn? Du siehst gut aus. Erholt.«

»Lass mich Kaffee für uns holen.« Kara ging hinter den Tresen und schnappte sich zwei Becher, füllte sie mit dampfendem Kaffee und griff auf dem Weg zurück zum Tisch nach einem Kännchen Kaffeesahne. »Mir geht es gut. In der Schule läuft es prima. Jetzt geht es in die entscheidende Phase.« Sie schob einen Becher vor Helen, bevor sie sich vor ihren eigenen setzte.

»Herzchen, du musst keinen Kaffee servieren. Du bist keine Mitarbeiterin mehr.« Helens Grinsen glich so sehr dem Simons, dass Kara augenblicklich abgelenkt war.

Sie lehnte sich zurück und betrachtete Helen einen Moment, suchte nach weiteren Ähnlichkeiten. Doch es gab nicht wirklich viele. Nachdem sie Tonnen von Fotos der beiden Brüder mit ihrer Mutter angeschaut hatte, war Kara zu dem Schluss gekommen, dass Simon nach seinem Vater kommen musste, obwohl sie nie ein Foto von ihm gesehen hatte. Helen sah mit ihren kurzen, gewellten, blonden Haaren und den grünen Augen aus wie Sam. Ihre Freundin kleidete sich immer mit lässiger Eleganz. Heute trug sie einen wadenlangen Rock mit Paisley-Muster und einen pinkfarbenen durchgeknöpften Pullover. Große, pinkfarbene Ohrringe baumelten an ihren zierlichen Ohren und stießen jedes Mal an ihren Hals, wenn sie den Kopf bewegte. Helens ziemlich extravagante Ohrringe waren das einzig Pompöse an ihr. Sie war eine wirklich liebe und einfühlsame Seele.

Kara lächelte. »Ich brauche meine Koffeindröhnung.« Sie goss Kaffeesahne in das dampfende Gebräu. »Ich habe dir nur gleichzeitig auch einen mitgebracht.« Sie schüttete Zucker hinein und nahm den Löffel, um die Mixtur umzurühren. »Und Simon behandelt mich gut. Mehr als gut. Er ist ein wunderbarer ... Freund.« Kara verschluckte sich fast an dem letzten Wort. Nun ja, Simon war ein Freund.

Helen seufzte. »Er klingt glücklich. Ich spreche fast jeden Tag mit ihm. Seit langer Zeit habe ich ihn nicht mehr so euphorisch erlebt. Er hört sich total verknallt an.«

»Das ist er nicht«, entgegnete Kara schnell und verschluckte sich dabei fast an ihrem Kaffee. »Wir sind das nicht. Ich meine, wir sind Freunde.« Mein Gott, sie konnte doch Helen nicht vorgaukeln, dass es da etwas Dauerhaftes in ihrer Beziehung zu Simon gab.

»Mhm. Und Simon spricht jeden Tag über dich, nonstop eine Stunde lang, weil ... warum?« Helen sah Kara belustigt über den Rand ihres Kaffeebechers an.

Kara zuckte mit den Schultern. Tat er das? Wirklich? »Ich lebe bei ihm. Er hilft mir. Ist doch ganz normal, dass er über eine Mitbewohnerin spricht. Wir sehen uns jeden Tag.«

Helen schnaubte. »Süße, er und Sam sehen sich auch jeden Tag, und er schwafelt gewiss nicht über seinen Bruder. Und außerdem hat er vorher noch nie über eine Frau geredet.«

Kara versuchte, ihr hoffnungsvolles Herz unter Kontrolle zu bekommen. Nur weil Simon sie in seinen Gesprächen mit seiner Mutter erwähnte, musste das noch gar nichts bedeuten. »Er und Simon leben nicht in derselben Wohnung.«

»Du magst ihn. Und er mag dich. Sehr.«

Kara ließ die Schultern hängen, als sie ihren Kaffeebecher zurück auf den Tisch stellte und mit ihrer Serviette spielte. Vor Helen hatte sie nie viel verbergen können. »Das tue ich. Ich will nur meine Erwartungen nicht zu hoch schrauben. Simon hält nicht viel von Beziehungen. Das ist mir klar.« Mehr oder weniger. »Er hatte noch nie eine feste Freundin.«

Helen streckte ihre Hand aus und legte sie auf die Finger, mit denen Kara langsam die Papierserviette zerriss. »Das heißt aber nicht, dass er keine haben kann oder haben wird.« Helen atmete schwer aus. »Simon ist im Alter von sechzehn Jahren etwas widerfahren, und danach war er nicht mehr derselbe, Kara. Er war schon immer ruhig, mein kleiner intelligenter Junge, der seine Nase ständig in Bücher gesteckt hat und so fleißig war, wie Eltern sich das nur wünschen können. Aber er war auch menschlich, die Art von Kind, die jeden Streuner aufnahm. Ich weiß noch, wie gemein Sam ihn immer wegen seines mitleidigen Herzens gehänselt hat. Es ist fast kein Tag vergangen, an dem Simon nicht ein verlassenes Tier mit nach Hause gebracht hat oder Unrecht wiedergutmachen wollte.« Helen rutschte unruhig auf der Bank hin und her. »Aber ich glaube, dass er das mit sechzehn verloren hat.«

Kara drückte Helens Hand. »Er hat es nicht verloren. Es ist noch da. Schau nur, wie er mir hilft. Ich weiß, dass etwas passiert ist. Ich weiß keine Einzelheiten, Helen, aber er ist noch so liebenswürdig, wie er immer gewesen ist.«

»Das ist es ja gerade. So war er nicht, bevor er dich getroffen hat. Du bist die Erste außerhalb der Familie, um die er sich seit ganz vielen Jahren kümmert. Das gibt mir Hoffnung.«

Kara zuckte zusammen. »Bitte mach dir keine Hoffnungen. Wir sind Freunde. Betrachte mich als Streunerin, der er zu Hilfe gekommen ist.«

Helen strahlte, als sie ihre Hand zurückzog und mit vielsagendem Blick auf Kara nach ihrem Kaffeebecher griff. »Jedenfalls bist du die erste Streunerin, die er nach sechzehn Jahren bei sich aufgenommen hat. Ich würde sagen, dass das irgendetwas bedeutet.«

Kara rechnete, und plötzlich begann ihr Herz wild zu schlagen. Natürlich, die Party! *Simon wird morgen zweiunddreißig.*

»Ich bin mir sicher, dass das nicht stimmt. Er hat es dir vielleicht nur nicht erzählt.« Mit Sicherheit war sie nicht die erste Person, der Simon seit dem unbekannten Vorfall geholfen hatte, der ihn im Alter von sechzehn Jahren so verändert hatte.

Helen lachte und fügte geheimnisvoll hinzu: »Ich bin seine Mutter. Ich habe auch Augen im Hinterkopf. Frag meine Jungs. Es ärgert sie immer wahnsinnig, dass ich Dinge weiß, die sie mir gar nicht erzählt haben.«

Weiß du dann auch, dass Simon nur Sex mit Frauen haben kann, die gefesselt sind und die Augen verbunden haben? Kara war sich ziemlich sicher, dass Helen diese Tatsache nicht bekannt war, und von ihr würde sie darüber definitiv nichts erfahren. Es gab einfach Dinge, von denen Mütter nichts wissen sollten. Und doch wunderte sie sich über Simons angebliche Jahre der Isolation und die Tatsache, dass er sein Helfersyndrom unterdrückt hatte. Der Gedanke daran, was passiert sein musste, dass

Simon von einem süßen Teenager zu einem isolierten, erwachsenen Einzelgänger geworden war, schnürte Kara die Kehle zu.

Änderte er sich wirklich? Er war manchmal distanziert und schottete sich ein wenig ab, doch Kara erinnerte sich nicht daran, dass er je gleichgültig oder ein Einzelgänger gewesen war. Es gab ein paar Dinge, die einfach ... Simon waren.

Ruppig ... stimmt.

Verschroben ... stimmt.

Rechthaberisch ... stimmt.

Kontrollierend ... manchmal.

Liebenswürdig ... stimmt ganz genau! Unter seiner rauen Schale gab es einen sehr weichen Kern.

Sexy ... stimmt, stimmt, stimmt.

Er war außerdem witzig, klug und auf viele Arten, die sie gar nicht alle aufzählen konnte, völlig unwiderstehlich.

»Hoffentlich erzählt er mir eines Tages, was geschehen ist«, flüsterte Kara zu sich selbst.

»Das hoffe ich auch. Er muss darüber sprechen und die Vergangenheit begraben«, entgegnete Helen leise.

Oh verdammt! Simons Mutter hatte ihre Äußerung gehört. Sie hatte nicht nur Augen im Hinterkopf, sondern auch noch ein übermenschliches Gehör.

»Weißt du, was passiert ist?«, fragte Kara ihre Freundin neugierig.

Mit unbehaglichem Gesichtsausdruck antwortete Helen: »Ich kenne den Vorfall. Er ist dabei fast gestorben. Aber ich glaube nicht, dass ich alles weiß.« Düster sah sie Kara an.

»Das sind schmerzliche Erinnerungen für dich. Tut mir leid.« Kara schwor sich, ihre Freundin nie mehr so zu bedrängen. Es zerriss ihr das Herz, die Frau, die wie eine zweite Mutter für sie war, so unglücklich zu sehen.

»In der Vergangenheit gibt es viele Erinnerungen, die schmerzlich sind. Ich kann sie nicht immer unterdrücken.

Meine Jungs hatten eine Kindheit, die sie nie hätten haben sollen. Die nie ein Kind erleben sollte. Ich hätte mehr tun, sie besser schützen sollen.« Helens Blick war schmerzerfüllt, als erinnerte sie sich an diese schmerzliche Vergangenheit und an den Tribut, den sie alle gezahlt hatten.

»Hör auf. Sofort! Simon und Sam sind gut geraten. Das sind Söhne, auf die du stolz sein kannst, Helen. Du hast dein Bestes gegeben und das sieht man.« Kara hasste diesen schwermütigen Ausdruck in Helens Gesicht. »Man muss keine perfekte Kindheit haben, um ein wunderbarer Erwachsener zu werden. Sieh mich an.« Kara grinste breit und versuchte, Helen mit Humor aufzuheitern.

Helen lächelte schwach. »Manchmal vergesse ich, wie schwer du es hattest, Liebes. Deine Eltern haben dich viel zu früh verlassen, aber sie haben dich gut erzogen.«

»Und du hast deine Jungs gut erzogen. Ich kenne Sam nicht, aber ich kenne Simon. Er ist ein wunderbarer Mann«, sagte Kara ehrlich zu ihrer Freundin. Sie wechselte entschlossen das Thema, denn sie wollte Helen wieder lächeln sehen. Es konnte nichts Gutes dabei herauskommen, wenn Helen sich wünschte, sie hätte ihre Kinder anders erzogen. Kara kannte Helen, und ihre Freundin hatte ihr Bestes gegeben, um die beiden Jungs großzuziehen, egal unter welchen Umständen. »Simon hat mich zu Sams Party morgen eingeladen.«

Helen lachte. »Simons jährliche Geburtstagsfeier, veranstaltet von keinem Geringeren als seinem Bruder Sam. Du wirst hingehen, oder?«

»Ja. Simon möchte, dass ich mitgehe. Werden viele Leute dort sein?« Kara konnte die Besorgnis nicht aus ihrer Stimme verbannen. Wie um alles in der Welt würde sie sich in einen Haufen reicher Gäste auf Simons Geburtstagsparty einfügen?

Sie war überrascht gewesen, als Simon sie gebeten hatte, zu der Feier zu kommen. Sie hatte nicht gewusst, dass sein

Geburtstag kurz bevorstand, und ihr eigener war nur einen Tag später.

»Bist du nervös?« Helen hob eine Augenbraue und sah Kara forschend an.

Verdammt. Gab es irgendetwas, das Helen nicht herausbekam? »Ein bisschen. Das sind nicht gerade Leute, mit denen ich sonst zu tun habe.« Und das war eine Untertreibung. Kara ging überhaupt nicht zu Veranstaltungen, die dem Vergnügen oder der Entspannung dienten. Zwischen ihrer Arbeit und der Schule hatte sie nie Zeit gehabt.

Helens gluckste amüsiert. »Eines habe ich in all den Jahren gelernt. Reiche Leute sind auch nicht wirklich anders als das gemeine Volk. Einige sind nett. Einige sind nicht so nett. Geld zu haben macht keinen von ihnen besser als dich, Süße.«

Rein vom Verstand her wusste Kara das. Und trotzdem war sie nervös. Ihre Angst galt gar nicht so sehr dem Reichtum, sondern der Vorstellung, sie könnte Simon vor seinen Freunden, Geschäftspartnern und Familienangehörigen blamieren. Ihr mangelte es bedauerlicherweise wegen Jahren der Vernachlässigung an sozialen Kompetenzen. Ihre einzigen praktischen Erfahrungen waren die Gäste im Restaurant und die sehr jungen Klassenkameradinnen.

Karas Handy piepte und brachte sie in die Realität zurück. Sie zog es aus der Tasche. »Simon«, informierte sie Helen mit einem Lächeln, als sie auf die SMS blickte. *Bist du schon fertig mit dem Gerede über mich?*

Ach nee! Als ob sie und Helen nichts Besseres zu tun hätten, als über ihn zu reden. Ihre Finger flogen über die Tasten, als sie eine Antwort tippte. *Dein Name ist noch nicht einmal gefallen. Du bist ja gar nicht arrogant.*

Eine Antwort folgte auf der Stelle. *Nein, aber ich kenne meine Mutter. Wenn du nicht bald nach Hause kommst, bereite ich das Abendessen zu.*

»Oh mein Gott, ich muss gehen.« Ein Grinsen und der Ausdruck gespielten Entsetzens erschienen auf Karas Gesicht.

»Warum?«, fragte Helen perplex.

»Simon hat gedroht zu kochen, wenn ich nicht zurückkomme.«

Helens helles Lachen umflirrte Kara und brachte sie ebenfalls zum Kichern. »Eine unheilvolle Drohung von Simon. Er kriegt es fertig und verletzt sich«, spöttelte Helen.

»Genau. Er ist eine kulinarische Katastrophe, wenn er außer Sandwiches oder Mikrowellen-Fertiggerichten etwas versucht«, bemerkte Kara, während sie tippte. *Ich mache mich bald auf den Weg. Bitte koch nicht.*

»Raffinierter, manipulierender Mann«, flüsterte Kara liebevoll, als sie sich aus der Nische schob.

»Er vermisst dich offenbar. Das ist romantisch.« Helen seufzte mit verträumtem Blick, als sie ebenfalls aufstand. »Lass ihm aber nicht zu viel durchgehen.«

Kara umarmte ihre Freundin mit belustigtem Gesichtsausdruck. Es war wahrscheinlicher, dass Simon Hunger hatte und kein Sandwich wollte, aber sie wollte Helens hochfliegende Idealvorstellung von ihrem Sohn nicht zunichtemachen. »Dann sehe ich dich morgen Abend«, verabschiedete sich Kara und ging zur Tür.

Sie suchte eifrig nach James und dem Mercedes, bereit, in die Wohnung und zu Simon zurückzukehren. Er mochte sie nicht wirklich vermissen, doch *sie* vermisste *ihn*. Der beste Teil des Tages war der Abend, wenn sie Zeit mit ihm verbrachte, sie darüber sprachen, was am Tag passiert war, und über dieses und jenes diskutierten. Sie konnten über Wichtiges, aber auch über die kleinen Dinge reden. Es war ganz egal.

Oh Gott, ich bin bemitleidenswert.

Als sie James entdeckt hatte, beschleunigte sie ihre Schritte und stellte schockiert fest, dass sie unglaublich einsam gewesen war, bevor sie Simon kennengelernt hatte. Eigenartigerweise hatte sie sich nie allein gefühlt. Jeden Tag war sie von Menschen, Gästen und Studenten umgeben gewesen. Und doch war da Einsamkeit gewesen, tief in ihr verborgen, verdrängt von Erschöpfung, Hunger und dem Bedürfnis zu überleben. Wartend.

Kara öffnete die Autotür und setzte sich neben James. Sie wunderte sich noch immer, warum ihr nie die Sehnsucht nach der Gesellschaft eines Mannes bewusst gewesen war.

Weil es sie nicht gegeben hatte. Nicht, bis sie Simon getroffen hatte. Er ist es. Ich will nicht irgendeinen Mann.

Verdammt, es stimmte. Kara wusste es. Da war irgendetwas an Simon, das ihr zurief, ihr signalisierte, ihm näher zu kommen, so nah, dass sie sich sehr wohl verbrennen konnte. Dennoch war die Verlockung da, und sie war verführerisch. Simons einladende Schwingungen waren anziehend und unmöglich zu ignorieren.

Warum fühle ich mich von ihm so angezogen? Wir sind uns überhaupt nicht ähnlich.

Kara schüttelte den Kopf und gestand sich ein, dass sie und Simon in Bezug auf einige oberflächliche Vorlieben und Abneigungen unterschiedlicher Meinung waren. Doch in vielerlei Hinsicht waren sie sich doch sehr ähnlich.

Nachdem Chris sie hintergangen hatte, war Kara misstrauisch gewesen ... genau wie Simon. Die Gründe mochten unterschiedlich sein, und sie war ziemlich sicher, dass Simons traumatischer waren, doch sie beide umkreisten einander wie verängstigte Kinder, nicht sicher, ob sie Freund oder Feind sein wollten, ob sie einander vertrauen sollten oder nicht.

Sie wusste, dass Simon ihr ein wertvolles Geschenk gemacht hatte, als er ihr genug vertraute, um ohne das gewöhnliche Prozedere mit Fesseln und verbundenen Augen mit ihr zu schlafen. Sie wünschte sich nur, sie wüsste, was dieses Misstrauen verursacht hatte. Und warum die Augenbinde? Der Mann hatte einen Körper zum Niederknien. Kara schauderte und schenkte James ein Lächeln, als er das Auto in den Verkehr einfädelte und langsam in Richtung Wohnung fuhr. Sie stieß einen langen, zittrigen Atemzug aus und hoffte verzweifelt, dass sie nicht unbeabsichtigt ihr eigenes Grab schaufelte, weil sie sich mit einem Mann wie Simon einließ.

Lass es einfach auf dich zukommen. Entspann dich. Genieße, was du hast, während du es hast.

Kara hielt ein selbstironisches Lachen zurück. Sie entspannte sich nicht, sie schwamm nicht mit dem Strom, und sie hatte noch nie den Moment gelebt. Das waren alles schwierige Dinge für eine Frau, die sich darüber Sorgen machen musste, woher ihre nächste Mahlzeit kam und ob sie genug Geld zusammenpumpen konnte, um jeden Monat ihre Miete zahlen zu können.

Aber darüber musst du dir jetzt keine Gedanken machen.

Nein ... das musste sie nicht. Konnte sein, dass diese Sorglosigkeit nicht mehr sehr lange anhielt, aber für kurze Zeit wusste sie, wo sie schlief, hatte ein Dach über dem Kopf und reichlich zu essen. Dank Simon hatte sie Zeit und Raum, um tatsächlich durchzuatmen.

Ihr Herz zog sich zusammen, als sie ihn vor sich sah, letzte Woche auf dem Sofa, verletzlich und doch so überaus stark. Wie konnte sie diese Stärke und Entschlossenheit nicht bewundern, die wie auch immer gearteten, ihn heimsuchenden Gespenster der Vergangenheit zu bekämpfen?

Er hat es für mich getan. Weil ich es wollte.

Gestärkt von ihren Erinnerungen schnappte sich Kara ihren Rucksack. Sie war zu Hause. James hatte sie vor dem mächtigen Gebäude abgesetzt. »Danke, James.« Sie lächelte ihn verlegen an, denn ihr war plötzlich bewusst geworden, dass sie auf der kurzen Fahrt nach Hause kein Wort mit dem Fahrer gesprochen hatte.

»Sehr gern, Miss Kara. Wie immer. Ich wünsche Ihnen einen schönen Abend.«

»Den wünsche ich Ihnen auch.« Kara rutschte mit dem Rucksack in der Hand von ihrem Sitz, schlug die Autotür zu und trottete zur Eingangstür. Sie würde einen schönen Abend haben. Wie auch nicht? Auf sie wartete ein geheimnisvoller, attraktiver, gut aussehender Mann. Er mochte Abendessen wollen, aber sie war entschlossen, ihm mehr zu geben als nur Nahrung. Es wurde Zeit, Simon etwas zurückzugeben. Immerhin hatte er ihr getraut, ihr Unterschlupf gewährt, ihr das Gefühl gegeben, etwas Besonderes zu sein. Sie hoffte, dass er Hunger hatte. Und nicht nur auf das Essen.

Kara winkte dem wachsamen Portier zu, stieg lautlos in den Fahrstuhl und fuhr hinauf in das Penthouse. *Lebe den Moment. Denk nicht an die Zukunft.* Das war ihr zwar völlig fremd, doch sie würde es versuchen.

Kapitel 4

Simon fluchte, als er sich das weiße Handtuch um die Hüften wickelte, und war sauer auf sich selbst, weil er vergessen hatte, frische Kleidung mitzunehmen. Nach dem Training war er direkt unter die Dusche gegangen, die sich neben dem Fitnessraum befand, und hatte keinen Umweg über das Schlafzimmer gemacht. Das verdammte Handtuch verdeckte kaum seine Kronjuwelen.

Er blickte finster auf seine schweißnassen, stinkenden Trainingsklamotten. Nachdem er den strengen Geruch von seinem Körper gewaschen hatte, würde er sie auf keinen Fall wieder anziehen.

Kara war noch nicht zurück. Er sollte also noch Zeit haben, es bis in sein Zimmer zu schaffen. Mit den Fingern durch seine nassen Haare fahrend öffnete er die Badezimmertür, bereit, die Treppe hinunter und zu seinem Schlafzimmer zu sprinten.

Kalte Luft schlug ihm entgegen, als er das dunstige Bad hinter sich ließ. Scheiße. Der Fitnessraum war eiskalt. Er hatte die Temperatur für sein Training gedrosselt und fröstelte nun.

»Simon, bist du …«

Die helle, weibliche Stimme ließ Simon zusammenfahren. Mitten im Fitnessraum erstarrte er. Sein Herz hämmerte gegen die Brust, als Kara in den Raum sauste.

Er schreckte zurück, als ihre Augen über ihn wanderten, war gefasst auf einen Blick voller Ekel ... oder noch schlimmer. Die Narben auf seiner Brust und seinem Bauch glänzten, etwas, das er mit allen Mitteln vor der Welt verbergen wollte ... besonders vor Frauen.

Er versuchte, seine Füße dazu zu bewegen, umzukehren und ihn ins Bad zurückzubringen. Doch als sein Blick Karas traf, war er wie gelähmt. Sie kam langsam und mit großen, runden Augen auf ihn zu, sah jedoch nicht erschrocken aus. Eher ... hungrig. Mit der Zunge fuhr sie über ihre Lippen und sagte ehrfürchtig: »Gott, du bist so riesig. So muskulös. Ich wusste, dass du einen Waschbrettbauch hast, aber du lässt ja jeden männlichen Stripper wie einen Hampelmann aussehen.«

Simon schluckte schwer, als sie vor ihm stand und ihren Rucksack auf den Boden fallen ließ. »Ich bin von Narben verunstaltet.« *Einfach genial, Hudson.* Als ob sie das nicht bemerkt hätte!

Kara war nahe genug, dass Simon ihren lieblichen Duft wahrnahm. Er atmete ein, und sein Schwanz schwoll an, als sie ihren Hals reckte, um ihn mit einem sehnsuchtsvollen Blick anzusehen, der ihm mit voller Wucht in den Unterleib fuhr.

Ihre Stimme zitterte, als sie mit belegter Stimme flüsterte: »Bitte mich jetzt bloß nicht, dich nicht zu berühren, Simon. Ich muss dich berühren. Ich glaube, ich sterbe, wenn du es nicht zulässt.«

Simon hatte unzählige Reaktionen erwartet, aber nicht diese. Sein ganzer Körper wurde von Leidenschaft erfasst und verlangte danach, ihre kleinen, begnadeten Hände zu spüren. Wie konnte sie ihn dermaßen lüstern anschauen?

»Ich mag es nicht, wenn mich jemand anfasst«, sagte er mit heiserer Stimme.

»Magst du es nicht oder bist du es nicht gewohnt?«, fragte Kara leise.

Verdammt. Er war solch ein Lügner. Es gab nichts, was er mehr wollte, als jetzt sofort Karas Hände auf seinem Körper spüren. Jetzt. Verdammt noch mal. Sofort. »Ich weiß es nicht«, antwortete er ehrlich und erschüttert von ihrer Reaktion auf ihn.

»Du hast einen wunderschönen Körper, Simon«, fuhr sie fort, als sie ihre Hände hob und auf seine Brust legte.

Er riss sich zusammen, als ihre Hände liebevoll seine Brust streichelten, über seine Haut glitten und seinen ganzen Körper in Brand setzten. Der Kontakt fühlte sich an wie purer Sex, so erotisch, so sinnlich. Mit zusammengebissenen Zähnen zwang er seinen Körper zu entspannen ... doch er folgte nicht. Ihre Finger glitten langsam über seinen Bauch, und er hörte, wie ihr der Atem stockte.

»Du bist so steif, Simon.«

Ja. Er war steif. Überall. »Verdammt! Kara.« Sein Atem ging stoßweise, als sich ihre feuchten, warmen Lippen ihren herumwandernden Fingern anschlossen und ihre Zunge über seine Brust fuhr.

»Mmmmh ... du riechst so gut. Und schmeckst noch besser.«

Er kam fast in dem immer noch um die Hüften geschlungenen Handtuch, als ihre Zähne Halt an einer seiner flachen Brustwarzen fanden, gefolgt von einem wohltuenden Streicheln ihrer Zunge.

Heiliger Strohsack! Sein ganzer Körper zitterte, bereit, in Flammen aufzugehen. »Stopp«, stöhnte er. *Nein, nicht aufhören.*

Kara griff nach dem Handtuch und zog daran. Es gab mühelos nach, und sie warf es auf den Boden. »Du fühlst dich so gut an, Simon. Lass mich nicht aufhören«, flüsterte sie, während sie mit ihrer zierlichen Hand sein geschwollenes Glied betastete. »Ich möchte dich schmecken.« Ernsthaft? Meinte sie ...

»Überall.«

Oh ja, das tat sie!

Ihre blauen Augen verdunkelten sich, als sie mit flehendem Blick zu ihm aufsah. Gütiger Gott, er konnte sich nicht abwenden. Mehr als den nächsten Atemzug wollte er diese sinnlichen Lippen auf seinem Schwanz spüren. »Kara ... ich habe nicht. Ich kann nicht ...« Er hatte immer dominieren und die Frauen fesseln müssen. Nie hatte er das Bedürfnis verspürt, ihnen seinen Schwanz in den Mund zu stecken, während sie hilflos unter ihm lagen. Und keine hatte es je von ihm verlangt.

»Gut. Dann wirst du nicht wissen, ob ich es nicht gut mache.« Ihr verletzlicher Blick machte ihn fertig, ließ ihn die eigene Unsicherheit wegen seines mit Narben übersäten Körpers vergessen, und plötzlich hatte er das Verlangen, ihren Ex in den Boden zu stampfen.

»Unmöglich, dass es mit dir nicht unglaublich wäre«, entgegnete er barsch, seine Stimme holprig vor zügelloser Begierde. Eine Hand griff in ihren Nacken und zog ihren Mund zu seinem. Die andere spreizte die Finger über ihrem Hintern, um sie näher an sich zu ziehen.

Ihr sind meine Narben egal. Sie will mich immer noch. Es gibt keine Frau auf dieser Erde, die ihre Reaktion vortäuschen könnte.

Simon nahm ihren Mund immer und immer wieder. Er wollte ihr zeigen, wie viel es ihm bedeutete, dass sie ihn annahm, wie er war. Kara erwiderte seinen Kuss mit einer Leidenschaft, die sein Blut zum Kochen brachte. Ihre Zunge umschlang seine, und sie stöhnte einen ihrer süßen, kleinen Laute in seinen Mund hinein, ein erotischer Klang, der ihn fast um den Verstand brachte.

Sie löste ihren Mund von seinem und ging langsam in die Knie, ließ dabei ihre Zunge über seiner Brust und seinen Bauch wandern. Du lieber Himmel! Simon war nicht sicher, ob er das überleben würde.

Schweißperlen bildeten sich auf seiner Stirn und liefen langsam über sein Gesicht. Das Blut rauschte in seinen Ohren, und der donnernde Klang seines Herzschlags betäubte ihn. Er konnte sich nur noch dem Fühlen hingeben.

Die erste Berührung ihrer Zunge war unglaublich. Sie wirbelte über seine empfindliche Spitze, leckte einen Lusttropfen als wäre es ihre Lieblingssüßigkeit.

»Scheiße! Kara.« Simon zog die Spange aus ihren Haaren und vergrub seine Finger in der seidigen Mähne, schauderte, als sich die weichen Wellen über seine Hände ergossen.

Scharf sog er die Luft ein, als sich ihr Mund über seinem Schwanz schloss, ihn mit feuchten, heißen Lippen umklammerte und sie den geschwollenen Schaft so weit sie nur konnte aufnahm, bis er an ihren Rachen stieß.

Verdammt. Verdammt. Himmel. Hölle. Glückseligkeit. Qual. Noch nie hatte er solch ein herrliches Gefühl erlebt, als diese talentierte Zunge über ihn glitt, ihn mit einem erotischen Genuss kostete, der im Begriff stand, seine Schädeldecke explodieren zu lassen. Karas Mund sog, und ihre Zunge glitt, wirbelte herum und zupfte, bis Simon kurz davorstand, den Verstand zu verlieren.

»Oh Herrgott!« Die Worte explodierten in einer gequälten Stimme, die Simon kaum erkannte, während er auf Kara herabsah und sie dabei betrachtete, wie sie seinen Schwanz mit offensichtlichem Genuss verschlang. Ihre Augen öffneten sich, glühten heiß, als sich ihre Blicke trafen und miteinander verschmolzen.

Simon spürte, wie sich seine Hoden zusammenzogen und den sich sammelnden Druck am Ansatz seines Schaftes. Er würde gleich kommen ... heftig. Ihre Blicke lösten sich voneinander, als er den Kopf zurückwarf und seine Hände ihren Kopf in einem schnellen Rhythmus entlang seines pulsierenden Schaftes führten.

Karas Hände umfassten seinen Hintern, und ihre Nägel schrammten über die sensibilisierte Haut. »Zur Hölle, ja. Ich komme gleich«, stöhnte Simon, nicht mehr fähig, irgendetwas anderes in Worten auszudrücken. Er wusste, dass er Kara warnen musste, denn er stand kurz davor, sich zu entladen wie eine verfluchte nukleare Explosion.

Kara bewegte sich nicht. Sie stöhnte um seinen Schwanz herum, und die Vibration brachte Simon um den Verstand. Ihre Fingernägel gruben sich in seinen Hintern, und sie verschluckte fast seinen Schwanz, als er sich mit einem gequälten Schrei erleichterte und seine Muskeln in einem heftigen Orgasmus rhythmisch kontrahierten.

Er keuchte schwer, während Karas Zunge weiter seinen Schwanz umfuhr, jeden Tropfen sinnlich und träge aufleckte.

Er wollte sie küssen, musste sie küssen, doch sein Keuchen war so heftig, dass er nicht zu Atem kam. Er zog Kara hoch, hielt sie einfach, umschlang mit seinen Armen ihren Körper, ihr Kopf an seinem Hals.

Simon schluckte, zwang sich, Luft in seine brennenden Lungen zu pumpen, und schmiegte Karas lieblichen Körper an seinen.

»War es gut?«, fragte sie ihn leise, während ihr Mund seinen Hals liebkoste.

Simon lachte und antwortete schnaufend: »Liebling, ich wäre gestorben, wenn es noch besser gewesen wäre.« Gott, diese Frau war etwas Besonderes. So süß, so sexy. So ... seins.

Meins.

Eine gierige Woge von Inbesitznahme rollte über Simon hinweg, und er verstärkte den Druck seiner Arme um Kara.

»Eigentlich bin ich nur raufgekommen, um dich zu fragen, was du zum Abendessen haben möchtest«, informierte sie ihn mit sachlicher Stimme. Die offensichtliche Nervosität, die sie umgetrieben hatte, weil sie dachte, sie hätte ihre Sache nicht gut gemacht, schien verschwunden zu sein. »Aber als ich dich in deiner prächtigen Nacktheit gesehen habe, hatte ich keinen Hunger mehr auf Essen. Da wollte ich nur noch in dich hineinbeißen.«

Ihre Hände fuhren über seinen Körper, und seine Brust schmerzte bei der Erkenntnis, dass sie wirklich seinen Körper mit all seinen Narben begehrte. »Ich war nicht nackt, bis du mir das Handtuch weggerissen hast«, erinnerte er sie.

»Wie konntest du erwarten, dass ich widerstehen würde? Du bist eine wandelnde Versuchung. Eine Testosteronbedrohung in einem winzig kleinen Handtuch«, schnaubte Kara grinsend.

Simon kicherte leise in ihr Haar. Er konnte sich nicht helfen. Kara war ein verdammtes Rätsel. Sein Rätsel. »Wie wäre es, wenn ich jetzt in dich beiße?«, murmelte er leidenschaftlich, sein Körper mehr als bereit, sich der Situation gewachsen zu zeigen.

Kara riss sich los, hob das Handtuch auf und schlug damit gegen seinen Unterleib, während sie forderte: »Oh nein, das wirst du nicht, mein Herr. Ich bin am Verhungern. Steck das Ding weg. Es ist gefährlich.« Sie warf ihm mit einem entzückenden Kichern, das ihm direkt ins Herz ging, das Handtuch zu. Simon schnappte es aus der Luft und wickelte es um seine Taille, während sein Schwanz bereits wieder halb bereit für sie war.

Es war befremdlich, wie wohl er sich mit seinem entblößten Körper vor Kara fühlte. Er schüttelte noch immer den Kopf über ihr offensichtliches Entzücken, ihn nackt zu sehen, aber er würde nicht etwas infrage stellen, was ihn glücklicher machte, als er seit ... jemals gewesen war. »Ach komm schon, Süße. Ich knabbere auch nur ein kleines bisschen«, knurrte er, während er sich an sie heranpirschte.

»Nein! Auf gar keinen Fall! Tu es weg. Ich brauche Essen.« Kara lachte laut und flitzte zur Tür.

Simon stürzte brüllend hinter ihr her, jagte sie die Treppe hinunter in die Küche, und ihr Lachen erschallte in jedem Winkel seiner leeren Wohnung. Und füllte jeden Zentimeter seines leeren Herzens.

Was zum Teufel mache ich in diesem Kleid? Am nächsten Abend stand Kara vor dem bodentiefen Spiegel in ihrem Zimmer und betrachtete ihre Erscheinung. Simon wollte nicht zu dieser Party gehen, er hatte zugegeben, dass er Sams alljährliche Party anlässlich seines Geburtstages hasste.

Wer hasste Geburtstagspartys?

Kara blickte sich finster im Spiegel an, während sie sich zur einen und dann zur anderen Seite drehte, und versuchte herauszufinden, ob sie overdressed war. Oder underdressed. Das burgunderfarbene Kleid war wunderhübsch, aber der eng anliegende seidige Stoff zeichnete jede Kurve ab und endete auf halber Höhe der Oberschenkel. Somit stellte er einen beträchtlichen Teil ihrer Beine zur Schau. Die hautfarbenen Strümpfe mit der zierlichen Spitze am Ende ihrer Oberschenkel wärmten ihre langen Beine kaum und während nur über einer Schulter Stoff drapiert war, blieb die andere vollkommen nackt.

Kara war zusammengezuckt, als sie das Kleid aus dem Schrank genommen hatte, geschockt vom Preisschild, das noch immer an dem Kleidungsstück hing. Heilige Scheiße! Wer trug ein Kleid, das genauso viel kostete wie das, was sie früher in sechs Monaten für Lebensmittel ausgegeben hatte? Die Entdeckung des unfassbaren Preises hatte sie das Kleid fast zurückhängen lassen. Der einzige Grund, weshalb sie es nicht tat, war, dass sie sonst nichts Angemessenes anzuziehen hatte.

Sie schlüpfte in ein Paar passende Schuhe, Stilettos, die hoch genug waren, dass sie genauso groß wie einige der männlichen Gäste sein würde. Außer Simon. Es gab keine Schuhe, in denen sie je mit ihm auf Augenhöhe sein würde.

Nervös warf sie ihre langen Haare über die Schulter. Sie offen zu tragen, war vielleicht nicht die beste Idee, aber Kara hatte keine Ahnung, wie man sie kunstvoll hochsteckte. Ihre langen, dunklen Haare waren eigentlich eher eine Plage für sie, und sie hatte in den letzten Jahren mehr als einmal darüber nachgedacht, sie abschneiden zu lassen.

Kara starrte ihr Spiegelbild an. Ihre Augen sahen riesig aus. Sie hatte Make-up aufgetragen, etwas, um das sie sich selten kümmerte, weil es zu teuer war und zu viel Zeit kostete, und war sich jetzt nicht sicher, ob ihr das Ergebnis gefiel. War der rote Lippenstift nicht ein bisschen zu auffällig? Oh verdammt! Sie wusste es einfach nicht. Es war ja nicht so, dass sie Partys oder Zusammenkünfte solcher Art besuchte. Eigentlich konnte sie sich gar nicht mehr daran erinnern, wie viele Jahre es her war, dass sie das letzte Mal irgendeine Party besucht hatte. Wahrscheinlich, als ihre Eltern noch gelebt hatten. Danach hatte sich ihr Leben nur noch um Arbeit und ums Überleben gedreht.

Sie drückte ihre hängenden Schultern nach hinten und versuchte, sich zu sagen, dass sie sich nicht einschüchtern lassen durfte. Simon hatte sie gebeten mitzugehen, er wollte, dass sie dabei war, und sie würde ihn nicht enttäuschen. Es wäre zwar sehr viel einfacher, den Schwanz einzuziehen und Simon zu erzählen, dass sie sich nicht wohlfühlte und deshalb nicht mitgehen konnte, aber das konnte sie nicht tun. Simon war gut zu ihr und hatte ihr buchstäblich das Leben gerettet.

Nach einem letzten Blick in den Spiegel schnappte Kara eine kleine schwarze Tasche vom Bett und machte sich auf den Weg in die Küche. Sie legte eine Hand auf ihren Leib, versuchte, den Schwarm von Schmetterlingen zu beruhigen, der von ihrem Bauch Besitz ergriffen hatte.

Beruhige dich, Kara. Es ist nur eine Geburtstagsfeier. Keine große Sache.

Sie blieb am Eingang zur Küche stehen und entdeckte Simon, fertig angezogen und keineswegs glücklich. Er stand in der Nähe des Küchenschranks, unglaublich attraktiv in brauner Hose und einem hinreißenden cremefarbenen Troyer. Mit den ordentlich gekämmten Haaren und dem sich am Abend abzeichnenden dunklen Bartschatten sah er zum Anbeißen aus.

Das hast du bereits getan. Gestern.

Plötzlich war es in der Küche viel zu warm, als Kara an den Tag zuvor dachte, und sie errötete. Ihr Verhalten war so untypisch gewesen. So schamlos. Doch es war nicht leicht gewesen, Simon in all seiner Pracht leicht verunsichert und in der Falle sitzend zu sehen. Es hatte einen Beschützerinstinkt in ihr geweckt, ein kühnes und mutiges Verhalten, das Kara überrascht hatte.

Wann war sie zu solch einer wagemutigen Verführerin geworden? Eigentlich war sie sexuell gehemmt, überhaupt nicht der Typ Frau, der einen Mann wie Simon anmachte. Sein unsicherer Blick hatte sie angestachelt, sie darin bestärkt, ihm zu zeigen, wie sexy er aussah und wie verführerisch er tatsächlich war. Und er war verführerisch. Sicher, er hatte einige Narben auf der Brust und auf dem Bauch, einige klein, andere nicht so klein. Sie alle waren mit den Jahren weiß geworden und hoben sich von seinem ansonsten olivfarbenen Teint ab. Aber mein Gott, es war ihr schier unmöglich gewesen, einfach davonzugehen und diesen ausgesprochen muskulösen Körper nicht zu berühren. Die Narben beeinträchtigten seinen Sexappeal überhaupt nicht. Simon war einfach ... großartig.

»Oh gut. Da bist du ja. Ich wollte gerade ...« Simon hielt mitten im Satz inne und sah Kara an.

»Ich bin bereit«, sagte sie und versuchte, selbstsicher zu klingen, als sie in die Küche trat.

Sein Blick verdunkelte sich und wanderte über ihren Körper. Kara hätte sich am liebsten gewunden, als er seine eingehende Prüfung fortsetzte, seine Kiefer zusammenpresste und sein Blick auf ihren entblößten Beinen verweilte.

»K-kann ich so gehen?« Oh Scheiße! Vielleicht war sie komplett falsch gekleidet.

»Du siehst umwerfend aus«, antwortete Simon mit heiserer Stimme und sah ihr schließlich ins Gesicht. »Aber du zeigst viel zu viel Haut. Und du trägst die Haare offen.«

Kara neigte zweifelnd den Kopf. »Ist das schlimm?«

»Ich bin mir nicht sicher, ob ich möchte, dass andere Männer dich so sehen.« Simon schob sich heran und blieb vor ihr stehen. Er legte eine Hand auf ihre nackte Schulter, streichelte langsam die entblößte Haut und ließ Kara unter der leichten, sinnlichen Berührung schaudern. »Du bist viel zu verführerisch.«

Kara stieß ihren Atem aus, von dem sie gar nicht bemerkt hatte, dass sie ihn zurückgehalten hatte. Sie war erleichtert, dass Simon dachte, sie sähe akzeptabel aus. »Ich glaube, du bist der Einzige, der so denkt, Simon. Lass mal deine Augen überprüfen«, entgegnete Kara leichthin.

»Du bist so verdammt hübsch, dass es fast wehtut, dich anzuschauen«, polterte er und streifte mit seinen Lippen an ihrer Schläfe entlang. »Ich habe einen Ständer, seitdem du die Küche betreten hast.« Er griff nach ihrer Hand und legte sie auf die Stelle seiner Erregung. Er war so hart und steif, dass ihr Höschen feucht wurde und ihr Magen sich zusammenzog.

Gott, er riecht so gut.

Kara küsste seine stoppelige Wange und sog den maskulinen Duft, den sie so liebte, tief ein. Ihre Finger spreizten sich über seinem geschwollenen Glied, machten es ihr völlig unmöglich, ihn nicht zu berühren.

»Kara, du machst mich wahnsinnig«, stieß Simon hervor, als er ihre herumwandernde Hand einfing, sie an seine Lippen führte und einen warmen, sehnsuchtsvollen Kuss auf ihre Handfläche drückte. »Wenn wir so anfangen, kommen wir nie zu der Party. Nicht, dass mir das etwas ausmachen würde«, knurrte er.

»Es ist deine Party«, entgegnete Kara belustigt. »Du kannst sie nicht abblasen.«

»Küss mich und warte es ab«, erwiderte er provokant und schlang seinen Arm um ihre Taille.

Kara spürte den warmen Atem an ihrem Gesicht. Sein verführerischer Mund war nahe, zu nahe, und Simon zu entschlüpfen, fast Folter. »Deine Mutter würde mir niemals vergeben. Lass uns gehen, du Partylöwe.«

Simon schmollte wie ein Kleinkind, dem man sein Lieblingsspielzeug weggenommen hatte, doch der Fluch, der aus seinem Mund kam, war alles andere als Kindersprache.

»Du brauchst eine Jacke«, sagte er in beschützendem, strengem Ton.

»Ich habe eine. Ich hole sie. Und ich bin sicher, dass es in Sams Haus warm ist«, sinnierte Kara leise.

Sie ging in ihr Zimmer und kam schnell mit einer schwarzen maßgeschneiderten Jacke in der Hand in die Küche zurück.

Simon nahm ihr die Jacke aus der Hand und hielt sie auf. Kara schlüpfte mit den Armen hinein und genoss das luxuriöse Gefühl des Seidenfutters auf ihrer Haut.

Dann drehte er sie um und knöpfte jeden einzelnen der großen Knöpfe zu.

Er runzelte die Stirn. »Glaubst du, dass das warm genug ist?«

»Ja. Bestens. Wir müssen ja nur ins Auto rein und wieder raus. Ich hätte wahrscheinlich gar keine Jacke angezogen, wenn du nicht darauf bestanden hättest.«

Kara seufzte leicht, als sie ihre langen Haare aus dem Kragen der Jacke zog, überrascht über die Freude, die Simons kleine, fürsorgliche Gesten in ihr auslösten. Es war schon so lange her, seitdem sich jemand um ihr Wohlergehen gesorgt hatte, und deshalb war das, was Simon tat, so reizend und berauschend für eine Frau von der Straße, die schon so lange allein war.

»Ich bin mir immer noch nicht sicher, ob es mir gefällt, dass du so viel Haut zeigst«, knurrte Simon, als Kara ihre Handtasche nahm und zur Tür ging.

Sie biss sich auf die Lippe, als ihr eine Gänsehaut über den Rücken lief. Seine verführerische Stimme war so besitzergreifend, als würde er einen Anspruch auf sie erheben.

Denk nicht mal darüber nach. Das bedeutet überhaupt nichts.

»So aufreizend ist es ja nun auch nicht«, bemerkte Kara sarkastisch und wünschte sich, sie wäre tatsächlich so unwiderstehlich, wie er ihr vermittelte.

»Es ist viel zu sexy. Jeder Mann wird das denken, was ich denke«, blieb er mit unglücklichem Gesichtsausdruck bei seiner Meinung, während er Kara aus der Tür geleitete und abschloss.

Sie drückte am Fahrstuhl den Knopf mit dem Pfeil nach unten und drehte sich zu ihm. »Und was denkst du?«

»Dass ich dich ficken möchte«, antwortete er geradeheraus und legte seine Hand auf ihr Kreuz.

Karas Atem ging stoßweise, als die Fahrstuhlglocke erklang und sich die Türen vor ihnen öffneten. Würde sie sich je an Simons unverblümte Ausdrucksweise gewöhnen? Ihre Wangen glühten, und ihr Körper war viel zu warm. Heiß eigentlich. Extrem heiß. »Simon!«

Er zuckte mit den Schultern, als er hinter ihr den Fahrstuhl betrat. »Stimmt doch.«

»Du bist furchtbar«, tadelte sie.

»Oh, ich kann schlimm sein. Sehr, sehr schlimm«, flüsterte er mit verführerischer, tiefer Stimme und drängte sie gegen die Fahrstuhlwand, platzierte je eine Hand rechts und links von ihrem Kopf. »Küss mich und dann benehme ich mich vielleicht. Vorerst.«

Kara sah in seine glühenden Augen, die jetzt geschmolzener Schokolade ähnelten. Oh verdammt, sie liebte Schokolade, und deshalb tat sie, was jeder Schokoladenliebhaber tat, der etwas auf sich hielt. Sie küsste ihn genau in dem Augenblick, als sich die Fahrstuhltüren schlossen und sie für kurze Zeit ganz allein in einer ruhigen, kleinen Welt eingesperrt waren.

Kapitel 5

Kara quietschte erschrocken, als Simon mit der Hand auf den Stoppknopf des Fahrstuhls schlug. Sie war in seinem Kuss versunken gewesen, hatte die Bewegung des Fahrstuhls gar nicht wahrgenommen, während Simon sie ins Koma küsste. Doch das laute, klatschende Geräusch seiner auf den Knopf auftreffenden Handfläche und der Ruck der abrupt zum Stillstand kommenden Fahrstuhlkabine rissen Kara aus ihrer anderen Wirklichkeit. Verdammt!

»Was zum Teufel trägst du unter diesem Kleid?«, knurrte Simon gegen ihre Lippen, während seine herumwandernden Finger leicht über ihren Hintern strichen.

»Seidenstrümpfe, Slip.« Kara knabberte an seiner Unterlippe, als sie antwortete.

Seine Hand fasste nach dem Saum des kurzen Kleides, hob es an und drehte Kara mit dem Gesicht zur Fahrstuhlwand. Für einen Moment war sie verwirrt, doch sie ließ es geschehen.

»Herrgott! Das ist keine Unterwäsche. Dein Arsch guckt raus.« Seine Stimme war tief und heiser und seine Hände erkundeten die weichen Backen ihres entblößten Hinterteils.

Karas Wangen röteten sich, als sie daran dachte, wie sie den winzigen schwarzen Stringtanga und den dazu passenden BH angezogen hatte. Die Garderobe, die Simons Assistentin für sie gekauft hatte, umfasste größtenteils gewagte Dessous. »Du hast das gekauft. Passende Garnituren. Alle dieser hier sehr ähnlich.«

»Ist ja nicht so, dass ich das nicht zu schätzen wüsste«, antwortete er langsam und mit verruchtem Unterton, während seine Finger unter das winzige mittlere Band glitten.

»Ich dachte du hättest gesagt, du würdest dich benehmen«, antwortete Kara atemlos und mit schwindender Kontrolle, als seine Finger immer tiefer glitten.

»Ich habe gelogen. Das war, bevor ich dieses Höschen ertastet hatte und es sehen musste. Jetzt will ich die ganze Garnitur sehen.«

Oh Gott. Kara stöhnte, als er sie zu sich drehte, seine Finger flink ihre Jacke aufknöpften und sie auf den eleganten Teppichboden des Fahrstuhls fallen ließen.

»Simon, wir sind im Fahrstuhl. Wir können das hier nicht machen«, bemerkte Kara mit einer Mischung aus Missbilligung und Begehren.

Der Reißverschluss ihres Kleides gab unter seinen suchenden Händen nach, und sie spürte die leichte Berührung seiner Finger ihren Rücken hinunter, als er ihn mit einer geschmeidigen Bewegung herunterzog.

»Privater Fahrstuhl für die Penthousewohnung. Kein anderer Bewohner wartet darauf.« Sein Atem ging stoßweise, als er ihren Oberkörper enthüllte und das Kleid bis zu ihrer Taille herunterrutschte. »Du bist so wunderschön.«

Kara sog zitternd die Luft ein, während sein Finger von ihrer Wange über ihren Hals und entlang der entblößten Wölbung ihrer Brüste oberhalb des Spitzen-BHs glitt. Hitze staute sich zwischen ihren Beinen und durchfeuchtete das winzige Stückchen Stoff zwischen ihren Schenkeln. Simons Daumen rieben leicht über ihre kaum bedeckten Brustwarzen, als sein Mund sich senkte und über die heiße Haut oberhalb davon strich. Seine Bartstoppeln scheuerten verführerisch, während er leckte, zwickte und sog und sie sich halb verrückt danach sehnte, ihn in sich zu spüren.

»Ich rieche dein Verlangen, und der Gedanke daran, dich zu kosten, lässt mir das Wasser im Mund zusammenlaufen.« Simon hob den Kopf und seine dunklen Augen erschienen nahezu schwarz vor Begehren.

Seine Hand wanderte über Karas bebenden Bauch und unter das an ihren Hüften hängengebliebene Kleid. Sie sog zischend die Luft ein, als seine gnadenlose Fingerspitze unter die durchnässte Seide ihres Slips glitt. Plötzlich war es ihr egal, dass sie halbnackt in einem Fahrstuhl stand. Alles, was sie wollte, war Simon.

Mit zitternden Knien suchte Kara Halt, indem sie ihre Hände auf Simons Schultern legte und nahm, was auch immer er anbot. Als er seinen dunklen Blick von ihrem löste und sich, ihren strammen Bauch mit Küssen bedeckend, nach unten bewegte, wusste sie, dass sie reine Glückseligkeit erwartete, gegen die sie nicht bereit war anzukämpfen.

Simon riss an dem zarten Material ihres Slips und zog das Kleidungsstück energisch nach unten. Ungeschützt der Luft ausgesetzt, kribbelte ihr nacktes Geschlecht. Kara klammerte sich mit festem Griff an Simons Schultern, als er vor ihr in die Knie ging und sein dunkles Haupt unter den Saum ihres Kleides tauchte. Auf wackeligen Beinen stand sie da, und ihr ganzer Körper zitterte vor gierigem Verlangen.

Glühend heiße Hände wanderten von ihren Knien zum oberen Ende der Schenkel, glitten sanft über ihre dünnen Strümpfe. Kara hielt den Atem an, als seine begierige Zunge oberhalb der Spitzenborte die empfindliche Haut ihrer Schenkel erforschte, bevor sie endlich langsam die äußere Scham ihres Geschlechtes teilte und die Haut der schützenden Lippen erkundete.

»Oh Gott, Simon.« Kara stöhnte und ihr Kopf kippte mit geschlossenen Augen nach hinten. Zwar wollte sie ihm dabei zuschauen, wie er sie verschlang, doch sie war nicht in der Lage, die Heftigkeit ihres Verlangens zu ertragen.

Brennende Leidenschaft schlängelte sich durch ihren Bauch, glitt über jeden Zentimeter ihrer Haut, während Simons Zunge tiefer in sie eindrang. Immer tiefer. Sie wollte nach seinem Kopf greifen, seinen Mund stärker gegen ihr gieriges Geschlecht drücken, doch sie tat es nicht. Bei Simon durfte sie nichts überstürzen. Ein kleiner Schritt nach dem anderen. Sie wollte nicht riskieren, dass er aufhörte. Ihre Nägel krallten sich auf seinen Schultern an dem dicken Pullover fest, als wäre er eine Rettungsleine, und ihr Körper rotierte, als Simons glühend heiße Zunge ihre Klitoris fand und mit kühnen, schnellen Streichbewegungen darüber hinwegfegte.

Wimmernd schob sie ihre Hüften vor, bettelte still um mehr. Und Simon gab ihr mehr. Seine großen Hände umfassten ihren Hintern, drückten sie noch fester an seinen fordernden Mund, dessen erotische, erregende Geräusche zu hören waren, als er ihre Körpersäfte leckte.

Kara explodierte in seinem Mund mit einem langgezogenen Stöhnen. Ihr Körper bebend, ihr Geschlecht überflutet mit willkommener Befriedigung. Simons Zunge setzte ihre Tätigkeit fort, zog Karas Höhepunkt in die Länge, bis sie nur noch ein zitterndes Häufchen war und Simon sich aufrichtete, um sie zu küssen.

Ihre Arme schlangen sich um seinen Hals. Kara streckte sich und zerrte seinen Kopf zu sich herunter, suchte verzweifelt Kontakt. Ihr eigener Geschmack auf seinen Lippen, die sie fast besinnungslos küssten, ließ Kara ihre Hüften wellenförmig bewegen und ihren Unterleib gegen seine steinharte Erektion stoßen. Sie wollte ihn in sich spüren. Unbedingt.

»Fick mich, Simon. Bitte.« Kara bettelte ohne jegliches Schamgefühl, denn sie fühlte eine Leere, die nur Simon füllen konnte.

»Oben«, stöhnte er, als sich sein Mund von ihrem löste, er ihr Hinterteil ergriff und sich an ihr rieb.

»Hier. Jetzt«, beharrte sie und drehte sich mit dem Gesicht zur Wand des Fahrstuhls. Mit den Händen an der Wand beugte sie ihre Hüfte und öffnete die Beine weit. »Meine Hände bleiben, wo sie sind. Bitte. Mach es einfach. Ich brauche dich jetzt.«

»Verdammt!« Sein Fluch klang frustriert, aber so leidenschaftlich, dass es Kara nicht überraschte, das Herunterziehen seines Hosenreißverschlusses zu hören. *Ja. Ein weiterer Sieg.*

»Ich brauche dich.« Simons heiseres Flüstern war fast unhörbar. Kara wusste, dass es nicht für ihre Ohren bestimmt gewesen war, doch sie hatte es gehört. Die leisen, barsch ausgestoßenen Worte hallten in ihrem Kopf wider, hatten eine Reaktion hervorgerufen, die tief aus seinem Innern kam und Kara fast niederknien ließ.

Die Luft im Fahrstuhl war dunstig, und das einzige Geräusch in dem kleinen, engen Kasten war das stoßweise, unregelmäßige Atmen aus zwei Mündern, während Kara darauf wartete, dass er in sie eindrang, die einsamen Stellen in ihr ausfüllte. »Bitte, Simon. Jetzt.«

Fast schluchzte Kara vor Erleichterung, als sie spürte, wie die stumpfe Spitze seines Schwanzes über das gierige Fleisch ihrer gespreizten Beine strich. Seine großen Hände griffen mit fast grausamer Stärke nach ihren Hüften, zogen sie zu sich heran, während sein Schwanz mit einem kraftvollen, heftigen Stoß in ihre feuchte Scheide eindrang.

Vor reiner Freude über Simons Inbesitznahme rang Kara nach Luft. »Habe ich dir weggetan?«, stieß er rau hervor, während sie fühlte, wie sich sein Körper anspannte. »Du bist so eng.«

»Nein. Nein. Es fühlt sich nur so gut an.« Sie stieß gegen ihn, drängte ihn, weiterzumachen.

»Mein Gott, Kara. Du hast etwas Besseres verdient, als in einem verdammten Fahrstuhl gefickt zu werden«, stöhnte Simon, während er seinen Unterleib zurückzog, seinen Griff an ihren Hüften verstärkte und dann erneut bis zur vollen Länge seines Schwanzes in sie eindrang. »Aber ich kann nicht aufhören. Will niemals aufhören.«

»Du darfst nicht aufhören. Ich würde es nicht ertragen, wenn du aufhörst. Fester, Simon. Gib mir mehr.« Sie warf den Kopf in den Nacken, als Simon einen gleichmäßigen, tiefen Rhythmus anstimmte, der drohte, sie wahnsinnig zu machen. Die raue Wolle seines Pullovers rieb über ihren Rücken, als er sich vorbeugte und sich sein Körper schützend auf sie legte. Gleichzeitig behielt er den kraftvollen Stoß aus seiner Hüfte bei. Immer und immer wieder. Kara schauderte, als sie seinen heißen, unkontrollierten Atem an ihrer Wange spürte, während Simon in die zarte Haut ihres Halses zwickte.

Noch nie hatte sie solch eine explosive, ungezügelte Lust verspürt. Sich danach sehnend, ihn festzuhalten, während er in sie stieß, griff sie nach dem metallenen Handlauf, schob ihr Becken zurück und traf Stoß für Stoß auf Simon. Sie brauchte den Hautkontakt, wo immer sie ihn bekommen konnte.

Eine Hand ließ Karas Hüfte los und glitt nach vorne zwischen ihre Schenkel. Simon streichelte die widerspenstigen Locken, bevor seine Finger tiefer glitten, extrem nahe an die aufgerichtete Knospe direkt über seinem stoßenden Schwanz.

»Oh Gott!« Jeder Nerv in Karas Körper pochte, als Simons Finger ihre Klitoris umkreisten und ihre Hüften mit einer Kraft gegen seinen Schwanz stoßen ließen, von der sie nicht gewusst hatte, dass sie sie besaß. »Berühre mich. Bitte!«

»Komm für mich«, befahl Simons tiefe Stimme, und seine Finger beschrieben immer enger werdende Kreise um die winzige Knospe, die sich nach seiner Berührung sehnte.

Wimmernd fiel ihr Kopf nach vorne, und ein Vorhang aus Haaren, der durch Simons brutale Stöße hin und her schwang, versperrte ihr die Sicht. Kara schloss die Augen, fast außerstande, die Wogen der Lust zu ertragen, die durch ihren Körper strömten, als seine Finger unermüdlich über ihre Klitoris strichen, während sein Schwanz ihre Vagina vereinnahmte, von ihr Besitz ergriff, sie nahm, und ihre Körper verschmolzen, bis Kara nicht mehr sicher war, ob die schonungslose Begierde ihre eigene oder Simons war.

Ihr Höhepunkt kam mit einer bebenden Explosion, die sie seinen Namen schreien ließ, während Kontraktionen ihren Körper quälten, einen Körper, der sich hilflos unterwarf, unfähig, irgendetwas anderes zu tun, als den heftigen, endlosen Orgasmus heil zu überstehen, der ihren Körper erschütterte.

»Verdammt!« Simons Hand legte sich wieder auf ihre Hüfte und beide Hände griffen sie fest und kraftvoll, während sein Schwanz schneller und tiefer in sie eindrang. Ein Stöhnen voller Höllenqual und Angst entsprang seiner Kehle, als er sich völlig in ihr vergrub und erlöst in sie ergoss.

Kara wäre auf den Boden gesunken, ihre Beine waren unfähig, sie aufrecht zu halten, hätte Simon nicht einen stählernen Arm um ihre Taille geschlungen und sie festgehalten. Er drehte sie behutsam zu sich um und legte seine starken Arme um ihren völlig erschlafften Körper. Beide atmeten schwer und mühsam.

Kara hob ihre Arme und schlang sie um seinen Hals, legte ihren Kopf gegen seine Schulter, unfähig, zu denken. Und Simon stützte sie und strich zärtlich über ihr Haar, während sich seine Atmung normalisierte.

Es dauerte einige Minuten, bis sie sprach. »Ich sehe verheerend aus. Ich muss noch einmal kurz zurück in die Wohnung.« Mit einem Blick auf die Überreste ihrer Unterwäsche auf dem Boden fügte sie hinzu: »Ich glaube, ich brauche auch einen neuen Slip.«

Simons Schultern zitterten vor unterdrücktem Lachen. »Hast du ihn verloren?«

Kara wich zurück und ihr Herz schmolz dahin beim Anblick des schelmischen, amüsierten Ausdrucks in Simons Augen. »Nein. Irgend so ein Neandertaler hat ihn mir vom Leib gerissen.«

Simon zog eine Augenbraue hoch. »Muss ein lüsternes Zusammentreffen gewesen sein.« Er strich die Haare aus ihrem Gesicht und drapierte sie zärtlich über ihrer Schulter. »Ich kaufe dir noch welche.«

Kara rollte mit den Augen. »Ich brauche keine mehr. Ich habe mehrere Schubladen voller Unterwäsche. Ich käme einen Monat damit aus, ohne zu waschen. Noch nie in meinem Leben habe ich so viele Dessous besessen.«

»Trotzdem kaufe ich dir welche. Wenn die, die du noch hast, genauso sexy sind wie das, was ich gerade zerstört habe, dann werden sie nicht lange halten.« Seine Stimme war heiser mit dem Hauch einer Warnung. Sein warmer Blick streichelte ihren nur teilweise bekleideten Körper und verweilte auf jedem Zentimeter nackter Haut.

Klara schauderte bei dem Gedanken, Simon könnte ihr in einem Anfall von Leidenschaft verschiedene Dessous vom Leib reißen. »Du kannst nicht meine ganze Unterwäsche zerstören. Diese Sachen sind teuer.«

»Vor ein paar Minuten hast du dich aber gar nicht beklagt.« Seine Stimme war leidenschaftlich, heißblütig und voller Verheißung auf das, was ihr noch bevorstand. »Ich würde dir jeden Tag Dessous kaufen, wenn das dabei herauskäme, was gerade passiert ist. Mein Gott, ich würde sie dir kaufen, nur um dich lächeln zu sehen.«

Karas Herz setzte einen Schlag aus, und ihre Brust schmerzte vor unausgesprochenen Gefühlen. Wie lange hielt sie das noch aus? Wie lange konnte sie die starken und manchmal schmerzlichen Gefühle noch verbergen, die Simon nur mit einer beiläufigen Bemerkung oder einer leichten Berührung in ihr auslöste? Ihr Verstand, der immer ihr Leben bestimmt hatte, und ihr Herz kollidierten. Sie wusste, dass es zwischen ihr und diesem unglaublichen Mann, der sie festhielt, als wäre sie die wichtigste Person in seinem Leben, niemals mehr als eine lockere sexuelle Beziehung und Freundschaft geben würde. Dennoch wollte sie ihn. Wie erbärmlich war das denn?

Kara wich zurück, zog ihr Kleid hoch und steckte den Arm durch den einzigen Ärmel. »Kannst du den Reißverschluss hochziehen?« Sie hoffte, ihre Stimme klang unbekümmert, als sie Simon ihren Rücken zuwandte.

»Muss ich das? Wir könnten die Party sausen lassen.«

»Ja.« Kara biss sich auf die Lippe, um nicht zu lächeln. Er hatte sich so hoffnungsvoll angehört, dass sie nicht umhinkam, sich zu amüsieren. Simon antwortete nicht, doch sie fühlte seinen Finger gemächlich über ihren Rücken gleiten, bevor er den Reißverschluss mit einem markanten Seufzer hochzog.

Er drehte sie zu sich, legte ihr eine Hand auf die Schulter und hob mit der anderen ihr Kinn an. Mit einem Stirnrunzeln suchte er Karas Gesicht ab. »Habe ich dir wehgetan? Ich war ein bisschen grob.«

Kara wusste, dass sein fester Griff wahrscheinlich ein paar blaue Flecken auf ihren Hüften hinterlassen würde, doch seine grobe, raue Inbesitznahme war etwas, wonach sie gebettelt hatte, etwas, das sie brauchte. Die Heftigkeit der Leidenschaft, die sie für Simon fühlte, wäre mit weniger nicht zufrieden gewesen. Sie hob ihre Hand und berührte seine kratzige Wange. »Ich war dabei, Simon. Ich glaube, ich habe darum gebettelt. Nein, du hast mir nicht wehgetan.« Karas Orgasmus war heftig gewesen, doch die Tatsache, dass Simon sich darüber Gedanken machte, ob sie etwas gegen seine grobe, animalische Vorgehensweise einzuwenden hatte, nahm sie gleich noch ein kleines bisschen mehr für ihn ein.

Ich kann nicht glauben, dass der heißeste Sex, den ich je hatte, gerade in einem Fahrstuhl stattgefunden hat.

»Oh Gott, ich hoffe, niemand hat mich gehört.« Kara stöhnte, als sie ihre Tasche und ihre Jacke nahm, den zerrissenen Slip vom Boden schnappte und ihn schnell in ihrer Handtasche verschwinden ließ.

»Ich bezweifele, dass dich jemand gehört hat, obwohl es mich überrascht …« Das rote Telefon auf dem Bedienfeld des Fahrstuhls klingelte, unterbrach Simon mitten im Satz und durchschnitt die Stille an diesem Ort mit einem Geräusch, das so schrill war, dass Kara einen Satz machte. »… dass keiner angerufen hat.« Simon beendete seine Bemerkung mit einem hämischen Grinsen.

»Oh Gott!« Kara ließ sich beschämt gegen die Fahrstuhlwand fallen. Während sie von Ekstase ergriffen gewesen war, hatte sie nicht daran gedacht, dass andere den plötzlichen Stopp des Fahrstuhls kontrollieren würden.

Simon kicherte und riss den Telefonhörer von der Wand. »Hudson.« Seine Stimme war sofort professionell und ungeduldig. Kara verstand nicht, was der Anrufer am anderen Ende sagte, doch sie konnte hören, dass es eine männliche Stimme war.

Simon verlagerte seine Haltung, als er den Reißverschluss seiner Hose hochzog, seine Hüfte gegen den Handlauf lehnte und mit gelassenem Gesichtsausdruck zuhörte. Wie zum Teufel machte er das? Keiner würde je wissen, dass sie und Simon gerade vor ein paar Augenblicken gebumst hatten, als hinge ihr Leben davon ab. Er sah ruhig und gelassen aus, und Kara war sicher, dass sie selbst einen total zerschundenen Anblick bot.

»Nein. Alles okay. Ich habe nur etwas vermisst und den Fahrstuhl angehalten, um es zu suchen.« Simons Stimme klang ungezwungen, aber er warf ihr einen verruchten Blick aus zusammengekniffenen Augen zu, und ansatzweise bildete sich ein Lächeln auf seinen Lippen. Kara errötete und sah ihn wütend an.

»Ja. Es ist fantastisch, dass ich es gefunden habe. Danke, dass Sie nachgefragt haben. Gute Nacht.« Simon hängte das Telefon zurück in die Vorrichtung und schlug auf den Knopf, um zur Wohnung zurückzufahren.

Kara schlug ihm gegen die Schulter. »Wie kannst du, ohne mit der Wimper zu zucken, so eine deftige Lüge erzählen?«

Simon zuckte mit den Schultern und zog sie in seine Arme. »Ich bin mir ziemlich sicher, dass ich mit der Wimper gezuckt habe, denn das tut eine Durchschnittsperson alle zehn Sekunden. Und was ich gesagt habe, ist wirklich wahr.« Er küsste sie sanft auf die Stirn, bevor er fortfuhr: »Ich habe etwas vermisst. Ich fand es hier im Fahrstuhl. Und es war zweifellos fantastisch.«

Kara lachte. Sie konnte nicht anders. »Und bei mir war es orgasmisch.«

Der Fahrstuhl ruckelte und stoppte im Penthouse. »Ich weiß. Deshalb war es ja fantastisch«, entgegnete Simon mit heiserer, leiser Stimme. »Dich kommen zu hören, ist das süßeste Geräusch, das ich je gehört habe.«

Kara schluckte, versuchte, den Klumpen herunterzudrücken, der sich in ihrer Kehle bildete. Ihre Brustwarzen verhärteten sich, als Simon um sie herumgriff, um die Tür zur Wohnung aufzuschließen. Aus seinen Worten sprach unverblümte, offene Ehrlichkeit.

Unsicher, wie sie auf seine Bemerkung reagieren sollte, ging sie auf direktem Weg in ihr Zimmer, nachdem Simon die Tür geöffnet hatte. »Ich bin in einer Minute zurück. Versuche nachher ja nicht, auch meinen neuen Slip nass zu machen.«

Sie hörte ein zufriedenes, männliches Kichern hinter sich. »Deine Slips zu ruinieren, wird das Hauptziel meines Lebens.«

Kara lächelte und betrat ihr Zimmer. Sie holte neue Unterwäsche aus der Kommode und versuchte, ihre eigenen durcheinanderwirbelnden Gefühle beiseitezuschieben. Simon hatte ihr genug vertraut, um sie zu ficken, ohne sie anzubinden. Schon wieder. Vielleicht eines Tages ...

Kleine Schritte, Kara. Erwarte nicht zu viel. Was auch immer an Simon nagt, trägt er schon sehr lange mit sich herum. Es könnte Jahre dauern, sein Vertrauen zu gewinnen.

Und jahrelang würde sie nicht mehr hier sein. Kara verzog schmerzhaft das Gesicht, als ihre Kopfhaut gegen die brutale Behandlung ihrer zerzausten Haare mit einer Bürste protestierte.

Tu, was du kannst. Genieße, was du hast, während du es hast. Und nimm das alles um Gottes willen nicht zu ernst.

Ihre Zeit mit Simon zu genießen, war nicht das Problem. Sie schätzte jeden Augenblick mit ihm, denn mit ihm zusammen zu sein füllte die einsamen Stellen in ihr auf eine Art und Weise, die sie noch nie erlebt hatte.

Ich bin arm. Ich bin pragmatisch. Ich bin keine Frau, die glaubt, dass es Seelenverwandte gibt: einen Mann und eine Frau, die einander ergänzen und füreinander geschaffen sind.

Das Problem bestand darin, dass es bei ihren Eltern so gewesen war. Trotz Armut waren sie vollkommen glücklich gewesen. Auf vielerlei Art war es fast ein Segen gewesen, dass sie beide zusammen verstorben waren, denn Kara war sich ziemlich sicher, dass einer ohne den anderen nicht hätte weiterleben können. Sie waren so sehr miteinander verbunden gewesen, dass es für den Zurückbleibenden eine Qual und ein Jammer ohne den anderen gewesen wäre. Es war schwierig für Kara, nicht an tatsächliche, seelenverbindende Liebe zu glauben, nachdem sie ihre Eltern achtzehn Jahre lang vor Augen gehabt hatte.

Sie stieß einen Seufzer aus und legte ihre Bürste zurück auf den Schminktisch. Okay ... vielleicht glaubte sie daran, dass Liebe so intensiv, so verzehrend sein konnte. Aber nicht mit Simon. Niemals mit Simon. Bei dem Mann war Liebeskummer vorprogrammiert. Er hielt nichts von verbindlichen Beziehungen, und sie selbst war mit ihm bereits emotional überfordert. Der einzige Weg, ihre Beziehung zu Simon zu erhalten, war, sie unverbindlich zu belassen und ihr Herz herauszuhalten.

Kara schnappte sich Jacke und Handtasche und schlenderte zur Küche. Zwei Worte gingen ihr wieder und wieder durch den Kopf und ihr eigenes selbstironisches Lachen hallte in ihrem Geist wider. *Zu spät. Zu spät.*

Kapitel 6

Samuel Hudson besaß eine luxuriöse Villa in South Tampa, einem Bezirk, der so wohlhabend war, dass Kara noch nie dort gewesen war, obwohl sie in der Stadt aufgewachsen war. Sie musste sich zwingen, ihren Mund zu schließen, als James mit dem Auto die kreisförmige Auffahrt entlangfuhr und sie vor der prunkvollen Residenz aussteigen ließ.

»Das ist ... atemberaubend«, flüsterte Kara Simon zu, als er ihre Hand nahm, um ihr aus dem Auto zu helfen.

»Siehst du nun, warum ich beschlossen habe, nicht selbst zu fahren?«, fragte er, und seine Augen überflogen die teuren Fahrzeuge, die entlang der langen Auffahrt geparkt waren.

»Du hast aber eine Menge Leute angezogen, Mister Hudson«, bemerkte Kara leise und ließ ihren Blick über sein attraktives Gesicht schweifen. »Herzlichen Glückwunsch zum Geburtstag. Ich habe ein Geschenk für dich, aber das bekommst du erst später.«

Simons Gesicht verzog sich zu einem schalkhaften Grinsen, als ihre Blicke leidenschaftlich miteinander verschmolzen. »Das hast du mir doch schon letzte Nacht gegeben. Und heute Abend.«

»Simon!« Kara bemühte sich, nicht erneut zu erröten. Das würde sie nicht tun. Auf gar keinen Fall. Sie war eine erwachsene Frau, und sie errötete nicht wegen einer banalen sexuellen Bemerkung. Sie war fast fertig mit ihrer Ausbildung zur Krankenschwester und daran gewöhnt, den menschlichen Körper in allen möglichen Bekleidungszuständen zu sehen. Sie war schließlich kein junges Mädchen mehr, aber es war eine äußerst ärgerliche Tatsache, dass Simon sie manchmal dazu brachte, sich so zu fühlen.

»Also ... ich meine ja bloß. Aber ich hätte nichts dagegen, wenn du es noch einmal tun möchtest. Eigentlich könnten wir sofort nach Hause fahren ...«

»Rein ins Haus, Geburtstagskind.« Kara lachte, als er seinen Arm um ihre Taille legte und sie mit einem kleinen, zufriedenen Grinsen zur Tür führte.

»Morgen Abend gehen wir alleine aus«, murmelte er und verstärkte den Druck seines Armes um ihre Taille.

»Morgen?«, fragte Kara verwirrt.

»Zu deinem Geburtstag. Ich gehe mit dir aus. Allein.«

Kara drehte sich zu ihm um, nachdem sie die Marmorstufen emporgestiegen waren und vor der riesigen Flügeltür standen. »Du führst mich nicht aus. Du hast genug für mich getan. Das ist nicht nötig.«

»Das ist sehr wohl nötig«, antwortete Simon mit rauer Stimme. »Ich möchte das. Es ist dein Geburtstag.«

Die Tür schwang auf, bevor Kara antworten konnte. »Hallo, Brüderchen! Ich freue mich, dass du endlich beschlossen hast, zu deiner eigenen Feier zu erscheinen.«

Kara erkannte Sam Hudson sofort. Simon hatte Recht. Er sah aus wie ein Filmstar. Seine Kleidung ähnelte der von Simon, nur war sein Pullover smaragdgrün und passte gut zu seinen Augen. Er sah aus wie ein riesiger, blonder, mythologischer Gott ... aber ihm fehlte Karas Meinung nach Simons Sexappeal. Obwohl sie vom ästhetischen Standpunkt aus gesehen zugeben musste, dass Sam ein hübsches Gesicht und einen umwerfenden Körper hatte … so konnte er seinem jüngeren Bruder trotzdem nicht das Wasser reichen.

Sam trat einen Schritt zurück und gab ihnen ein Zeichen einzutreten. Kara merkte, wie Sams Blick sie genau taxierte und sein Verstand wie wild arbeitete, um herauszufinden, in welche Schublade er sie stecken konnte. Als sie den marmorgefliesten Eingangsbereich betrat, fragte sie sich, was Simon seinem Bruder über sie erzählt hatte.

»Kara, das ist mein Bruder Sam«, stellte Simon sie einander zwanglos vor und seine Hand griff nach Karas Jacke, die sie gerade auszog. Ein älterer Mann, offenbar ein Angestellter, nahm Simon die Jacke ab.

»Also, Brüderchen, ich brauche wohl nicht zu fragen, warum ich dich in letzter Zeit so selten zu Gesicht bekommen habe«, sagte Sam leise in spöttischem Ton.

Kara streckte höflich die Hand aus. »Schön, Sie kennenzulernen, Sam. Ich habe viel über Sie von Ihrer Mutter gehört.«

»Ist mir ein Vergnügen.« Sams Hand verschlang ihre kleinere mit einem festen Griff und hielt sie ein bisschen länger fest als notwendig. »Mom hat auch viel von Ihnen erzählt. Nur Gutes, natürlich«, antwortete Sam überzeugend mit strahlendem Lächeln.

Er ist nett. Jetzt verstehe ich, warum Helen sagt, er kann jeden bezaubern. Zu schade, dass sein Lächeln sich nicht so ganz in seinen Augen widerspiegelt.

Kara entzog ihre Hand seinem Griff. »Esst, trinkt und amüsiert euch«, schlug Sam fröhlich vor und klopfte Simon auf den Rücken. »Und herzlichen Glückwunsch zum Geburtstag, kleiner Bruder.«

»Ja, danke für die Party«, brummte Simon und warf seinem Bruder einen Das-zahle-ich-dir-heim-Blick zu, den nur Brüder austauschen können, während er Kara in Richtung der Gäste und des Essens ins Wohnzimmer drängte.

»Ich weiß, dass du mich liebst«, bemerkte Sam lächelnd und mit einer Stimme, die neckend und arrogant zugleich war.

»Nicht heute«, fauchte Simon zurück.

Sam lachte verschmitzt und ging auf eine Gruppe von Leuten zu, die ihn per Handzeichen zu sich gewunken hatten.

»Mistkerl!«, entfuhr es Simon genervt.

Kara rollte mit den Augen, ließ sich jedoch ihre Belustigung nicht anmerken. »Er ist dein Bruder, Simon.«

»Nicht heute«, sagte er noch einmal, während seine Hand über ihren Rücken glitt und er sie zu den Tischen mit verschwenderischem Essen und Trinken führte.

Sams Zuhause war umwerfend und die Einrichtung überraschenderweise weiß, hell und luftig, was die ohnehin geräumige Villa noch riesiger und beeindruckender erscheinen ließ. Gut angezogene Gäste standen plaudernd beieinander, deren Status man an ihrer Kleidung und der Ungezwungenheit, mit der sie sich in der luxuriösen Umgebung bewegten, erkannte.

Kara versuchte, nicht zu gaffen wie die mittellose Frau, die sie eigentlich war, doch es war schwierig, ihren Mund geschlossen zu halten. Die Frauen strotzten vor Diamanten und Edelsteinen, der Ausdruck ihrer Gesichter war kühl. Die Männer rochen nach Geld und Macht, standen in Gruppen zusammen und diskutierten wahrscheinlich Geschäftliches oder Golf-Scores.

Simon belud ihre Teller von einem reichhaltigen Buffet, das vor geschmackvoll aussehenden Häppchen fast zusammenbrach, die ständig von nahezu lautlosen Angestellten nachgelegt wurden. Kara nahm zwei Servietten, die so exakt gefaltet waren, dass sie sich fast schuldig fühlte, sie auseinanderzunehmen. Das Geschirr war offensichtlich feinstes Porzellan, und Kara zog die Stirn in Falten. Scheiße ... sie würde verrückt werden, wenn sie dieses ganze Geschirr abwaschen müsste, und fragte sich, wie viele Bedienstete wohl nötig waren, um nach der Party wieder für Ordnung zu sorgen. Hatten die Reichen je von Papptellern und Papierservietten gehört?

Kara hatte keine Ahnung, was sie da eigentlich aß, aber sie verschlang jeden Happen auf ihrem Teller, nachdem sie und Simon eine ruhige Ecke zum Essen gefunden hatten. Jeder Bissen zerging ihr im Mund, und sie leckte ihre Lippen, während sie den letzten köstlichen Leckerbissen verzehrte und hoffte, keine Krümel im Gesicht zu haben.

»Gott, war das köstlich«, bemerkte sie genüsslich und gab ihren leeren Teller einem vorbeikommenden Kellner.

»Kann ich Ihnen noch etwas bringen, Madam?«, fragte der ältere Kellner höflich.

»Nein, danke. Ich bin satt.« Kara lächelte, als der kleine Mann sich höflich verbeugte und verschwand.

Simon hatte seinen Teller abgestellt und zwei volle Champagnergläser von einer vorbeieilenden Kellnerin ergattert. »Das mag ich an dir«, sagte er leise und reichte ihr ein Glas.

»Was?« Kara sah ihn verwirrt an, als sie das Glas entgegennahm. Sie nippte langsam daran und versuchte herauszufinden, ob sie Champagner mochte. Er war trocken, aber nicht schlecht.

»Du genießt dein Essen. Du stocherst nicht darin herum oder isst wie ein Spatz. Ich bin fast neidisch, wenn ich dein Gesicht beobachte. Wenn es gut schmeckt, siehst du überglücklich aus«, antwortete Simon, bevor er einen kräftigen Schluck aus seinem Glas nahm. »Dich beim Essen zu beobachten, ist fast ein erotisches Erlebnis.«

Kara zuckte mit den Schultern und ließ das Glas sinken. »Wenn du keine endlosen Vorräte hast und nie sicher weißt, wann du deine nächste Mahlzeit bekommst, dann schätzt du gutes Essen.«

»Wird Essen für dich immer ein orgasmisches Erlebnis sein?«, frage Simon beiläufig, doch in seinen Augen sah man die Heiterkeit.

Kara versuchte wirklich, sich ein Lächeln zu verkneifen, aber ihre Mundwinkel zuckten, als sich ihre Blicke trafen. »Vermutlich.«

»Simon!«

Die männliche Tenorstimme hallte durch den Raum, und beide drehten sich zu einem Mann mittleren Alters um, der seinen Arm hob, um Simons Aufmerksamkeit zu erregen.

»Du solltest besser mal die Runde machen, Geburtstagskind. *Du* bist schließlich der Ehrengast«, riet ihm Kara mit einem Lächeln. »Ich werde mich ein bisschen mit deiner Mutter unterhalten.«

Simon sah alles andere als glücklich aus, aber er wich von Karas Seite und ging den Mann begrüßen, der so angestrengt gewunken hatte. Kara nippte an ihrem Champagner und beobachtete, wie Simon herumging und mit einem charmanten Lächeln Leute begrüßte. Er mochte nicht ganz das Charisma von Sam besitzen, doch auch Simon konnte die Menschen für sich einnehmen. Nicht eine Sekunde lang sah es aus, als fühlte er sich unwohl bei diesen Leuten. Er plauderte, machte Smalltalk und bewegte sich selbstsicher zwischen den einzelnen Gruppen hin und her.

Weil er es kann. Er ist zwar nicht immer gern unter Leuten, aber er schlägt sich tapfer.

Karas Blick blieb auf ihn geheftet, und sie wunderte sich über diese Seite von Simon, die sie zuvor noch nie wahrgenommen hatte. Der Mann hatte so viele verschiedene Seiten, seine Persönlichkeit so viele Facetten.

Kara zwang sich, ihn nicht mehr wie eine völlige Idiotin anzustarren. Sie suchte Helen und fand sie am Buffet. Einige Zeit unterhielt sich Kara mit ihr, doch dann wurde ihre Freundin von einer anderen Bekannten vereinnahmt. Damit es nicht so aussah, als würde sie niemand anderen kennen – was ja tatsächlich so war –, schlenderte sie zu den reich verzierten Türen, von denen sie ziemlich sicher war, dass sie nach draußen führten und dass der Ausblick atemberaubend sein würde.

Draußen waren noch mehr Leute, die an kleinen, gemütlichen Tischen saßen. Nicht alle waren besetzt. Der Abend war bereits fortgeschritten, und die Luft frisch, doch Kara genoss es, nachdem sie so lange in dem vollen Haus gewesen war.

Sie holte tief Luft. Vor ihr befand sich ein beleuchteter, gepflasterter Weg, der hinunter zu einem Bootsanleger zu führen schien. Kara wollte ihm gerade folgen, da wurde sie von einer Unterhaltung direkt neben ihr zurückgehalten.

»Ich dachte, wir könnten ein bisschen Zeit zusammen verbringen, Simon. Ich habe dieses göttliche Diamantarmband gesehen, das ich gern hätte.« Die weibliche Stimme klang künstlich und affektiert.

Kara holte noch einmal tief Luft und hoffte, dass sie nicht den Simon sehen würde, der sie noch vor Kurzem in einem Fahrstuhl völlig außer Atem gebracht hatte. Langsam drehte sie den Kopf, weil sie wusste, dass sie Gewissheit brauchte. Ihr stockte der Atem, als sie die breiten Schultern, die dunklen Haare und den Pullover sah. Alles gehörte zu Simon. Er war weniger als eineinhalb Meter von ihr entfernt, stand mit dem Rücken zu ihr und um seinen Hals schlangen sich zwei schlanke Arme mit perfekt manikürten Fingern, die lässig in seinem Genick lagen.

»Ich habe von deinen ... Arrangements gehört. Ich hatte gehofft, wir könnten zu einer Einigung kommen.« Die zuckersüße Stimme klang verführerisch, und die Hände der Frau wanderten über Simons Schultern, als würde er ihr gehören.

Ein Brechreiz stieg in Karas Kehle hoch, und sie entfernte sich geräuschlos von dem Paar, um zu den Stufen zu schleichen. Sie wollte nicht, dass Simon sie sah und die namenlose Frau dachte, sie würde ihnen hinterherspionieren. Wahrscheinlich würde es Blondie gar nichts ausmachen. Die Frau sah aus wie eine Katze, die ihre Krallen fest in etwas geschlagen hatte, das sie unbedingt haben wollte, und sie dachte nicht im Traum daran, sich ablenken zu lassen.

Die Beleuchtung war nicht so hell wie im Haus, doch ein kurzer Blick zurück auf das Paar zeigte Kara, dass die Frau in Simons Armen all das war, was Kara nicht war. Sie war blond und dünn, ihr Make-up und ihre Haare perfekt. Mit anderen Worten ... widerlich umwerfend.

Kara war wie gelähmt, ihr Körper funktionierte nicht mehr; ihre Augen waren auf das Paar geheftet, und ihre Füße fühlten sich an, als steckten sie in Zement. Sie hörte, wie die Frau leise etwas murmelte, doch sie verstand die Worte nicht. Kirschrote Lippen verzogen sich zu einem berechnenden Lächeln, bevor die Blonde nach Simons Kopf griff und seine Lippen zu ihren herunterzog.

Mit wild schlagendem Herzen nahm Kara die zum Weg hinabführenden Stufen schneller, als sie es mit den bleistiftdünnen Absätzen hätte tun sollen, doch sie wollte verzweifelt der Szene entfliehen, die sich vor ihr abgespielt hatte. Ihre Absätze blieben im Pflaster des Weges stecken, und so riss sie die Schuhe von ihren Füßen, nahm sie, ohne innezuhalten, hoch und setzte ihren Weg fort.

Atme. Atme einfach.

Sie erreichte den Anleger keuchend voller Ekel. Ihre Hände griffen nach dem hölzernen Geländer, um sich abzustützen. Verzweifelt versuchte sie, ihre stoßweise Atmung zu beruhigen.

Atme. Ein. Aus. Ein. Aus.

Es macht nichts. Es macht nichts.

Simon Hudsons Sexleben ging sie nichts an. Sie hatte mit Simon keine Beziehung, und er ganz sicher keine mit ihr. Sie hatten Sex ohne jegliche Verpflichtungen.

Ein. Aus. Ein. Und wieder aus.

Ihre Atmung beruhigte sich, doch der Brechreiz blieb. Kein Wunder, dass Simon nie eine Freundin gehabt hatte. Anscheinend gab es eine endlose Reihe von Frauen, die zu seinem Vergnügen zur Verfügung standen ... gegen Bezahlung. Ein Arrangement? Wirklich? Die Frauen benutzten ihn, und er benutzte die Frauen. Karas Magen rebellierte, und sie verstärkte ihren Griff um das hölzerne Geländer.

Vergiss es. Es macht nichts.

Das sollte es nicht ... aber das tat es. Es schmerzte, dass Simon eine zwanglose Vereinbarung treffen konnte, um eine andere Frau zu vögeln, während er es noch mit ihr trieb. Noch vor ein paar Stunden hatten sie wahnsinnigen Sex miteinander gehabt. Jedenfalls war es ihr so vorgekommen. Vielleicht war es nur für sie so überwältigend gewesen. Vielleicht hatte es Simon vermisst, seine Frauen zu fesseln, sie sich hilflos und mit verbundenen Augen untertan zu machen. Vielleicht brauchte er das.

Dachtest du, du bist jemand Besonderes? Diejenige, die Simon helfen würde, sich von einigen seiner früheren Ängste zu befreien? Vielleicht hatte er gar keine. Vielleicht mochte er sein Leben genauso, wie es war? Vielleicht bist du nur ein Volltrottel, der einen Milliardär und Playboy nicht verstehen kann, der jede Frau kaufen kann, die er haben will.

Ihre Gedanken schmerzten und quälten Kara, bis sie sich fragte, ob alles, von dem sie in Bezug auf Simon überzeugt gewesen war, eigentlich eine dicke, fette Lüge war, eine selbst geschaffene Unwahrheit und er ein Mann, den sie sich nur ausgemalt hatte.

Das glaubst du nicht wirklich.

»Das Problem ist ... ich weiß es wirklich nicht mehr«, flüsterte sie leise mit zitternder Stimme. Ihre Illusionen waren zerstört, und sie wusste nicht mehr, was sie glauben sollte. Sie hatte Simon vertraut, hatte gedacht, er wäre ein anständiger, aber verstörter Mann, und sein Verhalten ließ sie verwirrt, verletzt und völlig am Boden zerstört zurück.

Sie starrte wie betäubt auf die Lichter, die über dem heranrollenden Wasser blinkten, und schlang die Arme um ihren zitternden Körper. Würde sie jemals die Erinnerung an Simon auslöschen können, wie er das blonde Gift küsste, eine Frau, die so perfekt war, dass Kara sich fragte, was Simon überhaupt die ganze Zeit an ihr gefunden hatte?

Sie blinzelte und eine einsame Träne rollte über ihre Wange. Höchstwahrscheinlich würde sie das niemals vergessen. Die Erinnerung, das Gefühl des Verrats und der erdrückende Schmerz würden sie wahrscheinlich noch einige Zeit begleiten.

Gedankenverloren stand Kara am Bootsanleger wie ein Schatten. Sie bewegte sich nicht, spürte nicht die kalte Abendluft und wünschte, dass sie niemals zurückgehen und der Realität gegenübertreten müsste. Doch das würde sie. Sie musste es. Aber sie würde es so lange wie möglich hinausschieben.

Kapitel 7

»Was auch immer mein Bruder dir gibt, ich werde dir mehr geben, wenn du zu mir kommst, sobald er mit dir fertig ist.« Die sinnliche, männliche Stimme direkt neben ihrem Ohr durchdrang die Stille, erschreckte sie so sehr, dass sie über die Anlegerbrüstung gestürzt wäre, hätte eine starke, männliche Hand nicht nach ihrer Taille gegriffen. »Langsam! Beruhige dich!«

Kara schnellte herum, um denjenigen anzusehen, zu dem die Stimme gehörte. Doch sie wusste bereits, dass es Sam war. Er bedrängte sie, hatte seine Hände rechts und links von ihr auf die Brüstung gelegt, um sie an einer Flucht zu hindern.

»W-was haben Sie gesagt?« Der Mann ließ sie kalt, und sie mochte seine Aufdringlichkeit nicht.

»Ich zahle. Was immer du willst. Wie viel du willst.« Sein Blick war kalt und ließ Kara zittern.

Oh, verdammt! Sie würde sich gleich übergeben. Schluckend starrte sie auf Sams gottähnliche Erscheinung und war kaum in der Lage zu begreifen, dass er ihr tatsächlich ein unsittliches Angebot gemacht hatte.

Wie einer Dirne.

Wie einer Prostituierten.

Wie einer Hure.

Wut stieg in ihr hoch. Sie kletterte höher und höher, wurde immer stärker. Kara konnte kaum durch den roten Schleier sehen, der ihr die Sicht nahm, während ihr Körper zitterte.

»Simon wäre es egal«, versicherte ihr Sam und bewegte seine Hand zu Karas bloßer Schulter.

Seine Bemerkung hallte in ihr nach und ließ sie durchdrehen. Was zum Teufel war los mit diesen Hudson-Männern? Dachten sie wirklich, sie könnten jede Frau kaufen, die sie ficken wollten? Kara holte aus und ihre Hand landete mit voller Wucht in seinem grinsenden Gesicht, begleitet von einem befriedigenden *Klatsch*, der an dem nahezu geräuschlosen Abend explodierte und den Frieden der Nacht zerriss.

»Maddie hatte Recht! Du bist ein total hinterhältiger Kerl!«, fauchte Kara und ihr Körper zitterte vor Wut.

»Maddie? Maddie Reynolds?« Sam wirkte völlig erstaunt und schockiert. Kara war sich nicht sicher, ob es auf die Ohrfeige zurückzuführen war oder auf die Erwähnung von Maddies Namen, doch sie wartete nicht darauf, es herauszufinden. Sie stieß seinen Arm weg und rannte los, schwenkte vom Weg ab und spurtete quer über den gepflegten Rasen zur Vorderseite des Hauses.

Sie preschte die Auffahrt hinunter und rannte, bis sie James fand, der geduldig im Mercedes wartete. Kara riss die Beifahrertür auf und hechtete auf den Sitz. »Bitte bringen Sie mich nach Hause«, stieß sie hervor, während ihr Tränen die Kehle zuschnürten und ihre Stimme krächzend klingen ließen. »Bitte.«

»Miss Kara. Ist alles in Ordnung mit Ihnen?« Sie konnte James Gesicht in der Dunkelheit nicht erkennen, aber die Sorge in der Stimme des Fahrers war offenkundig.

»Mir geht es nicht gut. Ich muss nach Hause«, erklärte sie, unfähig, den flehenden Ton aus ihrer Bitte zu verbannen.

»Kann ich etwas für Sie tun?«

»Ja. Bringen Sie mich nach Hause. Ich bin okay.«

Ihr ging es nicht gut. Nicht jetzt. Nicht morgen. Wahrscheinlich für sehr lange Zeit nicht. Doch das erzählte sie ihm nicht. Gott sei Dank stellte James keine Fragen mehr. Er ließ den Motor an und machte sich auf den direkten Weg zur Wohnung.

Kara verknotete ihre zitternden Hände in ihrem Schoß und versuchte, die Tränen zurückzuhalten, die sich in ihren Augen sammelten. Sie durfte nicht weinen. Es gab nichts, worüber sie eigentlich weinen musste. Die Hudson-Männer taten nur, was sie immer taten. Sie war diejenige, die ein Problem hatte.

Irgendwie hatte sie etwas unglaublich Törichtes getan. Sie hatte zugelassen, dass sie sich in Simon Hudson verliebte. Heftig, leidenschaftlich und bis über beide Ohren. Es war nicht wie die Liebe, die sie für ihren Exfreund empfunden hatte. Das hier war eine verwirrende, ihre Seele schreddernde, Eingeweide herausreißende Liebe, die wehtun würde. Mordsmäßig.

Kara würgte ein bitteres Schluchzen hinunter, indem sie sich auf die Lippe biss, bis sie blutete, drehte ihren Kopf nach rechts und sah die Stadt an sich vorbeifliegen, während James sie still nach Hause fuhr.

Du hast schon andere Verluste durchgestanden, Kara. Du wirst auch diesen durchstehen.

Seit dem Tod ihrer Eltern hatte Kara mit ermunternden Worten und Zuspruch härteste Schlachten geschlagen. Es hatte immer funktioniert. Hatte sie es nicht weit gebracht?

Du wirst ihn vergessen. Es braucht nur Zeit.

Eine schwere Last legte sich auf ihre Brust, unbehaglich, schwer und erdrückend. Zum ersten Mal in ihrem Leben fühlte sich Kara Foster, als würde sie sich selbst belügen.

»Kara«, brüllte Simon laut, als er die Tür der Wohnung hinter sich zuschmiss und die Schlüssel auf den Küchentresen schleuderte. Auf dem Tresen lag ein kleines, ordentlich verpacktes Geschenk mit einer Karte, doch er ignorierte es und stürmte wie ein Besessener durch die Wohnung.

»Kara!«

Er rief ihren Namen, bis er heiser war, doch jeder Raum war leer. Ihr Zimmer sah unberührt aus, doch ihr Rucksack fehlte.

»Scheiße!«

Simon ging in die Küche zurück und hob das lustig verpackte Päckchen mit der Karte hoch. Darunter befand sich ein Barscheck von Kara in Höhe von neunzigtausend Dollar und ein einzelnes Blatt Papier. *Ich werde den Rest zurückzahlen, sobald ich eine Arbeit habe. Ich habe alles, was du mir gekauft hast, dagelassen, außer ein paar Jeans und T-Shirts. Danke für alles. Ich werde es immer zu schätzen wissen.*

Kara

Verfickte Scheiße! Er wollte ihre verdammte Dankbarkeit nicht. Er wollte ... sie. Simon ballte die Hand zur Faust, bis die Knöchel weiß hervortraten, und zerknüllte das Papier.

Sie hatte ihn verlassen? Keine Erklärung. Kein Goodbye. Einfach ... gegangen.

Er nahm das Geschenk und die verschlossene Karte und trug beides ins Wohnzimmer, wo er sich einen Drink eingoss. Nachdem er den Whiskey in einem Schluck hinuntergekippt hatte, goss er sich einen weiteren ein, ließ sich in einen Ledersessel fallen und stellte das Glas auf den Couchtisch.

Er lehnte den Kopf zurück und schloss die Augen, wünschte sich, er könnte den Abend noch einmal wiederholen und mit dem Teil beginnen, an dem Kara und er die Wohnung verlassen hatten, um zur Party zu fahren. Hätte er einen neuen Versuch, würde er niemals mit ihr die Wohnung verlassen.

Simon hätte heute Abend seinen Bruder fast umgebracht, hatte ihm mit Vergnügen die Scheiße aus dem Leib geprügelt, nachdem er herausgefunden hatte, dass Sam Kara angebaggert hatte. Das herauszufinden war nicht schwer gewesen. Kara war verschwunden gewesen, und Sam hatte einen verräterischen Handabdruck im Gesicht, offensichtlich ein Souvenir von einer wütenden Frau. Darüber hinaus hatte Sam Kara einzureden versucht, dass Simon nichts dagegen hätte, wenn Sam seine Frau fickte.

Zugegeben, Sam hatte sich mit Alkohol zugeschüttet, doch Simon hatte vollkommen die Kontrolle verloren, als sein Bruder im betrunkenen Zustand alles zugegeben hatte, dass ihm alles egal gewesen war. Er hatte seinen Bruder zu Boden geschlagen und erst aufgehört, als seine Mutter dazwischengegangen war.

Das war der einzige Faustkampf, den er und sein Bruder je miteinander ausgetragen hatten. Sam hatte ihn nie angerührt, und Simon hätte sich niemals vorstellen können, seinen Bruder jemals zu schlagen. Bis heute Abend. Bis zu Kara. Der Gedanke, dass ein anderer Mann Kara anfassen könnte, machte Simon vollkommen wahnsinnig.

Zu wissen, dass Kara Sam hatte abblitzen lassen und ihm eine Ohrfeige verpasst hatte, die heftig genug gewesen war, um einen Abdruck zu hinterlassen, hatte es für Simon nicht besser gemacht. Sie war wahrscheinlich schockiert gewesen, verwirrt. Und sie hatte ihn verlassen. Dafür hätte er seinen Scheißbruder gern noch einmal in die Hölle geschickt.

Simon öffnete die Augen und bemerkte, dass er die Karte in seinem Schoß zerknüllt hatte. Er strich sie glatt und öffnete sie.

Simon,
herzlichen Glückwunsch zum Geburtstag! Ich wollte dir etwas schenken, etwas Besonderes, das ich nicht mit deinem Geld kaufen musste. Ich weiß, dass du Münzen sammelst, und deshalb habe ich an dieses Geschenk gedacht.
Dieser Penny gehörte meinem Vater. Es war sein Glückspenny. Er fand ihn genau an dem Tag, als er meine Mutter kennenlernte, und hat geschworen, dass es

nur Augenblicke waren, bevor er sie zum ersten Mal sah.

Er sagte immer, dass dieser Penny ihm die glücklichste Begebenheit seines Lebens beschert hat.

Ich habe den Glückspenny immer bei mir getragen und habe es bis hierher geschafft. Deshalb nehme ich an, dass er Glück bringt.

Ich weiß, dass er nicht viel wert ist, aber ich möchte, dass du ihn bekommst. Glück brauchst du eigentlich nicht, das weiß ich, aber ich fühle mich besser, wenn ich weiß, dass du ihn besitzt. Ich hoffe, dass er dich immer beschützt.

Kara

Simon riss das Päckchen auf und starrte lange auf das kleine, abgenutzte Plastikkästchen. Schließlich klappte er es auf und blickte auf den Glückspenny.

Überrascht drehte er ihn um und dann wieder zurück. Wahnsinn! Es war ein Double Die Obverse. Und in gutem Zustand. Simon war kein professioneller Grader, aber er hätte wetten können, dass die Münze einen hohen Erhaltungsgrad erzielen würde.

War dieser verrückten Frau überhaupt bewusst gewesen, dass sie eine solch seltene Münze mit sich herumtrug? Eine Münze, die sie wahrscheinlich mehrere Monate ernähren würde, wenn sie sie verkaufte?

Wahrscheinlich nicht. Und Simon wusste, dass Kara vermutlich lieber sterben würde, als so etwas Persönliches zu verkaufen, etwas, das ihrem Vater gehört hatte. Doch sie hatte es ihm geschenkt. Sie hatte sich von etwas getrennt, das ihr äußerst lieb und teuer war, und hatte es ihm zum Geburtstag geschenkt.

Er schloss das Kästchen, hielt die Münze fest und legte seine Hand auf die Brust, als ein Schmerz ihn durchfuhr. Warum hatte sie sich davon getrennt? Warum hatte sie ihm die Münze geschenkt? Instinktiv wusste er, dass sie etwas Besonderes für sie war, so besonders, dass sie sie immer bei sich getragen hatte.

Simon kippte seinen zweiten Drink hinunter und steckte die Münze in seine Hosentasche. Er würde sie nicht hergeben, bis er sie an Kara zurückgeben konnte. Persönlich. Mit seinem Handy rief Simon seinen Sicherheitsbeauftragten Hoffman an. Beim zweiten Klingeln nahm er ab.

»Beschatten Sie sie?«, fragte Simon seinen Sicherheitschef schroff, ohne sich mit Nettigkeiten aufzuhalten.

»Natürlich. Ich war nicht sicher, was sie vorhatte, aber sie scheint untergekommen zu sein. Gute Gegend, anständiges Haus. Gehört einer Frau Doktor Reynolds«, informierte Hoffman ihn.

»Sie ist gegangen. Stellen Sie vierundzwanzig Stunden ein Team für sie ab. Ich will sogar wissen, wenn sie niest.«

»Okay, Chef. Mach ich.«

Simon legte mit einem Seufzer auf. Anscheinend hatte sie Unterschlupf bei ihrer Freundin Maddie gefunden. Da war sie gut aufgehoben. Vorerst. Er hatte es Kara nie erzählt, doch sie war seit dem Vorfall in der Praxis jeden Tag, jeden Augenblick bewacht worden. Hoffmans Team arbeitete in Schichten, hielt stets die Augen offen, war immer bereit. Die Polizei hatte die Junkies, die auf Kara geschossen und die Praxis ausgeraubt hatten, nie geschnappt, und Simon war nicht gewillt, irgendwelche Risiken einzugehen. Kara hatte ihre Gesichter gesehen und hatte bei der Erstellung der Phantombilder geholfen. Bis die Arschlöcher gefangen waren, musste sie beschützt werden. Simon musste wissen, dass es ihr gut ging.

Jeder Instinkt, jede Zelle in seinem Körper schrie ihn an, sie zu verfolgen und sie, wenn nötig, über seine Schulter zu schmeißen und nach Hause zu schleppen. Er wollte das, aber so würde er sie nicht für sich gewinnen können. Der Vorfall mit Sam hatte sie offenbar durcheinandergebracht. Es würde helfen, ihr Zeit zu geben. Sie zurückzuschleifen würde das Problem nur für kurze Zeit beheben, und Simon hielt nichts von kurzfristigen Lösungen. Er brauchte Kara, musste sie für immer haben. Alles darunter war undenkbar.

Hätte ihm jemand vor mehreren Wochen gesagt, dass er eine Frau treffen würde, ohne die er nicht mehr leben könnte, hätte er sich totgelacht. Jetzt lachte er nicht. Kara war zu seinem Lebensmittelpunkt geworden, und er konnte nicht im Entferntesten daran denken, ohne sie weiterzuleben.

Welches Leben hatte er vor ihr gelebt? Er runzelte die Stirn, als er an all die Frauen dachte, die er in der Vergangenheit gefickt hatte. Frauen, die halb betrunken gemacht und denen teure Geschenke geboten werden mussten, nur damit sie ihm ihre Körper überließen. Das waren leere Erfahrungen gewesen, Frauen, die ihn wegen seines Geldes geduldet hatten. Sie mochten zeitweise seinen Drang befriedigt haben, eine Nummer zu schieben, doch sie hatten ihn mit einer gewaltigen Leere zurückgelassen, die ihm erst bewusst geworden war, als er Kara traf. Jetzt, wo er wusste, wie es sich anfühlte, wenn er mit einer Frau zusammen war, die *ihn* wollte, erkannte er, dass er nie wieder dorthin zurückwollte. Er brauchte Kara wie die Luft zum Atmen. Gott allein wusste, dass er sie nicht verdiente, aber er würde sie zurückbekommen.

Er zwang sich, in sein Schlafzimmer zu gehen, seine Kleidung abzulegen und auf sein Bett zuzusteuern. Abrupt machte er kehrt, ging zurück zu seinem Kleiderhaufen auf dem Boden und fischte etwas aus der Hosentasche. Er zog die Münze heraus, die Kara ihm geschenkt hatte, hielt sie in seiner Faust und legte sich ins Bett, nicht sicher, ob er überhaupt würde schlafen können, doch mit der Sehnsucht, alles für eine Weile zu vergessen.

Dass Kara gegangen war, war für Simon die schlimmste Folter. In der Wohnung war es zu still, zu leer. Seit ihrer Ankunft hier, war ihre Anwesenheit fühlbar gewesen, und jetzt konnte er nur den Geist ihres Wesens, die Echos ihres Lachens spüren.

Simon schob die Münze unter sein Kissen und wälzte sich ruhelos auf den Rücken. Er bat inständig darum, dass der Schlaf ihn übermannen möge ... doch Gott musste anderweitig beschäftigt sein, denn er lag die meiste Zeit in dieser Nacht wach, versuchte herauszufinden, wie er Kara am besten zurückgewinnen könnte. Und er würde sie zurückbekommen. Das war die einzige Option. Es drehte sich nur darum, herauszufinden, wie er sein Ziel erreichen konnte.

Es dämmerte bereits, als Simon in einen unruhigen Schlaf fiel, in dem Visionen von Kara ihn in seinen Träumen peinigten.

Kapitel 8

Kara zog die schwere Holztür zum Büro des Restaurantleiters hinter sich zu und lehnte sich mit einem tiefen, erschöpften Seufzer dagegen. Es war ihr elftes Vorstellungsgespräch in den letzten zehn Tagen gewesen. Alle waren völlige Zeitverschwendung gewesen, und dieses war auch nicht besser gelaufen. Keiner wollte eine Schwesternschülerin einstellen, die in ein paar Monaten ihr Examen machte. Kein Restaurant wollte eine Kellnerin, die wahrscheinlich innerhalb von sechs Monaten kündigen würde, weil sie eine Stelle in ihrem eigentlichen Beruf vorzog. Obwohl Kara den potenziellen Arbeitgebern wegen ihrer Vorbehalte keine Vorwürfe machen konnte, brauchte sie dringend einen verdammten Job.

Die bekannten Geräusche von klapperndem Geschirr, meckernden Köchen und pampigen Kellnern drangen zu Kara, als sie wieder den beschämenden Gang durch die hinteren Räume eines weiteren Restaurants antrat, das sie noch nicht einmal als Teilzeitkraft einstellen wollte.

Na gut, es war nicht so, dass sie am Verhungern war. Sie hatte noch zehn Riesen auf ihrem Bankkonto, das Darlehen, das sie sich selbst von Simon zugestanden hatte. Sie biss sich auf die Lippen, als der Schmerz bei dem Gedanken an ihn sie übermannte. Kara trat aus dem Haupteingang des Restaurants und lehnte sich gegen die kalte Backsteinwand, um ihre Gedanken nach dem unseligen Vorstellungsgespräch zu sammeln.

Eigentlich hatte sie sogar mehr als zehntausend Dollar auf ihrem Konto. Vor neun Tagen, an ihrem Geburtstag, hatte Simon ein Umzugsunternehmen und einen Kurier bei Maddie vorbeigeschickt, die die restlichen Sachen brachten, die sie bei Simon zurückgelassen hatte. Die Umzugstypen waren mit den Habseligkeiten beladen gewesen, die ihr Simon alle gekauft hatte, und der Kurier kam mit mehreren Dutzend roter Rosen und einem Umschlag mit einer Notiz.

Kara,

ich gebe dir deinen Scheck zurück. Bitte nimm das Geld als Geburtstagsgeschenk an und streite nicht mit den Umzugsleuten. Sie sind angewiesen, deine Sachen dorthin zu stellen, wo du sie hinhaben willst, oder sie vor der Haustür stehen zu lassen. Da sie für mich arbeiten, werden sie meinen Anweisungen folgen.

Der Vorfall mit Sam tut mir leid. Bitte komm nach Hause. Herzlichen Glückwunsch zum Geburtstag. Ich wünschte, wir könnten ihn zusammen feiern.

Liebe Grüße

Simon

Kara unterdrückte ein Schluchzen und rieb unbewusst an ihrem Oberschenkel, wo sie das steife Papier seiner Notiz fühlte, das in ihrer Hosentasche steckte.

Ich werde mit ihm reden müssen.

Kara hatte gehofft, sich geerdeter und weniger in Depressionen versunken zu fühlen, wenn sie sich ein bisschen Zeit gab. Doch es half nichts. Jeder Tag, an dem sie Simon nicht sah, schien wie eine Ewigkeit zu sein, und sie betrog sich nur selbst, wenn sie dachte, dass nur zwei Wochen helfen würden, über ihre Sehnsucht hinwegzukommen. Doch je mehr Tage vergingen, desto tiefer versank sie in der Dunkelheit.

Ich muss mit ihm sprechen. Muss ihn dazu bringen, meinen Scheck zurückzunehmen, muss festlegen, wie ich zurückzahle, was ich geliehen habe, und muss die Sachen zurückgeben, die er gekauft hat.

Kara hatte geheult wie ein Baby, als sie nach dem Einschalten des Laptops, den Simon ihr geschenkt hatte, sah, dass er jedes Spiel heruntergeladen hatte, das sie je in seinem Computerlabor gespielt hatte. Beide Spiele von Myth World waren die ersten auf der Liste.

Während sie wütend eine Träne wegwischte, die ihr über die Wange lief, wurde Kara klar, dass sie aufhören musste, Simon Hudson hinterherzutrauern. Sie wusste nur nicht wie. Die törichten, aufmerksamen Dinge, die er tat, beispielsweise sich die Zeit zu nehmen, all diese Spiele herunterzuladen, rührten ihr Herz. Doch dann erinnerte sie sich wieder an den Anblick des blonden Supermodels auf Sams Terrasse, das Simons Lippen zu ihren gezogen hatte, und schon war sie wieder stinksauer. Wie konnte ein Mann so fürsorglich sein und doch solch ein Mistkerl, wenn es um Frauen ging?

»Hallo Kara.« Eine tiefe Stimme erklang dicht neben ihr. Kara sah erschrocken auf und entdeckte Sam Hudson, der mit einer Schulter neben ihr an der Hauswand lehnte. Unwillkürlich wich sie ein paar Schritte zur Seite, um zwischen sich und diesen Mann, den sie nicht mochte und dem sie nicht traute, einen gewissen Abstand zu bringen. Sam bewegte sich auf Kara zu, doch er ließ Platz zwischen ihnen beiden.

»Was wollen Sie?« Ihr Ton war scharf, und sie hielt eine Hand hoch, damit er nicht näher kam.

Sam bemerkte ihre Abwehrhaltung und zog eine Augenbraue in die Höhe. »Ich will nur reden.« Er sah genauso arrogant aus wie auf der Party, auch wenn er lässige Jeans und ein schwarzes T-Shirt trug, doch aus seinen Worten klang ein wenig Reue heraus, und seine grünen Augen waren klar und strahlend. »Bitte.« Dieser Zusatz klang, als koste es Sam Mühe, ihn auszusprechen.

»Ich kenne Sie nicht und ich habe nichts zu sagen«, entgegnete Kara schnippisch und begierig darauf, ihn loszuwerden. Das Letzte, was sie wollte, war ein Plausch mit Sam Hudson.

»Ich werde nicht gehen, bis Sie mit mir geredet haben, also können Sie das auch sofort tun.«

Kara hätte am liebsten frustriert mit dem Fuß aufgestampft, doch diese Genugtuung gönnte sie Sam nicht. »Sagen Sie einfach, was Sie zu sagen haben, und dann gehen Sie.«

Er wies auf die Restauranttür. »Ich könnte eine Tasse Kaffee gebrauchen. Es war ein langer Tag.«

Kara schüttelte den Kopf. »Dort hatte ich gerade ein Vorstellungsgespräch. Da gehe ich nicht mehr rein.«

Sam deutete auf ein Lokal auf der anderen Straßenseite. »Wir können dorthin gehen.«

Augenrollend antwortete sie: »Da war ich auch schon. In diesem Viertel gibt es kein Lokal, in dem ich mich nicht schon vorgestellt hätte.«

Sam fasste sie leicht am Arm und führte sie in ein Fastfood-Restaurant nebenan. Kara entzog ihm ihren Arm, doch sie folgte ihm. Es war offensichtlich, dass sie ihn anhören musste, sonst würde er sie nicht in Ruhe lassen. Er hatte den gleichen dickköpfigen Hudson-Ausdruck wie Simon, wenn er nicht von seiner Meinung abrückte, bis sie einlenkte oder zu einem Kompromiss bereit war.

Sie holten sich beide einen Kaffee am Tresen, und Sam ging zu einer kleinen Nische in der Ecke. Kara machte Halt an einem anderen Tisch, wo sie Milch und Zucker in ihren Kaffee tat, bevor sie sich zu ihm setzte. An der Papptasse herumspielend, sah sie schließlich auf, um festzustellen, dass Sam sie mit der Intensität eines Habichts musterte, der bereit war, sich auf seine Beute zu stürzen. Sie wand sich, fühlte sich unwohl und sah dennoch nicht weg. Sams Blick hatte nichts Sexuelles. Es sah aus, als versuchte er, eine ausgefallene Mikrobe unter einem Vergrößerungsglas zu begutachten. Wenn er eine intensive Überprüfung ihrer Persönlichkeit anstrebte ... nur zu. Sie hatte sich nichts zuschulden kommen lassen, außer, dass sie sich in Simon Hudson verliebt hatte.

Interessanterweise gab Sam zuerst klein bei. »Es tut mir leid.« Er wich ihrem Blick aus, als er diesen Satz sagte. Es war ehrlich gemeint, aber Kara sah, dass es etwas war, das dieser Mann nicht sehr oft sagte. »Es war bescheuert, was ich auf Simons Geburtstagsparty getan habe. Ich war so betrunken, dass ich fast nicht aufrecht stehen konnte, aber das ist keine Entschuldigung. Ein Mann ist verantwortlich für das, was er tut, betrunken oder nicht.«

»Warum haben Sie das gemacht? Warum machen Sie das hier? Hat Helen Sie geschickt, damit Sie sich entschuldigen? Ich habe kein einziges Wort darüber verloren, was Sie getan haben. Ich weiß nicht, wie sie davon erfahren haben sollte.« Kara hatte nur einmal mit Helen gesprochen und ihr gegenüber das haarsträubende Verhalten ihres Sohnes an dem Abend nicht erwähnt.

Sam warf ihr einen finsteren Blick zu. »Meine Mutter weiß alles, und ich weiß es zu schätzen, dass Sie ihr nichts gesagt haben. Das mussten Sie nicht. Simon hat alles rausgekriegt und mich krankenhausreif geschlagen, als ich es zugegeben habe. Unsere Schlägerei in der Bar hat die Party, kurz nachdem ich reinkam und Sie davongelaufen waren, ziemlich abrupt beendet.« Er zögerte und nahm einen kräftigen Schluck Kaffee. »Und nein, meine Mutter hat mich nicht geschickt. Ich bin hier, weil ich es wollte. Weil Simon unglücklich ist und ich Unrecht hatte. Er weiß nicht, dass ich hier bin, und würde mir wahrscheinlich noch einmal die Visage polieren, wenn er wüsste, dass ich mich Ihnen genähert habe.« Sam starrte aus dem Fenster neben ihnen.

Kara suchte sein Gesicht ab und entdeckte leichte Blutergüsse über seinem linken Auge und seiner rechten Wange. Simon musste bei seinem Bruder ganze Arbeit geleistet haben. Zehn Tage nach dem Vorfall sah man in Sams Gesicht noch immer leichte Verletzungen, die ihr nicht aufgefallen waren, weil sie ihn nicht von Nahem angeschaut hatte.

»Warum? Warum sollte er das? Er hatte sich doch schon die nächste Frau beschafft. Ich habe gesehen, wie er sie auf der Terrasse geküsst hat, als ich nach draußen kam. Das macht keinen Sinn.«

Sams Kopf schnellte wieder zu Kara herum. »Er hat sich niemanden beschafft. Wie sah sie aus?«

»Schlank, dünn, blond, perfektes Make-up, aber sie hätte wahrscheinlich auch ohne genauso gut ausgesehen.« Kara sah Sam mit finsterem Blick an. »Bildschön.«

Er nickte einmal. »Constance. Ich habe gesehen, wie sie reinkam, als ich in den Garten gegangen bin. Ich sah, wie Sie auf die Terrasse gingen, aber ich wurde ein paar Minuten von einem Kunden aufgehalten, bevor ich Ihnen folgen konnte. Wenn es Sie beruhigt, Simon ist nicht auf Constances Angebot eingegangen. Connie ist wütend reingekommen, und Simon war bereits gegangen.«

Sams Blick fiel auf seine Tasse, und er spielte an dem halbleeren Becher herum. »Simon würde niemals mit Connie schlafen. Sie ist mit einem Mann verheiratet, der ihr Großvater sein könnte, aber ihr Ehemann ist nicht so freigiebig mit seinem Geld. Mein Bruder macht nicht mit verheirateten Frauen rum. Und wenn er Sie fi... äh ... eine Beziehung mit Ihnen hat, dann würde er garantiert keine andere arrangieren. Simon mag zwar keine Gefühle in eine Beziehung investieren, aber er hat immer nur jeweils eine Frau.«

Kara prustete und wäre fast an ihrem Kaffee erstickt. Sams Bemerkung, dass bei Simons Beziehungen keine Gefühle im Spiel waren, traf sie hart. Sie glaubte ihm, dass Simon keine Affäre mit einer verheirateten Frau anfangen würde. Aus irgendeinem Grund traute sie ihm das nicht zu. Für Simon kamen richtige Beziehungen oder gar eine Heirat zwar nicht infrage, aber er war nicht der Typ Mann, der diese Grenze zu überschreiten schien.

Doch war das überhaupt von Bedeutung? Es konnte sein, dass sie sich besser fühlte, weil sie wusste, dass Simon die Topmodel-Frau, die ihn auf der Party geküsst hatte, nicht gefesselt und mit verbundenen Augen gefickt hatte, aber die Tatsache, dass Simon nichts von richtigen Beziehungen hielt, hatte sich nicht geändert. Kara war so eng mit Simon verbunden, dass ihr das fast den Atem nahm. Auf lange Sicht gesehen würde sie völlig daran zerbrechen, wenn er weiter bei seiner Einstellung blieb. »Danke, dass Sie mir das alles erzählt haben. Und für die Entschuldigung.« Kara bemühte sich, ihre Stimme ausdruckslos klingen zu lassen, frei von Emotionen.

Sam sah betroffen aus und zog die Augenbrauen zusammen, als er Kara anblickte. »Er hat Sie gern. Ich wusste das nicht, sonst hätte ich Ihnen niemals ein Angebot gemacht.«

»Warum haben Sie es überhaupt gemacht? Ich bin sicher, dass es reichlich Frauen gibt, die sich Ihnen jeden Tag vor die Füße werfen.«

»Weil ich Milliardär bin«, antwortete er in einem angewiderten Tonfall und mit abweisendem Gesichtsausdruck. »Ich habe gesehen, wie glücklich Simon war, nachdem Sie bei ihm eingezogen sind. Ich habe gehört, wie meine Mutter von Ihnen gesprochen hat. Ich nehme an, ich dachte, ich könnte ein bisschen Glück für mich selbst abbekommen, sobald Sie und Simon sich trennen würden. Ich war betrunken, habe mir selbst leidgetan. Ich bin ein Arschloch. Sie sind die erste Frau, für die mein Bruder je Zuneigung empfunden hat, und ich habe ihn hintergangen. Und Sie beleidigt. Das haben Sie nicht verdient.«

Kara lehnte sich fassungslos gegen den harten Kunststoffbezug des Sitzes in der winzigen Nische. »Simon empfindet nicht solche Art von Zuneigung für mich. Aber ich gebe zu, dass ich beleidigt war. Sie können nicht jede Frau kaufen, die Sie wollen, Sam. Und ich glaube nicht, dass Sie wirklich mich wollten.«

Sam stieß einen tiefen Seufzer aus. »Ich wollte … irgendetwas. In meiner betrunkenen Selbstmitleidsorgie war ich bereit, alles zu versuchen. Und es gibt nur eine einzige Frau, die sich in der Vergangenheit überhaupt nicht um mein Geld geschert hat. Aber ich habe es vermasselt.« Seine Stimme war voller schmerzhafter Traurigkeit und Reue. »Werden Sie meine Entschuldigung annehmen?«

Das charmante Lächeln war zurück, erhellte sein Gesicht, brachte den Adonis zurück, den Kara auf der Party gesehen hatte. Seltsamerweise machte es ihr jetzt nichts aus. Sam Hudson war besorgt, und das strahlende Lächeln, das er ihr zuwarf, war nicht mehr als die Tarnung eines Mannes, der viel mehr wollte in seinem Leben als finanziellen Gewinn. Kara hatte einen kleinen Riss in der emotionslosen Fassade entdeckt.

»Ja, ich nehme sie an. Wir sagen und tun alle Dinge, wenn wir getrunken haben, die wir normalerweise nicht sagen oder tun würden.« Kara dachte an den Tag zurück, als sie Simon nach ein paar Drinks im Restaurant gesagt hatte, er hätte einen unglaublichen Körper und dass sie ihn wollte. »Aber ich bin mir nicht sicher, warum das für Sie von Bedeutung ist.«

Sam sah Kara erregt an und griff nach ihrem Handgelenk, als sie aus der Nische rutschen wollte, um zu verschwinden. »Kara, Simon mag Sie. Er hatte eine harte Zeit, und er weiß wahrscheinlich nicht, wie er es Ihnen sagen soll. Aber er mag Sie. Bitte verurteilen Sie meinen Bruder nicht, weil ich ein Arschloch war.«

Der Griff, mit dem er sie festhielt, war behutsam. Sie zog ihre Hand leicht zurück, und er ließ sie mit flehendem Blick los. Verdammt. Sie konnte nicht gehen und Sam glauben lassen, dass das alles sein Fehler war. Denn das war es nicht. Sie war in Simon Hudson verliebt, und es wäre auch dann in einem Desaster geendet, wenn Sam nicht dafür gesorgt hätte, dass die Sache auseinandergegangen war. Sein Verhalten hatte nur das böse Ende beschleunigt. »Sie haben keine Schuld, Sam. Es lag nicht daran, was Sie getan haben.« Kara schüttelte den Kopf und griff nach ihrem Rucksack.

»Was ist es dann? Sagen Sie es mir. Ich bringe es in Ordnung.« Er klang verzweifelt.

Kara stieß ein kurzes, trockenes Lachen aus. Vielleicht waren die Brüder doch nicht so verschieden. Er hörte sich an wie Simon. Dachten sie beide tatsächlich, sie konnten mit Geld alles in Ordnung bringen? »Das können Sie nicht. Sie sollen nur wissen, dass es nicht Ihr Fehler ist.« *Nein. Es ist mein Fehler, so blöd zu sein, mich in Simon Hudson zu vergucken.*

»Sie mögen oder respektieren mich überhaupt nicht, oder?« Er klang resigniert und leicht geknickt.

Kara rutschte mit ihrem Rucksack an das Ende der Sitzbank und wandte sich Sam zu. »Ich kenne Sie nicht gut genug, um Sie zu mögen oder nicht zu mögen. Und Respekt kauft man nicht mit Geld, meine ich.« Ihre Mundwinkel verzogen sich zu einem kleinen Lächeln, als sie seinen überraschten Gesichtsausdruck sah. »Aber ich respektiere Sie sehr dafür, dass Sie ihren Bruder lieben.«

Sam starrte sie an und antwortete ruppig: »Wer sagt, dass ich ihn liebe? Er ist absolut schrecklich, und er hat meine Visage so ruiniert, dass ich eine Woche lang das Haus nicht verlassen konnte.«

Kara lächelte ihn traurig an und legte ihre Hand auf seine. »Tut mir leid. Ich weiß, dass Sie und Simon sich nahestehen, und ich würde nie wollen, dass ich der Grund für Probleme in ihrer Beziehung bin.«

Sam zuckte mit den Schultern. »Wir haben schon früher harte Zeiten durchgestanden. Wir würden es überstehen.«

Kara zog ihre Hand zurück. »Sprechen Sie miteinander?«

Sam lachte schwach. »Wir beschimpfen uns gegenseitig. Das ist ein Anfang.«

»Wissen Sie, was mit ihm passiert ist? Woher er diese Narben hat?« Die Worte entschlüpften Karas Mund, bevor sie sie zurückhalten konnte.

Sam fiel die Kinnlade herunter, und er sah schockiert aus. »Haben Sie seine Narben gesehen? Alle? Gehen Sie ihm deshalb aus dem Weg?«

Wut stieg in Kara auf, und es juckte ihr in der Hand, ihm noch einmal eine Ohrfeige zu verpassen. »Mein Gott, glauben Sie, dass jede Frau so oberflächlich ist?« Bemüht, ihre Verärgerung in den Griff zu bekommen, fuhr sie fort: »Ihr Bruder ist der attraktivste Mann, den ich je getroffen habe, mit oder ohne Narben. Er ist so heiß, dass er Gletscher in der Antarktis zum Schmelzen bringen könnte. Anscheinend hat er ein schlimmeres Trauma erlebt, und das tut mir leid für ihn. Aber ich schere mich einen Teufel um seine Narben.«

»Meinen Sie, dass er besser aussieht als ich?« Die Frage war arrogant, aber Sam schien hocherfreut darüber, dass Kara auf seinen Bruder stand.

»Ja. Unbestritten. Tut mir leid.« Ihre Antwort war hart, doch ein bisschen war sie auch gerührt von dem liebevollen Ausdruck in Sams Augen. Auf ihrer Lippe kauend und tief in Gedanken versunken, grübelte sie laut vor sich hin: »Ich frage mich gerade, ob Sie Simon etwas von mir geben könnten?«

Sam zuckte mit den Schultern und sah sie neugierig an. »Was?«

»Einen Scheck. Ich muss ihn bezahlen.«

Sam kicherte und sein Mund verzog sich zu einem schelmischen Grinsen. »So gut war er?«

»Er hat Geld auf mein Konto überwiesen. Ich möchte, dass er das meiste zurückbekommt. Den Rest will ich später zurückzahlen, wenn ich einen Job habe.« Kara ignorierte seine Anzüglichkeit. Simons Bruder mochte wie ein blonder Engel aussehen, doch Kara wusste bereits, dass ein Paar Teufelshörner irgendwo in diesen frechen, üppigen Locken versteckt waren.

»*Sie* wollen *Simon* bezahlen? Blitzmeldung ... falls Sie es noch nicht bemerkt haben sollten, er ist Milliardär. Wenn er wollte, dass Sie das Geld bekommen, dann nehme ich es nicht.« Sam streckte in einer abwehrenden Geste die Hände hoch. »Er würde mich echt zusammenscheißen und mir den Arsch aufreißen. Er ist in einer lausigen Stimmung.«

Kara ließ die Schultern sinken und schenkte ihm ein schwaches Lächeln. »Ja. Daran habe ich nicht gedacht. Ich will nicht, dass er wütend auf Sie ist. Ich will nur, dass er es zurückbekommt.«

»Ohne, dass Sie ihn sehen müssen?« Sam traf den Nagel auf den Kopf. »Schätze, dass Sie das persönlich machen müssen.« Ihm schien die Vorstellung ziemlich gut zu gefallen.

»Ich sollte mich auf den Weg machen. Ich muss noch lernen.« Kara stand auf.

Sam erhob sich ebenfalls und starrte auf sie herab. »Wohnen Sie bei Maddie Reynolds? Rothaarig? Wunderhübsch?« Die letzten beiden Worte flüsterte er ehrfürchtig.

»Ja.« Kara war erstaunt. Sam klang lange nicht so feindselig in Bezug auf Maddie wie ihre Freundin bezüglich Sam.

»Wie geht es ihr?« Er versuchte, gleichgültig zu klingen, doch in seinen zusammengekniffenen Augen war ein kurzes schmerzliches Flackern zu sehen.

Kara zögerte, sie wollte Maddie nicht verraten. »Ihr geht es gut. Sie hat eine Privatpraxis und bietet auch unentgeltliche Sprechstunden für Kinder an.«

»Sie hat es geschafft. Sie hat ihr Medizinstudium abgeschlossen.« Sams sprach leise, fast so, als würde er zu sich selbst sprechen, und er hörte sich an, als würde er Maddie bewundern.

»Ja. Sie ist eine der besten und nettesten Ärztinnen, die ich je getroffen habe. Und eine fantastische Freundin.« Sam sah aus, als wollte er mehr Fragen stellen, die Kara aber nicht gern beantworten wollte. Also flitzte sie an ihm vorbei auf die Tür zu. »Machen Sie es gut, Sam. Tschüss.« Sie warf im Laufen ihren leeren Pappbecher in den Mülleimer und drückte die schwere Glastür auf. Es war dunkel, als Kara hinaustrat und einen tiefen Seufzer der Erleichterung ausstieß, während der laue Wind auf ihr Gesicht traf.

Alles und nichts hatte sich durch das Gespräch mit Sam geändert. Obwohl sie sehr froh darüber war, dass Simon kein Verhältnis mit der Frau auf der Party begonnen hatte, änderte das nichts an der Tatsache, dass Kara sich emotional viel zu sehr an einen Mann gebunden hatte, der nichts von Beziehungen hielt. Das würde sie entweder jetzt verletzen oder später kaputtmachen. Simon war nett, und Sam hatte gesagt, dass Simon sie mochte. Vielleicht stimmte das, aber es war nicht genug.

Bitte komm nach Hause. Diese Zeile aus Simons Brief hallte in ihrem Kopf wider, und eine eiskalte Hand legte sich um ihr Herz, die das Atmen erschwerte. Oh Gott, wie gern wollte sie nach Hause, zurück zu Simon. Sie hatten … etwas … begonnen. Simon hatte ihr vertraut, hatte sie seine nackte Haut berühren, seine Narben betrachten lassen und ohne Fesseln mit ihr geschlafen. Wie sehr wünschte sie sich den Mut, das zu Ende zu bringen, Simon zu helfen, sich von der Vergangenheit zu befreien. Aber ihr Selbsterhaltungstrieb war stark, warnte sie vor Gefahr, gab ihr zu verstehen, dass sie sich selbst zerstören würde, wenn sie Simon half und ihn liebte.

Sie setzte ihren emotional verausgabten Körper in Bewegung und machte sich auf den Weg zu Maddies Haus. In

Gedanken versunken und niedergeschlagen, achtete sie nicht auf ihre Umgebung. Das war ein Fehler, den Kara, eine Frau, die in einem wenig angenehmen Bezirk aufgewachsen war, normalerweise nicht machte. Die fehlende Konzentration wurde ihr zum Verhängnis.

Zwei Männer näherten sich schnell und nahmen Kara in ihre Mitte. Ihre Arme wurden gepackt, und sie wurde den Gehweg entlanggezerrt, bevor ihr überhaupt klar wurde, was passiert war. Sie wand sich, trat die Männer, die sie brutal voranschleiften, und versuchte, ihre Arme aus ihrem Griff zu winden. Entsetzt bemerkte Kara, dass die Männer sie zu einem dunklen, am Bordstein geparkten Fahrzeug stießen, dessen hintere Tür offen stand, bereit, sie aufzunehmen.

Es war dunkel, doch die Gegend war gerade ausreichend genug beleuchtet, dass Kara die Gesichter der beiden Männer erkennen konnte, die in die Praxis eingebrochen waren.

Sie werden mich umbringen. Ich werde sterben. Ich muss kämpfen. Sie schrie in einem fort, wünschte, dass ihre Stimme zu jedem getragen wurde, der sich in der Nähe befand, und versuchte, mit Tritten die empfindlichen Stellen der bulligen Männer zu treffen.

»Halt verdammt noch mal dein Maul, du Miststück«, knurrte eine bedrohliche, Unheil verkündende Stimme, als Karas Fuß die Kniescheibe eines Mannes traf, womit sie sich einen Schlag ins Gesicht einhandelte. Vorübergehend verblüfft von dem kräftigen Hieb, strauchelte sie und wurde von den Männern weiter vorwärts gestoßen.

Kämpfe, verdammt! Kämpfe!

Als die Junkies ihren Körper anhoben, um sie in das Auto zu werfen, zog sie ihre Beine an und stemmte einen Fuß gegen die Tür und den anderen gegen die Karosserie.

Sie dürfen dich nicht ins Auto kriegen. Wenn sie das schaffen, bist du tot.

Ihre Füße rutschten, glitten tiefer, als einer der Männer in ihre Haare griff und ihren Kopf gegen den Metallrahmen der geöffneten Tür knallte. Kara hörte das entsetzliche Geräusch, als ihr Schädel gegen den Stahl krachte. Dann drehte sich alles in ihrem Kopf, und die Sicht verschwamm.

Ich hätte Simon sagen müssen, dass ich ihn liebe.

Kara schrie noch immer, doch ihre Stimme wurde schwächer, während die Männer ihre brutalen Versuche fortsetzten, sie bewusstlos zu schlagen.

»Verdammte Mistkerle!« Eine weitere männliche Stimme erklang, eine, die Kara kannte.

Ein muskulöser Arm griff um ihre Taille und entriss sie den beiden Verbrechern. Mit einem Ruck wurde sie gegen eine harte Brust gezerrt, und in ihrem Kopf drehte sich alles, als säße sie in einer Achterbahn. Doch auch mit eingeschränkter Sicht erkannte sie Sam Hudsons zorniges Gesicht, der sie sanft auf dem Bürgersteig absetzte und zurück zum Auto lief.

In Kara stieg Panik auf, als ihr klar wurde, dass es Sam allein mit den beiden Männern aufnehmen wollte. Zu ihrem Erstaunen sahen die Männer aus, als wüssten sie nicht, was sie tun sollten. Sam war zwar geringfügig größer, aber sie waren zu zweit.

Muss ihm helfen. Muss aufstehen.

Kara durfte nicht zulassen, dass Sam umgebracht wurde, nachdem er ihr das Leben gerettet hatte. Sie kniete sich hin, versuchte verzweifelt, gegen ihre verschwommene Sicht anzukämpfen. Unfähig aufzustehen, krabbelte sie auf Sam zu, der sich gerade den ersten Mann vornahm und ihm Faustschläge ins Gesicht verpasste.

Stampfende Schritte waren neben Kara auf dem Bürgersteig zu hören. Zwei Männer, die sie nicht kannte, stürzten sich ins Getümmel, ergriffen Sams Arm und überwältigten den Mann, auf den Sam einhämmerte.

»Tun Sie Sam nichts!«, wimmerte Kara, besorgt, dass Sam in dem Durcheinander verletzt werden könnte.

»Tut mir leid, Sir. Habe Sie nicht erkannt.« Der Mann ließ Sams Arm los.

Einer der Schurken lag bäuchlings auf dem Bürgersteig, und einer der Neuankömmlinge kniete auf ihm. Der andere Junkie kletterte auf den Fahrersitz und fuchtelte wild mit einer Waffe vor Sam und den anderen Rettern herum.

»Nein. Nein.« Tränen flossen über Karas Wangen, und ihr Herz hämmerte gegen ihre Brust, als sie Sam und den anderen Mann im Stillen bat, den Junkie mit der Waffe nicht zu provozieren.

Sam machte einen Satz vorwärts, doch der Mann hatte bereits Gas gegeben, und das dunkle Fahrzeug, dessen geöffnete Tür beim Anfahren zuknallte, raste in die Nacht, die Straße hinunter und verschwand.

Voller Panik schossen Karas Blicke über die Szenerie, und sie stellte erleichtert fest, dass die beiden Retter und Sam unverletzt waren, obwohl Sam einen Schwall Obszönitäten ausstieß, als er zu ihr rannte.

»Kara! Bist du okay? Verdammt! Dein Kopf blutet. Was hast du gemacht?« Sam legte sie sanft mit dem Rücken auf den Bürgersteig und flüsterte ihr beruhigende Worte zu, während er ihr die Haare aus dem Gesicht strich.

»Wollte dir helfen«, krächzte sie aus trockener Kehle.

»Verrücktes Mädchen.« Sam schüttelte den Kopf, doch seine Stimme war sanft und mitfühlend. Dann befahl er in rauem, aufbrausendem Ton: »Wir brauchen einen Krankenwagen. Sofort. Sie ist verletzt.«

Zunehmende Finsternis beeinträchtigte Karas Sicht. Sie kämpfte dagegen an, entschlossen, nicht das Bewusstsein zu verlieren. »Sag Simon ...« Ihre Stimme erstarb und ihr Mund war so trocken, dass die Zunge am Gaumen klebte. Ihre Augenlider flatterten. Kara versuchte, sich auf Sam zu konzentrieren, doch sein Bild verschwamm zu einem großen, undeutlichen Fleck.

Sie seufzte, als Sam ihre Hand umklammerte und knurrte: »Das kannst du ihm selbst sagen. Er ist auf dem Weg und stinksauer.«

Simon kommt? Ihr Herz setzte einen Schlag aus, und sie drückte kraftlos Sams Hand, als das Dröhnen in ihrem Kopf begann. Es wurde lauter, so laut, dass sie kaum das Geräusch der herannahenden Martinshörner vernehmen konnten, die durch die Nacht heulten.

»Kara. Hörst du mich noch?« Sams Stimme klang panisch und verzweifelt. Und entfernt. Eine Decke der Finsternis hüllte Kara völlig ein, als das tiefe Brummen in ihrem Kopf seinen Höhepunkt erreicht hatte.

»Simon.« Sie flüsterte seinen Name und wusste nicht, ob man sie überhaupt hören konnte. Dann glitt sie in völlige Dunkelheit und gesegnete Stille.

DRITTES BUCH

Für immer gehörst du mir

Kapitel 1

Kara öffnete langsam die Augen, blinzelte mehrere Male, um klarer zu sehen, und fühlte sich, als ob ihr Kopf in einem Schraubstock steckte. Kurzzeitig desorientiert, griff sie mit der Hand zum Kopf, stupste versuchsweise dagegen und fühlte, dass ihre Stirn mit einer Mullbinde umwickelt war. *Das kann doch nicht wahr sein!*

Ihre Erinnerung kehrte langsam und stückweise zurück. Sam und seine Entschuldigung. Der Überfall. Sam und zwei unbekannte Männer, die ihr das Leben gerettet hatten.

Sie erinnerte sich daran, dass sie in der Notaufnahme mehrere Male kurz aufgewacht war. Simon saß direkt neben ihr, hatte ihre Hand gehalten, ihr ermutigend zugeredet, während sie ... *oh Gott* ... hatte sie ihn wirklich von oben bis unten vollgekotzt?

Unmittelbar nach dem Überfall war alles so heftig gewesen: der Schwindel, die Übelkeit, das verschwommene Sehen, der Wunsch, zurück in die Finsternis und die herrliche Wohltat des Schlafes zu entfliehen.

Um sie herum war es schummrig, und das einzige Licht kam von einem kleinen quadratischen und kärglichen Oberlicht in der Nähe der Tür. Karas Blick wanderte durch den Raum. Es war ein Zweibettzimmer, aber das Bett neben ihr war leer und vollkommen unberührt.

Verglichen mit ihrem Zustand in der Notaufnahme schienen die Kopfschmerzen, die sie jetzt spürte, eine erhebliche Verbesserung zu sein. Ihr Magen war noch immer leicht gereizt, und sie hatte anscheinend eine offene Wunde an der Stirn, aber sie war am Leben. Sie nahm einen tiefen, zitternden Atemzug und stieß die Luft langsam wieder aus, als ein Adrenalinschub ihren Körper überschwemmte; offensichtlich ein zeitverzögerter Angstzustand, der auf das zurückzuführen war, was ... äh ... wann passiert war?

Mist ... ich muss mich konzentrieren! Kara kniff die Augen zusammen und sah auf die Uhr. Es war vier Uhr morgens. Neun Stunden waren seit dem entsetzlichen Vorfall vergangen, der sie allein in einem Krankenhauszimmer zurückgelassen hatte, wo sie dem Allmächtigen dafür dankte, dass sie noch unter den Lebenden weilte.

Sie zuckte zusammen, als sie ihren linken Arm bewegte, dabei an den Infusionsschläuchen zog und somit die Einstichstelle auf dem Handrücken unter Spannung setzte. *Verdammt, das tat weh.* Kara legte den Arm zurück in seine alte Position und versuchte, den anderen zu strecken, doch ihre Hand war in einem großen, starken, warmen Gefängnis eingeschlossen.

»Simon«, flüsterte Kara leise, als sie feststellte, dass sie nicht alleine war. Ihr Blick fiel auf die Stelle, wo sich ihre Haut berührte. Er hatte seine Finger mit ihren verschlungen, und sein Kopf lag mit geschlossenen Augen neben ihren so vereinten Händen.

Ihr Herz zog sich zusammen, als ihr Blick über ihn wanderte und sie jedes Merkmal seines geliebten, schönen Gesichts erfasste. Kara saugte seinen Anblick ein, sie hatte das Gefühl, als wäre es ewig her, seitdem sie dieses attraktive Gesicht gesehen hatte. Sogar im Schlaf sah er angespannt und grimmig aus. Einzig eine eigenwillige Haarlocke, die sich über seine Stirn kringelte, verlieh seiner schlummernden Erscheinung etwas Milde.

Langsam zog Kara ihre Finger aus seinen, strich sein Haar zurück und genoss das Gefühl der dicken, zerzausten Strähnen zwischen ihren Fingern. War er die ganze Nacht hier gewesen? Hatte er das Krankenhaus überhaupt irgendwann einmal verlassen?

Simon trug hellblaue OP-Kleidung, ein sicheres Zeichen dafür, dass ihre Erinnerung daran, dass sie sich über seinen wahrscheinlich sehr teuren Pullover übergeben hatte, vermutlich richtig war.

Ich liebe dich. Als sie sich daran erinnerte, dass sie diese Worte ausgesprochen hatte, zwischen heftigem Würgen und dem Gefühl, gleich sterben zu müssen, hielt ihre Hand in seinen Haaren inne und ihr Körper verkrampfte sich vor Beklommenheit.

Oh Gott, habe ich das wirklich zu ihm gesagt? Doch, das hatte sie. Die Erinnerung daran blitzte lebhaft in ihrem Gedächtnis auf. Mit der Erkenntnis, diesen speziellen Satz gestammelt zu haben, zog sie ihre Hand aus seinen Haaren und fragte sich, wie er die Worte aufgenommen, ob er sie überhaupt gehört hatte. Zu dem Zeitpunkt hatte sie das dringende Bedürfnis verspürt, ihm sagen müssen, was sie fühlte, für den Fall, dass sie die Nacht nicht überleben würde. Sie hatte keine Ahnung gehabt, wie schwer ihre Verletzungen tatsächlich waren, und deshalb nicht gezögert, die Worte auszusprechen. Sie hatte nicht gewollt, dass etwas passierte und er nicht wusste, wie viel ihr an ihm lag. Nun, da sie wusste, dass sie offenbar überlebt hatte, war sie nicht mehr so sicher, ob es eine gute Idee gewesen war, ihre Seele zu entblößen.

»Kara!« Simon setzte sich auf und seine Hand schoss reflexartig vor, um ihre Hand zu greifen und ihre Finger wieder miteinander zu verschlingen. Er war sofort hellwach, sein Blick erforschte mit offensichtlicher Unruhe ihr Gesicht. »Du bist ja wach.«

Karas Kehle war trocken; ihre Zunge fühlte sich an, als wäre sie derart geschwollen, dass sie die gesamte Mundhöhle einnahm. Sie streckte den Arm aus nach einer Tasse mit Wasser, die auf dem Nachtschrank stand. Simon sprang von seinem Stuhl und erreichte die Tasse als Erster. Er wickelte einen Strohhalm aus, steckte ihn in die Plastiktasse und führte sie zu Karas Mund. Sie trank in langsamen Schlucken und hatte ihre Hand auf Simons gelegt, während sie die Flüssigkeit über ihre Zunge fließen ließ.

»Wo bin ich?«, fragte sie leise und leckte die Feuchtigkeit von ihren Lippen.

Simon sagte ihr, in welchem Krankenhaus sie lag, und erklärte, dass die Computertomographie keine Auffälligkeiten gezeigt hatte, sie aber zur Überwachung noch über Nacht im Krankenhaus bleiben sollte. »Du hast mehrere Stiche von einer Platzwunde an der Stirn. Von Sam weiß ich, dass du verdammtes Glück gehabt hast, dass sie dir nicht den Schädel eingeschlagen haben.« Simons Stimme klang rau und ein wenig ärgerlich.

»Ich habe einen harten Schädel«, antwortete Kara leichthin und erinnerte sich an die Kraft der Schläge. Sie war erstaunt, dass sie nicht mehr als ein paar Stiche und hämmernde Kopfschmerzen zurückbehalten hatte.

Simon warf Kara einen verärgerten Blick zu. »Als ob ich das nicht bemerkt hätte!« Er stellte die Tasse auf den Nachtschrank zurück, und sein intensiver Blick verschmolz mit ihrem. »Du verlässt mich nie wieder. Niemals.«

Kara stockte der Atem, als sie ihn ansah, fasziniert, und nicht in der Lage, die überwältigende, stumme Verbindung zwischen ihnen zu unterbrechen. »Für immer ist eine lange Zeit«, entgegnete sie, unfähig, mit einer intelligenteren Antwort aufzuwarten, während seine Augen Funken sprühten, eine eindeutige Warnung, vor dem, was nun kommen würde.

»Das ist mir scheißegal. Du wirst mit mir nach Hause gehen, und ich überlasse deine Sicherheit ganz bestimmt nicht ein paar unerfahrenen Security-Leuten. Wenn Sam nicht dagewesen wäre …«

»Er hat mir das Leben gerettet, Simon. Dein Bruder hat für mich sein Leben riskiert«, murmelte Kara und dankte Sam im Stillen dafür, dass er zur Stelle gewesen war, bevor die Männer sie in das Auto zerren konnten. *Ich wäre tot, wenn er das nicht getan hätte.*

Simon fuhr sich frustriert mit der Hand durch seine zerzausten Haare und knurrte: »Er hätte dich verdammt noch mal nach Hause bringen müssen. Und die Sicherheitsleute waren unerfahren. Eigentlich hätten sie dich atmen hören müssen, so dicht sollten sie an dir dran sein. Ihre Reaktionszeit war völlig inakzeptabel.«

»Ich bin gegangen. Ich habe Sam keine Chance gegeben, mir anzubieten, mich nach Hause zu bringen. Er hat Fragen über Maddie gestellt, und da wollte ich gehen. Und die Sicherheitsleute waren schnell da. Die Junkies waren einfach wahnsinnig flink. Das ist alles innerhalb von Sekunden passiert.« *Obwohl es sich angefühlt hat wie Stunden.*

»Sam sollte überhaupt nicht dort sein. Dann wärst du zu Hause und sicher gewesen«, polterte Simon und seine Brust bebte vor Ergriffenheit.

Kara drückte seine Hand. »Das weißt du nicht. Dann hätten sie mir woanders aufgelauert. Es hätte ohne Sam schlimmer geendet. Bitte, gib nicht Sam oder den Security-Leuten die Schuld. Ich bin ihnen allen dankbar.«

»Egal. Du kommst morgen mit mir nach Hause. Und du wirst besser beschützt werden als der Präsident der Vereinigten Staaten. Sogar Maddie meint, dass du in meiner Wohnung sicherer bist. Obwohl ich bezweifele, dass sie sich riesig darüber freut, dass du in so unmittelbarer Nähe eines Hudson bist.« Er setzte sich wieder auf den Stuhl, ohne seinen festen Griff von ihrer Hand zu lösen oder seinen unnachgiebigen Blick abzuschwächen.

»Maddie war hier?«, wollte Kara neugierig wissen und fragte sich, woher ihre Freundin überhaupt wusste, dass sie verletzt worden war.

»Sie ist vor ein oder zwei Stunden gegangen. Ich hatte sie angerufen. Sie war den ganzen Abend hier. Erinnerst du dich nicht?«

Kara schüttelte vorsichtig den Kopf. »Alles, was nach dem eigentlichen Überfall passiert ist, sind nur Erinnerungsfetzen. Habe ich dich wirklich vollgekotzt?«

»Daran erinnerst du dich?« Simon sah sie forschend an, suchte nach etwas, das ihm verriet, an was sie sich noch erinnerte. »Maddie hat mir die OP-Kleidung besorgt und eine Dusche, nachdem du in einem Zimmer untergebracht worden warst.«

»Oh Gott, das tut mir leid.« Gab es etwas Beschämenderes, als sich über einen Mann wie Simon Hudson zu erbrechen?

»Warum? Du hast es ja nicht absichtlich gemacht. Und ich war eigentlich erleichtert, dass du aufgewacht bist.«

Kara fand es verdammt erstaunlich, dass ein Mann mit einer Nierenschale an ihrem Bett gestanden hatte, während sie würgte, und nicht völlig angewidert gewesen war. »Ist Sam okay?«

»Ja, dem geht es gut.« Simon stieß ein kurzes, trockenes Lachen aus. »Bis auf den Moment, als er sich mit Maddie Reynolds in einem Raum aufhalten musste. Das war ihm verdammt peinlich, und Maddie sah aus, als würde sie ihn am liebsten umbringen, und zwar langsam und qualvoll.«

»Ich wünschte, ich wüsste, was zwischen ihnen vorgefallen ist«, flüsterte Kara traurig und zuckte zusammen, als das Druckgefühl im Kopf zunahm und sich langsam anfühlte, als würde sich eine riesige Boa constrictor um ihren Kopf winden.

Simon runzelte die Stirn. »Möchtest du ein Schmerzmittel? Ich kann die Schwester rufen.« Er streckte die Hand nach der Ruftaste aus.

»Nein. Warte.« Kara atmete tief ein und wusste, dass sie Simon gegenüber etwas klarstellen musste. Mit ihm zurück in seine Wohnung zu gehen, war keine Option. »Ich kann nicht mit dir kommen, Simon. Ich werde zurück zu Maddie gehen. Das ist schon okay. Sie haben den einen Typen gefasst, und der andere hat jetzt wahrscheinlich Angst. Ich bezweifele, dass es seine Hauptsorge ist, mir aufzulauern.«

Simon erstarrte, der Druck auf ihre Hand verstärkte sich, während seine Finger zuckten und er Kara mit einem gefährlichen Blick anstarrte. »Darüber gibt es keine Diskussion. Du. Kommst. Zu. Mir«, entgegnete er knurrend.

Kara stieß einen frustrierten Seufzer aus. »Du bist nicht mein Aufseher. Ich brauche keinen. Ich bin schon seit langer Zeit allein.« Und einsam, und sie vermisste Simon, obwohl sie damals nicht gewusst hatte, wen sie vermisste.

Der Schmerz war entsetzlich gewesen, als ich von ihm getrennt war. Ich kann einen weiteren Abschied nicht durchstehen. Noch mehr Zeit mit ihm zu verbringen ist gefährlich. Eine Trennung wäre dann doppelt so schmerzhaft, denn ich hätte noch mehr Erinnerungen, die mich quälen würden, wenn ich wieder allein wäre.

»Ja ... also ... gewöhn dich daran, Gesellschaft zu haben, Süße«, fauchte Simon. Seine Augen glänzten vor Besitzgier, und sein Gesichtsausdruck war rau und wild. »Solange du in Gefahr bist, werde ich nicht weit weg sein. Und du wirst nicht ohne Schutz sein.«

Kara schauderte, versuchte, ihre Hand aus seinem energischen Griff zu ziehen. Er tat ihr nicht weh, und seine Umklammerung war nicht fest genug, als dass sie sich unwohl fühlte. Eigentlich war eher das Gegenteil der Fall. Bei Simon fühlte sie sich sicher, und das erschreckte sie. Es war ihr nicht möglich, sich daran zu gewöhnen, dass er sie behandelte, als wäre sie tatsächlich eine Frau, die er schätzte.

»Du kannst mir nicht vorschreiben, was ich zu tun habe. Wir kennen uns doch erst wenige Wochen. Warum befasst du dich überhaupt mit meiner Sicherheit?« Ihre Stimme klang viel zu emotional und wahrscheinlich leicht panisch. Sie musste sich mehr distanzieren, aber das war schwierig. Hilflos und lädiert nach der Erfahrung am vorherigen Abend wollte sie nichts mehr, als sich in Simons Arme werfen und sich von ihm halten lassen, geborgen in seiner warmen, männlichen Umarmung, bis sie ihr Gleichgewicht wiedergefunden hatte.

»Ich bin seit über einem verdammten Jahr um deine Sicherheit besorgt!«, attackierte Simon sie scharf mit heiserer Stimme. »Und es ist in all dieser Zeit kein Tag vergangen, an dem ich nicht regelrecht besessen davon war, dass dir nichts passiert.«

»Aber wir haben uns doch erst vor ein paar Wochen kennengelernt ...« Karas Stimme war kaum hörbar, verwirrt.

Simon stieß stockend seinen Atem aus, und sein Gesicht war zerfurcht von Unsicherheit, als er wegsah und ausdruckslos die leere, weiße Wand anstarrte. »Mom hat die ganze Zeit von dir gesprochen. Sie hat vor über einem Jahr auf dich gezeigt, als du im Restaurant bedient hast.« Er seufzte, als hätte er sich damit abgefunden, seine Erklärung zu Ende bringen zu müssen. »Ich kann es wirklich nicht erklären, weil ich es selbst nicht verstehe, aber von *dem* Moment an habe ich mich gezwungen gefühlt, auf dich achtzugeben. Verdammt, ich bin dir sogar jede Nacht nach Hause gefolgt, um sicherzugehen, dass du wohlbehalten zu deiner Wohnung gelangst.«

Fassungslos fragte Kara zögernd: »So, als wäre ich deine Freundin, weil ich eine Freundin deiner Mutter war?«

Simon dreht den Kopf und sah sie mit einem hitzigen Gesichtsausdruck an. »Nein. So, als wäre es eine gottverdammte

Besessenheit, die ich nicht kontrollieren konnte. So, als würdest du mir gehören und ich müsste dich beschützen.« Er starrte sie an mit seinem Ich-will-dich-ficken-bis-du-schreist-Blick, und sein Körper entsandte Wogen der Leidenschaft.

Sollte es Kara stören, dass Simon sie beobachtet hatte, ihr gefolgt war wie ein Stalker? Vielleicht sollte es das, aber das tat es nicht. Stattdessen fühlte sie sich auf fast unheimliche Weise ruhig, und ihr Herz schmolz dahin, als sie seinen gequälten Gesichtsausdruck sah. Er war im Hintergrund geblieben, hatte lautlos auf sie aufgepasst wie ein dunkler Schutzengel und nie etwas dafür erwartet. Kara dachte zurück an das Gespräch mit Helen im Restaurant und war erleichtert zu sehen, dass Simons beschützende, rettende Instinkte immer noch intakt waren. »Warum ich? Es muss Unmengen von Frauen geben, die deinen Schutz gebrauchen könnten.«

Simon zuckte mit den Schultern, aber seine angespannte Miene war weit davon entfernt, gleichgültig zu sein. »Ich habe keine Ahnung. Du bist die einzige Frau, die je solche Gefühle in mir ausgelöst hat.« Er stieß die letzten Worte hervor und war offenbar verdammt unglücklich über die Unfähigkeit, seine Handlungen zu kontrollieren.

Kara schüttelte sacht den Kopf und versuchte, noch immer mit der Tatsache klarzukommen, dass Simon seit einem Jahr versucht hatte, sie zu beschützen. Also wirklich, welcher Mann tat so etwas? Welcher traumhafte Milliardär nahm sich die Zeit, um nach einem Niemand zu schauen, einer Frau, die Zurückhaltung übte, einer Frau, die weit davon entfernt sein sollte, seine Beachtung zu finden? Kara dachte zwar nicht, dass sie weniger wert war als andere, nur weil sie arm war ... aber Realität war nun einmal Realität. Männer von Simons Stand bemerkten Frauen wie sie doch gar nicht. Sie waren viel zu sehr damit beschäftigt, noch mehr Reichtümer anzuhäufen, Könige ihres Imperiums zu sein.

»Auf mich aufzupassen, weil ich die Freundin deiner Mutter war, war sehr nett von dir. Aber du kannst mich nicht für immer beschützen.«

Simon stand langsam von seinem Stuhl auf, setzte sich vorsichtig auf das Bett und sah Kara an. »Du kapierst es nicht, oder? Ich bin kein bisschen nett.« Seine Worte widersprachen seinen Handlungen, als er eine Haarsträhne hinter ihr Ohr strich, sein Zeigefinger sanft über ihre Schläfe fuhr und dann leicht wie eine Feder über ihre Wange streichelte. »Mein Verhalten war nicht großherzig oder selbstlos. Ich wollte dich ficken. Ich finde, das ist eine verdammt eigennützige Motivation.« Sein Tonfall war trocken, selbstironisch.

Kara hielt ein Lächeln zurück und fragte sich, warum er immer so eine Abneigung gegen Leute hatte, die ihn als nett bezeichneten. »Wenn das dein Beweggrund war, warum hast du es dann nicht gemacht? Du hättest dich doch bemerkbar machen können, hättest deine Mutter bitten können, uns miteinander bekannt zu machen. Ich glaube, dass es ziemlich offensichtlich ist, dass ich von dir angezogen bin.« *Mehr als angezogen.*

Simon nahm schnell seine Hand von ihrem Gesicht und sah weg. »Ich habe dein Schmerzmittel ganz vergessen. Sicher tut es weh.« Er schlug auf die Ruftaste, um die Schwester zu rufen.

Eine Antwort kam sofort aus dem kleinen Lautsprecher an der Ruftaste. »Was kann ich für Sie tun?« Die Stimme klang jung und weiblich.

»Miss Foster braucht ein Schmerzmittel.« Simons Antwort war schroff; er sprang auf die Füße, während er den Befehl ausspuckte.

»Es kommt sofort jemand«, antwortete die gesichtslose Stimme, als die Rufleuchte von Rot auf Schwarz sprang.

Kara schwirrte noch immer der Kopf von seiner brüsken Zurückweisung – oder war es Verweigerung? – ihrer Frage. Sie hob den Kopf, um Simon ins Gesicht zu sehen. Er blickte sie finster und mit unnachgiebigem Gesichtsausdruck an. Sie verschränkte die Arme vor ihrer Brust und begegnete seinem grimmigen Blick mit einem kleinen Lächeln. »Diese Taktik zieht bei mir nicht mehr«, sagte sie ruhig zu ihm.

»Welche Taktik?«, polterte er und verschränkte wie sie herausfordernd die Arme. Seine Miene war undurchdringlich.

»Die, bei der ich mich wie Rotkäppchen fühlen soll und du der große, böse Wolf bist.« Kara hob eine Augenbraue und weigerte sich, ihren Blick von seinem verärgerten Gesicht abzuwenden. Simon Hudson konnte mürrisch gucken, knurren und fauchen so viel er wollte, aber sie durchschaute ihn. Irgendwo unter seiner schroffen Schale gab es einen mitfühlenden, gütigen Kern, den er wahrscheinlich nie der Welt offenbaren würde. Aber sie sah ihn; sie erkannte ihn. Wenn er sie wirklich nur hatte bumsen wollen, dann hätte er sich melden und sie persönlich kennenlernen können. Das hätte ihm kostbare Zeit erspart.

Simon beugte sich langsam zu ihr herab, so langsam, dass es ihr den Atem verschlug. Winzige Flammen flackerten in den dunklen Augen, die Kara regelrecht fixierten und in ihr den Wunsch weckten, sich zu winden. Ihr Körper schauderte, reagierte auf die Wogen purer Männlichkeit, die um sie herum pulsierten. Heißer Atem traf ihren Hals und die Seite ihres Gesichts, als er den Mund an ihr Ohr führte. »Sei nicht so sicher, dass ich *nicht* der große, böse Wolf bin, kleines Mädchen. Ich würde dich innerhalb einer Sekunde verschlingen.« Seine tiefe, bedrohliche Stimme jagte Kara kalte Schauer über den Rücken, jedoch nicht vor Angst. Ihr Körper wurde mit der Kraft eines Orkans von brennendem Verlangen erfasst.

Ihr angestauter Atem entwich in einem bebenden Seufzer, als die Krankenschwester den Raum betrat und Simon gezwungen war, sich aufzurichten und vom Bett zurückzutreten. Die tüchtige Frau mittleren Alters gab Kara das Medikament und kontrollierte Puls und Blutdruck. Nach einer schnellen Begutachtung verließ sie das Zimmer, fragte jedoch vorher noch, ob Kara etwas brauche, was diese verneinte.

»Ich wundere mich, dass ich keine Bettnachbarin habe«, murmelte Kara leise, nachdem die Krankenschwester verschwunden war. »Dieses Krankenhaus ist normalerweise ziemlich überlastet.« Kara hatte Praktika in dieser Einrichtung absolviert, und zu dieser Jahreszeit wurden die Zimmer im Allgemeinen sofort wieder belegt, kaum dass sie frei geworden waren.

Simon rückte seinen Stuhl zurecht und setzte sich verkehrt herum darauf. Seine Unterarme lagen lässig auf der hölzernen Rückenlehne. Zum ersten Mal, seitdem Kara ihre Augen geöffnet hatte, grinste er. »Es hat schon seine Vorteile, wenn man Milliardär ist und zufällig auch noch großzügig an medizinische Einrichtungen spendet.« Der Stuhl stand dicht am Bett, und Kara konnte auch bei gedämpftem Licht seinen amüsierten Blick erkennen.

»Du hast also um ein Privatzimmer gebeten, weil du spendest?« Ihre Mundwinkel zuckten, doch sie versuchte, ihrer Stimme einen mahnenden Klang zu verleihen.

Simon zuckte mit den Schultern. »Nicht ich. Sam hat sich darum gekümmert, während ich geduscht habe. Und ich bezweifele, dass er darum *gebeten* hat.«

Kara rollte mit den Augen, überzeugt, dass Sam Hudson selten um etwas bat. Er forderte und erwartete, dass die Leute taten, was er befahl. Doch genau wie Simon versteckte Sam ein weiches Herz unter meterdickem Eis.

Ihre Augenlider wurden schwer, als die Wirkung des starken Medikaments einsetzte. Kara gähnte und fühlte, wie Simon nach ihrer Hand griff und mit seinem Daumen sanft über ihre Handfläche strich. »Schmerzmittel. Daran bin ich nicht gewöhnt«, murmelte sie und fühlte sich plötzlich hundemüde.

»Schlaf. Ich bleibe hier«, antwortete Simon mit heiserer, beunruhigter Stimme.

»Du solltest nach Hause fahren und schlafen. Du warst die ganze Nacht hier. Mir geht es gut.«

»Ich gehe nicht, bevor du nicht mit mir nach Hause kommst«, entgegnete Simon unnachgiebig.

»Komme nicht mit dir nach Hause«, murmelte Kara mit flatternden Augenlidern.

»Wir werden sehen. Schlaf erst mal.« Jetzt war sein Ton beschwichtigend und versöhnlich. Doch das glaubte sie keine Sekunde. Er würde später bestimmt versuchen, sie einzuschüchtern. Aber Kara hatte im Moment nicht die Kraft oder das Verlangen mit Simon zu streiten und schlief ein.

Am nächsten Morgen griff Simon nach jedem ihm zur Verfügung stehenden Mittel, um Kara davon zu überzeugen, dass es das Beste wäre, wenn sie mit ihm nach Hause käme.

Kara erhielt Besuche von Maddie, Helen, Sam, ihrem behandelnden Arzt und Detective Harris, und jeder von ihnen betonte, wie wichtig es sei, dass sie sicher untergebracht war, und nannte Simons Wohnung als den sichersten Ort für ihren anschließenden Aufenthalt. Auch Maddie riet ihr, wenn auch widerwillig, dazu und war offensichtlich nicht begeistert von der Vorstellung, versuchte aber, die beste Alternative für Karas Sicherheit zu finden. *Wie sehr hatte er Detective Harris und ihren behandelnden Arzt bedrängen müssen, damit sie einwilligten, zu behaupten, dass seine Wohnung am sichersten war?*

Unter vier Augen teilte Simon ihr mit, dass er sie auch um sich tretend und schreiend über seine Schulter werfen und in sein Penthouse zerren würde, wenn sie nicht freiwillig mitkäme. Aber es war nicht seine Drohung oder die Tatsache, keinen anderen Unterschlupf zu haben, die Kara letztlich davon überzeugte, in den Mercedes zu steigen und sich mit ihm von James nach Hause in die Wohnung fahren zu lassen.

Am Ende ... war es der erschöpfte, wirre, verzweifelte Ausdruck in Simons Augen gewesen, der sie ins Wanken gebracht hatte. Ganz ehrlich, er sah aus, als hätte er tagelang nicht geschlafen. Dunkle Bartstoppeln sprossen in einem Gesicht, das schwer von Stress und Müdigkeit gezeichnet war. *Er hat Angst. Er hat sich Sorgen um mich gemacht.*

Weil ihr Herz dahingeschmolzen war und sie nicht mehr mit ansehen konnte, wie er ihretwegen fast durchdrehte, hatte sie nachgegeben und war mitgefahren. Um ihren weiteren Schmerz würde sie sich später kümmern, wenn die Zeit kam, ihn wieder zu verlassen. Im Moment wollte sie, dass Simon sich entspannte, schlief und aß.

Ich muss das einfach durchstehen! Welche Wahlmöglichkeit hatte sie denn sonst? Sie konnte Simon leiden sehen oder sie konnte sich über ihren Schmerz später Gedanken machen. Sie entschied sich für die zweite Möglichkeit, und der erleichterte Ausdruck in seinem Gesicht war es wert.

Kapitel 2

Ein paar Nächte später warf sich Simon in seinem großen Bett hin und her und konnte nicht schlafen. Er rollte sich auf den Rücken und starrte frustriert und zornig an die Decke. Die Augen, die eigentlich geschlossen sein sollten, um den verlorenen Schlaf nachzuholen, waren weit geöffnet. Scheiße! Er hatte seit dem Abend, an dem Kara ihn verlassen hatte, nicht mehr als ein paar Stunden jede Nacht geschlafen. Jetzt war sie zurück, und er war immer noch unruhig.

Ich liebe dich.

Ihr geflüstertes Geständnis in der Notaufnahme verfolgte ihn jede verdammte Minute des Tages. Hatte sie es ernst gemeint? Hatte sie eigentlich mit *ihm* gesprochen? Sie war verwirrt, desorientiert, hatte kaum ihre Umgebung erkannt. Es gab keinen Beweis dafür, dass sie sich daran erinnerte, diese Worte ausgesprochen zu haben. Wie sollte er wissen, für wen sie bestimmt gewesen waren? Vielleicht war es nur gedankenloses Gestammel gewesen, hervorgerufen durch die Verletzungen. Simon wusste noch nicht einmal, ob er wollte, dass diese Worte für ihn bestimmt waren.

Ach verdammt, natürlich will ich das.

Leise stöhnend, schob er ein weiteres Kissen unter seinen Kopf und versuchte, seinen geschwollenen Schwanz zu ignorieren, der zwischen den Laken pochte und ein großes Zelt unter der Bettdecke errichtet hatte. Um Gottes willen, konnte er je an Kara denken, ohne dass seine Eier den Aufstand probten?

Eigentlich wusste er, dass er das konnte. Als er nach dem Überfall eine Scheißangst gehabt hatte, war sein Schwanz nicht seine Hauptsorge gewesen. Kara so zerbrechlich, blass und hilflos im Krankenhausbett liegen zu sehen, hatte ihn fast zerrissen und ihn Schmerzen in Regionen seines Körpers spüren lassen, die *über* seiner Taille lagen. Mehrere Tage war das dringende Bedürfnis, Kara zu beschützen, sie in Sicherheit zu bringen, sein vorrangiges Bedürfnis gewesen.

Seine Lippen verzogen sich zu einem kleinen Lächeln, als er an Karas Empörung dachte, nachdem sie erfahren hatte, dass er die Schule angerufen, die Situation erklärt und sie für den Rest der Woche entschuldigt hatte. Simon hatte gedacht, dass er hilfsbereit war, die Dinge ins Lot brachte, damit Kara Zeit hatte, sich zu erholen.

Diese verrückte Frau hatte tatsächlich gedacht, sie würde bereits einen Tag nach ihrer Entlassung aus dem Krankenhaus wieder zum Unterricht gehen können und hatte ihm die Leviten gelesen, weil er sich in ihr Leben eingemischt hatte. Sie war ihm fast ins Gesicht gesprungen und hätte ihm am liebsten den Arsch aufgerissen. Kara hatte kein Problem damit, Simon herauszufordern, und er fand ihren intelligenten Verstand provokativ. Vielleicht, nur vielleicht, genoss es ein Teil von ihm sogar.

Hatte sich ihm je eine Frau widersetzt, ihn in Zweifel gezogen oder zur Rede gestellt, weil ihr sein Verhalten nicht gefiel? Die Frauen in seinem Leben benutzten ihn, ließen ihn dafür ihre Körper benutzen. Keine von ihnen hatte sich je genug für ihn interessiert, dass sie ihm für irgendetwas ins Gesicht gesprungen wäre.

Sie drang zu ihm vor. Schlecht.

Simon spürte, wie seine inneren Mauern zu bröckeln begannen, und das war kein angenehmes Gefühl.

Ficken, zahlen, weitermachen. So war er während seines gesamten Erwachsenenlebens mit Frauen umgegangen, aber Kara änderte alles, verleitete ihn dazu, ihr zu vertrauen. Und verdammt noch mal, er *war* dazu verleitet. Es mochte entsetzlich schmerzhaft sein, wenn ihr Blick ihn durchbohrte, als würde sie in seine Seele starren, aber zu wissen, dass es ihr wichtig war, das zu tun, *das* war berauschend und faszinierend.

Sie scherte sich einen Dreck um seine Narben, sein Geld oder seine gehobene gesellschaftliche Stellung.

Und sie denkt, ich bin heiß genug, um Gletscher in der Antarktis zum Schmelzen zu bringen. Sam hatte ihm von seinem Gespräch mit Kara erzählt und dass sie Simon zum attraktiveren Hudson erklärt hatte. Er und sein Bruder hatten nie miteinander konkurriert. Sie waren immer zu sehr damit beschäftigt gewesen, miteinander zu arbeiten, um zu überleben und dann Erfolg zu haben. Obwohl sie sich gern Wortgefechte lieferten, liebte Simon seinen Bruder. Heftig.

Okay, Sam war durchgeknallt, was Frauen anbetraf, aber Simon konnte seinen Bruder kaum für etwas schelten, bei dem er nicht viel besser war. Vielleicht sogar noch schlimmer. Simon hatte es jedoch eine fast perverse Befriedigung verschafft, dass Kara Sam während ihres Gesprächs in dem Fastfood-Restaurant vor dem Überfall verbal niedergemacht hatte.

Ich liebe dich.

Simon biss die Zähne zusammen und rollte sich auf die Seite. Er schlug auf sein Kissen und versuchte, es sich bequem zu machen. Er musste vergessen, musste seine Gefühle in den Griff bekommen, musste aufhören, sich mehr zu wünschen als ihre Gegenwart. Immerhin hatte er den Trost, dass sie in Sicherheit war. War das nicht genug? So würde er wenigstens nicht wahnsinnig werden, weil er nicht wusste, wo sie war und ob es ihr gut ging.

Ein durchdringender, entsetzlicher Schrei ließ Simon im Bett hochfahren. Seine Muskeln verkrampften sich und sein Herz raste. *Kara!*

Während die Schreie lauter wurden, wurde Simon für ein paar Sekunden von Panik erfasst. Doch dann setzten seine Füße auf dem Boden auf und sein Beschützerinstinkt pumpte Adrenalin durch den Körper, während er den dunklen Flur hinunter zu Karas Zimmer rannte. Er riss die Tür auf, drückte im Vorbeilaufen den Lichtschalter und kam abrupt neben Karas Bett zum Stehen.

Sie hatte ihre Arme schützend um sich geschlungen, und Tränen flossen wie Sturzbäche über ihre Wangen. Die Haare wirr, den Kopf gesenkt, wimmerte sie und schnappte nach Luft.

»Liebling, was ist passiert?« Simon setzte sich neben sie auf das Bett. Die Laken waren zerwühlt und verdreht, als hätte sie den Dritten Weltkrieg auf ihrer Matratze ausgefochten.

»Geträumt«, flüsterte sie, als versuchte sie immer noch, sich selbst davon zu überzeugen. »Nur ein Traum.«

Sie zitterte erbärmlich. Simon hob sie an und setzte sie auf seinen Schoß, drückte ihren ruhelosen Körper gegen seinen, und versuchte, sie mit seiner Umarmung zu wärmen. Mit rasendem Herzen umfing er sie und drückte ihren Kopf an seinen Hals.

»Was hast du geträumt?« Er strich über ihr seidiges Haar, ließ es über seine Fingerspitzen gleiten und holte tief Luft, um sein hämmerndes Herz zu beruhigen.

»Der Überfall. Es war so real«, murmelte Kara und schauderte.

»Es ist vorbei. Du bist in Sicherheit. Du wirst immer in Sicherheit sein.« *Genau hier. Bei mir.*

Er ließ sie von seinem Schoß gleiten und wollte aufstehen, doch der Druck ihrer Arme um seinen Hals verstärkte sich, und Kara hielt sich verzweifelt fest.

»Nein! Bitte! Geh noch nicht.« Ihr schmerzhafter Schrei fuhr ihm in alle Glieder.

Sie braucht mich. Und er würde für sie da sein. Scheiß auf die Verunsicherungen. »Ist schon gut. Ich lasse dich nicht allein.« *Ich werde dich niemals allein lassen.*

Simon bemühte sich nicht, ihre Finger hinter seinem Hals zu lösen. Er umfasste sie fester, stand auf und versuchte zu ignorieren, dass sie nur notdürftig mit einem seidenen, pinkfarbenen Spitzennachthemd bekleidet war, das kaum ihren Hintern bedeckte. Er unterdrückte ein Stöhnen, als er noch einmal nachfasste und die Spitze über seine Brust schabte, während die Seide seine Haut streichelte. Dann verließ er mit großen Schritten das Zimmer, ging den Flur hinunter und in sein Schlafzimmer. In seinen Armen hielt er das Wertvollste, was es für ihn auf dieser Welt gab.

Simon legte Kara in sein großes Bett. Sie hatte ihren Griff um seinen Hals nicht gelockert und zog ihn mit hinunter. Doch ihre Panik ließ langsam nach, und so zog sie ihre Arme von seinen Schultern und ließ Simon die Bettdecke über sie breiten, bevor er selbst ins Bett schlüpfte, seine warmen, muskulösen Arme schützend um ihren Körper schlang und Kara in Löffelchenstellung an sich zog. Sie seufzte, ließ sich in seine Wärme sinken und legte ihren Kopf entspannt gegen seine Schulter, genoss den Schutz seines großen, männlichen Körpers.

»In Ordnung?«, fragte er leise, und sein Atem strich durch ihr Haar.

»Ja. Tut mir leid, dass ich dich geweckt habe. Ich geh gleich zurück in mein eigenes Bett.« Kara wollte nicht zurück. Sie wollte bleiben, wo sie war, warm und beschützt in seinen Armen. Doch sie respektierte, dass er in seinem Bett gern allein schlief.

»Du gehst nirgendwohin«, knurrte er in ihre Haare.

»Aber dann kannst du nicht schlafen«, protestierte Kara und empfand den Wunsch, zu bleiben, plötzlich als egoistisch.

»Ich würde keine verdammte Sekunde schlafen, wenn du nicht hier wärst. Ich habe die letzten beiden Wochen kaum geschlafen.« Seine Arme verstärkten den Druck um ihre Taille.

Karas Körper war fest an seinen gedrückt und sie spürte eine harte Wölbung an ihrem Hinterteil. »Du bist nackt.«

»Ja. Ich schlafe immer so, Liebling. Gewöhne dich daran«, murmelte Simon mit heiserer Stimme. »Möchtest du mir etwas über den Albtraum erzählen?«

Eigentlich wollte sie ihn nur vergessen. Doch sie drehte sich in Simons Armen um, wollte sich unbedingt in seinen warmen, männlichen Körper hineinkuscheln. Kara war keine winzige, zierliche Frau, doch als sie ihr Gesicht an seiner wuchtigen, breiten Brust vergrub, fühlte sie sich ganz klein.

»Es war nur ein Traum über das, was passiert ist. Nur, im Traum haben sie mich in das Auto hineinbekommen. Sie wollten mich vergewaltigen und mir dann in den Kopf schießen. Ich habe mich gewehrt, aber sie haben an meinen Kleidern gerissen. Sie waren so viel stärker. Alles, was ich dachte, war, dass ich sterben wollte, bevor sie mich missbrauchen konnten, aber der, der flüchten konnte, lag auf mir drauf, und der andere hielt mir die Waffe an den Kopf.«

Sie schüttelte sich und versuchte, ihre Gefühle nicht zu zeigen. Es war nur ein Traum. In der Realität war es nicht passiert. »Aber es war so real. Ich hab sie gerochen, hab in ihre bösen Augen geschaut. Ich bin aufgewacht, als sie gerade ...« Ihre Stimme verlor sich in einem erschütterten Flüstern.

Simon wiegte sie, fuhr mit einer Hand über ihren Rücken, als würde er ein kleines Kind trösten. »Schhhhh ... es ist alles okay, Liebling. Du bist in Sicherheit. Sie kommen nicht mehr an dich heran.«

Kara bebte, wollte nur noch die schlimmen Erinnerungen aus ihrem Gedächtnis löschen, sich dem Empfinden hingeben und den unglaublichen Körper des Mannes genießen, der sie tröstete. Der einzige Mann, der sie mit seiner sinnlichen Berührung die letzten Tage vergessen lassen konnte. »Schlaf mit mir. Lass mich alles vergessen«, flüsterte Kara mit bebender Stimme.

Sie spürte die Anspannung seines Körpers, als sie ihn sanft anstieß und auf den Rücken rollte. Ihre Hände wanderten über seine Brust, genossen die harten, kräftigen Muskeln und die straffe, heiße Haut. Ohne Eile fuhr sie jeden Muskel von seinen Schultern bis zu seinem Bauch nach, liebkoste den Streifen von Haaren, der sich vom Bauchnabel bis zur Leistengegend zog.

»Scheiße! Wir können das nicht tun!«, stöhnte Simon und fing Karas wandernde Hände mit festem Griff ab. »Es gibt kein besseres Gefühl, als deine Hände überall auf mir zu spüren, aber du bist gerade erst aus dem Krankenhaus entlassen worden.«

»Vor mehreren Tagen. Und ich bin nicht verletzt. Mir geht es gut. Ich habe nur einen kleinen Schnitt auf der Stirn. Es gibt nur eine Stelle, die wirklich schmerzt.« Sie schob seine widerstandslose Hand zwischen ihre gespreizten Schenkel, zum Ort ihrer Erregung. Vielleicht machte sie ihn zu stark an, bettelte zu sehr. Aber es war ihr egal. Sie brauchte Simon, wollte ihn in sich spüren. »Bitte.« Ihre Stimme war flehend, verzweifelt. Kara zog ihre Hand aus seinem Griff, schob sie nach unten und umfasste seinen erigierten Schwanz.

»Nein! Verdammt! Ich komme, wenn du mich anfasst«, stieß er hervor, als er ihre Hand ergriff und gegen seine Brust drückte. Die Hand zwischen ihren Schenkeln schlüpfte unter den Gummizug ihres winzigen Höschens, und seine Finger glitten mühelos zwischen ihre feuchte Scham. »Du bist feucht. So verdammt erregt.«

»Weil ich *dich* brauche.« Kara stöhnte, als seine großen, erfahrenen Finger sie erkundeten, sich lustvoll über ihre Klitoris und die zarte Haut darum herum bewegten. Blindes Verlangen verschlang Karas gesamten Körper. Nicht mehr in der Lage zu denken, sondern nur noch auf die unaufhaltsame Lust zu reagieren, die auf sie einhämmerte, zog sie das durchnässte Höschen über ihre Beine nach unten, stieß es mit dem Fuß in die Laken und kletterte rittlings auf ihn, legte eine Hand auf jede Seite seines Kopfes und küsste ihn.

Gerade noch saß sie auf ihm und ihre Lippen bedeckten seine, bereit sich in der Macht seiner Berührung zu verlieren, und im nächsten Moment ... lag sie flach auf dem Rücken. Simon hatte sie umgedreht und seinen Mund von ihrem losgerissen.

»Nein! Ich kann nicht! Verdammt!« Seine Stimme klang gequält, sein Oberkörper hielt sie auf das Laken gedrückt und seine Hände umklammerten ihre Handgelenke auf beiden Seiten ihres Kopfes. Simon atmete mühsam und unregelmäßig. Kara hörte, wie raue Töne aus seiner Kehle drangen, als er versuchte, Luft in seine Lungen hinein und wieder heraus zu bekommen.

Kopfschüttelnd tauchte Kara aus ihrem erotischen Dunst auf und sah auf die große Gestalt, die sich über ihr abzeichnete. Ein Mann, der offenbar Qualen litt.

Mist. Was habe ich getan? Habe ich zu sehr gedrängt?

Der Mond sorgte für gedämpftes Licht im Raum, doch es war nicht hell genug, dass sie seine Augen sehen konnte ... andererseits musste sie das auch nicht. Der Klang seiner Stimme, seine Atmung, sein zitternder Körper, sein fester Griff an ihren Handgelenken sagten ihr, dass sie ihn in seinen eigenen persönlichen Albtraum gestürzt hatte.

»Simon. Ich bin es. Kara.« Sie versuchte, ihre Hände zu befreien, doch es war unmöglich. »Sprich mit mir.«

»Ich weiß, wer du bist, aber ich kann es verdammt noch mal nicht tun.« Seine Brust hob sich, und er verharrte in seiner Position.

»Küss mich.«

Gefangen unter seinem Körper, seiner Dominanz ausgeliefert, war Kara nicht sicher, ob sie seine Angst mildern konnte. Er tat ihr nicht weh, doch sie wollte ihn zurück ins *Hier und*

Jetzt bringen. Irgendwie hatte sie ihn unabsichtlich verletzt, ihn in Panik versetzt.

Ihr Herz raste, und es schien eine Ewigkeit zu dauern, bis Simon endlich langsam den Kopf neigte und sein Mund auf ihren traf. Er küsste wie ein Mann, der völlig die Fassung verloren hatte. Seine Zunge schoss durch ihre Lippen, erobernd, peitschend, immer wieder.

Seine wilde, dominante Umarmung setzte einen Urinstinkt in Kara frei, als würde ihr Körper automatisch auf ihren Partner reagieren. Sie bewegte ihre Zunge gegen seine, unterwarf sich ihm, ließ ihn ihr Meister sein.

»Kara.« Er flüsterte ihren Namen, als er ihren Mund freigab und seinen Kopf in ihrer Halsbeuge vergrub.

»Ja. Nur du und ich, Simon. Nur wir.«

»Muss dich ficken.« Die gedämpfte Äußerung, hervorgebracht mit unsicherer Stimme, vibrierte an ihrem Hals.

»Mach es. Einfach so.« Sein Ausbruch von vorhin hatte etwas damit zu tun, dass sie, ihn dominierend, auf ihm gesessen hatte. Doch seine Begierde war nicht verschwunden. Kara fühlte sie. Steinhart und hungrig stieß sie gegen ihren Schenkel.

»Es tut mir leid, Liebling. Es fühlte sich so gut an, aber ich konnte einfach nicht …«

»Nein, es muss dir nicht leidtun. Es macht nichts. Ich will dich nur in mir spüren.« Sie spreizte die Beine und versuchte, ihre Handgelenke aus seinem Griff zu ziehen. »Kannst du mich loslassen?«

Langsam lockerte er seinen festen Griff und schob sich zwischen ihre Beine. »Ja. Ich glaube schon«, antwortete er in ängstlichem Tonfall.

Karas Herz stockte, als sie ihre Handgelenke aus seinen sich noch leicht sträubenden Händen zog und ihre Arme um seine Schultern legte. »Ich möchte dich nur halten. Du hast die Kontrolle.«

»Mit dir in meiner Nähe bezweifele ich, dass ich jemals die Kontrolle habe«, murmelte er leise mit widerwilliger Resignation in der Stimme.

»Schlaf mit mir, Simon.« Karas Stimme klang flehend, aber das war ihr egal. Seine momentane Furcht und Verletzlichkeit hatten den letzten Rest Selbsterhaltungstrieb in ihr zerschmettert. Sie musste ihm helfen, sich zu befreien, auszulöschen, was auch immer es in seiner Vergangenheit gegeben hatte. Er war viel zu gut und viel zu liebenswürdig, um weiterhin in etwas gefangen zu bleiben, das ihn festhielt.

Ganz zu schweigen von der Tatsache, dass ich ihn liebe und ihn so dringend will, dass es wehtut.

Es war höchste Zeit aufzuhören, die Augen vor der Wahrheit zu verschließen, zu denken, dass sie Simon gefühlsmäßig auf Abstand halten konnte. Sie war ein Feigling gewesen, hatte sich so sehr davor gefürchtet, sich selbst zu zerstören, dass sie selbstsüchtig versucht hatte, die absolut faszinierende Verbindung, die sie zu ihm hatte, zu leugnen. Es war eine wechselseitige Verbindung. Kara war nicht die Einzige, die damit Probleme hatte, unsicher war, wie sie damit umgehen sollte.

Verflixt und zugenäht ... Simon war ihr über ein Jahr lang überallhin gefolgt, hatte sie beschützt. Er hatte sie buchstäblich von der Straße aufgelesen, ihr alles gegeben, wovon eine Frau nur träumen konnte, und nicht nur materiell. Er tröstete sie, wich nicht von ihrer Seite, wenn sie krank war. Er hörte ihr zu, als wären ihre Sorgen, ihre Gedanken, ihre Träume wichtig für ihn. Offenbar fühlte er *etwas*! Die Frage war, ob es dieselbe faszinierende, verführerische, unmöglich zu widerstehende Verbundenheit war, die sie für ihn fühlte?

In ihrem Fall war die unglaublich mystische Chemie zu einer alles verzehrenden Liebe geworden, die sich so schnell entwickelte, dass es Kara den Atem nahm ... und ihren gesunden Menschenverstand.

»Berühr mich, Liebling. Bitte.« Simons Stimme klang abgehackt und unruhig, voller Begierde und Verlangen, mehr nach einem verzweifelten Befehl als nach einer Bitte.

Karas Hände bewegten sich langsam, streichelten seine breiten, starken Schultern, berührten jeden Zentimeter seiner festen Muskeln, genossen die Stärke, die sein kraftvoller Körper ausstrahlte. Sie fuhren seine Wirbelsäule entlang und landeten in seinem Genick. Kara zog Simons Kopf zu sich herunter, und während ihre Finger durch sein Haar pflügten, zogen ihre Lippen sanft sein Schlüsselbein nach. Sie stöhnte leise, als ihr Mund über den Puls an seinem Hals strich und sein maskuliner Geruch ihren Körper mit sinnlicher Leidenschaft flutete. Kara atmete tief ein, verzehrte sich nach seinem Duft, und sein galoppierender Puls unter ihren Lippen ließ sie wissen, dass er genauso von erotischer Gier überflutet war wie sie.

Stöhnend bewegte er seinen großen, schweren Körper, und sein hartes Glied fand einen warmen Ruheplatz zwischen ihren Schenkeln. Sein samtiger Schwanz glitt entlang der zarten Schamlippen, nahm die feuchte Erregtheit auf. Jeder Nerv in Karas Körper geriet in Brand. Sie spreizte ihre Beine weiter, bettelte ihn still an, sie zu befriedigen, die ungestüme Lust zu stillen, die erbarmungslos nach ihr griff.

Plötzlich bäumte sich Simon auf, und Kara wimmerte über den Verlust der Hitze, die seinem Körper entströmt war. Er griff nach dem Saum ihres kurzen Nachthemdes, zog es über ihren Kopf und schleuderte es auf den Boden neben dem Bett. »Nichts zwischen uns«, knurrte er und beugte sich wieder über sie.

Kara entfuhr ein zischender Laut, als sein glühend heißer Körper von der Brust bis zur Leistengegend auf ihren traf und genoss das Gefühl von Haut auf Haut.

»Mein. Du bist mein. Sag es.« Die Forderung platzte aus ihm heraus, als konnte er nicht anders. Der dominante Simon war zurück mit einer Kraft, die Kara schaudern ließ. Er liebte die Kontrolle, und das hatte nichts mit seiner Vergangenheit zu tun. Das war einfach, absolut, ganz und gar ... Simon.

Seine Hand schlängelte sich zwischen ihre Körper, positionierte die stumpfe, seidige Spitze seines Schwanzes vor ihrer engen Öffnung und begann ganz langsam, in Kara einzudringen.

»Sag es.« Sein Ton wurde fordernder, besitzergreifender.

Oh Gott, wie sehr genoss sie seine Dominanz, seine Stärke. »Ich gehöre dir. Ich brauche dich.«

Er belohnte sie mit einem geschmeidigen Stoß, vergrub seinen Schwanz über die gesamte Länge in ihr und füllte sie aus. Die Sinnlichkeit dieses Vorgangs ließ sie fast zum Höhepunkt kommen.

»Scheiße! Du fühlst dich so gut an.« Er zog sein Glied ein wenig zurück, um erneut bis zum letzten Zentimeter in sie zu stoßen. »Ich bin nicht sicher, ob ich weiß, wie man miteinander schläft. Ich weiß nur, wie man fickt.«

Kara umklammerte Simons Schultern, versuchte, ihr Gleichgewicht, ihren gesunden Verstand wiederzufinden. »Ich bin nicht sicher, ob ich es weiß. Ich vermute, wir werden es zusammen lernen müssen«, stieß sie atemlos hervor.

Sie schlang ihre Beine um seine Taille, wollte ihm noch näher sein. Ein tiefer, erstickter Ton kam aus seiner Kehle, als er sein Glied zurückzog und erneut tief in ihr versank. Und noch einmal.

Simons Kopf schoss herab und sein suchender Mund fing ihr verzweifeltes Wimmern ein. Mit jeder Berührung seiner erobernden Zunge, jedem Hieb seines Schwanzes brandmarkte er sie, erhob er seinen Anspruch auf Kara. Und ihr blieb nichts anderes übrig, als sich zu unterwerfen.

Simon riss seinen Mund von ihrem, damit sie beide einen dringend benötigten Atemzug nehmen konnten, doch seine Hüften stießen weiter in sie, während er krächzte: »Mein!«

Seine Zähne zwickten in ihren Hals, ließen sie schaudern vor urwüchsiger Begierde. Sie hob die Hüften, um jede rasende Pumpbewegung aufzunehmen, und stöhnte, als ihre Finger seine Haare verließen, tiefer glitten und sich an seinem Rücken festkrallten. Ihre kurzen Fingernägel gruben sich in sein Fleisch, während er den Stoßwinkel änderte, jedoch sein hitziges, rasendes Tempo beibehielt.

Gerade, als Kara kurz davorstand, vor frustriertem Verlangen aufzuschreien, begann er, bei jedem tiefen Eindringen seines Schwanzes seine Leistenbeuge gnadenlos gegen ihre zu reiben und ihre empfindliche Klitoris zu stimulieren. Ein Schrei löste sich aus ihrer Kehle, und Kara zerbrach in tausend Stücke. Simon nahm ihren Schrei mit seinem Mund auf, und sein Stöhnen vibrierte in ihr, als ihre Scheide um seinen seidigen Schwanz pulsierte.

Simon keuchte rau, als sein Mund zu Karas Schulter wanderte. »Nichts ist besser, als zu fühlen, wenn du um mich herum kommst.« Tief vergrub er seinen Schaft, verband ihre Körper fest miteinander, verschmolz sie zu einer Einheit.

Kara bebte noch immer von ihrem explosiven Höhepunkt, spürte jedoch, wie sich seine Muskeln spannten und sein großer Körper zitterte, als er ihren Bauch mit glühender Hitze flutete.

Ich liebe dich.

Mit feuchten Augen verstärkte sie den Druck ihrer Arme um ihn, wollte Simon niemals mehr gehen lassen. Gefühle stiegen in ihr hoch, die unbarmherzig nach außen drängten. Kara unterdrückte sie mit einem hörbaren Keuchen, rang mit dem überwältigenden Bedürfnis, diese Worte laut auszusprechen.

»Bist du okay?«, fragte Simon atemlos in schroffem, aber besorgtem Tonfall.

Er rollte sich zur Seite und Kara musste ihren Griff um ihn herum lockern. Sie betrauerte den Verlust seines Körpers auf ihrem, gestand ihm widerwillig zu, sich neben sie zu legen. »Mir geht es gut.« Anscheinend hatte er gedacht, er würde sie erdrücken. Als wäre sie eine zarte Blume? Kara war größer als einige Männer, auch barfuß. Simon war der Einzige, bei dem sie sich tatsächlich zierlich vorkam.

Sie seufzte, als er sie mühelos in seine Arme zog und die Bettdecke über ihre miteinander verschlungenen Körper zerrte. Kara kuschelte sich in ihn hinein. Ihr Kopf lag auf seiner Schulter und ein Arm über seiner breiten Brust. Sein muskulöser Arm zog sie mit einem festen Griff um ihre Taille näher.

»Wir haben miteinander geschlafen«, brummte er mit müder Stimme.

Kara lächelte ein wenig über seine fast missmutige Feststellung und antwortete einfach mit: »Ja.«

Miteinander zu schlafen hatte nichts mit Mechanik zu tun. Es ging ganz und gar um Gefühle, obwohl sie zugeben musste, dass Simon auch den mechanischen Teil des Aktes unglaublich gut beherrschte. Es war egal, wie sie sich berührten oder auf welche Weise sie zusammenkamen; es waren das Gefühl und die Intensität des Erlebnisses, die Kara unter die Haut gingen. In Wahrheit war der Sex heute Nacht nicht anders gewesen als alles andere, was bisher zwischen ihnen passiert war. Er war genauso explosiv, genauso emotional und genauso tiefgreifend gewesen. Der Mann erschütterte *jedes einzelne Mal* ihre gesamte Welt. Und es war niemals mittelmäßig oder leidenschaftslos. Sie hatten jedes Mal wild, leidenschaftlich und intensiv miteinander geschlafen. Zumindest hatte Kara es so gesehen.

Ich wünschte, er könnte mir vertrauen. Der tiefe, gleichmäßige Rhythmus seiner Atmung sagte ihr, dass Simon schlief. *Kleine Schritte.*

Simon schlief nie mit jemandem im Bett beziehungsweise erlaubte es sich nicht, dasselbe Bett mit einer anderen Person zu teilen, wenn er verwundbar war. Dass er jetzt fest schlief, mit

Kara eng an ihn geschmiegt, war mehr als ein kleiner Schritt; es war eher ein ziemlich großer Erfolg.

Karas Herz überschlug sich, als sie sich ein wenig bewegte, um in eine bequemere Position zu gelangen, und Simon einen unzusammenhängenden Protest murmelnd sie wieder an sich zog.

Ja. Sie mussten morgen über seine Vertrauensprobleme reden. Kara musste wissen, was ihm zugestoßen war und warum er vorhin so reagiert hatte. Es war nicht möglich, einen Geist zu bekämpfen, den sie weder sehen noch verstehen konnte. Nie wieder wollte sie Simon so völlig panisch sehen, so verloren an eine unbekannte Gefahr. Seine Verletzlichkeit hatte ihr fast das Herz aus der Brust gerissen. Ein heftiger Beschützerinstinkt überkam sie, als ihre Augenlider schwer wurden und sie blinzelte, völlig verausgabt und erschöpft.

Er wird sich drücken und mir ausweichen. Er wird nicht darüber sprechen wollen.

Wenn er noch nicht bereit war … gut … dann würde sie warten, bis er ihr genug vertraute, um mit ihr darüber zu reden. Überzeugt, dass alles gut werden würde, gähnte Kara gegen Simons Schulter, bis ihre Atmung sich seiner tiefen, gleichmäßigen anpasste und sie in einen traumlosen, zufriedenen Schlaf fiel.

Kapitel 3

Drei Tage später kritzelte Simon seine Unterschrift auf das letzte Dokument eines Stapels, den seine Sekretärin am Morgen auf seinen Schreibtisch hatte fallen lassen. Er pfefferte den goldenen Kugelschreiber heftiger als nötig auf den Haufen, lehnte sich mit einem frustrierten Seufzer in seinem riesigen Ledersessel zurück und fragte sich, wie viele Tage er die Spannung zwischen ihm und Kara noch würde aushalten können.

Kein Sex. Keine Berührung. Kein Aufwachen am Morgen mit ihrem zierlichen Körper wie ein seidenes Laken um meinen geschlungen.

Mein Gott, der Morgen vor drei Tagen hatte als der beste seines Lebens begonnen. Was dann allerdings beim Frühstück passiert war, war unglücklicherweise das komplette Gegenteil davon gewesen.

Kara hatte über die Nacht zuvor reden wollen.

Simon nicht.

Oh, er war mehr als gewillt gewesen, über das zu reden, was *nach* seinem Ausraster passiert war, und hätte es auch gern wiederholt. Über die eigentliche Panikattacke wollte er aber nicht reden.

Mit der Hand fuhr er sich durch seine Haare, lehnte sich zurück und versuchte, sich zu entspannen. Er musste zugeben, dass die Distanz zwischen ihnen tatsächlich nicht ihr Fehler war. Zum großen Teil zumindest. Kara hatte seinen Widerwillen, darüber zu reden, charmant hingenommen. Sie hatte ihn mit ihrem süßen Lächeln bedacht und gesagt, dass sie warten würde, bis er bereit war. Doch dann … gerade als er gedacht hatte, dass sie warten konnte, bis sie alt und grau waren, bevor er das Thema besprechen wollte … hatte sie *die Bombe* platzen lassen. *Ich kann nicht mit dir schlafen, Simon. Nicht, bis du mir genug vertraust, um mir zu erzählen, was passiert ist. Ich kann es einfach nicht.*

Dann, nachdem sie seine Welt mit diesem Kommentar auf den Kopf gestellt hatte, küsste sie ihn auf die Stirn, als wäre er ein Kind, wünschte ihm einen schönen Tag und tänzelte mit ihrem süßen, kleinen Arsch aus der Tür. Und das alles mit einem Lächeln. Verdammt noch mal!

Er musste ihr jedoch zugutehalten, dass sie nicht zickig zu ihm gewesen war, ihre Stimme nicht erhoben hatte oder ausgerastet war. Scheiße, er wünschte, sie wäre es. Vielleicht hätte er dann viel mehr Wut auf sie bekommen, was ihm seine derzeitigen Qualen erleichtert hätte. Das Einzige, was ihn tatsächlich ärgerte, war, dass er ihr *wirklich* vertraute. Er wollte nur nicht *darüber* reden.

»Du siehst aus wie jemand, der gleich seiner eigenen Hinrichtung beiwohnt. Was ist los, kleiner Bruder? Die Nase voll von Kara? Wenn ja, dann würde ich gern …«

»Fass sie an und du stirbst.« Simons zu Fäusten geballte Hände lagen vor ihm auf dem Schreibtisch. Er lehnte sich mit brudermordlüsternem Blick vor und sah, wie Sam durch sein Büro geschlendert kam. »Verdammt, kannst du nicht anklopfen?«

Simon wusste, dass Sam ihn wegen Kara hochnahm, und versuchte, ihn bewusst in Rage zu bringen. Doch in Wirklichkeit würde Sam Kara nie wieder zu nahe kommen. Er hatte

Simon das eindeutig zu verstehen gegeben, als er sich wegen seines Verhaltens auf der Party entschuldigt hatte. Dennoch hielt es Sam nicht davon ab, Simon immer wieder damit aufs Äußerste zu reizen.

Sam lächelte ihn feixend an und ließ sich auf einen Stuhl vor Simons Schreibtisch fallen. »Warum sollte ich? Mir gehört die Firma.«

Simon beschloss, dass es nicht nur schlimm war, Hudson zusammen mit Sam zu besitzen, sondern noch schlimmer, dass sie beide ihre Büros auf derselben Etage hatten. »Das letzte Mal, als ich nachgesehen habe, hat sie mir auch gehört«, blaffte er zurück und war nicht in der Stimmung für den Mist seines älteren Bruders.

»Ich bin älter. Deshalb nehme ich eine höhere Position ein.« Sam legte seine in italienischem Leder steckenden Füße lässig auf Simons Schreibtisch.

Simon wartete und beobachtete, wie sich sein Bruder entspannt zurücklehnte. Dieser Mistkerl. Er lehnte sich vor und fegte mit seinem muskulösen Arm Sams Füße vom Tisch. »Nimm deine verdammten Füße von meinem Schreibtisch!«

Gab es wirklich etwas Lustigeres, als dabei zuzuschauen, wie ein Mann in einem makellosen Designer-Anzug mit den Armen herumruderte wie ein kleiner Vogel, um sein Gleichgewicht wieder-zufinden, bevor der Stuhl umfiel?

Für Simon nicht. Nicht, wenn es Sam war, der auf dem kippelnden Stuhl mit den Armen ruderte. Besser wäre es nur noch gewesen, wenn der Stuhl tatsächlich umgekippt und sein Bruder platt auf dem Arsch gelandet wäre.

Sams Füße fanden Halt auf dem Boden. Er starrte Simon zornig an, während er die Knöpfe des Jacketts seines perfekt geschneiderten Anzugs öffnete und sich, die Ellbogen auf den Knien gestützt, vorbeugte. »War das wirklich nötig?«

Nun war es an Simon, böse zu grinsen. »Ich glaube schon.«

»Es ist nicht meine Schuld, dass du den Fehler gemacht hast, dich zu verlieben, und du dich jetzt elend fühlst. Mist, ich dachte du wärst glücklich, dass sie wieder bei dir wohnt.« Sam lehnte sich zurück und verschränkte mit einem grimmigen Gesichtsausdruck die Hände vor dem Bauch.

Simons Kopf fuhr hoch. »Wer sagt, dass ich sie liebe?«

Sam rollte mit den Augen und antwortete: »Du musstest überhaupt nichts sagen. Ich glaube, ich bin mir darüber klar geworden, als du mich fast krankenhausreif geschlagen hast, nur weil ich sie angefasst habe.«

»Das heißt nicht, dass ich sie liebe«, knurrte Simon. »Und es war nicht, weil du sie angefasst hast. Es war die Absicht, die dahintersteckte.«

»Wann hast du mich das letzte Mal verprügelt, weil ich eine Frau angefasst habe?«

»Noch nie.«

»Genau.«

Simon seufzte. »Kara und ich hatten eine kleine Meinungsverschiedenheit.« Okay, für ihn war sie mehr als klein, aber *das* erwähnte er seinem Bruder gegenüber nicht.

»Worüber?«

»Sie will, dass ich ihr vertraue. Ihr von dem Vorfall erzähle, der mir die Narben beigebracht hat.« Simons Stimme klang rau. »Sie glaubt, dass ich immer noch …«, er zögerte, bevor er hervorstieß, »… Probleme habe.«

Mit zusammengekniffenen Augen fragte Sam: »Und? Hast du immer noch Probleme?«

»Nein! Um Gottes willen! Das ist vor über sechzehn Jahren passiert«, antwortete Simon schnell. *Zu* schnell und *zu* abwehrend.

»Die Zeit heilt nicht alle Wunden, Simon«, bemerkte Sam nachdenklich. »Vielleicht solltest du ihr einfach davon erzählen. Vielleicht musst du das. Ist es dein Schweigen wirklich wert, sie zu verlieren? Sie liebt dich, und ob du es nun zugeben willst oder nicht, du liebst sie auch. Ich schätze, du musst nur entscheiden, ob sie es wert ist.« Sam beugte sich vor und durchbohrte Simon mit scharfem Blick. »Bau keine Scheiße. Oder du wirst es für den Rest deines Lebens bereuen.«

Schmerz? Bedauern? Kummer? Für einen flüchtigen Augenblick sah Simon, wie sich all diese Gefühle in den Augen seines Bruders widerspiegelten. Bis Simon tief Luft geholt hatte und seinen Mund öffnete, um seinen älteren Bruder danach zu fragen, war Sams Gesichtsausdruck wieder gleichgültig und teilnahmslos. Simon schloss den Mund, als er den Ausdruck in Sams Gesicht bemerkte, das unmissverständliche Zeichen, dass sein Bruder nicht mehr darüber reden wollte.

»Sie ist uneinsichtig«, murrte Simon und wendete sich wieder seinem aktuellen Problem zu. Er würde Sam nicht drängen, seinen Schmerz mit ihm zu teilen, wenn sein Bruder das nicht wollte.

»Gib es zu. Du liebst sie.« Sam verschränkte seine Arme vor der Brust und warf Simon einen wissenden Blick zu.

»Sie ist dickköpfig.«

»Du liebst sie.«

»Ich vertraue ihr. Ich erzähle ihr alles andere.«

»Du liebst sie.«

»Scheiße!« Simon schlug mit der Faust auf den Schreibtisch, sodass das massive Eichenholz vibrierte. »Sie macht mich wahnsinnig. Sie macht mich glücklich. Ich finde, sie ist so wunderschön, dass ich sie stundenlang anschauen könnte. Gerade bin ich noch völlig vernünftig, und im nächsten Moment drehe ich total durch. Ihr geht es völlig am Arsch vorbei, dass ich reich bin, und ich glaube, sie ist blind, denn ich schwöre dir, sie bemerkt meine Narben noch nicht einmal. Wenn sie mich manchmal anschaut, habe ich das Gefühl, ich wäre drei Meter groß. Und sie sieht *mich* an. Nicht den Milliardär, nicht den reichen Geschäftsführer. Nur den Mann. Sie kann dickköpfig wie ein verdammter Esel sein, aber das gefällt mir auch, weil sie so voller Entschlossenheit ist. Gewieft. Nett. Und sie erträgt meine Launen, akzeptiert mich genauso wie ich bin.«

Atemlos von seiner Tirade machte Simon einen zitternden, ungleichmäßigen Atemzug. Sein Zorn war verraucht, und er sackte nach vorne. »Also, ja. Wenn diese wilden, irrsinnigen, besitzergreifenden Gefühle, die ich jede verdammte Minute jedes Tages für sie empfinde, Liebe sind ... dann bin ich total am Arsch. Ich kann mir noch nicht einmal mehr vorstellen, mein Leben ohne sie zu leben.« Simons Stimme vibrierte vor Ergriffenheit, und er sah mit gequältem Gesichtsausdruck zu seinem älteren Bruder.

»Dann mach es auch nicht«, war Sams einfache Antwort, während er seine Augenbraue hochzog und Simons fragendem Blick begegnete. »Wir haben diese Firma zusammen aufgebaut. Wir haben in einer beschissenen Einzimmerwohnung angefangen, Bruder. Jetzt sind wir so reich, wie wir es uns niemals erträumt hätten, und einer der bedeutendsten Anbieter weltweit. Wenn du das hinbekommen hast, dann bewältigst du auch die Sache mit Kara.« Sams ernste Stimme nahm einen neckenden Tonfall an, als er hinzufügte: »Also kneif die Arschbacken zusammen und lös das Problem.«

Simons Mundwinkel verzogen sich zu einem kleinen Lächeln. Jahrelang hatte er diese Worte nicht von Sam gehört. In den Zeiten, als sich die Firma Hudson im Aufbau befand, war es dagegen eine häufig gebrauchte Äußerung gewesen. Wenn damals einer von ihnen bei der Arbeit vor einem Problem stand, dann hatte der andere ihm mit genau diesen Worten Feuer unter dem Hintern gemacht. Dieser Satz war zu ihrem Mantra geworden, doch sie hatten ihn sehr lange nicht gebraucht. Sie hatten jede Menge Angestellte, die sehr gut dafür bezahlt wurden, diese Probleme zu lösen, bevor sie überhaupt zu Sam oder ihm gelangten. »Manchmal glaube ich, ich würde lieber wieder eine komplette Firma aufbauen, als mich damit befassen zu müssen.«

Sam zuckte mit den Schultern. »Geschäft ist Geschäft. Es ist nicht immer einfach, aber das Resultat ist ziemlich vorhersehbar. Beziehungen sind chaotisch. Da gibt es keine Daten, keine Statistiken. Nichts, was den Sprung rechtfertigen würde, außer Gefühle.« Sam schauderte, als würde der Schritt in eine ernsthafte Beziehung Qualen ähneln.

»Und warum zum Teufel sagst du mir dann, ich soll es tun?« Simon warf seinem Bruder einen gereizten Blick zu.

»Du brauchst sie.« Sam stand abrupt auf und knöpfte seine Anzugjacke zu. »Aber solltest du je beschließen, dass du sie nicht willst …«

»Fang nicht schon wieder an!«, polterte Simon, doch in seiner Stimme fehlte die Gehässigkeit. Wenn ihm eines heute klar geworden war, dann die Tatsache, dass sein Bruder eigene Geheimnisse hatte. Eine Frau aus der Vergangenheit – sehr wahrscheinlich Maddie, angesichts Sams seltsamer Reaktion auf die gut gebaute Rothaarige –, die ihm noch im Kopf herumspukte. Simon vermutete, dass diese Frau, wer immer sie auch sein mochte, der Grund dafür war, dass Sam so schnell, so emotionslos Frauen verbrauchte. Sam versuchte, eine Leere zu füllen, zu vergessen.

Simon schüttelte den Kopf und wusste, dass sein älterer Bruder schlau genug war, letztendlich zu kapieren, dass das nicht funktionierte. Wenn dir eine Frau unter die Haut ging, dann blieb sie dort. Simons komplette Welt drehte sich jetzt um Kara, und keine andere Frau würde sie je ersetzen, könnte jemals das große, schwarze Vakuum füllen, das sie in ihm hinterlassen würde, wenn sie ging.

Sams charmantes Lächeln war zurück. »Du liebst mich. Das weißt du doch.«

»Nicht im Augenblick«, entgegnete Simon automatisch.

Sam stolzierte zur Tür, jedes Haar am rechten Fleck, Anzug und Krawatte tadellos. Keiner würde ihm ansehen, dass sein jüngerer Bruder vor seinen Augen praktisch einen Nervenzusammenbruch gehabt hatte. Sam legte seine Hand auf die Türklinke.

Doch bevor er hinausging, rief Simon ihm mit heiserer Stimme nach: »Sam?«

Sam drehte sich mit einem spöttischen Gesichtsausdruck um. »Ja?«

»Danke fürs Zuhören.«

Der Blick, der zwischen ihnen hin und her ging, sprach Bände. Simon wollte seinem Bruder sagen, wie sehr er ihn mochte, aber in seiner Kehle formte sich ein Kloß. Sie lieferten sich oft Wortgefechte, wie unter Brüdern üblich, aber Sam hatte viel für Simon und seine Mutter geopfert. Er hatte sich all die Jahre den Arsch aufgerissen.

»Keiner verdient das Glück so sehr wie du, kleiner Bruder. Es liegt in deiner Hand. Nimm es«, antwortete Sam voller brüderlicher Anteilnahme, als er ohne ein weiteres Wort aus dem Büro ging.

Simon stieß einen zittrigen Atemzug aus, stand auf, schnappte seine Aktentasche und sah sich in dem vornehmen Chefbüro um. Außer seinem Schreibtisch und seinem Stuhl war alles im Art-déco-Stil eingerichtet, ein Design, das er eigentlich gar nicht mochte. Wie zum Teufel war das passiert? Das Büro war vor Jahren eingerichtet worden, aber er hatte das gar nicht richtig wahrgenommen, sich nichts daraus gemacht.

Vielleicht, weil du der Dekorateurin gesagt hast, sie sollte es machen, wie sie wollte. Genauso hatte er das vor Jahren gemacht. Es war ihm völlig gleichgültig gewesen, welches Dekor die Raumausstatterin ausgewählt hatte. Er kam zur Arbeit, kümmerte sich um das Geschäftliche und zog sich wieder in seine

Wohnung zurück, damit er sich dort sofort in seinem Labor vergraben konnte. Vielleicht brummte er seiner Sekretärin und persönlichen Assistentin einen Gruß zu, wenn er in dem Hochhaus jeden Werktag morgens ankam oder abends ging. Vielleicht auch nicht. Er war gewöhnlich so überaus auf seine Arbeit fokussiert, so eingeschlossen in dieser Blase, dass er sich noch nicht einmal daran erinnerte.

Simon riss am Knoten seiner teuren burgunderroten Krawatte, um sie zu lockern, und öffnete den obersten Knopf seines Hemdes. Herrgott, wie er es hasste, einen Anzug zu tragen.

Vorsicht mit der Krawatte. Die mag Kara besonders gern. Eigentlich stimmte das nicht. Simon war sich nicht ganz sicher, ob sie überhaupt eine Lieblingskrawatte *hatte*. Sie sagte ihm jeden Morgen, wie gut er aussah, wenn er, bereits fertig angezogen fürs Büro, in Anzug und Krawatte in die Küche kam. Doch als sie ihm das das erste Mal gesagt hatte, trug er genau diese Krawatte. Seit jenem Tag ertappte er sich immer wieder dabei, wie er an seinen Arbeitstagen verdammt oft nach dieser speziellen Krawatte griff.

Simon schnaubte leise, als er auf die Tür seines Büros zuging und der hochflorige Teppich das Geräusch seiner Schritte fast völlig verschluckte. Oh Mann, er würde noch durchdrehen. Wann hatte er angefangen, sich darum zu kümmern, welche Krawatte er trug, wie sein Büro eingerichtet war und ob er jeden Tag freundlich zu seinen Mitarbeitern war? Es war definitiv Zeit, nach Hause zu gehen.

Nach Hause. Durch Kara ist meine Wohnung ein Zuhause geworden. Ihr Lachen. Ihre Stimme. Ihr Duft. Ihre bloße Anwesenheit macht sie zu einem Zuhause und nicht nur zu einem Ort, an den ich gehe, wenn ich im Büro fertig bin.

Simon trat aus seinem Büro und ließ die Tür leise hinter sich ins Schloss fallen. Er blickte auf Ninas Schreibtisch und blieb unvermittelt davor stehen.

»Brauchen Sie etwas, Chef?« Nina klang geschäftsmäßig, aber auf ihrem Gesicht zeigte sich ein aufrichtiges Lächeln.

Simon sah seine grauhaarige Assistentin stirnrunzelnd über einen üppigen Rosenstrauß hinweg an, der gut sichtbar auf ihrem Schreibtisch platziert war. Hatte er ihren Geburtstag vergessen? Nein. Nein, hatte er nicht. Ninas Geburtstag war im September. Und seine Sekretärin Marcie erinnerte ihn immer daran.

»Schöne Blumen. Gibt es einen Anlass?«, fragte er neugierig.

Nina sah ihn verwundert über ihre Lesebrille hinweg an. »Chef, es ist der vierzehnte Februar. Valentinstag. Sie wissen schon ... Herzen, Blumen, Romantik.« Das Lächeln der kleinen Frau wurde breiter. »Mein Ralph schickt mir seit siebenunddreißig Jahren zu jedem Valentinstag zwei Dutzend rote Rosen.« Sie seufzte. »Er ist immer noch so romantisch.« Ihre Stimme vibrierte vor Rührung und grenzenloser Liebe.

Valentinstag? Ja, er kannte den Feiertag; er hatte ihn nur niemals beachtet, wenn er jedes Jahr gekommen und vergangen war. Es war nur ein weiterer Tag, eine vierundzwanzigstündige Zeitspanne, in der er viele Amors und rote Herzen sah, wenn er sich entschloss, sie zu bemerken, was nicht sehr oft vorkam.

Simon sah schnell zu seiner blonden Sekretärin, die ihren Schreibtisch direkt neben Ninas hatte. »Wo sind Ihre Blumen?«

Marcie hielt inne, wandte sich von ihrem Computer ab, durch dessen Programm sie sich eifrig geklickt hatte, und drehte den Kopf in Simons Richtung. »Hab noch keine bekommen. Mein Mann gibt sie mir, bevor wir zum Essen ausgehen. Das macht er immer so.«

»Äh ... ist das normal? Essen gehen? Blumen?« Simon sah mit finsterem Blick wieder zu Nina. Scheiße! Er hatte nichts für Kara geplant. Sie verdiente Romantik, Herzen, Blumen und was auch immer ein Mann für eine Frau an einem Tag der Liebenden tat.

»Es kommt darauf an. Die meisten Paare haben ihre eigenen Bräuche«, antwortete seine Assistentin und sah ihn fragend an. »Geht es Ihnen gut?«

Verdammt! Er wusste nicht, was er tun sollte, und er hasste das Gefühl. Welche Bräuche gab es noch? Was machte eine Frau glücklich, wie zeigte man ihr, dass man sie wertschätzte? Hatte Kara von ihrem Ex Blumen bekommen? Hatte er sie zum Essen ausgeführt?

Simon stellte seine Aktentasche auf den Boden und versuchte, die Eifersucht und die Besitzgier zu unterdrücken, die in ihm aufstiegen. Es war verdammt egal, was irgendein Mann in der Vergangenheit für sie getan hatte ... Simon war entschlossen, es besser zu machen. Sie war jetzt seine Frau. Er musste sie beschützen. Er musste sie wertschätzen. Er wollte ihren Valentinstag so unvergesslich machen, dass sie von diesem Tag an nur noch an *ihn* denken würde. Allerdings hatte er keine Ahnung, wie er dieses Ziel erreichen sollte.

Simon beugte sich über Ninas Blumen und sagte mit zögerlicher, leiser Stimme: »Kara.«

Nina grinste. »Sie ist ein Juwel, Chef. Eine wunderbare junge Frau.«

Nur eine Frau brachte es fertig, dass er drei Worte sagte, von denen er nie geglaubt hatte, dass er sie je über die Lippen bringen würde. »Ich brauche Hilfe.« Wenn es um Kara ging, waren die Worte gar nicht so schwer. »Ich weiß nicht, was ich machen soll. Können Sie mir helfen, Nina?«

Seine Assistentin sprang mit einem Eifer und einer Geschwindigkeit von ihrem Stuhl auf, die für eine Frau ihres Alters eigentlich nicht normal waren, und forderte Marcie durch Zeichen energisch auf, sich dazuzugesellen. Die beiden Frauen standen vor Simon herum und löcherten ihn mit Fragen.

Eigentlich hätte es ihm peinlich sein müssen, aber merkwürdigerweise war es das nicht. Da stand Simon Hudson, Milliardär und Mitinhaber eines der mächtigsten Unternehmen weltweit, zusammen mit zwei Mitarbeiterinnen und lauschte andachtsvoll jedem Wort, das die Frauen sprachen, jedem Ratschlag, den sie gaben.

Sam ging hämisch grinsend auf dem Weg zum Fahrstuhl an ihnen vorbei und hatte offensichtlich einen Teil der Unterhaltung mitbekommen, obwohl sie leise und mit verschwörerischer Stimme sprachen.

Simon zeigte seinem Bruder den Stinkefinger, als er Sams spöttischen Gesichtsausdruck sah, und wandte seinen Blick kaum von den Frauen vor ihm ab, die die Antworten auf all die Mysterien von Frauen zu kennen schienen. Genau in diesem Moment waren sie Göttinnen für ihn.

Das Kichern seines sich entfernenden Bruders ignorierte er völlig. Dieser Mistkerl. Er freute sich schon auf den Tag, an dem auch sein älterer Bruder einen solchen Rat brauchen würde. Dann wendete er sich wieder Nina und Marcie zu, lauschte und lernte.

Kapitel 4

Kara stieß einen hörbaren, tief empfundenen Seufzer aus, als sie sich tiefer in Simons riesige Whirlpool-Badewanne rutschen ließ und das heiße Wasser und die Luftblasen fast ihren gesamten Körper bedeckten. Nur ihr Kopf guckte noch heraus. Simon hatte ihr angeboten, dass sie, wann immer sie wollte, die Badewanne in seinem großzügigen Bad benutzen konnte, aber sie hatte noch nie von dem Angebot Gebrauch gemacht. Zu ihrem eigenen Zimmer gehörten eine wunderbare Badewanne und eine Dusche, doch die waren beileibe nicht so luxuriös wie diese Wanne.

Gib es zu. Es ist nicht die Größe der Wanne. Es ist die Tatsache, dass es seine ist, die dich hat hineinsteigen lassen.

Mit gerunzelter Stirn griff sie nach einem großen Luffaschwamm, der auf dem Sims lag, und schrubbte ihre Arme so energisch, dass die Haut brannte. Verdammt! Sie wollte sich nicht eingestehen, dass sie Simon so verzweifelt vermisste, dass sie die Badewanne benutzen wollte, in der *er* lag, *seinen* Duft einatmen wollte, nach dem sein Badezimmer roch.

Sich zu weigern, Sex mit ihm zu haben, war deine geniale Idee.

Ja, das war es. Doch mittlerweile überdachte sie diese Entscheidung ernsthaft. Letztens schien es allerdings das Richtige zu sein. Sie wollte mit ihm zusammen sein, aber in dem sicheren Wissen, dass er ihr völlig vertraute. Nicht zu wissen, was ihm passiert war, könnte dazu führen, dass sie Fehler machte und ihn unbeabsichtigt verletzte. Diesen Gedanken ertrug Kara nicht. Sie hatte gehofft, dass er sich öffnen und ihr sein Trauma anvertrauen würde, sich von ihr helfen ließ, es zu überwinden.

Aber sie hatte sich komplett geirrt. Simon hatte sich von ihr distanziert, sich eher zurückgezogen, als seine innere Qual mit ihr zu teilen. Er hatte sie nicht berührt und nicht geküsst, seitdem sie ihm mitgeteilt hatte, dass sie nicht mit ihm schlafen könnte, solange er nicht mit ihr über *den Vorfall* sprach. Was zum Teufel war mit ihm los? Hatte sie ihn zu sehr und zu schnell unter Druck gesetzt? Wäre es besser gewesen, sich mit dem zufriedenzugeben, was er preisgeben konnte?

Ich könnte mich von ihm ans Bett fesseln und mich bis zur Besinnungslosigkeit ficken lassen. So kann ich ihn nicht unbeabsichtigt verletzen.

Kara stöhnte, während sie aufhörte, ihre Arme wund zu schrubben, und ein Bein aus dem Wasser hob, um es auf einen Sitz am Rand der Wanne zu legen. Mein Gott, der Gedanke war verführerisch. Sie mochte eine unabhängige Frau sein, doch sie liebte Simons sexuelle Dominanz, seinen resoluten Angriff auf ihre Sinne.

Auf seltsame Weise erregte es sie so sehr, dass sie es kaum aushielt, und Simon übte diese Alphamännchen-Seite bei jeder Berührung aus. Gemischt mit seiner Zärtlichkeit und Verletzlichkeit, die gelegentlich durchblitzten, war es eine unmöglich zu ignorierende Verlockung, die Kara anzog wie die Motte das Licht. Bei Simon fühlte sie sich wunderschön. Bei ihm fühlte sie sich sicher. Gott ... sie liebte ihren primitiven, beschützenden, besitzergreifenden Mann, der ein Herz aus Gold hatte.

Kara hob ihr Bein an und fuhr mit dem Schwamm über die Wade, langsam zum Knie und behutsam über ihren Oberschenkel. Bilder kamen ihr in den Sinn, die die empfindliche Haut an den Innenseiten ihrer Schenkel vor Verlangen kribbeln und ihr Herz höher schlagen ließen.

Sie an Simons Bett gefesselt, ihm ausgeliefert, und sein Mund, der sie verschlingt.

Auf dem Sofa, er hält ihre Handgelenke fest, während er ihre Welt aus den Angeln hebt.

Im Fahrstuhl, sie öffnet sich ihm, er hämmert in sie hinein, bis sie schreit.

Vor drei Nächten, sie hält ihn fest, als er sie in tausend Stücke bersten lässt.

Oh verdammt, jede ihrer erotischen Fantasien hatten ihn in atemberaubenden, prächtigen Farben zum Gegenstand, und es gab nichts, das sie nicht an ihm liebte. Eine einsame Träne rollte über Karas Wange, als sie das Bein wechselte und nun das andere mit dem Schwamm bearbeitete.

Drei Tage. Es war erst drei Tage her, und sie war bereits ein Häufchen Elend. Das einsame Verlangen nach ihm zermürbte, verschlang sie bereits völlig. Er war nicht nur Gegenstand ihrer erotischen Fantasien, sondern ihrer gesamten Fantasien. Das verdammte Gesamtpaket. Sie hatte nie einen Mann wie ihn getroffen und würde es wahrscheinlich auch nie wieder.

Er war süß, obwohl er das leugnen würde. Er war liebevoll, obwohl er das ebenfalls leugnen würde. Liebenswürdig. Mitfühlend. Ein verdammtes Genie, ein Mann, von dem Kara jeden Tag etwas lernte, obwohl sie *ganz bestimmt* wusste, dass er ebenfalls darüber meckern würde. Weil er auch bescheiden war, sah Simon Hudson sich *nie* als jemand Besonderen. Aber Kara sah ihn so, wie er war: Ein Mann, den man packen musste und nie wieder gehen lassen sollte.

Eine zweite Träne kullerte die andere Wange hinunter und ihr Herz schmerzte. Kara wollte ihr Leben vor Simon nicht mehr zurück. Es war nicht so, dass es ihr etwas ausgemacht hatte, arm zu sein. Sie hatte immer in Armut gelebt und nie etwas anderes angestrebt als ein angenehmes, sicheres Leben. Mit Geld konnte man das Glück nicht kaufen, und der Besitz materieller Dinge konnte nicht im Entferntesten damit konkurrieren, geliebt zu werden, einen ganz speziellen Menschen zu haben, der einen zu einem Ganzen machte. Wozu waren materielle Dinge und Geld gut, wenn ein Mensch keine emotionale Erfüllung fand, nicht glücklich war mit dem, was er erreicht hatte, egal, wie groß oder klein es war?

Meine Gefühle für Simon wären genau dieselben, auch wenn er nicht reich wäre. Solange er glücklich war.

Zugegeben, Simon war zu intelligent, zu ehrgeizig, um *nicht* erfolgreich zu sein. Doch es gab Zeiten, da wünschte sich Kara, er wäre nicht ganz so reich, würde nicht so hart arbeiten. Aber seine Intelligenz, sein Drang, seine Produkte zu den allerbesten zu machen, waren ein Teil von ihm, den sie liebte. Sie nahm das ganze Paket, himmelte das verführerische, maskuline, verschrobene Bündel Testosteron an, das ihn zu etwas Einzigartigem machte ... zu Simon.

Kara ließ sich auf einem hohen Absatz der Badewanne nieder, schloss die Augen und fuhr mit dem Schwamm langsam ihren Bauch hinauf, während sie die Bilder von Simon ihren Verstand vereinnahmen und seinen schwer fassbaren Geruch auf dem Badeschwamm jeden ihrer Sinne bestürmen ließ.

Sie biss sich auf die Lippen, als der leicht scheuernde Luffaschwamm über ihre Brüste glitt, ihre geschwollenen, harten Brustwarzen reizte. Sie stellte sich vor, wie Simon zärtlich hineinbiss, seine Zunge über die Spitzen schnellen ließ, und ihre erotischen Gedanken und ihre Erregung führten dazu, dass sie sich gehen ließ. Der pochenden Aufforderung ihres Körpers nachgebend, spreizte sie die Beine und erlaubte ihrer anderen Hand den glatten Schenkel hinaufzugleiten und sich einem dekadenten Luxus, einer Fantasie, hinzugeben. Wenn sie schon in der Realität nicht mit Simon zusammen sein konnte, so doch wenigstens in ihren Gedanken.

Kara hat keinen Grund zu bleiben. Simons Eingeweide zogen sich zusammen, als er an der Tür zu Karas Zimmer klopfte und auf ihr »Herein« wartete. Hoffman hatte ihn vor weniger als einer Stunde angerufen und ihn wissen lassen, dass die Polizei auch den zweiten Angreifer, den anderen Mistkerl, der versucht hatte, Kara zu verschleppen, gefasst hatte.

Er fluchte leise, als er die Tür aufstieß und das Schlafzimmer leer vorfand. Erleichtert atmete er auf, als er ihr Handy und ihren Rucksack auf dem Bett erblickte. Sie war zu Hause, noch irgendwo in der Wohnung. Sie würde niemals ohne ihren Rucksack gehen.

Wusste sie es schon? Hatte Detective Harris sie angerufen? Simon wusste sehr wohl, dass er es nicht tun sollte, doch er nahm Karas Handy und sah ihre unbeantworteten Anrufe durch. Es gab nur einen vor dreißig Minuten, und er war von Harris. Auf der Mailbox war eine Nachricht, doch Simon ging nicht so weit, ihre Nachrichten abzuhören. Er wusste bereits, worum es darin ging. Sie war sicher; die Männer, die sie überfallen hatten, waren beide hinter Schloss und Riegel.

Nun war der Grund, weshalb sie hier bei ihm zu Hause war, ... weggefallen. Er musste es ihr sagen. Er mochte ein egoistischer Mistkerl sein, aber er würde Kara nicht eine Minute länger in dem Glauben lassen, dass jemand frei herumlief, der versuchen würde, sie umzubringen.

Soweit er wusste, hatte sie keinen weiteren Albtraum mehr gehabt. Gott wusste, dass er jede Nacht angestrengt lauschte und seine Schlafzimmertür für den Fall offen ließ, dass sie ihn brauchte. Doch das hatte sie nicht.

Nachdem Simon ihr Handy wieder auf das Bett hatte fallen lassen, zerrte er an seiner Krawatte, zog den Knoten auf und ließ sie lose um den Hals hängen. Sein Jackett hatte er bereits in der

Küche abgelegt, als er vor ein paar Minuten nach Hause gekommen war. Die Unsicherheit schwebte über ihm wie eine dunkle Wolke, als er ihr Schlafzimmer verließ. Würde Kara bleiben, obwohl ihre unmittelbare Bedrohung nicht mehr bestand? Und wenn sie ihn wirklich verlassen wollte, wie um Himmels willen konnte er sie je gehen lassen?

Das passiert nicht. Sie gehört mir, verdammt! Mit zusammengebissenen Zähnen und Gefühlen, die zwischen Entschlossenheit und Angst schwankten, machte sich Simon auf die Suche nach ihr. Höchstwahrscheinlich war sie im Computerlabor. Seine Mundwinkel verzogen sich zu einem Lächeln. Er fragte sich, ob sie ihn wieder piesacken würde, um Tipps für Myth World II zu bekommen. Sie spielte ausschließlich sein Spiel und hatte erklärt, dass die anderen Spiele keine Herausforderung darstellten. Abwechselnd lobte sie Simons geniale Fähigkeiten und lag ihm wegen Tipps in den Ohren. Er wusste, sie wollte eigentlich nicht, dass er ihr irgendetwas verriet und somit die Herausforderungen zunichtemachte, die das Spiel bot. Zum Teufel, wenn sie es wirklich hätte wissen wollen, wenn sie nur einmal diese babyblauen Augen mit einem fragenden Blick in seine Richtung gerichtet hätte, dann wäre jedes verdammte Geheimnis über das Spiel aus ihm herausgesprudelt und wahrscheinlich noch einige, über die sie noch gar nicht nachgedacht hatte.

Simon sah im Labor nach, doch Kara war nicht dort. Dann musste sie im Fitnessraum sein. Er machte sich dorthin auf den Weg, zögerte jedoch, knöpfte sein Hemd auf und ging zuerst in Richtung seines Schlafzimmers. Er wollte dieses lästige, steife Hemd und die Hose loswerden, sein Trainingszeug anziehen und Gewichte stemmen, bis sich sein Körper entspannte. Wie zum Teufel er sich entspannen sollte, wenn er Kara in ihrer knappen Sportbekleidung sah, wusste er zwar nicht, aber er wollte mit ihr zusammen sein, sehnte sich danach, sie zu sehen.

Er würde ihr keine Vorwürfe machen, wenn sie auf der Stelle kehrtmachte und ging, sobald er den Raum betrat, aber er hoffte, dass sie das nicht tun würde. Ganz ehrlich? Er hätte es verdient. Die letzten drei Tage waren zermürbend gewesen, und er hatte sich Kara gegenüber völlig unmöglich benommen. Ihre gut gelaunten Fragen hatte er mit knappen Einwortsätzen beantwortet und ihre Gegenwart praktisch ignoriert, wenn sie sich im selben Zimmer mit ihm befand. Langsam war sie genauso verschlossen geworden wie er und sprach nur, wenn sie unbedingt miteinander kommunizieren mussten. Immer noch freundlich, aber distanziert.

Als er sich auf dem Weg den Flur entlang zu seinem Zimmer befand, versprach er sich, *dieses* Problem zu lösen. Er hielt es nicht mehr aus. Sam hatte Recht – ausnahmsweise einmal! Er brauchte Kara, und zu spüren, wie sie sich immer weiter von ihm entfernte, war wie ein Messerstich mitten in sein Herz. Verdammt! Es war eher, als würde man ihm mit einem stumpfen Messer das Herz aus dem Brustkorb schneiden.

Simon riss sich die offene Krawatte vom Hals, schmiss sie auf sein Bett und öffnete die restlichen Knöpfe seines Hemdes. Gerade, als er beides in der Hand hielt, um es in den Wäschekorb zu schmeißen, hörte er sie. Mit klopfendem Herzen drehte er den Kopf und lauschte. Er nahm ein Wimmern, ein weibliches Stöhnen wahr, und dann hörte er ... seinen Namen. »*Simon.*«

Das erstickte, drängende Verlangen in ihrer heiseren, verführerischen Stimme jagte Simon eine Gänsehaut über den Rücken. Die Kleidungsstücke in seiner Hand fielen unbemerkt zu Boden. Er näherte sich den lustvollen Lauten und blieb vor der Tür zu seinem Bad stehen. Genauso wenig, wie er aufhören konnte zu atmen, konnte er sich von dieser Tür abwenden. Sie war angelehnt und nicht eingeklinkt. Wie betäubt öffnete er sie langsam. Heller Dunst empfing ihn, als er leise einen Schritt nach vorn trat und die Tür weit öffnete.

Himmelherrgott! Sein Herzschlag setzte aus, und er hielt den Atem an, als sein hungriger Blick auf Kara fiel. Sie lag ausgestreckt auf einem hohen Wannenvorsprung, Wasser umspülte ihre Fußknöchel, streichelte ihre Schenkel, und sie war versunken in erotischer Ekstase. Ihre weit gespreizten Beine gaben den Blick frei auf ihr rosiges Geschlecht, das Simon das Wasser im Mund zusammenfließen ließ. Mit zurückgeworfenem Kopf und geschlossenen Augen bemerkte sie nicht, dass Simon, der hypnotisiert auf die Hand zwischen ihren Schenkeln starrte, sie beobachtete. Ihre üppigen Brüste hüpften, während sich ihre Hüften im Wasser auf und ab bewegten und auf ihre sich wild bewegenden Finger trafen, die ihre Klitoris reizten.

Simon schnappte nach Luft. Sein Schwanz war so hart, dass er damit Beton hätte durchbohren können. Er hielt ein Stöhnen zurück, wusste, dass er ihr eigentlich ihre Privatsphäre lassen musste, doch er konnte es nicht. Es war unmöglich. Nur eine die komplette Erdkugel verschlingende Katastrophe würde ihn von diesem erotischsten, großartigsten Anblick wegreißen, der sich ihm je geboten hatte.

»*Simon.*« Kara fantasierte von *ihm*. Stellte sich *ihn* vor. Simon wünschte sich inständig, er wüsste, was er in ihrer Fantasie mit ihr tat. Wahrscheinlich das, was er genau jetzt mit ihr tun wollte. *Er wollte seinen Kopf zwischen ihren seidigen Schenkeln vergraben, mit seinen Fingern in ihre enge Vagina eindringen und mit seinem Mund und seiner Zunge ihrer Klitoris Vergnügen bereiten.*

Während er seinen Blick auf ihren sich windenden Körper geheftet hatte, streifte er Hose und Unterhose ab und ließ beides lautlos zu Boden gleiten. Ein Teil von ihm wollte sich Kara nähern, wollte das pinkfarbene Geschlecht zwischen ihren Schenkeln anbeten, sich den harten, rauen Brustwarzen widmen. Doch er stand wie erstarrt. Er wurde von ihrer Erregung mitgerissen, ein Anblick, der so sinnlich war, dass er nach seinem Schwanz tastete, während er sich nun doch der Wanne näherte.

Ein tiefes, kehliges Stöhnen, das er nicht zurückhalten konnte, ließ Kara zusammenfahren. Ihr Kopf fuhr hoch, und in ihrem Blick spiegelten sich grenzenlose Begierde und heißblütiges Verlangen.

»Hör nicht auf. Bitte! Ich muss sehen, wie du kommst.« Simons Stimme war rau und krächzend vor Begierde und Verlangen.

Ihre Hand bewegte sich nicht mehr, doch sie blieb auf ihrem Geschlecht liegen. »Es tut mir leid, Simon, ich …«

»Bring dich zum Höhepunkt, Kara. Mach weiter. Denk an mich. Es gibt nichts auf dieser Welt, was ich lieber möchte, als dich dabei zu beobachten, wie du dich selbst befriedigst. Es ist wunderbar.« Sie wusste nicht, wie wunderschön sie aussah – gerötete Haut, schamlos, selbstvergessen.

Ihre Augen wanderten über Simons Körper, zögerten, verengten sich beim Anblick seines Schwanzes, den er mit festem Griff umfasst hielt. »Nein. Du bist schön, Simon. Der schönste Mann, den ich je gesehen habe.«

Er hatte nicht gedacht, dass es möglich war, seine Erregung noch zu steigern. Doch ihre leise Stimme, die förmlich schrie »Komm und fick mich«, brachte ihn fast um den Verstand, die Tatsache, dass sie *ihn* wollte, ließ ihn sich fast vergessen. Ihre Blicke verschmolzen, und ein unsichtbares Band hielt sie verbunden. Simon stöhnte auf, als sich ihre Hand bewegte. In seinem Blick spiegelte sich höchste Erregung, während er begann, seinen Schwanz zu massieren.

Sie sahen sich mit nackter, ungezügelter Leidenschaft an. Karas Zunge fuhr über ihre Lippen. Wild und gierig beobachtete sie, wie er seinen kurz vor der Explosion stehenden Schwanz bearbeitete. Der Schweiß lief Simon in Rinnsalen über das Gesicht. Kara flüsterte zwischen stoßweisem Keuchen und erotischem Stöhnen seinen Namen, während sie ihren Augenkontakt aufrechterhielten, völlig verloren in einem Netz der Begierde, die so heftig war, dass Simon Mühe hatte, aufrecht stehen zu bleiben.

»So ist es richtig, Baby. Besorg es dir selbst«, forderte er, während auch er bei sich selbst fester zupackte. Das pure Vergnügen, Kara bei ihrer hemmungslosen Wollust beobachten zu können, führte dazu, dass sich seine Hoden zusammenzogen und sich ein Druck in ihm aufbaute.

Locken aus dunklen, seidigen Haaren hatten sich aus der Spange gelöst, die Karas Mähne zurückhielt. Sie umrahmten ihr Gesicht, strichen über ihre Schultern. Simon war berauscht, verzaubert, begeistert von dem Augenschmaus, der sich ihm bot.

Kara nahm ihre Finger von der Klitoris und ließ zwei Finger in ihre enge Vagina gleiten, füllte sich selbst aus und ließ sie mit kräftigen, tiefen Stößen hinein und hinaus gleiten. Bei jedem immer tieferen, immer schnelleren Eindringen in ihre Öffnung stöhnte sie auf. Auch Simon erhöhte sein Tempo, passte sich dem ihren an.

»Komm für mich«, forderte er und wusste, dass er das hier nicht länger fortführen konnte, wie sehr er sich auch wünschte, sie für immer bei ihrem Tun zu beobachten.

Ihre Finger wanderten zurück zu ihrer Klitoris, glitten mühelos entlang des angeschwollenen Knötchens. Keuchend warf sie ihren Kopf mit einem langen, kehligen Stöhnen zurück. Ihr Höhepunkt war heftig. Sie stöhnte seinen Namen, bog ihr Kreuz durch, und ihr gesamter Körper wurde von einem Zittern erfasst.

Unfähig, sich auch nur eine weitere Sekunde zurückzuhalten, explodierte auch Simon. Er hielt die Hand vor seinen Schwanz, um den Schwall heißer Flüssigkeit aufzufangen, der ansonsten vielleicht die verdammte Wand getroffen hätte.

Kara lehnte sich zurück. Mit glasigen Augen atmete sie schwer und unregelmäßig. Nachdem Simon sich schnell kurz gereinigt hatte, stieg er zu ihr in die Wanne. Er zog ihren widerstandslosen Körper mit sich ins Wasser, und sein Mund bedeckte ihren mit einem zärtlichen, wohligen Kuss. Karas Gesicht war gerötet, als sie sich von ihm löste und ihre Augen seinem Blick auswichen. »Ich kann nicht glauben, dass ich das gerade getan habe.«

»Sieh mich an, Kara.« Simons Finger griffen nach ihrem Kinn, hoben behutsam ihren Kopf an, bis sich ihre Blicke trafen. »Bei mir musst du dich niemals genieren. Du bist wunderschön. Die erotischste Frau, die mir je begegnet ist. Dich dabei zu beobachten, wie du gekommen bist, war dermaßen erregend, dass ich fast einen Herzinfarkt bekommen hätte. Für so etwas Unglaubliches braucht man sich nicht zu schämen.«

Er zog Kara zurück auf einen eingebauten Lounge-Sitz und wünschte, er könnte sein Verlangen ausdrücken, alles Intime mit ihr zu teilen, seine Besessenheit, ihr nahe zu sein. Nachdem er sich aufgesetzt und zurückgelehnt hatte und Wasser gegen seinen Oberkörper plätscherte, zog er sie zwischen seine Beine. Ihr nackter Rücken an die Vorderseite seines Oberkörpers geschmiegt, schlang er seine Arme fest um ihre Taille, hielt sie fest. Fast hätte er vor Begeisterung geseufzt, als sie sich entspannt gegen ihn lehnte und ihr Kopf auf seiner Schulter ruhte. Er vergrub sein Gesicht in ihren Haaren, sog nach drei Tagen zum ersten Mal wieder ihren verlockenden Duft ein und fühlte sich, als wäre er endlich wieder dort, wo er hingehörte.

»Ich habe das nur noch nie gemacht, wenn jemand zugeschaut hat. Ich habe dir ja gesagt, dass ich nicht viel Erfahrung habe.« Kara seufzte. »Ich habe dich vermisst. Ich weiß, ich habe dich weggestoßen. Das hätte ich nicht tun sollen, aber ich wollte nur, dass du mir sagst, was passiert ist, damit ich verstehe, was neulich Nacht passiert ist. Es tut mir wirklich leid, Simon. Ich ...«

»Schhh! Hör auf!« Sein Mund an ihrem Ohr flüsterte: »Es hat nichts mit dir zu tun, Kara.« Verdammt, es brach ihm das Herz zu hören, wie sie sich entschuldigte, obwohl er sie eigentlich bitten sollte, ihm zu vergeben. Er hatte sie schlecht behandelt. Hatte sie zum Schweigen gebracht. Er war einfach nicht an eine Frau gewöhnt, die tatsächlich *ihm* nahe sein wollte, eine Frau, die wirklich genug Mumm hatte, das zu versuchen. »Es ist mein Problem. Etwas, das ich nie jemandem erzählt habe. Scheiße! Ich habe es noch nicht einmal dem Seelenklempner gesagt, zu dem mich Mom geschickt hat, nachdem das Ganze passiert war. Dem habe ich sowieso nicht die ganze Wahrheit erzählt.«

»Helen hat dich zu einer Beratung geschickt?«, fragt Kara mit leiser, fürsorglicher Stimme. Ihre Hände lagen auf seinen Armen, die um ihre Taille geschlungen waren. In einer tröstlichen Geste drückte sie sie leicht.

Simon zitterte, obwohl das über ihre Haut schwappende Wasser noch immer heiß war. Er holte tief Luft, stieß sie langsam wieder aus und wusste, dass er an einem Punkt angekommen war, an dem die Wahrheit herausmusste. Es war an der Zeit, alles zu riskieren, alle seine Karten offen auf den Tisch zu legen und zu beten, dass er als Gewinner daraus hervorging, dass ihr genug an ihm lag, um bei ihm zu bleiben.

Tatsächlich vertraute er Kara. Doch wollte er über seine Scham und seine absurden Ängste sprechen? Oh, verdammt, nein ... er wollte absolut nicht darüber reden. Aber er war davon besessen, der Frau, die er in seinen Armen hielt, nahe zu sein, der Frau, die sich in völligem Vertrauen und mit Zuversicht an ihn lehnte, mit einer Güte und Geduld, die er an ihr bewunderte. *Nichts zwischen uns. Nie.*

»Ja, das hat sie. Ich bin über ein Jahr zu Doktor Evans gegangen.« Simons Stimme war heiser und zögerlich, als seine

Instinkte mit seinen Gefühlen rangen. »Mom wollte sicher sein, dass ich psychisch wieder auf die Beine kam.«

Kara drängte sich dichter an ihn, so eng wie es nur möglich war. Ihre Hände glitten an seine Armen hinab, fanden seine Hände unter Wasser, und ihre Finger verschränkten sich mit seinen. Er atmete ihren Geruch ein, als sie ihren Kopf neigte und gegen seine Wange legte. Ihr Duft hüllte ihn ein.

»Simon?«, flüsterte sie sanft.

»Ja?« Er drückte ihre Finger leicht.

»Ich liebe dich.« Ihre Stimme war fast nicht hörbar. »Ich liebe alles, was du bist, jeden Teil von dir. Nichts, was dir in der fernen Vergangenheit zugestoßen ist, wird etwas daran ändern. Ich liebe dich sogar, wenn du rechthaberisch bist.«

»Ich bin niemals rechthaberisch«, entgegnete Simon automatisch, und die Mauern um sein Herz bekamen Risse, erlaubten es seinem Herzen, sich emporzuschwingen. Verdammte Scheiße! Er hatte gewollt, dass sie es sagte, aber er hatte sich nie vorgestellt, dass es sich so verdammt fantastisch anhören würde. Er war sich nicht sicher, was er getan hatte, dass er eine Frau wie sie verdiente. Doch er war nicht dumm. Er würde sie behalten. »Du weißt, dass ich dich jetzt nie wieder gehen lasse, oder?« Es war keine richtige Frage, aber er dachte, dass sie seine Absichten kennen sollte.

»Ich habe das nicht zu dir gesagt, damit du dich verpflichtet fühlst. Ich wollte nur, dass du es weißt.« In einem heiteren Tonfall fügte sie hinzu: »Und du bist rechthaberisch. Erzähl mir jetzt von Doktor Evans.«

Verpflichtet? Sie war keine Verpflichtung. Sie war sein ganzes verdammtes Leben. Krampfartig verstärkte er den Druck seiner Arme um sie.

Sie liebt mich! Die Spannung wich aus Simons Körper. Plötzlich schien es nicht mehr ganz so schwierig zu sein, über die Vergangenheit zu reden. Ja, er hätte seine Frau viel lieber ins

Bett gebracht und ihr genau gezeigt, wie sehr er sie anbetete, aber er wollte das mit offenen Karten tun. Er musste erklären, was letztens nachts passiert war, und das ging nur, wenn er über die Vergangenheit sprach.

Sie liebt mich. Und dann begann er zu erzählen.

Kapitel 5

»Ich glaube, bevor ich dir von Doktor Evans erzähle, sollte ich ganz von vorne anfangen.«

Kara nickte, wollte seinen Redefluss nicht mit Fragen oder Kommentaren unterbrechen. Sie hatte nicht vorgehabt, ihm ihre Liebe zu gestehen, doch sie hatte nicht anders gekonnt, war nicht in der Lage gewesen, die Worte zurückzuhalten. Und sie bereute es nicht. Sie war es leid, es zu verbergen, und kein Mann verdiente es mehr, geliebt zu werden, als Simon.

»Mein Vater starb einen Monat vor dem Vorfall. Überdosis. Drogen und Alkohol. Er war dumm genug, Drogen von einem der größten Drogendealer der Westküste zu stehlen, ein Typ, für den er Botengänge machte oder Drogen verkaufte. Als Gegenleistung bekam er genug Drogen und Fusel, um seine eigene Sucht zu befriedigen. Er bekam selten Bargeld, und selbst wenn, dann hat er damit nicht seine Familie oder seine Frau versorgt.«

Simons Stimme war leise, voller Verachtung für den Mann, der ihn gezeugt hatte. »Mom tat ihr Bestes, doch sie hatte die Highschool abgebrochen und bekam nur schlecht bezahlte Jobs. Sie tat, was sie konnte, um uns zu ernähren und die Geschäfte unseres guten, alten Vaters von unserem beschissenen Apartment und von Sam und mir fernzuhalten. Meistens hat sie uns aus Schwierigkeiten herausgehalten, hat uns vermittelt, dass wir mehr aus uns machen können, etwas Besseres.« Simons Stimme überschlug sich. Die Bewunderung für seine Mutter war offensichtlich.

Alles, was Helen Kara erzählt hatte, ergab *jetzt* einen Sinn. Helen gab sich die Schuld dafür, dass sie ihren Jungs keine bessere Kindheit hatte bieten können. Kara runzelte die Stirn und erinnerte sich an die Trauer in Helens Augen, als sie von ihren Jungs erzählt hatte, von deren beschissener Kindheit. War Helen nicht bewusst, dass sie ihren Kindern etwas gegeben hatte, an das sie sich in ihrer Kindheit klammern konnten, etwas, das sie dringend gebraucht hatten, um unversehrt zu überleben? Helen hatte Simon und Sam Liebe gegeben ... und Hoffnung.

Simons Stimme festigte sich, als er fortfuhr. »Rose war meine Freundin in Kindheitstagen, wirklich meine einzige Freundin neben Sam. Sie wuchs in dem Apartment neben uns auf und war ein Jahr älter als ich.« Simon rutschte unbehaglich hin und her und sein Fuß schnellte im Wasser herum, als wäre er nervös. »Wir waren ganz enge Freunde, bis meine Hormone in Aufruhr gerieten und ich begann, sie als Frau zu sehen. Ich mochte sie sehr und ich dachte, dass sie mich auch mochte.«

»Du hast also als Teenager eine Freundin gehabt?« Kara war nicht sicher, worauf seine Erklärung abzielte, aber sie spürte, dass sie für seine Geschichte wichtig war.

»Ja und nein. Vermute ich. Wir haben uns geküsst und Händchen gehalten. Ich hatte jede Nacht geile feuchte Träume, die von ihr handelten. Ich wollte zum ersten Mal Sex haben, und ich war nicht gerade ein attraktiver Teenager. Still und spindeldürr, nicht besonders ansehnlich. Wahnsinnig tollpatschig. Ich habe viel gelesen. Mom sorgte immer dafür, dass wir Bücher aus der Bibliothek hatten oder Leseprogramme. Aber Rose schien mich zu mögen, obwohl ich ein unbeholfener, hässlicher Jugendlicher war.«

Karas Herz zog sich zusammen, als sie versuchte, sich einen jungen, linkischen Simon als Teenager vorzustellen. Sie hätte ihre Karriere als Krankenschwester verwettet, dass er hinreißend gewesen war.

»Sie veränderte sich, als sie siebzehn wurde. Sie brach die Schule ab, hing mit der Clique meines Vaters rum, wollte nicht mehr mit mir sprechen oder war so abwesend, dass ich mir vorkam wie ein Niemand.«

Kara drückte seine Hände. »Das muss wehgetan haben.«

»Das hat es.« Simon bemühte sich erst gar nicht, es zu leugnen. »Ich wusste, sie nahm Drogen und war die meiste Zeit high. Ich habe sie angefleht, sich von mir helfen zu lassen, aber sie hat nicht gehört. Sie hat mir nur ins Gesicht gelacht, hat gesagt, dass es nichts gäbe, was ich für sie tun könnte, denn ich wäre genauso arm wie sie. Und damit hatte sie Recht, verdammt! Aber ich wollte ihr helfen, von den Drogen wegzukommen. Und vom Strich auch.«

»Sie ist anschaffen gegangen?« *Oh Gott, armer Simon.*

Kara konnte ihn nicht sehen, aber sie fühlte, wie er mit den Schultern zuckte. »Sie musste irgendwie ihre Sucht finanzieren, und ich weiß, dass sie ihrer Mutter auch etwas Geld für ihren jüngeren Bruder gegeben hat.«

»Du hast nicht aufgegeben, stimmt's?« Kara brauchte keine Antwort. Sie wusste es bereits. Simon war dickköpfig und beharrlich und sein Retterinstinkt immer noch lebendig und wohlauf. Es lag nicht in seiner Natur, aufzugeben.

»Nein. Ich wollte glauben, dass die Rose, die ich kannte, immer noch in ihr war, dass sie darauf wartete, wieder hervorzukommen.« Simon schnaubte. »Es war mir egal, wie oft sie mich mied oder mir sagte, ich solle mich verpissen, ich habe es weiter versucht. Ich war ziemlich naiv, schätze ich.«

Nein, das warst du nicht. Du warst anständig, obwohl dir das Leben einen beschissenen Anfang beschert hatte. Du warst ein

Träumer, der glauben wollte, dass jeder gerettet werden konnte. Du musst so treuherzig, ehrlich und direkt gewesen sein wie jetzt. Du hast es damals nur nicht so gut verborgen.

»Hoffnung zu haben bedeutet nicht, naiv zu sein, Simon.«

Er lachte, aber es war ein bitteres Lachen. »Ich war leichtgläubig. Dann habe ich sie nach dem Tod meines Vaters einen Monat lang nicht gesehen. Aber eines Abends tauchte sie vor unserem Apartment auf, bekleidet mit einem kurzen, aufreizenden Rock und mit einem freundlichen Lächeln im Gesicht. Für eine männliche Jungfrau wie mich war das alles, was ich brauchte. Mom war bei der Arbeit und Sam bereits in Florida, um auf dem Bau zu arbeiten. Ich bereitete mich gerade auf meinen Highschool-Abschluss vor, und Sam hatte auf dem Bau genügend Geld verdient, um mich und Mom zu sich nach Florida zu holen.«

»Du hast mit sechzehn deinen Abschluss auf der Highschool gemacht?«

»Ich hatte eine Klasse übersprungen. Zweimal. Die Schule war nie schwer für mich«, antwortete Simon verlegen, als würde es ihm peinlich sein, dass er klug war.

Warum war Kara *nicht* überrascht, dass er schon als Kind hochbegabt gewesen war? »Was ist passiert, als sie reinkam?«

»Sie hat mich heftig angemacht. Ich habe wie ein Sechzehnjähriger reagiert, der noch nie Sex hatte. Innerhalb von Minuten war sie mit mir in meinem Zimmer. Sie hatte Erfahrung, und ich habe sie machen lassen. Sie öffnete meinen Hosenschlitz, holte meinen Schwanz heraus und zog ein Kondom darüber, bevor ich richtig mitbekam, was passierte.«

Er lachte, doch das hohle Geräusch war ohne jeden Humor. »Nicht, dass ich etwas dagegen gehabt hätte. Ich hatte eine wunderschöne Frau über mir, die bereit war, mich besinnungslos zu ficken. Ich war ein Teenager in totaler Ekstase.« *Oh, du lieber Gott.*

Kara hielt ein entsetztes Keuchen zurück. Ihre Vermutungen *mussten* falsch sein. Es konnte nicht auf *diese* Weise passiert sein.

»Sie hatte in ihrem BH ein Messer versteckt.« Simons Stimme zitterte. Kara hatte Recht, und Übelkeit stieg in ihrer Kehle hoch.

»Da lag ich also, erlebte mein erstes Mal, war überflutet von erotischer Glückseligkeit und hätte niemals gedacht, dass etwas nicht stimmte. Sie griff nach dem Messer und stach zu, als ich kam. Es überraschte mich völlig. Sie hatte bereits so oft zugestochen, bevor ich mitbekam, was passierte, dass ich keine Gelegenheit hatte, mich zu verteidigen.« Seine Brust hob sich, und seine Stimme klang erstickt und rau.

Kara zitterte am ganzen Körper vor Mitgefühl. Sie drehte sich in seinen Armen zu ihm um, setzte sich rittlings auf seinen Schoß und schlang ihre Arme um seinen Hals. »Warum?«, schluchzte sie. »Warum hat sie das getan?«

Kara vergrub ihr Gesicht an seinem Hals und ließ die Tränen ungehindert fließen. Sie dachte nur an den verletzlichen Teenager Simon, der in einer Blutlache lag, sterbend, nur weil er ein typischer, von Hormonen gesteuerter junger Mann war.

Seine Arme fest um Kara geschlungen antwortete er mit holpriger Stimme: »Rache. Mein Vater starb, bevor er dafür bestraft werden konnte, dass er den mächtigen Boss eines organisierten, riesigen Kartells bestohlen hatte. Die Organisation übermittelte eine Botschaft, ließ die Leute wissen, was demjenigen oder seiner Familie zustieß, wenn er sie bestahl. Sie konnten die schlimme Tat meines Vaters nicht ungesühnt lassen. Er starb, bevor sie ihm die Botschaft überbringen konnten. Ich war nur ein Ersatz.«

»Aber warum Rose?«

»Der Boss wusste, dass wir Freunde aus Kindertagen waren. Ihre Loyalität wurde geprüft. Sie war da schon ziemlich eingebunden in die Organisation. Sie haben ihr gedroht, ihre Mutter und ihren Bruder zu töten, wenn sie mich nicht umbringen würde.« Überraschenderweise war aus seiner Stimme keine Bitterkeit zu hören.

Zutiefst erschüttert stieß Kara hervor: »Ist sie im Gefängnis?«

»Sie ist tot.« Mit tonloser Stimme fuhr Simon fort: »Sie floh, als ich vom Blutverlust ohnmächtig wurde, offenbar überzeugt davon, dass ich sterben würde. In einer Gasse hat sie eine tödliche Dosis Drogen genommen und sich die Pulsadern mit demselben Messer aufgeschlitzt, mit dem sie mich attackiert hatte. Man fand einen Abschiedsbrief und ein Geständnis in ihrer Tasche. Sie bat darin ihre Mutter und meine um Vergebung. Beteuerte, dass sie ihre Familie hatte schützen müssen. Sie wusste nicht, dass ich überlebt hatte. Mom kam ein paar Minuten später nach Hause und fand mich. Ansonsten wäre ich gestorben.«

Unfähig, ihr Entsetzen zu verbergen, schluchzte Kara an Simons Halsbeuge, weinte über all den Schmerz, den er sowohl psychisch wie physisch ertragen hatte. Wie überlebte jemand einen solchen Verrat? Besonders einen, der von einer Freundin begangen worden war, einer Frau, die er angebetet hatte. »Es tut mir so leid.«

»Warum?«, fragte Simon und klang verwirrt. »Du hast mich doch nicht niedergestochen.« Er streichelte Karas Rücken. »Weine nicht. Ich mag das nicht.« Er klang fordernd, doch er ließ seinen Kopf an ihrem ruhen, und die Berührung auf ihrem Rücken war sanft und tröstlich.

Ein trauriges Lächeln zeichnete sich auf ihren Lippen ab, als sie versuchte, ihre Gefühle in den Griff zu bekommen. Seine Bemerkung war so ... typisch Simon. Er hatte keine Ahnung, warum sie für ihn weinte, warum sie für ihn litt. Von jemandem außerhalb seiner Familie geliebt zu werden war völlig fremd für ihn. »Erzähl mir von deinen Verletzungen.«

»Ich hatte Stichverletzungen. Viele.« Seine Stimme hatte einen leicht spöttischen Unterton. Er hielt inne und fragte unschlüssig und schroff: »Wirst du wieder weinen, wenn ich dir davon erzähle?«

Oh, gütiger Gott! Er erzählt mir von dem traumatischsten Erlebnis seines Lebens und ist besorgt darum, dass es mich zum Weinen bringt! »Ich werde versuchen, mich zusammenzureißen. Erzähl.«

»Ich war eine Zeit lang im Krankenhaus. Zu meinem Glück war Rose eine miserable Mörderin gewesen. Sie hatte die meisten meiner lebenswichtigen Organe verfehlt, und einige der Wunden waren nicht tief. Ich wurde operiert und ein paar Organe mussten geflickt werden, aber ich habe es überlebt. Sobald ich halbwegs wiederhergestellt war, hat Sam Mom und mich nach Tampa geholt.« Simon stieß einen langen, abgrundtiefen Seufzer aus.

»Warst du verstört?«, flüsterte Kara gegen seinen Hals und hatte immer noch einen jungen, erschrockenen, verletzten Simon vor Augen. Ihre Arme verstärkten den Druck um seine Schultern, und sie wünschte, sie wäre dort gewesen, um ihn zu trösten.

»Ehrlich gesagt, kann ich mich kaum erinnern.« Er schüttelte leicht den Kopf. »Sam sagte, dass Mom ein totales Wrack war. Das Einzige, an das ich mich erinnere, war, dass ich mich geschämt habe, als ich endlich wieder zusammengeflickt war. Und traurig, weil Rose tot war.«

Karas Kopf zuckte geschockt zurück. Sie suchte seinen Blick und fragte verwirrt: »Warum? Du hast doch nichts Falsches getan.«

»Ich habe mich übertölpeln lassen, weil ich spitz war. Ich habe nur mit meinem Schwanz gedacht und nicht mit dem Kopf. Dass Rose mich angegraben hat, war unlogisch. Das hat keinen Sinn ergeben. Ich hätte argwöhnisch sein müssen. Verdammt! Alles, was sie in den Monaten zuvor zu mir gesagt hatte, war ›Verpiss dich!‹ gewesen. Ich hätte wissen müssen, dass etwas nicht stimmte. Aber ich habe an nichts anderes gedacht als an meinen Orgasmus.« Er blickte düster und gequält drein. »Ich habe mich über mich selbst geärgert. Meine Mom und Sam haben die Hölle durchgemacht, weil ich blöd war. Ich hätte es besser wissen müssen. Immerhin bin ich in der Gegend aufgewachsen. Ich wusste eigentlich ganz genau, wie ich auf mich aufpassen muss.«

Kara löste ihre Hand von seinem Nacken und streichelte seine Wange. Ihr war klar, dass Simon damals ein Mann im Körper eines Jungen gewesen war, und er hatte von sich erwartet, dass er vernünftige Entscheidungen traf, während seine Hormone in Aufruhr waren. Hatte er nicht bemerkt, dass sein Körper immer noch jung war, er die Reife eines sechzehnjährigen Jungen hatte, obwohl er vielleicht die Intelligenz eines älteren Mannes besaß? »Simon ... du warst sechzehn. Immer noch ein Junge. Vielleicht warst du ein Wunderkind, aber trotzdem ein Teenager.«

»Ja, und ich bin als Erwachsener nicht gerade das, was man ... äh ... normal nennt.« Er ergriff ihre Hand, die über die Stoppeln in seinem Gesicht fuhr, und führte sie an den Mund. Zärtlich küsste er ihre Handfläche, verschränkte seine Finger mit ihren und legte ihre verschlungenen Hände auf sein Herz.

»Nein, das bist du nicht. Aus dir ist etwas Außergewöhnliches geworden. Du hast allen Grund, anderen nicht so einfach zu vertrauen. Was war mit Doktor Evans?« Sicher, Simon musste Kontrolle ausüben, aber angesichts der Umstände, die dieses traumatische Ereignis umgaben, ging Kara jede Wette ein, dass *diese* Erfahrung jedem Dämonen beschert hätte. Ihr selbst auf jeden Fall.

»Er hat mich zum Reden gebracht. Ich habe es gehasst,

aber ich bin meiner Mutter zuliebe jede Woche hingegangen. Nach einer Weile ist es einfacher geworden. Er hat mir geholfen, meine Gefühle wegen Roses Tod und dem meines Vaters in den Griff zu kriegen. Aber ich habe ihm nie erzählt, was wirklich passiert ist. Das konnte ich nicht. Ich konnte es niemandem erzählen. Jeder nahm an, dass Rose durch die unverschlossene Tür gekommen war und mich im Schlaf niedergestochen hatte ... und ich habe sie einfach in dem Glauben gelassen. Es erschien leichter so.« Sein Körper verkrampfte sich. »Das war feige.«

»Aber es müssen doch Spuren vor Ort gewesen sein. Das Kondom und ...«

»Anscheinend hatte Rose doch irgendwelche Gefühle für mich. Vielleicht Schuldgefühle. Es war nirgends ein Kondom zu finden, und mein Schwanz war in der Hose. Keiner hat je vermutet, dass es etwas anderes war als ein Angriff auf mich, während ich schlief. Ein Racheakt gegen meinen Vater. Du bist die Einzige, die Bescheid weiß. Ich konnte es noch nicht einmal Sam erzählen.« Seine Stimme ging in ein heiseres Flüstern über.

Kara litt mit ihm, wollte ihn irgendwie trösten. Sie zog ihre Hand aus seiner und drehte seinen Kopf zu sich, zwang ihn, sie anzusehen. »Hör mir zu. Du bist überfallen worden, als du jung und schutzbedürftig warst. Du hast keinen Grund, dich schuldig oder beschämt zu fühlen. Nichts davon war deine Schuld. Ich verstehe, warum du Probleme mit Vertrauen hast. Ich verstehe, warum du letztens nachts in Panik geraten bist.«

Kara sah Zweifel in seinem Blick, und sie wurde stocksauer. »Aber eines sollst du wissen ... du hast überlebt und bist zu einem hinreißenden, großartigen, erfolgreichen, attraktiven Mann geworden, obwohl dir in jungen Jahren übel mitgespielt worden ist. Du bist der unglaublichste Mann, der mir je begegnet ist. Verstehst du mich?« Ihre Äußerung war heftig und ihre Augen glühten. Verdammt! Es musste doch in seinen Dickkopf gehen, dass er etwas Besonderes war!

Simons Blick wurde wärmer, und seine Mundwinkel zuckten. »Ja. Ich hab's verstanden. Können wir noch mal auf den Teil zurückkommen, in dem ›attraktiv‹ vorkam?«

Kara verdrehte die Augen. Typisch Simon, der sein Augenmerk nur auf den attraktiven Teil ihrer Aussage gerichtet hatte.

»Ist das der einzige Teil, den du verstanden hast?«, entgegnete sie gereizt.

»Nein, aber es war der interessanteste Teil.« Simon grinste sie ungeniert an.

Frustriert schöpfte sie eine Handvoll Wasser aus der Wanne und leerte sie über seinem Kopf. »Ich versuche, dir hier etwas zu erklären.«

Er griff nach ihrem Handgelenk und zog sie zurück an seinen Körper, wodurch eine kleine Welle entstand, die Wasser wie eine sanfte Liebkosung gegen ihre Haut plätschern ließ. Simon durchbohrte Kara mit einem Blick aus glühenden, tiefgründigen Augen, aus denen Besessenheit sprach, ein Begehren, das viel tiefer ging als leidenschaftliches Verlangen. »Möchtest du wissen, was ich verstanden habe?«

Kara schauderte, als seine Arme um ihren Körper glitten und er sie fest gegen sich drückte. Unfähig zu sprechen, nickte sie.

Mit tiefer, rauer Stimme fuhr er fort: »Ich verstehe, dass ich der glücklichste Kerl auf diesem Planeten sein muss, weil du mich liebst, mich akzeptierst. Verdammt, ich glaube, du verstehst mich fast, was ein verfluchtes Wunder ist, weil ich mich manchmal selbst nicht verstehe. Ich weiß wirklich nicht, wie ich dich umwerben soll, aber das ist nicht, weil ich es nicht will. Ich weiß nur nicht wie. Ich verstehe, dass ich, bevor ich dich kennenlernte, in einer sehr kleinen Welt gelebt habe und du mich irgendwie ans Licht gezerrt hast, mich tatsächlich Dinge hast sehen lassen, die mir nie zuvor aufgefallen waren. Ich verstehe, dass du mich zu einem besseren Menschen machst.« Er schob eine Hand um ihren Hals und drückte Kara einen leidenschaftlichen, besitzergreifenden Kuss auf die Lippen. Abrupt beendete er den Kuss, umfasste ihr Kinn und sah sie aus leidenschaftlichen Augen an. »Habe ich deiner Meinung nach genug *verstanden*?«

Atemlos sah sie ihn eindringlich und mit liebevollem Blick an. Vielleicht hatte er nicht ganz genau wiederholt, was sie versucht hatte, ihm zu vermitteln, aber es war ein Anfang. Er lernte, geliebt zu werden. Sie vergrub ihr Gesicht an seiner Schulter und murmelte: »Es reicht. Vorerst.«

»Ich brauche dich, Kara. Verlass mich nicht wieder«, sagte Simon mit heiserer Stimme und vergrub sein Gesicht in ihren Haaren.

Er hatte ihr nicht gesagt, dass er sie liebte, aber er hatte seine Seele entblößt, seine Geheimnisse mit ihr geteilt und unglaubliche Fortschritte darin gemacht, seine Gefühle zu offenbaren. Und er hatte das für sie getan. Ja, vorerst war das mehr als genug. »Ich gehe nirgendwohin.«

»Verdammt richtig, nirgendwohin!«, brummte er.

Kara lächelte, denn obwohl er die Worte fordernd gesprochen hatte, schaukelte er sie in seinen Armen, hielt sie wie ein zärtlicher Liebhaber. Es stimmte nicht, dass er nicht wusste, wie er sie umwerben sollte. Er zeigte ihr auf so viele umwerfende, verführerische und süchtig machende Arten, wie sehr er sie mochte. Es war, als hätte ein fehlendes Stückchen ihrer Seele sie endlich gefunden und sich wieder an die richtige Stelle gesetzt. Sie fühlte sich vollständig.

»Hast du sie geliebt?« Eigentlich wusste Kara, dass sie das Thema fallenlassen sollte, aber sie wollte es wissen.

»Wen?«

»Rose. Hast du sie geliebt?«

»Nein.« Er antwortete schnell und ohne zu zögern. »Ich

mochte sie auf freundschaftlicher Ebene, und ich stand total auf sie. Aber ich habe sie nicht geliebt. Ich wollte nicht, dass sie stirbt. Das Traurige an der ganzen Sache ist, dass sie für nichts gestorben ist. Ein paar Tage, nachdem sie sich umgebracht hatte, ist die ganze Organisation aufgeflogen. Der Boss und jeder, der mit dem Kartell in Verbindung gebracht wurde, verrottet im Gefängnis.«

Kara konnte die Aufrichtigkeit, das Akzeptieren der ganzen Situation in seiner Stimme erkennen. Er war nicht wütend und auch nicht verbittert. »Guter Therapeut?«

»Ja. Doktor Evans war der Beste. Wir essen ab und zu noch zusammen. Ich glaube, er versucht immer noch, aus mir schlau zu werden.« Simon lachte mit aufrichtigem Humor.

Kara grinste an seiner Schulter. »Du bist ein faszinierendes Thema.«

»Willst du damit sagen, dass ich merkwürdig bin?«, knurrte er an ihrem Hals.

»Hmmm ... ich bin mir nicht sicher.« Sie befreite sich von ihm und stand auf. Zwar hasste sie es, sich aus seiner Umarmung zu lösen, aber sie musste unbedingt etwas trinken. Sie hatte sich schon eine Zeit lang in dem dunstigen Raum aufgehalten und war wie ausgedörrt. Als sie die Stufen emporstieg, konnte sie es sich nicht verkneifen, zurückzuschauen, und ihre hungrigen Augen wanderten über seinen muskulösen Körper und das attraktive Gesicht. »Ich glaube, ich muss dich noch ein bisschen studieren, bevor ich zu einem Ergebnis komme.«

Mit einer eleganten Bewegung war er auf den Füßen, ließ seine Muskeln spielen und hatte ein schalkhaftes Grinsen im Gesicht. »Süße, wenn du weiterhin diesen sexy Körper vor mir entblößt, dann werde ich meine eigenen Studien betreiben.« Sein Grinsen wurde breiter und seine Augen dunkler, als er ihr nachsetzte und sein schwerer Körper mit Leichtigkeit das Wasser beiseite drängte. »Und ich prüfe und teste meine Daten sehr eingehend.«

Kara raffte ein Handtuch vom Stapel neben der Badewanne und drängelte sich aus der Badezimmertür, Simon ihr dicht auf den Fersen. Als er ihre Taille packte, bevor sie die Schlafzimmertür erreicht hatte, kreischte sie: »Nein! Ich habe Durst!«

Simon zog sie gegen seine nasse, feste Brust, und sie fragte sich, ob sie wirklich so dringend etwas zu trinken brauchte. Mein Gott, er fühlte sich gut an. Sie schmolz dahin und fühlte seine harte, beharrliche Erregung an ihrem Po.

»Du hast Durst?« Sein Tonfall hatte sich geändert und klang jetzt besorgt. »Hast du etwas gegessen?« Er nahm ihr das Handtuch aus der Hand und rieb behutsam ihren Rücken trocken. Dann drehte er sie zu sich um und tupfte die Nässe von ihren Brüsten und ihrem Bauch.

Als sie zu seinem Gesicht aufsah, biss sie sich auf die Lippe. Er sah besorgt und ein wenig aufgewühlt aus. »Ich bin nicht besonders hungrig.« Sie bekam Appetit auf etwas anderes als Essen.

Als er sich davon überzeugt hatte, dass sie völlig trocken war, war Kara nahe daran, vor Begierde zu sterben. Der Mann war wirklich gründlich.

»Du brauchst Flüssigkeit und Nahrung«, brummte Simon und warf ihr seinen schwarzen, seidigen Morgenrock zu. Dann trocknete er sich schnell selbst ab und kramte in seinem Schrank. Er zog ein ähnliches Kleidungsstück in Dunkelblau über und nahm sich kaum die Zeit, den Gürtel zuzuknoten.

Fast hätte Kara gewimmert, als er den herrlichen, maskulinen Körper verhüllte. Widerstrebend schlüpfte sie in den schwarzen Morgenrock, und ihr Durst wurde von der Erregtheit zwischen ihren Schenkeln ausgeschaltet. Im Augenblick wollte sie nur noch Simon in horizontaler Lage. »Ehrlich, ich habe keinen großen Hunger.«

Er griff nach ihrer Hand und zog sie hinter sich her. »Du

wirst essen.« Er blieb stehen und starrte sie aus dunklen Augen warnend an. »Ich will dich nämlich später ficken, bis du um Gnade winselst.«

Karas Brustwarzen verhärteten sich zu Kieselsteinen, und aus der schwelenden Glut zwischen ihren Schenkeln schlugen Flammen. Seine leidenschaftliche Ankündigung ließ Kara vor Verlangen schaudern, und jeder Quadratzentimeter ihrer Haut kribbelte. *Ich werde betteln. Aber nicht um Gnade.*

Mit einem frustrierten Seufzer ließ sie sich zur Küche ziehen. Sie kannte Simons störrischen Blick. Er war entschlossen, ihre Bedürfnisse zu befriedigen, ihr zu geben, was auch immer sie brauchte. Eine beiläufige Erwähnung, dass sie Durst hatte, und Simon war auf einer Mission, stellte seine eigenen Bedürfnisse und Wünsche hintenan und kümmerte sich zuerst um sie. Und er wunderte sich, warum sie ihn liebte?

Ihr Herz tat einen Sprung, als er ihre Hand drückte und sie mit geballter Entschlossenheit zu Essen und Trinken führte. Der Mann war eine extrem verlockende Mischung aus knisternden männlichen Hormonen, Leidenschaft, Zärtlichkeit, Verletzlichkeit und Mitgefühl. Der perfekte Mann, verpackt in einem rechthaberischen, attraktiven, unwiderstehlichen Paket. Warum liebte sie ihn? Sollte die Frage nicht lauten ... wie konnte sie ihn *nicht* lieben?

Kara lächelte, als sie sich eingestand, dass sie nie eine Chance gehabt hatte, sich nicht wie verrückt, restlos und über beide Ohren in diesen Mann zu verlieben. Etwas Elementares, Urwüchsiges hatte sie von dem Augenblick, als sie ihn traf, zu ihm gezogen. Vielleicht hatte sie Angst davor gehabt, es als das zu verstehen, was es war, doch es war immer da gewesen. Simon war wie eine Naturgewalt. Heftig, wild und roh und doch unwiderstehlich.

Kara erinnerte sich daran, dass ihre Mutter einmal gesagt hatte, *wahre Liebe sei nichts für schwache Nerven, dass die Beloh-*

nung aber das Risiko wert war. Kara war damals jung gewesen, noch nicht einmal ein Teenager, und hatte die Bedeutung dieser Äußerung nicht verstanden.

Jetzt, mit Simon, war die Bedeutung dieser Worte glasklar, und sie verstand genau, was ihre Mutter gemeint hatte. Und sie hatte endlich den Mann gefunden, der das Risiko wert war.

Kara schickte ein stummes *Dankeschön* für die Worte, die sie erst nach so vielen Jahren verstanden hatte, an ihre Mutter und erlaubte Simon mit einem albernen Grinsen im Gesicht, sie den Flur hinunter zur Küche zu führen.

Kapitel 6

Simon öffnete mit einem Handgriff die Tür des Kühlschranks. »Diät-Cola oder Wasser?« Er griff nach der Cola, weil er ihre Antwort bereits kannte.

»Diät-Cola«, bestätigte sie zerstreut.

Er riss den Deckel der Dose auf und gab sie ihr. Nachdem er für sich selbst eine normale Cola geöffnet hatte, stürzte er die Hälfte des Inhalts in Sekunden hinunter. Kein Wunder, dass Kara so durstig war. Er war nicht so lange wie sie in dem dunstigen Raum gewesen, aber auch ausgedörrt.

Kara führte die Dose an die Lippen und trank, doch sie starrte auf den Durchgang, der ins Esszimmer führte. Scheiße, er hatte seine Besorgungen völlig vergessen. »Schönen Valentinstag.« Er schluckte hastig den Rest seiner Cola hinunter und warf die leere Dose in den Mülleimer. Simon folgte Kara düster dreinschauend ins Esszimmer. Sie hatte kein einziges Wort gesagt. Vielleicht hatten ihn Nina und Marcie in die falsche Richtung gelenkt. Würde ihr *irgendetwas* davon gefallen?

Er hatte versucht, beim Verteilen der Sachen im Esszimmer planvoll vorzugehen: Blumen auf dem Tisch, Süßigkeiten auf den Stühlen, Schmuck und Parfümflaschen auf dem Boden. Ja, da waren Teddybären und sonstige Dinge überall im Raum verteilt, aber er hatte eigentlich gedacht, dass er es *ziemlich* gut hinbekommen hatte. »Magst du gar nichts davon?« Verdammt! Er würde morgen seine Assistentin und seine Sekretärin feuern. Sie hatten ihm ausdrücklich gesagt, dass das die Dinge waren, die Frauen mochten, die ihnen das Gefühl gaben, etwas Besonderes zu sein und wertgeschätzt zu werden.

»Oh, Simon, was hast du gemacht?« Kara fuhr mit der Fingerspitze über die samtige Oberfläche einer roten Rose und tippte gegen einen der herzförmigen Ballons, der vor und zurück schwebte.

»Okay, die beiden werden morgen definitiv an die frische Luft gesetzt!« Verdammt! Er wollte, dass es ihr gefiel. Stattdessen sah Kara aus, als wäre sie traumatisiert. Er wusste, er hätte andere Sachen besorgen sollen, aber der Veyron und der Mercedes waren voll gewesen.

»Wen wirst du feuern?« Kara drehte sich mit einem verwirrten Gesichtsausdruck zu ihm um.

»Nina und Marcie. Sie haben mir erzählt, dass diese Geschenke Frauen glücklich machen.«

Oh nein! Er konnte keine von beiden feuern. Sie machten ihre Arbeit zu gut. Ehrlich gesagt, war es sein Fehler, dass er überhaupt nicht wusste, wie er seine Frau umwerben sollte. Aber er war gewillt, es so lange zu versuchen, bis er richtig lag. »Wir könnten einkaufen gehen. Etwas anderes aussuchen«, schlug er vor, hoffte dass sie einwilligen würde, ihm zeigte, was *sie* für romantisch hielt.

»Du hast Nina und Marcie um Rat gefragt?«

»Ja.«

»Simon, das ist unglaublich. Ich weiß nicht, was ich sagen soll.« Karas Stimme bebte, als sie sich bückte, einen flauschigen braunen Bären aufhob und ihn mit festem Griff an ihre Brust drückte. »Ich nehme an, Marcie und Nina haben Vorschläge gemacht. Sie haben nicht gemeint, dass du *alles* kaufen sollst.«

Verdammt! Sie klang, als ob sie gleich weinen würde. Er hoffte inständig, dass sie das nicht tat. »Ich kenne deine Lieblingsblumen nicht. Oder welche Süßigkeiten du magst. Ich kenne eigentlich noch nicht mal deine Lieblingsfarbe. Sollte ein Typ solche Dinge nicht wissen? Sollte ich nicht wissen, wie ich dir eine Freude machen kann?«, fragte Simon verstimmt.

Kara ließ den Bären behutsam zu Boden gleiten und drehte sich zu Simon um. »Du hättest das alles nicht zu machen brauchen. Ich habe doch noch nie zuvor Blumen bekommen.«

Was hatte er denn getan? Er war einkaufen gegangen. Na und? Klar, normalerweise unterzog er sich lieber einer Wurzelbehandlung, als einkaufen zu gehen, aber es hatte ihm zum ersten Mal Spaß gemacht. »Ich bin einkaufen gegangen. Das hat eigentlich keine große Mühe gemacht.« *In letzter Minute, denn er hatte ja erst kurz vorher erfahren, dass Valentinstag war.* Wie erbärmlich war das denn? Gott sei Dank gab es Ninas fürsorglichen Ehemann!

»Du hast das alles für mich gemacht?« Kara streckte ihren Arm aus und zeigte auf das volle Esszimmer. »Die Blumen sind wunderschön. Ich mag sie alle. Und ich bin so gierig auf die Süßigkeiten, dass ich ihren Geschmack schon auf der Zunge spüre. Und alles ist so überwältigend, dass ich sprachlos bin. Mit ein paar Blumen und einer Karte wäre ich schon überglücklich gewesen. Du hättest das nicht tun müssen. Es sind mehr Geschenke, als eine Frau in ihrem ganzen Leben bekommt. Aber es sind nicht die *Dinge*, die mich in Staunen versetzen, sondern *du*. Dein Wunsch, mich glücklich zu machen. Du bist der unglaublichste Mensch auf diesem Planeten. Deshalb liebe ich dich.« Kara nahm einen großen Schluck aus ihrer Cola-Dose und stellte sie auf eine kleine freie Stelle auf dem Tisch.

Als sie sich in seine Arme stürzte, fing Simon sie auf und genoss das Gefühl ihres geschmeidigen Körper, der sich an ihn drückte. Warme Lippen schmiegten sich an seine Wange und seinen Hals. Als er seine Arme fest um ihre Taille schlang und ihr Körper langsam an seinem entlangglitt, bis ihre Füße wieder den Boden berührten, beschloss er, Marcie und Nina am nächsten Morgen anstelle einer Strafpredigt vielleicht eine Gehaltserhöhung zu geben.

»Du bist wahnsinnig. Das weißt du, oder?« Kara löste sich von ihm und verpasste ihm einen lauten, schmatzenden Kuss auf die Lippen. »Aber das liebe ich an dir.« Gut. Simon war gewillt, völlig idiotisch zu werden, wenn sie ihn dann noch mehr liebte.

Kara warf ihm einen liebevollen Blick zu und fügte hinzu: »Aber das nächste Mal ein Geschenk, okay? Oder eine Karte.«

Keineswegs! Er würde sich nicht zu solch einem Versprechen breitschlagen lassen. »Wir werden sehen.« Seine Antwort war unverbindlich.

»Warte. Ich habe etwas für dich.« Kara flitzte in ihr Zimmer.

Sie kam mit einer kleinen Geschenktüte zurück, die mit Herzen und kleinen Teufeln verziert war. »Die Tüte ist wie gemacht für dich.« Mit einem spitzbübischen Lächeln reichte sie sie Simon. »Ich habe ja praktisch kein eigenes Geld, deshalb musste ich improvisieren.«

»Brauchst du mehr Geld? Warum hast du nichts gesagt?« Er blickte Kara finster an und war sauer, dass sie ihm das verschwiegen hatte.

»Du sollst mir nicht noch mehr geben. Ich möchte, dass du einen Teil davon zurücknimmst. Ich habe fast einhunderttausend Dollar auf meinem Bankkonto. Ich brauche das nicht, Simon.« Kara hob trotzig das Kinn.

»Du hast fast nichts ausgegeben. Wie zum Teufel lebst du, wie deckst du deine Bedürfnisse?«

Kara schnaubte. »Du kümmerst dich um meine Bedürfnisse. Wofür brauche ich denn Geld? Ich habe kein einziges Bedürfnis. Ich lebe gerade wie ein verwöhntes Gör. Kaum erwähne ich etwas, erscheint es wie von Zauberhand. Ich brauche überhaupt nichts zu kaufen.«

»Frauen lieben es, zu shoppen. Dinge zu kaufen. Auch, wenn sie sie nicht brauchen.« Verdammt, so viel wusste er von seiner Mutter. Ihre Lieblingsbeschäftigung war es, einkaufen zu gehen.

»Ich nicht. Ich lese lieber. Oder spiele Myth World II, wenn ich Zeit habe. Ich habe jeden Komfort, jedes Bedürfnis wird gedeckt.« Kara hob eine Hand und fuhr mit dem Finger leicht seine Lippen nach, strich mit ihrem Handrücken sanft über seinen Bartschatten. »Das einzige wiederkehrende Bedürfnis, das ich habe, bist du.«

Sie versuchte, ihn abzulenken, und verdammt noch mal, sie schaffte es. »Das Geld war ein Geschenk. Du behältst es«, knurrte Simon, entschlossen, sie nicht ihren Willen durchsetzen zu lassen, indem sie dafür sorgte, dass sein Schwanz hart wurde ... was er bereits war. Extrem hart. Mehr als bereit.

»Ich behalte es nicht.« Sie platzierte einen sanften Kuss auf seinem Mundwinkel. »Öffne die Tüte.«

Es kostete Simon äußerste Überwindung, ihr nicht diesen Morgenrock vom Leib zu reißen und sie zu verschlingen. Sein ganzer Körper war angespannt, als er die Geschenktüte öffnete und versuchte, nicht an seinen pulsierender Schwanz und den kaum mehr zu ignorierendem Drang zu denken, genau in diesem Moment in ihren Körper zu fahren.

Sein Kopf fuhr hoch, bevor er in die Tüte hineingesehen hatte. Er erinnerte sich plötzlich daran, dass er Kara noch gar nicht erzählt hatte, dass das andere Arschloch, das versucht hatte, sie zu verschleppen, jetzt auch im Gefängnis war. »Sie haben heute übrigens den anderen Typen gefasst. Er ist hinter Gittern. Du hast wahrscheinlich eine Nachricht von Harris.«

»Oh, Gott sei Dank. Dann kannst du die Sicherheitsleute abziehen. Ich glaube, sie jagen einigen meiner Mitschülerinnen Angst ein. Sie verhalten sich nicht mehr besonders unauffällig.« Ihre Stimme war hell und ihr Körper sichtbar entspannt.

Simon sah die Erleichterung in ihrem Gesicht. Ganz gleich, wie sehr sie es leugnete, dass der Mann eine Bedrohung gewesen war, er wusste, dass es sie beunruhigt hatte, wusste, dass sie immer noch Angst hatte. Sie müsste eine Närrin sein, wenn sie sie *nicht* hätte. An dem Tag, an dem sie verletzt worden war, war sie zu dicht dran gewesen, ihr Leben zu verlieren. »Auf keinen Fall. Die Security bleibt.«

»Aber ich brauche sie nicht mehr …«

»Nein! Ich kann nicht riskieren, dass dir etwas passiert. Es gibt zu viele verrückte Leute da draußen, und ich habe mir über die Jahre Feinde gemacht.« Zugegeben, er hatte es sich nicht mit so vielen Leute verscherzt wie sein Bruder Sam, aber man wurde nicht Milliardär, ohne dass ein paar Leute da draußen einen hassten wie die Pest. »Die Security bleibt.«

Er zog an dem roten Seidenpapier in der Tüte, woraufhin kleine Papierherzen auf den Teppich segelten. Er fing eines mit der Hand ab, bevor es auf den Boden traf. Kara griff mit einer Hand in die Tüte und zog ein Stück Stoff heraus, das ganz unten gelegen hatte.

Sie hielt die schwarzen, seidenen Boxershorts am Gummibund in die Höhe. Da er eigentlich Retropants trug, starrte er für einen Augenblick darauf, bevor sich seine Lippen zu einem Grinsen verzogen. Die schwarze Seide war mit kleinen Teufeln und Herzen übersät.

»Das bist so typisch ... du, Simon.« Kara zuckte mit den Augenbrauen und wedelte mit der Unterhose. »Du wirst heiß darin aussehen. Nicht, dass du das nicht ohnehin schon tust, aber alles, woran ich denken konnte, war, wie heiß sie an dir aussehen würden.« Sie hielt das Kleidungsstück vor ihr Gesicht, rieb ihre Nase an der weichen Seide.

Simon starrte sie mit erregter Faszination an, stellte sich seinen Schwanz in diesen Boxershorts vor, ihre Lippen auf dem Stoff. Heilige Scheiße! Diese besondere Unterhose war gerade zu seiner Lieblingsunterwäsche geworden. Es war ihm scheißegal, dass er normalerweise keine Boxershorts trug.

»Ich habe schon die Schilder entfernt. Probier sie an, damit ich sie dir später ausziehen kann.« Mit einem verführerischen Lächeln hielt Kara ihm die Unterhose hin.

Innerhalb von Sekunden hatte er den Morgenrock geöffnet und einen Moment später die Shorts über seine Hüften gezogen. Er schauderte, als er die sanfte Berührung ihrer zierlichen Hände auf seinen Schultern spürte, die ihn von seinem Morgenrock befreiten. Jetzt stand er vor ihr in seiner neuen Lieblingsunterhose.

»Heiß. Definitiv sehr heiß«, flüsterte Kara.

Der rauchige Klang ihrer Stimme ließ Simon fast die Kontrolle verlieren. Ihm gefiel das Gefühl von Seide auf seiner Haut, die sein geschwollenes Glied streichelte. Und er liebte eindeutig den Ausdruck von heftigem Verlangen in den Augen seiner Frau, die über seinen Körper wanderten und beim Anblick der Wölbung in seinem Schritt schmaler wurden.

Kara bemühte sich nicht, ihr Verlangen nach ihm zu verbergen, und das machte ihn verrückt. »Was ist das?« Er öffnete seine Faust, in der das winzige Herz aus Tonpapier lag. Er drehte es um und sah die handgeschriebenen Worte. *Gutschein für einen Wunsch!*

Verwirrt sah Simon Kara an. Sie kaute nervös auf der Unterlippe und sah beklommen aus. »Das ist für einen Herzenswunsch. Ich habe ja eigentlich kein eigenes Geld ...« Sie hielt abwehrend die Hand hoch, als Simon hörbar Luft holte, um dagegenzuhalten. »Fang nicht schon wieder an. Jedenfalls habe ich mir das mit den Herzen ausgedacht. Du kannst sie jederzeit einlösen. Sie gelten jeweils für einen Wunsch oder einen Gefallen, den ich dir tun kann. Alles, von dem du denkst, dass es in meiner Macht liegt.«

»Alles?« Simons Herz hämmerte, als sein Verstand Bilder heraufbeschwor.

Kara hob eine Augenbraue. »Alles, zu dem ich imstande bin.«

»Ich wünsche mir, dass du das Geld behältst, das ich auf dein Konto überwiesen habe, und nicht wegen der Security streitest.« Mit ein wenig schlechtem Gewissen, dass er sein Geschenk gegen sie einsetzte, runzelte Simon die Stirn.

Kara sah ihn an wie seine Mutter, als er noch ein Kind war. Es war der gefürchtete Ich-bin-so-enttäuscht-von-dir-Ausdruck. Verdammt! Das tat weh. Sie verschränkte die Arme vor der Brust. »Der Wunsch widerspricht meinen Moralvorstellungen und Werten. Außerdem sind das zwei Wünsche. Das ist unfair.«

»Kompromiss?«, flüsterte er, beunruhigt über den verstimmten Ausdruck auf ihrem Gesicht.

Sie schien besänftigt. »Dafür bin ich offen.«

»Behalte das Geld auf deinem Konto. Nimm es, wenn du es brauchst. Ich sage nicht, dass du es für immer behalten sollst. Nur jetzt. Bis du deinen Abschluss hast und einen Job. Dann können wir neu verhandeln.« Natürlich würde er das Geld auch später nicht zurücknehmen. Aber jetzt wollte er erst einmal, dass sie abgesichert war, falls ihm je etwas zustoßen sollte.

»Wunsch erfüllt.« Sie stemmte die Hände in die Hüften. »Sicherheitsdienst?«

»Lassen wir die Security, wo sie ist, aber ich werde dafür sorgen, dass sie sich zurückhält. Du wirst kaum merken, dass sie da ist. Aber lass die Leute ein Auge auf dich haben.« Simon hielt den Atem an und beobachtete ihren Gesichtsausdruck. »Für meinen Seelenfrieden, Kara. Für mich.«

»Ich mache es für dich, vorausgesetzt, die Leute halten sich zurück und erschrecken nicht meine Mitschülerinnen. Wunsch erfüllt.« Sie schnappte sich das Papierherz aus seiner Hand und zerriss es.

Simon ging in die Knie und suchte hektisch nach den anderen Herzen. »Wie viele sind es?« Er hatte bereits zwei gefunden. Dann entdeckte er ein weiteres unter dem Tisch und rutschte darauf zu. Er wollte jedes dieser begehrten Teile in seiner heißen Hand halten. Sie waren schlichtweg Gold wert.

»Fünf«, stieß Kara lachend hervor.

Simon seufzte erleichtert, als er das letzte Herz vom Teppich geangelt hatte. Kara streckte mit erwartungsvollem Blick ihre Hand aus, als er wieder vor ihr stand. »Was ist?« Keinesfalls würde sie ein weiteres bekommen, um es zu zerreißen.

»Du hast zwei Wünsche erfüllt bekommen. Ich kriege noch eines.«

»Ich habe Kompromisse gemacht«, stieß Simon hitzig hervor. Kompromisse mussten für etwas gut sein. Es war nicht so, dass er jeden Tag für einen Kompromiss bereit war.

»Her damit«, forderte sie und streckte gierig die Finger aus.

Oh, verdammt! Er *hatte* seinen Kopf durchgesetzt. Zum großen Teil. Also nahm er ein Herz aus seiner Hand und händigte es mit einem Knurren an Kara aus. »Kann ich davon an jedem Feiertag welche bekommen?«

»Wir werden sehen«, murmelte sie vage, während sie mit einem verhaltenen Lächeln auf den Lippen das Papier zerriss.

»Was hast du eigentlich damit gemeint, als du gesagt hast, du hättest nie Blumen bekommen? Du hattest lange Zeit einen Freund.«

Kara seufzte schwer. »Er hat nichts von Geschenken gehalten. Meinte, dass sie Geldverschwendung wären. Besonders Blumen, weil sie letzten Endes verwelken.«

»Nichts für ungut, Süße, aber warum zum Teufel warst du so lange mit ihm zusammen?« Er biss die Zähne zusammen und wünschte, er könnte ihren Ex windelweich schlagen.

»Ich weiß es ehrlich gesagt nicht. Wahrscheinlich hatte es mit dem Tod meiner Eltern zu tun. Ich habe sie vermisst. Ich habe mich so allein gefühlt, als sie gestorben waren. Ich vermute, ich war ziemlich jung, schutzbedürftig und dumm.« Ihre Stimme wirkte verloren.

Jetzt hasste Simon den Mistkerl noch mehr. Sie war jung und allein gewesen, wie betäubt nach dem Verlust ihrer Eltern. Er wünschte, er hätte damals für sie da sein können. Aber er war jetzt da. Er zog ihren widerstandslosen Körper in seine Arme, gelobte, sie von diesem Augenblick an zu beschützen. »Nie wieder, Baby. Ich werde immer für dich da sein. Ich sorge dafür, dass du nie wieder einsam bist.«

Keiner von uns wird je wieder einsam sein.

Er zog die Spange aus ihren Haaren und ließ sie zu Boden fallen. Als er mit seiner beruhigenden Hand durch die seidigen Strähnen fuhr, stellte er fest, dass er sein ganzes Leben einsam gewesen war. Es war ihm nur nie richtig bewusst gewesen. »Ich habe immer auf dich gewartet«, flüsterte er mit heiserer Stimme. Irgendwie hatte er sie sofort erkannt, als er sie das erste Mal sah. Nicht mit den Augen, sondern mit seinem Herzen. Großer Gott, wie sehr er sie brauchte.

Kara wich ein wenig von ihm zurück, um sein Gesicht zu betrachten. Sie sagte nichts, doch das brauchte sie auch nicht. Er konnte ihre Liebe sehen, wie ihr Herz in den Augen funkelte. Mit seinen Fingern fuhr er ihre Lippen nach, streichelte langsam über ihre Wangen und ihren Hals, genoss die Sanftheit unter seinen Fingerspitzen. Er zeichnete unsichtbare Anfangsbuchstaben auf ihr Dekolleté, das der zu große Morgenrock entblößte. *Seine* Anfangsbuchstaben, die er immer wieder nachfuhr. Er musste seine Ansprüche auf diese Frau anmelden, die ihn in Ekstase und an den Rand des Wahnsinns trieb.

»Simon.« Sie wimmerte seinen Namen und zog seinen Kopf zu ihren Lippen. Er stöhnte in ihrer Umarmung, als ihre Hände über seine Schultern strichen, liebte das Gefühl ihrer Finger auf seiner erhitzten Haut, eine Berührung, die so köstlich war, dass sein Herz wild gegen die Brust hämmerte.

Er musste zeigen, dass sie ihm gehörte, musste seinen Anspruch auf sie geltend machen und schob ihr verzweifelt die Zunge in den Mund. Sein Bedürfnis war so stark, dass es fast wehtat. Das gierige Biest in ihm seufzte, als sie den Mund öffnete, ihn einließ, um mehr bat. Er saugte sie förmlich aus, bis sie beide atemlos keuchten. Den Kuss beendend, holte er tief Luft und knabberte an ihrer Unterlippe, nicht fähig, sich von ihr zu lösen, doch er musste sie nackt vor sich sehen.

Er wich zurück, legte seine Hand auf eine ihrer von Seide bedeckten Brüste und fuhr mit einem Finger über die hervorstehende Brustwarze. »Erinnerst du dich, was ich dir zu diesem Morgenrock gesagt habe?«, brummte er gegen ihre Lippen und fuhr sie mit seiner Zungenspitze nach.

»Jedes Wort«, antwortete sie mit leiser, rauchiger Stimme. »Ich verbinde sehr liebevolle Erinnerungen mit diesem Morgenrock.«

»Ich auch«, entgegnete er erregt. Er ließ sie widerwillig los und zog ein weiteres winziges Herz aus seiner anderen Hand. »Aber jetzt wünsche ich mir, dass du ihn ausziehst.«

Mit einer eleganten Bewegung fegte Kara das Herz aus seinen Fingern und zerriss es. Langsam zog sie den Stoffgürtel des Kleidungsstücks auf und ließ die Seide mühelos über ihre Schultern gleiten. Simon schluckte schwer, als ihre perfekten Brüste zum Vorschein kamen und der Morgenrock für einen atemberaubenden Moment an ihren Ellenbogen hängenblieb, bevor er zu Boden glitt und als schimmerndes, schwarzes Knäuel zu ihren Füßen lag.

Simon musste sich zwingen zu atmen, die Luft in seine Lungen hinein und wieder heraus zu pressen. Sie war so verdammt schön. Gehörte so ganz und gar ihm. *Mein.*

»Ich liebe diese verdammten Herzen«, krächzte er und umklammerte fest die verbleibenden zwei.

Ihre hinreißenden blauen Augen strahlten, doch aus ihnen sprach ebenfalls leidenschaftliches Verlangen. »Jetzt hast du eines verschwendet. Ich hätte das auch umsonst gemacht. Ich brauche dich.«

Ich brauche dich. Ihre Begierde hallte in seiner Seele wider, sein Körper forderte unüberhörbar zu besitzen, was ihm gehörte, und griff verzweifelt danach. Simons Schwanz war hart wie Marmor, bereit, sich in ihrer feuchten, heißen Muschi zu vergraben. Und dann, so befürchtete er, würde er sofort in ihr explodieren. Er steckte die winzigen Herzen unter ein Tischset.

Kara kam einen Schritt auf ihn zu, drückte ihre seidige Haut gegen seine, ließ ihn schaudern. Ihre Hand streifte sanft den Stoff seiner Boxershorts und streichelte seinen kurz vor der Explosion stehenden Schwanz, als wäre er ein liebevoll gehütetes Haustier.

Er zog ihre Hand weg und hob sie auf seine Arme, unfähig, noch einen Augenblick länger zu warten. »Zeit, ins Bett zu gehen.«

»An der Zeit«, murmelte Kara, offenbar ungeduldig, an seiner Schulter.

Sofort wendete sich sein Verstand von seinem Schwanz hin zu der willigen Frau in seinen Armen. *Seine Frau.* Sie brauchte ihn, wollte, dass er ihr Vergnügen bereitete, ihre Bedürfnisse befriedigte. Auch er würde seine Befriedigung bekommen, doch sie kam zuerst. Sie würde immer zuerst kommen. Im wahrsten Sinne des Wortes.

Kapitel 7

Simon legte sie behutsam auf dem Bett ab. Kara rollte sich auf die Seite und zog die Schublade des Nachttischs auf. Sie holte seine Fesselutensilien heraus und reichte sie ihm. »Fessele mich. Es macht mir nichts aus.«

Bitte. Fessele mich und fick mich, bevor ich vor Verlangen sterbe. Sie keuchte. Ihr Verstand und ihr Körper waren außer Kontrolle. Wenn sein muskulöser, heißer Körper nicht sofort von ihr Besitz ergriff, würde sie schreien.

Simon sah sie verwirrt an. »Du willst, dass ich dich fessele?«

»Ich will dich. Fessele mich. Binde mich an. Was immer du auch willst. Es ist erregend. Du bist erregend. Ich will nur, dass du mich fickst. Mach es, wie es dir gefällt.« *Oh Gott, ich stammele. Er macht mich verrückt.*

»Liebling, der gierige Neandertaler in mir hätte nichts lieber, als dass du mir ausgeliefert bist und ich dich zum Höhepunkt bringe, bis du schreist, aber ich muss dich nicht fesseln.« Er nahm ihr die Fesseln aus der Hand und ließ sie neben das Bett fallen. »Aber jetzt, wo ich weiß, dass es dich anmacht, werde ich es ein anderes Mal tun. Im Augenblick muss ich dir nur zusehen, wie du kommst, muss nur mit dir schlafen, bis sich keiner von uns mehr bewegen kann.«

Alle Lampen waren an. Sie hatten sie vorhin nicht ausgeschaltet. Simons Gesichtsausdruck war leidenschaftlich, liebevoll und merkwürdig friedlich. Kara holte tief Luft. Ihr ganzer Körper zitterte, und ihre Scheide war feucht und bereit für ihn. Als er sich auf sie legte und die Seide seiner neuen Boxershorts über die zarten Falten zwischen ihren Schenkeln glitt, versetzte sie das in einen rauschähnlichen Zustand. Sie öffnete ihre Beine für ihn, stöhnte, als er seine steinharte Erektion fest gegen ihren Schamhügel presste und ihre bereits erregte Klitoris stimulierte.

Kara umklammerte Simon fest, hatte fast Angst, dass er flüchten könnte. Sie brauchte eine Art Beruhigung, dass er echt war, dass er ihr gehörte. Sie war niemals eine besitzergreifende Frau gewesen, aber Simon war so unglaublich, so dermaßen fantastisch, dass es fast unmöglich schien, dass es ihn wirklich gab und dass er wahrhaftig ihr gehörte. Manchmal erschien er ihr fast wie ein Traum, ein wunderschöner Traum, der aus ihrem gewöhnlichen Leben ein außergewöhnliches gemacht hatte.

»Entspann dich, Liebling«, flüsterte ihr Simon ins Ohr, und sein warmer Atem ließ sie schaudern.

Die Spannung ihrer Arme ließ nach, und sie schlang sie um seinen Hals, versuchte, ihren animalischen Instinkt zu bezwingen, ihn an sich zu binden, sich davor zu schützen, je ohne ihn leben zu müssen. »Tut mir leid. Ich glaube, ich bin verzweifelt.« Sie hatte nicht beabsichtigt, das zu sagen, aber es stimmte. Ihre Gefühlswelt war überladen, und ihr Körper schrie nach mehr.

Simon bedeckte ihren Hals mit heißen Küssen. »Nicht verzweifelter, als ich es bin. Jedes Mal, wenn ich deine Stimme höre, dich sehe, mit dir spreche, möchte ich dir noch näher sein. Verdammt! Ich muss die ganze Zeit an dich denken.« Seine Zunge leckte sanft an ihren Lippen, fuhr die Konturen ihres Mundes nach. »Ich will in dir sein. Ich will, dass wir so fest miteinander verschmelzen, dass du nie wieder von mir loskommst.«

Ja. Ja. So fühlte sie sich. Sein Mund stieß auf ihren herab – kein Reizen, keine Verführung mehr. Er drang ein, forderte, missbrauchte, mit seinen Lippen und seiner Zunge, und sie öffnete sich ihm wie eine Blume der Sonne. Kara stöhnte, als er einen kleinen Teil ihres Verlangens nach Verbundenheit stillte, und hob automatisch die Hüften. Sie wollte, dass sich andere Körperteile vereinigten, brauchte Befreiung von ihrem übererregten Zustand.

Simon löste seinen Mund von ihrem und atmete stoßweise. »Verdammt! Du bist süß. So süß und so verdammt erregend!« Er löste ihre Hände hinter seinem Nacken, griff ihre Handgelenke und hielt sie zu beiden Seiten ihres Körpers fest. Dann glitt er langsam ihren Körper hinab.

Kara wand sich, zerrte an ihren Handgelenken, doch er hielt sie auf Höhe ihrer Taille fest. Leckend und küssend fand er seinen Weg über ihren Brustkorb hin zu ihren Brüsten, was Kara vor frustriertem Verlangen fast schreien ließ. Er war nicht behutsam, und ihr war das mehr als recht. Seine Zähne schürften über ihre empfindlichen Brustwarzen, zogen die Spitze mithilfe seiner Zunge in den sengend heißen Mund. *Genuss und Schmerz.*

»Simon. Oh Gott! Bitte!« Kara warf ihren Kopf hin und her, während Simon zur anderen Brustwarze wechselte, sie quälte, erregte, bis sie kaum mehr Atem holen konnte.

Der erotische Angriff auf ihre Brüste ging weiter. Er leckte, biss behutsam, wechselte von der einen zur anderen, während er ihre Hände weiterhin zu beiden Seiten ihres Körpers festhielt. Das Gefühl, seiner zärtlichen Gnade ausgeliefert zu sein, war wahnsinnig machend, berauschend, atemberaubend. Sein Mund wanderte weiter nach unten, beschrieb Kreise auf ihrem Bauch, hinterließ eine heiße Spur.

Endlich ließ er ihre Handgelenke los, nahm seine Hände, um ihre Beine weit zu spreizen, und schob sich zwischen ihre

Schenkel. »Du riechst so gut. Wie eine erregte Frau. Meine Frau. Die ich befriedigen werde. Deren Honig ich lecken werde.« Er knurrte, holte tief Luft, die beim Ausatmen die zarten Falten ihrer Muschi streichelte.

Ihr Körper explodierte fast von seinem besitzergreifenden, völlig erregten, maskulinen Knurren. »Ja, Simon! Bitte! Ich brauche dich! Ich muss kommen!«

»Ich werde dafür sorgen, dass du kommst. Ich werde meine Frau befriedigen.« Er schob ihre Beine hoch, beugte ihre Knie, öffnete Kara für seinen hungrigen Mund. Sein Angriff war direkt und von vollkommener Sinnlichkeit. Mit verschlingendem Mund und eindringender Zunge beanspruchte er ihr Geschlecht mit einer Heftigkeit, die sie mit bebendem Körper seinen Namen schreien ließ.

Er durchbrach die zarten Falten, tauchte tief in sie ein, leckte ihre Körpersäfte mit einer sinnlichen Hingabe, die Kara atemlos und wimmernd zurückließ. Seine Zunge fand und attackierte ihre geschwollene Klitoris mit blinder Inbrunst.

Karas Hände durchwühlten seine Haare. Sie nahm nichts wahr außer der völligen Ekstase, die ihr Körper durch seinen originären, animalistischen Einsatz erlebte. Er würde sie zum Höhepunkt bringen. Zu einem heftigen.

Seine Zunge fuhr immer wieder über die winzige Knospe. Schneller und schneller. Wieder und wieder. Karas Körper zitterte, ihre Hände ballten sich in seinen Haaren zu Fäusten und zogen seinen Mund fester gegen ihre pulsierende Scheide.

Mit vollkommen verkrampftem Körper und vor Erregung knisternden Nervenenden detonierte Kara mit einer Kraft, die so stark war, dass sie ihren Rücken durchbog, um sich seinem schonungslosen Mund zu entziehen, so heftig, so vehement war der Genuss.

Simon griff nach ihren Hüften, hielt sie fest, ließ sie auf den Wellen des Genusses reiten, während sie seinen Namen schrie, und hörte erst auf, als die letzte Zuckung verebbt war und sie schlaff zurückließ.

Sie schnappte noch immer nach Luft, als er hochkroch und sich an ihre Seite legte, doch sie rollte sich zu ihm und legte ihren Arm über seine breite Brust, den Kopf gegen seine Schulter gedrückt.

»Fühlst du dich besser?« Seine Stimme klang heiser, doch auch heiter.

Kara schlug ihm leicht auf die Schulter. »Wolltest du mich umbringen?«

»Nur mit Genuss, Süße«, flüsterte Simon mit erregter Stimme.

»Dann warst du erfolgreich.« Kara ließ ihre Hand über seine Brust wandern, fuhr mit den Fingern seine Narben nach und fragte sich, warum ein wunderbarer Mann wie er solche Schmerzen hatte ertragen müssen. Manchmal war das Leben einfach nicht gerecht.

Ihre Hand wanderte weiter zu seinem Bauch, fuhr jeden trainierten Muskel nach. Er war geformt wie eine griechische Statue und hatte einen Schwanz, der deutlich größer war als die der nackten Marmorstatuen. »Du bist so wunderschön«, flüsterte sie beeindruckt, als sie der seidigen Spur von Haaren folgte, die sich von seinem Nabel abwärts zog.

»Ich glaube, du brauchst mal einen Termin beim Augenarzt«, polterte Simon mit Verblüffung, jedoch auch Anbetung in der Stimme.

»Meine Sehkraft ist perfekt und ebenso meine Wahrnehmung. Du bist so stark. So attraktiv.« Sie legte ihre Hand auf seinen geschwollenen Schwanz. »Und kräftig.«

Simon atmete hörbar ein, als Karas Hand in seine Boxershorts tauchte und ihre Fingerkuppe über die Eichel seines Schwanzes fuhr, einen Tropfen Präejakulat behutsam und gemächlich über die seidige Spitze verteilte.

»Verdammt! Ich liebe es, deine Hände auf mir zu spüren. Es ist das beste Gefühl der Welt.«

Kara fasste seinen Schaft ein wenig fester und bewegte ihre Hand lustvoll und herausfordernd. *Das* war etwas, was Simon immer vermisst hatte, denn er ertrug es nicht, dass die Frau beim Sex die Hände frei hatte. Bis jetzt. Simon würde niemals zahm werden, aber die Tatsache, dass er sich mit ihrer Berührung wohlfühlte, es tatsächlich wollte, machte Kara demütig. Nach allem, was er durchgemacht hatte, vertraute er ihr.

Er stöhnte. Es war ein gequälter Laut zwischen Genuss und Pein. Seine große Hand legte sich auf ihre. »Reite mich, Liebling. Fick mich besinnungslos.« Er zog seine neue Lieblingsunterhose aus und ließ sie zu Boden fallen.

Kara hob mit einem Ruck den Kopf, um in sein Gesicht zu sehen, als seine Arme sie umfassten und auf ihn hoben. »Bist du sicher?« Nichts wollte sie im Augenblick mehr, als diesen Mammutschwanz in ihren Körper aufnehmen und ihn dabei beobachten, wie er unter ihr dieses Vergnügen genoss. Doch sie zitterte bei dem Gedanken, hatte Angst, er könnte dadurch eine weitere schlechte Erinnerung durchleben.

»Ja. Ich will sehen, wie du mich reitest. Ich will dein Gesicht sehen, wenn du dabei kommst«, antwortete er mit düsterem, verzweifeltem Gesichtsausdruck.

Kara spreizte ihre Beine zu beiden Seiten seiner Hüfte. Sie zögerte, und ihr Herz raste. Konnte er das tun? Er musste es nicht. »Du brauchst mir nichts zu beweisen. Wir müssen das nicht machen.«

»Nimm mich in dir auf, Liebling. Ich brauche dich«, knurrte er heiser und voller Begierde.

Ich brauche dich. Diese drei kleinen Worte reichten aus, dass Kara sich erhob, seinen harten Schwanz fasste und die Eichel vor der Öffnung ihrer feuchten Scheide platzierte. Sehnsucht erfasste sie, ein elementares, reines Verlangen danach, dass er sie ausfüllte, sich in ihr bewegte, so tief sie ihn aufnehmen konnte. Ihre Hände auf seiner Brust, bewegte sie sich auf und ab, nahm ihn langsam auf und gewöhnte sich an den Winkel. Sie senkte ihr Hinterteil erneut, nahm einen Großteil seines Schaftes auf und merkte, wie er seine Hüften emporhob, versuchte, noch tiefer in sie einzudringen.

Große, starke Hände griffen nach ihren Hüften, zogen sie herunter, während er sich ihr entgegendrängte. Haut traf klatschend auf Haut, als sie ihn tief in sich aufnahm und er sie völlig ausfüllte. Er dehnte sie, öffnete sie, hielt ihre Hüften mit festem Griff, als sie sich komplett vereinigten und sein Schwanz in voller Länge in ihr ruhte.

»Herrgott! Du fühlst dich so gut an. So eng und heiß«, stieß er wild und ungezähmt hervor.

Kara sah in sein Gesicht, suchte nach Anzeichen dafür, dass ihm die Stellung Unbehagen bereitete. Doch sie sah nichts weiter als Genuss. Sein Blick aus Augen wie geschmolzene Schokolade traf auf ihren und hielt ihn fest. Seine Hände lenkten ihre Stöße, seine Hüften hoben sich ihr kraftvoll entgegen.

Ihre Augen blieben aufeinander geheftet, und eine Träne rann Karas Wange hinunter, als sie kein Anzeichen von Angst bei ihm sah, keinen Zweifel, wen er fickte.

»Nur du, Kara. Es bist immer nur du gewesen«, stöhnte er, und seine Brust hob sich. »Du bist so wunderschön. Los. Reite mich. Komm für mich.«

Kara zwinkerte und schloss die Augen, als er auf sie einstieß und seine starken Hände ihre Hüften hielten. Ihr Kopf fiel nach hinten, und sie ließ sich von den hämmernden Stößen seines Schwanzes, der Reibung seiner rasenden Hiebe, dem Gefühl, dass er immer und immer wieder von ihr Besitz ergriff, verzehren. Ihre Brüste hüpften im Takt seines kraftvollen Eindringens. Kara bedeckte sie mit ihren Händen, zwickte sie leicht.

»Ja. Nimm, was du willst, Liebling. Was auch immer du brauchst.« Simon keuchte laut, als seine Stöße tiefer und heftiger wurden.

Ihre Finger zupften an ihren Brustwarzen, während sein Griff an ihren Hüften fester und fordernder wurde. Sie ritt ihn heißblütig, rieb sich in ihn hinein und nahm ihn so tief in sich auf, dass sie schauderte. Mit in den Nacken geworfenem Kopf explodierte sie. Die Muskeln ihrer Scheidenwände kontrahierten, schlossen sich immer wieder um den in sie eindringenden Schwanz. Ihr zuckender Körper spürte, wie sich sein Körper unter ihrem anspannte.

Ihre Blicke trafen sich und sie sah, wie er kam. Er war ungezügelt und wild, maskulin und perfekt. Der tiefe, nachhallende Laut, der sich aus seiner Kehle löste, war der schönste, den sie je gehört hatte. Ein heißer, explosiver Strahl ergoss sich in ihren Unterleib, und beide brachen zusammen. Kara spürte das Zittern seines Körpers, als sie sich auf ihn warf und ihn zudeckte wie ein Laken. »Ich liebe dich«, murmelte sie mit einem Seufzer gegen seine Brust.

Seine Arme legten sich um sie, hielten sie fest an seinen Körper gedrückt. Sie waren beide verschwitzt und erschöpft, doch Kara fühlte sich so vollkommen, so zufrieden. Sie brauchte eine Weile, bis sich ihre Atmung normalisiert und ihr rasendes Herz sich beruhigt hatte. Sie wollte von Simons Körper an seine Seite krabbeln, doch er ließ es nicht zu. Er knurrte und zog sie wieder über sich. »Bleib.«

Eigentlich hätte sie stinksauer sein müssen, dass er ihr Anweisungen erteilte wie einem Hund, aber die Art, wie er es sagte, mit einem solchen Verlangen in der Stimme, ließ sie lächeln. Sie schmiegte ihren Kopf wieder an seine Schulter, entschlossen, schnell wieder zu Kräften zu kommen, um bald von ihm zu steigen, ansonsten würde sie den armen Kerl womöglich noch zerquetschen. Simon atmete tief und gleichmäßig, hatte noch immer die Arme um sie gelegt, jedoch entspannt.

Er schläft. Wir hatten gerade Sex in seiner Albtraumstellung. Und er schläft, während ich noch auf ihm sitze.

Ihr Herz überschlug sich, und ein bis auf die Knochen gehender Schmerz durchdrang ihren Körper. Er vertraute ihr so sehr, dass er sich wohlfühlte, wenn er am verwundbarsten war. Sie drehte den Kopf und küsste ihn zärtlich. Ihr Herz lief über vor Liebe für diesen Mann.

Dieser Mann, der ihre Bedürfnisse vor seine stellte.

Dieser Mann, der ihr vertraute.

Dieser Mann, der jegliche Mühen in Kauf nahm, um ihr zu gefallen.

Dieser Mann, den sie liebte.

Sie würde sein Vertrauen immer zu schätzen wissen, würde es hegen, als wäre es etwas Wertvolles. Was es auch war. Erschöpft schloss sie die Augen. Ihr Körper war entspannt.

Du solltest dich wirklich von Simon rollen. So kannst du nicht bequem schlafen.

Kara atmete tiefer, passte sich dem Rhythmus des Mannes an, der unter ihr lag.

Am nächsten Morgen wachten sie in derselben Position auf. Vollkommen ausgeruht und sich wohlfühlend.

Epilog

Simon durchschritt mit einem Stirnrunzeln den Innenhof der eleganten Hotelanlage. Stand er kurz davor, einen großen Fehler zu machen? Was, wenn sie ihn nicht wollte? Die letzten sechs Wochen waren die glücklichsten seines Lebens gewesen. Wollte er es wirklich vermasseln?

Er sah auf das Wasser, hing den Erinnerungen mit einem zufriedenen Seufzer nach. *Ich will es nicht vermasseln. Aber ich brauche sie. Ich will, dass sie mir gehört.* Das Bedürfnis, sie mit seinem Zeichen zu versehen, sein Anrecht auf sie zu sichern, war fast überwältigend.

Ein Blick auf die Tür ihrer Suite ließ Simon schaudern. Verdammt! Warum war das so schwer. Er und Kara teilten alles. Es gab keine Ecke in seinem Herzen und seiner Seele, die sie nicht kannte.

Sein Handy vibrierte in der Tasche seiner Anzugjacke. Er trug Anzug und Krawatte, und heute war noch nicht einmal ein verdammter Arbeitstag. Zurzeit war er in Orlando, um ausgerechnet Disneyworld zu besuchen und einen von Karas Träumen zu verwirklichen. Unglaublich, dass eine Frau, die in Tampa geboren und aufgewachsen war, noch nie Disneyworld besucht hatte! Gewiss, er hatte das auch noch nicht. Aber er war erst nach Florida gekommen, als er schon fast erwachsen war.

Simon hielt sein letztes Wunschherz verkrampft in der Hand, drückte so sehr zu, dass seine Knöchel weiß wurden.

Einen Wunsch hatte er noch aufgehoben. Den anderen hatte er verbraucht, damit sie in den Frühjahrssemesterferien auf eine Urlaubsreise mit ihm ging. Er hatte ihr das Herz vor einem Monat gegeben und gesagt, dass er sich wünschte, mit ihr an einen Ort zu fahren, den sie gern während ihrer Schulferien besuchen wollte.

Okay. Na ja. Er hatte Paris, London, den Orient oder sogar Afrika erwartet. Stattdessen hatte sie leise gemurmelt, dass sie schon immer gern einmal Disneyworld gesehen hätte. Angesichts der Tatsache, dass Disneyworld kaum mehr als eine Stunde mit dem Auto von Tampa entfernt war und ihnen ein Privatjet zur Verfügung stand, um jeden Ort auf der Welt zu erreichen, hatte er nicht erwartet, dass *das* ihre Traumreise war.

Zugegeben, es war wirklich lustig gewesen. Er mochte besonders, wenn sie sich bei den Vergnügungsfahrten mit einem Kreischen und einem entzückten Lachen in seine Arme warf. Heute war ihr letzter Abend im Resort, und er führte sie zum Essen in eines der besten Restaurants Orlandos aus. Er hoffte nur, dass es etwas Großes zu feiern gab.

Er fischte sein Handy aus der Jackentasche und sah auf die Anruferkennung. *Hudson, Samuel.*

»Was?«, knurrte er ins Telefon.

»Hast du sie schon gefragt?«

Simon lachte fast über die leicht nervöse Stimme am anderen Ende des Telefons. Sam benahm sich, als wäre dieses Ereignis genauso wichtig für ihn wie für Simon. »Nein. Sie macht sich gerade fertig für das Abendessen.«

»Du hast eine Woche Zeit gehabt. Das kann doch nicht wahr sein!«

»Was geht dich das an?« Eigentlich wusste Simon sehr genau, warum es Sam interessierte. Er hatte durchblicken lassen, dass er sehr wahrscheinlich Maddie Reynolds wiedersehen würde, wenn Kara Ja sagte.

»Sie ist gut für dich. Du brauchst sie. Außerdem will ich nicht deine Scheißlaune ertragen müssen, wenn sie Nein sagt.«

Sie würde nicht Nein sagen. Sie konnte nicht Nein sagen. Er musste sie nur überzeugen. Alles andere war *keine* Option. Die Tür zur Suite öffnete sich, und Simon verlor jegliches Interesse an seinem Gespräch mit Sam. »Ich rufe dich später an.«

»Frag sie.«

Simon klickte das Gespräch weg und steckte sein Handy in die Tasche, doch seine Augen verließen die wunderschöne Frau in Rot nicht, die im Rahmen der Tür zu ihrer Suite stand.

Mein Gott, sie ist unglaublich. Werde ich mich jemals an ihren Anblick gewöhnen? Höchst wahrscheinlich ... nicht. Es war egal, wo sie war oder was sie trug, er hatte sofort Herzrasen, sobald er sie sah. Heute Abend trug sie ein rotes Cocktailkleid, das ihre Knie umspielte, und passende High Heels, ein Anblick, der ihm den Atem nahm. Ihr Haar trug sie offen, und klitzekleine Strähnen wurden von der leichten Meeresbrise zerzaust.

»Du siehst wunderschön aus«, gestand er ihr aufrichtig, als er neben sie trat und ihr einen leichten Kuss auf die Lippen drückte. *Du siehst aus wie eine verdammte Göttin.* Jeden Tag. Jedes Mal, wenn er sie sah.

»Danke. Du siehst aber auch sehr gut aus, Mister Hudson. Bist du bereit?«, fragte sie und schenkte ihm ein glückliches Lächeln.

Ich bin bereit. Bereit, dir das sexy Kleid auszuziehen und zu schauen, welche Unterwäsche du trägst. Die ziehe ich dir dann mit den Zähnen aus und fick dich, bis du schreist.

Sein Schwanz war steinhart, aber das war nichts Neues. Das passierte jeden Tag, jedes Mal, wenn sie ihn anlächelte. Oder wenn sie ihn nicht anlächelte. Wenn sie die Stirn in Falten zog. Wenn sie stritt. Verdammt! Ihre bloße Anwesenheit war alles, was er brauchte, um eine Erektion zu bekommen. Oder ihre Stimme. Oder nur der Gedanke an sie. Verdammt ... er war so durchschaubar, wenn es um Kara ging.

»Nur noch eine Minute.« Er trat ein und schloss die Tür hinter sich. »Ich muss mit dir reden.«

Karas Lächeln schwand und er hätte sich in den Hintern treten können.

»Stimmt etwas nicht?«, fragte sie mit plötzlich besorgter Stimme.

»Nein.« Simon setzte sich auf die Ledercouch in der opulenten Suite und zog sie auf seinen Schoß. »Ich muss dich etwas fragen.« *Tu es. Tu es einfach. Bevor du verrückt wirst.* Er öffnete seine geballte Faust und zeigte ihr sein letztes Wunschherz.

»Verschwende es nicht, um mich um Sex zu bitten, denn mich hast du ziemlich sicher«, antwortete sie leise lachend.

Er schob sie von seinem Schoß und setzte sie neben sich. Dann griff er in seine Tasche und reichte ihr eine kleine Schachtel. Kara sah ihn an, dann das Herz und dann die Schachtel. Sie nahm sie und öffnete langsam den Deckel.

»Ich wünsche mir, dass du mich heiratest.« Seine Stimme war heiser, halb hoffnungsvoll, halb ängstlich.

»Oh mein Gott! Simon. Das habe ich nicht erwartet.« Sie zog den großen, funkelnden Diamantring, der in einer Platinfassung saß, mit zitternden Fingern aus seiner samtenen Behausung. »Ich weiß nicht, was ich sagen soll.«

»Sag Ja. Bitte.« *Sag Ja oder ich drehe durch.*

Kara sah Simon fassungslos an. »Du willst mich heiraten? Simon, du hast mir noch nicht einmal gesagt, dass du mich liebst. Ich bin davon ausgegangen, dass du noch nicht bereit bist. Ich habe das nicht geahnt.«

Wie zum Teufel konnte sie das *nicht* ahnen? Ihr gehörten sein Herz, sein Körper und seine Seele schon eine halbe Ewigkeit. »Ich liebe dich. Ich liebe dich. Ich liebe dich.« Gewiss hatte er das schon vorher zu ihr gesagt. »Wirklich. Ich kann nicht glauben, dass ich es nie gesagt habe, aber du musst es gewusst haben.«

Kara lächelte ihn an. »Ich weiß. Ich war nur nicht sicher, ob du bereit warst, es zu sagen.«

»Ich bin mehr als bereit. Du gehörst mir, und ich möchte, dass es offiziell wird.« Sein Blick war konzentriert, sein Körper angespannt. »Ich hätte dir sagen müssen, dass ich dich liebe. Ich werde dafür sorgen, dass du es von jetzt an so oft hörst, dass du irgendwann genug davon hast. Du verdienst, es jeden verdammten Tag zu hören. Vielleicht habe ich es nicht in Worten ausgedrückt, weil es eigentlich keine Worte gibt, das auszudrücken, was ich für dich empfinde. Liebe erscheint zu lau, nicht genug. Aber ich höre es gern, wenn es aus *deinem* Mund kommt. Ich hätte wissen sollen, dass du es hören wolltest.« Simon seufzte. »Du bist mein Leben, Liebling. Bitte sei mein. Für immer.«

Kara warf sich in seine Arme. Er schlang sie um ihren Körper und schloss fest die Augen. Er wusste, dass er genau in diesem Moment die ganze Welt in seinen Armen hielt.

»Für immer mein«, hauchte Kara ungläubig, dicht an seinem Ohr.

Simon wich zurück, um in ihr Gesicht zu schauen. Sie weinte. Tränen quollen in einem endlosen Strom aus ihren Augen.

»Weine nicht. Ich mag das nicht.«

»Ich weiß. Aber es sind Freudentränen.«

Verdammt! Tränen waren Tränen, und er hasste es, sie weinen zu sehen. Er nahm den Ring aus ihren zitternden Fingern, griff behutsam nach ihrer Hand und steckte den Ring an ihren Finger. Sein Herz raste, als er verkündete: »Du heiratest mich.«

»Ich dachte, du hättest gefragt.« Kara sah ihn amüsiert an. »Ich habe nicht Ja gesagt.«

»Das wirst du«, warnte er mit düsterem Gesichtsausdruck. »Sag, dass du mich heiraten wirst.« *Sag es. Bevor ich einen Herzinfarkt bekomme. Sag es. Jetzt. Jetzt auf der Stelle!*

Sie öffnete seine Faust und nahm das Herz behutsam heraus. Dann zerriss sie es und verstreute die winzigen Teile über die Couch. »Wunsch gewährt.«

Simon stieß einen erleichterten Atemzug aus. Sein Herz hämmerte. »Ja?«

»Ja. Ich werde dich heiraten. Ich liebe dich auch.«

»Bald«, verlangte er.

»Wir werden sehen. Kompromiss?«

»Nein!« Er nahm ihre Hand in seine und küsste zärtlich den Ring, den er auf ihren Finger gesteckt hatte. »Dieses Mal kein Kompromiss.«

Sie schlang ihre Arme um seinen Hals, drückte ihm einen zarten Kuss auf die Lippen und kraulte seinen Nacken. »Ein kleiner Kompromiss?«

»Nein.«

Simon stöhnte, als sie seinen Kopf zu sich zog und ihn so verführerisch und leidenschaftlich küsste, dass er hinterher nach Luft rang.

»Du kannst ein bisschen nachgeben«, sagte sie mit leiser, einschmeichelnder Stimme.

Er keuchte, als ihre Hand über seine Brust wanderte und durch die Hose seine Erektion streichelte. »Willst du mich etwa zu einem Kompromiss verleiten?«

»Vielleicht. Funktioniert es?«, fragte sie mit ihrer unwiderstehlichen Fick-mich-Stimme.

»Verdammt, ja, es funktioniert«, knurrte Simon und zog sie in seine Arme. »Gut. Wir verhandeln. Später.« Er stand auf und zog sie hoch.

Verflixt! Er *war* leicht durchschaubar.

»Später«, stimmte sie zu. »Viel später.« Sie griff nach seiner Krawatte und führte ihn willig zum Schlafzimmer.

Vielleicht war es nicht *immer* schlecht, durchschaubar zu sein.

Sie verpassten das Abendessen und riefen Stunden später den Zimmerservice. In den Stunden vor ihrem feierlichen Verlobungsessen in der Suite hatte Simon gelernt, dass Kompromisse gar nicht schlecht waren, und leicht durchschaubar zu sein, sehr, sehr gut.

Überraschung am Valentinstag

Ganz und gar gehörst du mir

*Dieses Buch ist für die wundervollen Leser der Reihe
»Entfesselte Leidenschaft«, die Simon und Kara
genauso in ihr Herz geschlossen haben wie ich und
mehr von ihnen hören wollen.
Vielen Dank, dass Ihr der Reihe treu geblieben seid
und Euch begeistert auf jedes neue Buch gefreut habt.*

*Auch vielen Dank an Karma für die selbstlosen
Dinge, die Du für mich als Freundin und Kritikerin
tust. Bitte werde bald wieder gesund.*

Kapitel 1

»Können wir reden?«

Simon Hudson zuckte zusammen und schaute von seinem Computermonitor auf. In der Tür zu dem in seinem Penthouse befindlichen Computerlabor stand Kara, seine Verlobte, und hatte die drei kleinen Worte ausgesprochen, die, so schwor Simon, wahrscheinlich jeder Mann von der Frau, die er liebte, zu hören fürchtete. Nachdem er über ein Jahr mit der hinreißenden Brünetten zusammenlebte, wusste er beim Anblick der vertrauten Konzentrationsfalte zwischen ihren wunderschönen blauen Augen, was gleich passieren würde.

Können wir reden? Diese mit heiserer und verführerischer Stimme gemurmelten Worte waren genau genommen eine Warnung, ein Zeichen, dass sie gleich ein Thema anschneiden würde, mit dem er garantiert und hundertprozentig nicht einverstanden sein würde oder worüber er nicht reden wollte.

Simon griff nach der Tasse neben seinem Computer, nahm einen Schluck Kaffee und wünschte sich, dass er ein bisschen stärker wäre, obwohl es kaum acht Uhr morgens war. Das letzte Mal, als Kara *reden* wollte, hatte sie ihm wegen der Security-Leute zugesetzt, die er zu ihrem Schutz eingesetzt hatte, und wollte, dass Simon sie reduzierte. *So* lief das nicht. Es waren schon viel weniger, die jeden Tag ihren knackigen Arsch bewachten, als ihm lieb war.

Simon schluckte schwer, um den Kaffee an dem großen Klumpen vorbeizubekommen, der sich in seiner Kehle gebildet hatte, und versuchte zu ignorieren, wie hinreißend Kara in dem babyrosa Krankenhauskittel aussah, als sie in sein Büro tänzelte. Auch noch nach einem Jahr war Simon von ihrem Anblick, dem Klang ihrer Stimme, dem Gedanken an sie, ihrem verlockenden Duft, eigentlich von allem, das ihn an Kara *erinnerte*, völlig verzaubert, und sein Schwanz nahm sofort stramme Haltung an.

Simon hatte sich eingeredet, dass sich seine Fixierung auf Kara mit der Zeit legen und zu einer vernünftigeren Liebe werden würde, eine, die ihn nicht völlig wahnsinnig machte. Doch das war nicht eingetreten, und er hatte sich ernsthaft getäuscht zu glauben, dass er irgendetwas anderes als völlig irrationale Gefühle haben konnte, wenn es um Kara ging. Wenn überhaupt, dann war seine Besessenheit nur noch schlimmer geworden.

Ich bin ein gottverdammter Milliardär, Miteigentümer eines der mächtigsten Unternehmen der Welt, vernünftig in jedem anderen Bereich meines Lebens. Wie kann eine Frau mich so verrückt machen?

Kara lächelte ihn an, als sie vor seinem Schreibtisch stehen blieb, was zur Folge hatte, dass seine wahnsinnige Erektion gegen den Reißverschluss seiner Jeans drückte und seine Brust vor Freude schmerzte. Jedes verdammte Mal, wenn er sie ansah, war Simon immer wieder überrascht darüber, dass diese unglaubliche Frau ihm gehörte, dass sie ihn mit all seinen Fehlern vollkommen akzeptierte.

Sie gehört mir.

Simon wollte über den Schreibtisch greifen und die seidige Mähne von diesem strengen Pferdeschwanz befreien, Kara auf seinen Schoß ziehen und die lächelnden, reifen Lippen küssen, bis sie diese bedürftigen, kleinen Laute von sich gab, dieses hingebungsvolle Stöhnen, das …

»Simon?« Karas fragende Stimme riss ihn aus seinen erotischen Fantasien. *Verdammt. Können wir reden?*

Oh, verflixt! Hatte er eine Wahl? Er lächelte sie an, antwortete jedoch vorsichtig: »Worüber möchtest du reden?«

»Ich möchte, dass du etwas durchliest und unterschreibst. Ist keine große Sache.« Kara legte mehrere Seiten auf seinen Schreibtisch, die mit einer Büroklammer zusammengehalten wurden.

Simon überflog flüchtig das oberste Dokument und entgegnete verblüfft: »Das ist eine Vereinbarung. Ein Ehevertrag.« Schnell blätterte er die Seiten durch. Verträge und juristische Dokumente waren ihm nicht fremd. Er brauchte nicht lange, um nach den einschlägigen Informationen zu suchen. »Was zum Teufel ist das?«

Kara seufzte. »Ich habe das von einem Anwalt aufsetzen lassen. Wir heiraten in einem Monat. Du bist Milliardär, und ich bin eine gerade staatlich geprüfte Krankenschwester ohne einen Penny. Das ist kaum eine gleichberechtigte Verteilung. Es ist nur fair, dass du eine Sicherheit hast. Ich habe bereits unterschrieben. Fehlt nur noch deine Unterschrift. Bitte.«

Seine Augen verengten sich und gaben ihm ein gefährliches Aussehen. Er hob den Kopf und sah sie störrisch an »Kommt nicht infrage, Liebling. Herrgott, du gönnst dir nichts. Welcher Anwalt würde denn dem hier für seinen Klienten zustimmen? Du wirst mich nie verlassen, und ich bin todsicher, dass ich dich niemals verlassen werde. Bis dass der Tod uns scheidet, was mein ist, ist auch dein etc. etc.«

Kara stemmte die Hände in die Hüften und begegnete seinem grimmigen Blick mit einem ebensolchen. *Uh, oh.* Simon war sehr vertraut mit *diesem Blick*, dieser streitlustigen Neigung des Kinns, aber er sollte verdammt sein, wenn er als Verlierer aus dieser Meinungsverschiedenheit hervorgehen sollte. Kein Ehevertrag, keine Scheidung. Niemals. Das würde er nicht überleben. Die störrische Frau, die vor ihm stand, war sein ganzes Leben geworden, hielt sein Glück in ihren zierlichen Händen. Sie hatte ihn aus seinem vorherigen einsamen, nichtssagenden Dasein katapultiert, ihn gezwungen, sich seinen Problemen frontal zu stellen, hatte sein gestörtes Leben zu einem außergewöhnlichen gemacht. Sie zu verlieren war *keine* Option.

»Dinge passieren, Simon. Du hast mein Leben gerettet. Wir sind finanziell nicht gleichgestellt. Ich schulde dir das.« Ihre Stimme klang frustriert.

Die Rollen von Simons Schreibtischstuhl quietschten, als er aufstand und sich um den Schreibtisch herum an Kara heranpirschte. »Bei *uns* passiert nichts. Und du schuldest mir überhaupt nichts. Ich darf dir ohne eine größere Diskussion nichts kaufen; du nimmst keinen Penny meines Geldes. Ich verwette alles, was ich habe, dass du kaum das Geld angerührt hast, das ich vor mehr als einem Jahr auf dein Konto überwiesen habe.« Simon holte tief Luft und versuchte, seine Gefühle in den Griff zu bekommen, drückte rücksichtslos den Schmerz und die Besitzgier zurück, die an die Oberfläche drängten.

Es gab nichts, was er mehr wollte, als Kara all das geben, was sie nie besessen hatte, bevor sie ihn kennenlernte. Doch sie erlaubte ihm nicht viel mehr, als ihr ein Dach über dem Kopf zu bieten und sie zu füttern, und das brachte ihn um. Verdammt, Karas Leben sollte einfacher sein, wo sie jetzt bald seine Frau wurde. Sie hatte ihr ganzes Leben in Armut gelebt, hatte wie verrückt geschuftet, und Simon wollte, dass jetzt alles anders für sie wurde, wollte ihr nach der Hölle, die sie durchlebt hatte, um zu überleben, ein sorgenfreies, glückliches Leben bieten. Gott wusste, dass er die Mittel dazu hatte.

Kara atmete zittrig aus, bevor sie antwortete: »Du hast mich vor der Straße gerettet, Simon. Du hast mich beherbergt, dich um mich gekümmert, mich dazu gebracht, dass ich mich wie verrückt in dich verliebt habe und erwiderst meine Liebe. Du hast mir alles gegeben, was eine Frau jemals verlangen kann. Lass mich dir dies geben.«

Blödsinn. Nicht genug. Nicht genug. Sie verdient mehr. Vielleicht einen besseren Mann, als ich einer bin, aber ich kann sie nicht aufgeben.

Schaudernd sog er ihren einzigartigen, femininen Duft ein, drehte sie zu sich und setzte sie fest, indem er rechts und links von ihr seine Hände auf den Schreibtisch legte. Dieser Frau etwas abzuschlagen war die Hölle, denn sie verlangte so wenig außer seiner Liebe. Doch dieses Mal weigerte er sich, nachzugeben. Sie hatte seine Liebe, seinen Körper und seine verflixte Seele. Offenbar war ihr noch nicht bewusst, dass sie ihn jede Minute jedes Tages bei den Eiern hatte.

Sie gehört mir.

Sein Mund liebkoste ihr Ohr, und er schob Kara gegen den Schreibtisch, drängte seinen Körper gegen ihren, nur um diese üppigen Kurven zu spüren. Gott, wie liebte er die Art, wie sich ihr Körper ihm ergab, sich ihm auslieferte, bereit war, mit ihm zu verschmelzen, als wäre er ein Teil von ihr.

Kara legte die Arme um Simon und ließ ihre Hände unter sein T-Shirt wandern. Ihre Berührung setzte seine ohnehin heiße Haut in Flammen. Er stöhnte, als sie ihren Körper an ihn presste, seinen Rücken streichelte und ihre Hüften gegen seinen geschwollenen Schwanz rotieren ließ.

Mit seinem Mund an ihrem Ohr knurrte Simon: »Keine Verträge. Nichts zwischen uns. Nicht jetzt. Nicht in Zukunft. Du gehörst mir. Du wirst immer mir gehören.«

Ihr unwiderstehlicher Duft umgab ihn, überschwemmte ihn mit Verlangen, und sein Körper bettelte seinen Verstand an, sie zu nehmen. Ungezügelte Begierde verschlang ihn, und er zog ihren Kopf behutsam an ihrem Pferdeschwanz zurück, bedeckte ihren Mund mit seinem, als sie ihre köstlichen, verführerischen Lippen öffnete, um zu streiten.

Kara gab einen süßen kleinen, wimmernden Ton des Begehrens von sich, als er ihren Mund verschlang. Simon schluckte das Geräusch mit hungrigen Lippen, er musste seine Frau unbedingt für sich beanspruchen, ihr mit seiner Berührung sein Zeichen aufdrücken, bis sie an nichts anderes mehr denken konnte als an ihn, nur ihn brauchte. Sie schmeckte nach Kaffee, Pfefferminz und purem, ungezügeltem Verlangen, und das machte ihn fast wahnsinnig. Er forderte, nahm ihren Mund, stöhnte, als ihre Zunge an seiner entlangglitt, *ihn* für sich beanspruchte. Sein Herz hämmerte gegen seine Brust, und er wollte ihr sagen, dass sie ihn für immer besaß, vom ersten Moment an, als er sie gesehen hatte. Vielleicht, wenn er ehrlich sein sollte, schon lange vorher. Er hatte ein Leben lang auf die Frau gewartet, die er in seinen Armen hielt, und er würde sie niemals gehen lassen.

Simon löste widerstrebend die Lippen von ihren und vergrub sein Gesicht an Karas Hals. Er rang nach Luft, bemühte sich, seine zügellosen, begierigen Gefühle unter Kontrolle zu bekommen. Seine Hände glitten hinunter zu ihrem wohlgeformten Hintern, umfassten ihn und zogen ihr erhitztes Geschlecht gegen seinen geschwollenen Schwanz.

»Simon«, stöhnte Kara mit ihrer heiseren Fick-mich-Stimme, und ihr warmer Atem strich über sein Ohr.

Unkontrolliert und wild fuhr ihm ein animalischer Trieb in den Leib. Nichts, absolut gar nichts war in diesem Moment wichtig, außer das dringende Bedürfnis, seine lüsterne Partnerin zu befriedigen.

»Ich liebe dich«, keuchte Kara erregt, und ihre Zähne bissen sanft in seinen Hals.

Dieses Mal trafen ihre Worte mitten in Simons Herz, und ein angenehmer Schmerz breite sich in seiner Brust aus. »Ich liebe dich auch, mein Schatz.« Er legte seine Stirn auf ihre Schulter, schloss die Augen. Die Intensität ihrer Gefühle und die beschämende Tatsache, dass diese Frau ihn aufrichtig liebte, machten ihn sprachlos. Ihn. Den Mann. Nicht den Milliardär oder das Materielle, das er ihr geben konnte. Er trug die Narben seiner Vergangenheit, innerlich und äußerlich, aber Kara schien nur einen Mann zu sehen, der es wert war, geliebt zu werden. Sie war ein Wunder. Sein Wunder. »Keine Diskussion mehr über Eheverträge, ja?«

Simon spürte, wie ihr seidiges Haar an seiner Wange entlangstrich, als sie den Kopf schüttelte. Sie wich ein wenig zurück, um ihm in die Augen zu sehen. Mit gerunzelter Stirn antwortete sie: »Wir müssen darüber reden.«

Nein. Sie mussten ganz bestimmt *nicht* darüber reden. Sie konnte die ganze lächerliche Idee fallenlassen und ihn einfach noch einmal küssen. Und noch einmal. Simon war nicht bereit, über das unglaublichste, glücklichste Ereignis seines Lebens einen verdammten Vertrag abzuschließen. »Du weißt doch, dass ich bereits mein Testament geändert habe. Wir sind es durchgegangen.« Er hatte sichergestellt, dass Kara jederzeit abgesichert war, egal, was ihm passierte.

Sie nickte langsam. »Es ist etwas anderes, wenn du mich durch deinen Tod unfreiwillig verlässt. Aber was, wenn ...«

»Das passiert nicht«, antwortete er schnell und bei dem Gedanken, Kara zu verlieren, traten seine Kieferknochen deutlich hervor. »Es ist für immer. Ich unterschreibe keinen verdammten Ehevertrag. Du und ich, wir sind kein beschissener Geschäftsabschluss. Hier geht es um dich und mich. Zusammen. Für den Rest unseres Lebens.« Simons grünäugiges Monster streckte die Krallen nach ihm aus, verärgert über die Möglichkeit, dass irgendetwas ihm diese Frau wegnehmen könnte. *Das passiert nicht.*

Kara drückte gegen seine Brust und wand sich aus seinem Griff. »Ich will, dass du weißt, dass ich dich nicht wegen deines Geldes heirate.« Ihre Stimme kippte und ihre Unterlippe zitterte.

Oh, verflixt. Nein. »Weine nicht. Ich mag das nicht.« Eigentlich hasste er es. Sie weinen zu sehen zwang ihn praktisch in die Knie, ließ ihn bei fast allem nachgeben, was sie wollte. Zum Glück weinte sie selten, es sei denn, es waren Freudentränen. Kara setzte nie ihre Tränen als Waffe gegen ihn ein. »Außerdem ist es immer offensichtlich gewesen, dass du nicht hinter meinem Geld her bist.« *Mehr als offensichtlich.*

Mit einem Blick aus weit aufgerissenen, erstaunten Augen entgegnete sie hitzig: »Woher kannst du das wissen? Du hast mich während meiner Ausbildung unterstützt, hast meine Ausgaben übernommen, kaufst mir unerhört teure Geschenke. Ich will, dass du mir völlig vertrauen kannst.«

Scheiße! Meinte sie das ernst? Die Frau kannte jedes seiner kleinen, schmutzigen Geheimnisse, Dinge, die er nie einer anderen Seele anvertraut hatte, noch nicht einmal seinem Bruder Sam. »Ich habe dir jede Einzelheit meines Lebens anvertraut, Kara. Ich vertraue dir. Wenn ich das nicht täte, würde ich dich nicht heiraten. Ich brauche keinen Ehevertrag. Ich will keinen«, sprach er mit rauer Stimme und versuchte, seinen Ärger zu unterdrücken, seinen Schmerz darüber, dass er seine Seele zwar vor ihr entblößt hatte, sie aber *ihm* oder der Tatsache, dass ihre Beziehung nie enden würde, nicht traute. »Wenn du genug Vertrauen in mich hättest, würdest du ihn auch nicht brauchen.«

Es kostete Simon ungefähr eine Nanosekunde, bis er die Worte bereute. Am liebsten hätte er sie in dem Moment zurückgenommen, als sie aus seinem dämlichen Mund kamen. Karas hübsches Gesicht veränderte sich, der Schmerz war deutlich in ihren ausdrucksstarken Augen zu sehen, die sich mit Tränen füllten. *Scheiße! Was für eine idiotische Aussage war das denn?*

Anstatt die Tatsache zu würdigen, dass Kara ihn so sehr wollte, dass sie jegliche finanziellen Vorteile, die sie durch die Heirat erlangen würde, aufgab, um ihm zu zeigen, was er ihr bedeutete, hatte Simon sie aus Frust, und mehr als ein bisschen Furcht, mit schmerzlichen Worten bestraft. Worte, die kein bisschen wahr waren. Kara hatte ihm immer vertraut, sogar, als sie wahrscheinlich kein Vertrauen hätte haben sollen, sogar, als noch nicht einmal er Vertrauen in sich selber hatte.

Das Problem war, dass er mehr wollte. Sie sollte an sie *beide* als Paar glauben. Auch wenn sie sich wegen ihrer finanziellen Vergangenheit dagegen sperrte, wann immer er ihr etwas kaufen wollte, schien Kara nie die Tatsache infrage zu stellen, dass sie Seelenverwandte waren, für immer füreinander bestimmt ... bis vor wenigen Wochen. Ihr jüngstes Zögern machte ihm Angst, versetzte ihn so in Schrecken, dass er in Erwägung zog, es wäre *sie*, die eines Tages genug haben könnte. Ihre Auffassung, dass sie ihm etwas *schuldete* und nicht alles teilen wollte, besonders nicht seinen Reichtum, erschreckte ihn zu Tode. Es ließ jede schwelende Unsicherheit, die er insgeheim mit sich herumtrug, hervorschnellen und triumphieren.

Simon fuhr mit einer Hand durch seine Haare und stieß einen reumütigen Seufzer aus. Leise sagte er zu ihr: »Es tut mir leid. Ich hätte das nicht sagen sollen.«

Er sah sie genau an, und es brach ihm das Herz, als Kara wütend eine Träne wegwischte, die aus ihren blauen Augen entkommen war, bevor sie antwortete: »Du hättest es nicht gesagt, wenn nicht ein Körnchen Wahrheit darin enthalten wäre. Vielleicht hast du Recht. Vielleicht ist das alles ein Fehler.«

Sein Blick verdunkelte sich und wurde unruhig. »Welche Art von Fehler?«

»Wir.« Sie zeigte auf ihn und dann auf sich selbst. »Vielleicht sollten wir im Augenblick keine Hochzeit ins Auge fassen. Vielleicht sind unsere Lebensverhältnisse einfach zu verschieden.« Karas Hände zitterten nervös, als sie beide Augen rieb, weil die Tränen so schnell rannen, dass sie Mühe hatte, sie wegzuwischen.

Das kann doch nicht angehen! Er hatte entgegen jedem Impuls, sie sofort zu seiner Frau zu machen, fast ein Jahr lang gewartet. Und jetzt stellte sie ihre bevorstehende Hochzeit infrage? Weil er vermögend war? Es war nicht so, dass sein Geld etwas Neues war, etwas Unbekanntes. Er war schon Milliardär, lange bevor sie sich kennengelernt hatten.

Leise fluchend machte Simon einen Schritt auf Kara zu und griff nach ihr, doch sie riss sich los und wich mit einem erstickten Schluchzer zurück. Er ließ die Hände sinken und ballte sie zu Fäusten. Mit zusammengebissenen Zähnen zwang er sich, nicht noch einmal nach ihr zu greifen. In dem Jahr, in dem sie zusammen waren, hatten er und Kara selten gestritten, und er hatte sie nie so zerbrechlich gesehen ... außer als sie von zwei gewalttätigen Junkies überfallen und fast getötet worden war. Und auch da hatte sie nicht dermaßen panisch ausgesehen. Wenn seine Frau wirklich wütend war, dann sprang sie ihm ins Gesicht und wies ihn zurecht. Ihre Auseinandersetzungen waren hitzig, lösten sich aber schnell in Wohlgefallen auf und wurden gewöhnlich mit einem Kompromiss beigelegt ... und umwerfendem Versöhnungssex.

Haben wir zu lange gewartet? Bekommt sie kalte Füße? Jetzt wünschte Simon, er hätte Kara vor fast einem Jahr einfach über seine Schulter geworfen und sie in seinem Privatjet nach Vegas geschleppt. Er erwiderte: »Wir werden heiraten, und du musst mir jetzt sagen, was wirklich los ist.« In dem Versuch, sein Temperament und seine Stimme zu zügeln, ballte er seine Fäuste noch heftiger, sodass fast die gesamte Blutzirkulation in seinen Fingern zum Stillstand kam. Kara war noch nie vor ihm zurückgewichen, hatte seine Versuche, sie zu trösten, noch nie abgewiesen. Was war mit der Frau passiert, die sich in seine Arme geworfen hatte, wann immer sie ihn brauchte? Und, verdammt, er wollte, dass sie ihn brauchte. Ihre Ablehnung brachte ihn um.

»Ich weiß nicht, ob ich dich heiraten kann.« Die Äußerung kam mit einem traurigen Schluchzer.

Scheiß drauf! Simon konnte ihre Tränen keine verdammte Sekunde länger mit ansehen, und er verstand beim besten Willen nicht, was sie sagen wollte. Alles, was er fühlte, war Panik, Verzweiflung und Schmerz. Panik bei dem Gedanken, sie zu verlieren, Verzweiflung, dass er nicht beheben konnte, was nicht richtig war, und entsetzlichen Schmerz, sie sagen zu hören, dass sie ihn nicht heiraten wollte. Zum Teufel damit!

»Du heiratest mich. Kein verdammter Ehevertrag. Ich brauch dich, Kara. Ich werde dich immer brauchen. Bitte tu das nicht.« Simon sprach leise, gefährlich, so als würde er kaum seine Neandertalerinstinkte unter Kontrolle halten können ... was er auch nicht konnte. Im Augenblick wollte er sie am liebsten an die Wand pressen und so tief in sie eindringen, sie so ganz und gar nehmen, dass sie nie wieder in Betracht ziehen würde zu sagen, dass sie ihn nicht heiraten konnte. Verdammt, wenn sie eine Erinnerung benötigte, wie gut sie zusammenpassten, wie sehr er sie wollte und brauchte, dann würde er sich freuen, ihr das hier und jetzt sofort zu zeigen.

Mit verstörtem Blick wich Kara zurück, als er langsam auf sie zuging, sich an sie heranpirschte, bis sie mit dem Rücken an der Wand neben der Tür stand. Ihr Blick wanderte in sein Gesicht, dann zur Tür und zurück in sein Gesicht.

»Denk nicht mal daran«, polterte Simon und knallte seine Hände links und rechts von ihren Armen an die Wand. Sie war gefangen und die Hoffnung auf eine Flucht begraben. »Sprich mit mir«, forderte er grob. Er musste ihren Schmerz lindern ... und seinen. Nachdem er das letzte Jahr überglücklich mit einer Frau verbracht hatte, die er mehr als das Leben liebte, war Karas plötzliches, unvernünftiges Verhalten aus heiterem Himmel gekommen. Normalerweise war er das kontrollierende, dominierende Arschloch und Kara seine Stimme der Vernunft.

»Geht es dir gut?«, fragte er schroff, und seine Augen suchten ihr Gesicht ab. Wenn irgendetwas nicht stimmte, würde er für Abhilfe sorgen. Im Moment würde er alles tun, um sie wieder lächeln zu sehen und sie von der Verwirrung und dem Schmerz zu befreien, die sich in ihren Augen spiegelten.

Solange sie nicht sagt, dass sie mich nicht heiraten kann. Wenn sie es noch einmal sagt ... drehe ich durch.

Kara nickte zögernd und schüttelte dann den Kopf. »Ja. Nein. Ich weiß nicht.« Sie legte ihre Stirn gegen seine Schulter und schluchzte, als würde die ganze Welt untergehen. Sie hob ihre Hände und klammerte sich an sein T-Shirt, zerknitterte den Baumwollstoff an seiner Taille in ihren geballten Händen, während sie die obere Hälfte mit ihren Tränen durchnässte.

Himmelherrgott! Völlig verwirrt schlang Simon seine Arme um sie. Sein Griff war so fest, dass sie quietschte. »Ich kriege keine Luft«, murmelte sie, während sie angestrengt atmete.

»Scheiße. Es tut mir leid, Kara. Ich verstehe nicht.« Simon lockerte sofort seine Umarmung, hielt ihren geschmeidigen Körper jedoch an sich gedrückt und fühlte sich völlig hilflos, ein Gefühl, das er hasste.

Kara wand sich in seinen Armen, als eine Reihe von starken Schlägen gegen den Holzrahmen der Tür dröhnten und Simons älterer Bruder Sam ungebeten in das Zimmer schlenderte.

Diese Ablenkung nutzte Kara zu ihrem Vorteil. Sie schlüpfte unter Simons Armen hindurch und trat die Flucht an. »Ich muss gehen. Maddie erwartet mich in der Praxis.« Ihre Erklärung kam hastig und atemlos. Kara umrundete Simons Bruder und eilte aus der offenen Tür, als hätte ihr Allerwertester Feuer gefangen.

»Nein! Kara. Wir sind noch nicht fertig. Wage es nicht, jetzt zu gehen«, bellte Simon laut ihrer sich entfernenden Gestalt hinterher. Wütend und völlig verzweifelt wollte er ihr folgen, entschlossen, sie nicht in Ruhe zu lassen, bis sie ihm erklärte, was los war.

Doch Simon kam nicht aus der Tür. Sein Bruder packte ihn am T-Shirt und zog ihn mit einem kräftigen Ruck zurück ins Zimmer. »Halt, Bruder! Lass sie gehen. Sieht nicht so aus, als würdest du jetzt irgendetwas klären können.«

Simon drehte sich außer sich vor Wut zu seinem Bruder um. »Nimm deine verdammten Finger von mir. Sie wird mir zuhören.«

Sam ließ es zu, dass sich sein Bruder umdrehte, doch er packte nun das T-Shirt mit festem Griff von vorne und zog seinen Bruder näher zu sich heran. Nase an Nase durchbohrte Sam Simon mit einem eisigen Blick, und seine Stimme war so kalt wie seine Augen, als er entgegnete: »Oh ja, ihr beide habt ausgesehen, als wärt ihr ganz und gar bereit für eine vernünftige Unterhaltung.« Sam schüttelte Simon leicht. »Beruhige dich, verdammt noch mal, und denk darüber nach, was du tust. Die Frau war völlig in Tränen aufgelöst. Du liebst sie. Musst du tatsächlich in dieser Stimmung sein, wenn du mit ihr redest? Du wirst unsinnige Sachen sagen, die du später bereust. Vertrau mir.«

Ernüchtert entspannte sich Simons Körper, und Sam lockerte seinen Griff. »Scheiße! Das habe ich schon getan.« Er zuckte zusammen, als er hörte, wie die Wohnungstür zugeschlagen wurde. Sein Herz verkrampfte sich, als ihm bewusst wurde, dass Kara ihr Zuhause verlassen hatte. *Ihn* verlassen hatte.

Sam trat zurück, fasste Simon an den Schultern und fragte leise: »Bist du jetzt artig?« Sein älterer Bruder fragte ihn wirklich, ob er sich im Griff hatte.

»Ja. Ja, ich glaube schon.« Simon schüttelte mit einem Schulterzucken Sams Hände ab und schleppte sich wieder hinter seinen Schreibtisch, wo er sich auf seinen Schreibtischstuhl fallen ließ. Sein Gesicht in den Händen vergraben, stöhnte er: »Ich muss wirklich mit Kara reden. Ich muss das regeln. Irgendetwas stimmt nicht.«

Sam kam zu dem Kreis von Computern herübergeschlendert. Er griff sich einen Stuhl und wuchtete seinen kräftigen Körper rittlings darauf. Die Unterarme auf der Rückenlehne ruhend, verhakte er die Finger ineinander und schüttelte den Kopf, dass seine blonden Locken leicht zerzausten. Dann sprach er zu Simon in ernstem Tonfall. »Brüderchen, du solltest wirklich an deinen Kommunikationsfähigkeiten arbeiten. Wenn so ›etwas regeln‹ aussieht, dann möchte ich wirklich nicht wissen was passiert, wenn ihr beide einen Streit habt.«

Kapitel 2

»Du bist nicht krank. Du bist schwanger.«

Kara zuckte zusammen und hob ruckartig den Kopf, um die temperamentvolle rothaarige Ärztin erschrocken anzustarren, die durch die Tür ins Behandlungszimmer kam. Ihr fiel die Kinnlade herunter, und sie schüttelte den Kopf. »Wie ist das möglich?«

Doktor Madeline Reynolds kam vor dem Behandlungstisch, auf dem Kara saß, zum Stehen und verschränkte die Arme vor der Brust. »Du bist Krankenschwester. Brauchst du wirklich eine Auffrischung in Anatomie und Physiologie?« Maddie hob die Hände und formte mit Mittelfinger und Daumen ihrer linken Hand einen Kreis, während der Zeigefinger ihrer rechten Hand in den Kreis fuhr. »Teil A wird in Teil B gesteckt, was zu einer Schwangerschaft führen kann.« Sie zuckte mit den Schultern und lächelte Kara an, während sie die Hände sinken ließ. »Die anderen Einzelheiten kennst du.«

»Ich nehme die Pille, Maddie. Das ist nicht möglich.«

»Du weißt, dass es trotzdem passieren kann. Und ich glaube, es ist durchaus möglich, dass du zwischen Weihnachten und Neujahr schwanger geworden bist, gleich nachdem du dieses Magenvirus hattest«, entgegnete Maddie nachdenklich. »Letztens ist deine Periode ausgeblieben, oder?«

Kara nickte widerstrebend. »Aber ich habe die Pille jeden Tag genommen, auch als ich krank war. Ich habe es nicht vergessen. Und ich habe keine Antibiotika genommen, die die Wirkung der Pille beeinträchtigen können«, antwortete Kara panisch.

Maddie sah sie mit schiefem Blick an. »Aber du hast eine Woche lang jeden Tag erbrochen. Ich nehme an, das meiste deiner Pille ist wieder rausgekommen und nicht in dein Blut übergegangen.«

»Scheiße, Scheiße, Scheiße.« Maddie hatte wahrscheinlich Recht, und Kara hatte es ernsthaft geleugnet. Alle Symptome waren da gewesen. Sie hatte sie nur nicht erkennen wollen. Sich dafür verfluchend, nicht an die Möglichkeit gedacht zu haben, die Maddie gerade erwähnt hatte, und eine alternative Verhütungsmethode angewendet zu haben, sah Kara zu Boden.

»Du warst krank. Gib dir nicht die Schuld daran, dass du nicht ganz bei Verstand warst.« Maddie gab Kara das Blatt Papier, das sie in der Hand gehalten hatte. »Hier ist das Ergebnis deines HCG-Tests. Er ist positiv. Du weißt, dass der Test verdammt genau ist, aber wir können ihn in einer Woche wiederholen, wenn du willst.«

Kara nahm die Testergebnisse und starrte geschockt auf das positive Ergebnis, während sich Tränen in ihren Augen sammelten. Schon wieder. »Ich kann es nicht glauben. Oh Gott, wie bringe ich das Simon bei?«

Maddie ließ ihren Hintern auf einen Rollhocker plumpsen und rollte zwischen Karas Füße, die vom Behandlungstisch baumelten. Sie griff nach den Testergebnissen in Karas zitternden Fingern und legte das Blatt Papier auf den Tisch. Dann nahm sie Karas Hände und sah sie besorgt an. »Glaubst du, Simon wird verärgert sein? Kara ... das glaube ich nicht. Ihr heiratet in einem Monat. Es ist ein bisschen früh, aber ich glaube, er wird überglücklich sein. Und ich weiß, dass du Kinder möchtest.«

Kara sah mit düsterem Gesichtsausdruck auf Maddie herab. »Ich möchte Kinder. Ich bin dreißig, und ich hätte gern mehr als eines. Aber jedes Mal, wenn ich das Thema Simon gegenüber anspreche, macht er sofort dicht. Er will warten.« Sie bedeckte instinktiv ihren flachen Bauch mit den Händen und seufzte bei dem Gedanken, dass sie Simons Kind erwartete. Sie wollte dieses Baby unbedingt und liebte es bereits. »Ich glaube nicht, dass er glücklich sein wird. Seine Miene ist immer so gequält, wenn ich davon rede. Und wir hatten einen Streit heute Morgen.«

»Worüber?«, fragte Maddie behutsam.

»Ich war eine tobende Furie. In den letzten Wochen war ich nicht ich selbst. Deshalb wollte ich auch, dass du ein paar Bluttests machst. Ich glaube, ich wusste, dass ich schwanger bin, aber ich wollte es nicht wahrhaben. Ich bin die ganze Zeit so emotional, so verängstigt. Ein Anwalt hat für mich einen Ehevertrag aufgesetzt, weil ich Simon absichern wollte, aber er hat sich geweigert, ihn zu unterschreiben.«

Maddie drückte leicht Karas Hände. »Weißt du was? Ich mag diesen Mann jeden Tag mehr. Gut für ihn. Er vertraut dir genug, um zu wissen, dass du ihn niemals reinlegen würdest.« Maddie schmunzelte. »Finanziell sowieso nicht. Jeder andere Milliardär mit Simons Geld hätte dich bereits in dem Augenblick einen Ehevertrag unterschreiben lassen, in dem er diesen umwerfenden Ring an deinen Finger gesteckt hätte. Warum hast du darüber gestritten?«

»Ich habe darauf bestanden, dass er unterschreibt, und er hat sich geweigert. Hat mir vorgeworfen, ich hätte nicht genug Vertrauen zu ihm. Dann habe ich gesagt, dass wir vielleicht diese Hochzeit noch einmal überdenken sollten, weil wir einfach zu verschieden sind. Mein Gott, ich weiß noch nicht mal, warum ich das gesagt habe. Simon ist wie ein fehlendes Teil in meiner Seele, meine andere Hälfte. Ich weiß gar nicht, was ich ohne ihn täte. Wir passen in jeder Hinsicht zusammen, außer in finanzieller. Ich glaube, ich war in Panik.«

Kara schauderte, als sie an den erschütterten, schmerzlichen Ausdruck in Simons attraktivem, geliebtem Gesicht dachte, und wollte schon wieder anfangen zu weinen. Warum hatte sie das gesagt? Simon bedeutete ihr alles und sie wusste, dass er ebenso dachte. Der Mann hatte in der Vergangenheit genug durchgemacht. Da sollte er nicht noch Ärger mit der Frau bekommen, die er liebte, der Frau, die er heiraten und mit der er den Rest seines Lebens verbringen wollte.

»Du bist schwanger, liebe Freundin, und deine Hormone sind außer Kontrolle. Es ist normal, dass man da ein bisschen reizbar ist, Unvernünftiges sagt und tut und Stimmungsschwankungen hat. Erzähl es Simon. Lass es ihn verstehen und für dich da sein. Du brauchst ihn jetzt«, versuchte Maddie, sie zu überzeugen.

Kara schenkte ihrer Freundin ein schwaches Lächeln. »Es ist kaum zu glauben, dass du ihn einmal gehasst hast.«

»Ich habe Simon nie gehasst. Ich kannte ihn gar nicht und hatte lediglich Angst, er könnte so ein falscher Kerl sein wie sein Bruder Sam.« Maddies Stimme klang sanft, aber sie enthielt eine Spur Bitterkeit. »Es ist ziemlich offensichtlich, dass er nicht so ist. Er vergöttert dich, macht dich glücklich. Allein dafür ... liebe ich den Typen. Aber er ist auch ein sehr guter Mensch. Er sorgt mit seinen Spenden dafür, dass ich die unentgeltliche Sprechstunde beibehalten kann.«

Das gespendete Geld gehörte auch Sam. Es war ein wohltätiges Geschenk der Hudson Corporation, aber Kara war nicht bereit, diese Tatsache Maddie gegenüber zu erwähnen. Sam Hudson und Maddie hatten eine Vergangenheit ... und die war offensichtlich zu keinem guten Ende gekommen. Maddie wollte nie darüber reden, aber Kara wusste, dass keiner von beiden darüber hinweg war, obwohl Kara vermutete, dass es ein

Vorfall in der fernen Vergangenheit gewesen war. »Sam ist ein guter Mann, Maddie. Er hat mir das Leben gerettet.«

»Ja. Nachdem er dich beleidigt hat«, blaffte Maddie gereizt.

»Er ist nicht perfekt, aber er hat ein gutes Herz«, argumentierte Kara. Sam *war* beim ersten Zusammentreffen ein Arsch gewesen, aber im Laufe des letzten Jahres hatte sie Simons Bruder liebgewonnen wie den großen Bruder, den sie niemals gehabt hatte. Und er hatte sie vor zwei gestörten Kriminellen gerettet, hatte sein eigenes Leben für sie riskiert. Kara hatte Sam schon vor Langem sein Verhalten auf Simons Geburtstagsparty verziehen. Er war seit dem Vorfall ein perfekter Engel gewesen.

»Er ist eine männliche Hure«, murmelte Maddie grimmig.

Okay, *dagegen* konnte Kara nichts sagen. Aber sie vermutete, dass Sam Frauen verbrauchte wie ein Chirurg Einweghandschuhe, weil er noch nicht die *richtige Frau* gefunden hatte. Oder er hatte die richtige gefunden ... und sie war entwischt. Sam hatte nie Frauen, die es wert waren, dass er sie behielt. Er ging mit oberflächlichen Frauen aus, denen nur an seiner Stellung und seinem Geld gelegen war. Sie waren alle umwerfend anzusehen, aber keine einzige besaß echte Wärme. Als Kara Maddies gerötetes Gesicht und den launischen Gesichtsausdruck sah, hatte sie das Gefühl, dass Maddie definitiv einen Einfluss auf Sams gestörte Beziehung zu Frauen hatte. »Irgendetwas ist zwischen euch beiden passiert. Wirst du mir das jemals erzählen?«

»Nein. Es ist lange her, und es ist nicht wichtig.« Maddie ließ Karas Hände los und stand auf. Mit einem Fußtritt ließ sie ihren Hocker nach hinten rollen. »Du musst jetzt pränatale Vitamine nehmen und zu einem Gynäkologen gehen.«

»Ich werde einen Termin bei Doktor Shapiro machen.« Kara rieb ihren Bauch, immer noch ungläubig, dass sie tatsächlich Simons Baby erwartete. *Junge oder Mädchen?* Das war ihr eigentlich egal, solange das Baby gesund war. Obwohl ... sie sich über einen kleinen Simon freuen würde.

Zweifellos würde er genauso rechthaberisch und fordernd sein wie sein Daddy. Und gut aussehend mit dunklen Augen und rabenschwarzem Haar genau wie Simon. Kara lächelte mit verträumtem Blick und hoffte, dass ihr Sohn oder ihre Tochter auch Simons Liebenswürdigkeit, seine Großzügigkeit und seinen alle Dimensionen sprengenden IQ erben würde. Ja, eine liebenswerte kleine Kopie von Simon wäre unglaublich, und Kara wusste, dass Simon ein wunderbarer Vater sein würde. *Wenn er ein Vater sein will.* Seltsamerweise wusste sie, dass er sich in das Baby verlieben würde, auch wenn er anfangs nicht begeistert wäre. Er würde das Baby genauso hemmungslos verwöhnen, wie er sie verwöhnte. Das Problem war nur, dass Kara Simon die Vaterschaft nicht aufzwingen wollte, wenn er nicht dafür bereit war. Allerdings hatte sie jetzt keine große Wahlmöglichkeit mehr.

Maddie nickte. »Katherine Shapiro ist eine exzellente Gynäkologin. Gute Wahl.« Sie bemerkte Karas abwesenden Blick und schnippte mit den Fingern vor ihrem Gesicht. »He, wo bist du?«

Karas Kopf schnellte hoch, und sie sah Maddie schuldbewusst an. »Äh ... tut mir leid. Ich habe gerade über das Baby nachgedacht.« *Und Simon. Immer Simon.*

»Geht es dir gut? Ich weiß, dass das ein Schock ist.« Behutsam legte Maddie eine Hand auf Karas Schulter. »Mach dir keine Gedanken über die Launenhaftigkeit und dass du jetzt so emotional bist. Das sind die Hormone. Erzähle es Simon und lass dir von ihm helfen. Er wird dein Verhalten verstehen, sobald er weiß, dass es auf deine Hormone und die Schwangerschaft zurückzuführen ist.«

Kara schluckte und fragte sich, ob er es verstehen *würde*. Lieber Gott, sie liebte ihn mehr als alles andere auf dieser Welt. Was, wenn er es nicht verstand? Kara hüpfte vom Untersuchungstisch und wollte nicht wirklich über Simons Reaktion nachdenken. Sie murmelte: »Ich sollte jetzt wieder zurück an meine Arbeit gehen.« Sie war hier zu ihrer wöchentlichen, ehrenamtlichen Schicht, und Maddie hatte noch Patienten. »Danke, dass du dir die Zeit genommen hast, mich zu untersuchen. Ich dachte, ich werde verrückt.«

»Du bist schwanger, was aber so ziemlich dasselbe ist«, antwortete Maddie mit trockenem Humor. »Geh nach Hause. Der Terminplan für den Rest des Tages ist locker. Das schaffe ich allein. Geh und sprich mit Simon. Ihr braucht beide Zeit, um euch an diese Neuigkeit zu gewöhnen.« Sie zog die widerstandslose Kara zu sich heran und umarmte sie innig. »Alles wird gut. Simon liebt dich, und du liebst ihn. Ihr heiratet in einem Monat, und du kannst die Hochzeit nicht absagen. Ich habe bereits ein Kleid!«

Kara drückte Maddie und klammerte sich einen kleinen Augenblick länger an die zierliche Frau. Nach Simon gab es niemanden, den sie mehr liebte als Maddie. »Danke, Maddie«, flüsterte sie leise, und Tränen stiegen ihr in die Augen. *Oh Gott, nicht schon wieder. Wie oft konnte eine Frau an einem einzigen Tag weinen? Ich kann die Male, die ich in den letzten fünf Jahren geweint habe, an einer Hand abzählen. Es war meistens, wenn Simon etwas Entzückendes für mich gemacht hatte. Ich mutiere zu einem verdammten, kaputten Wasserhahn, aus dem ständig Wasser tropft.*

Kara wusste, dass sie ein emotionales Wrack war. Ihre Gefühle schwankten von einem Extrem ins andere. Noch nicht einmal ihr verdammter Körper gehörte ihr noch. Sie sehnte sich jeden Augenblick des Tages nach Simons heißem Körper. Sicher, sie war immer wie eine läufige Hündin gewesen, wenn er in der Nähe war, aber jetzt wollte sie ihn jede Sekunde bespringen. Simon war unersättlich, aber Kara hätte wetten können, dass sie ihn zurzeit in puncto sexueller Gier bei Weitem übertraf. Hinzu kam ihr dringendes Verlangen nach Essen. Gelüste, die so stark waren, dass sie sie zwangen, wie eine Wahnsinnige die eigenartigsten Lebensmittel ausfindig zu machen. Den einen Tag war es ein Hamburger, am nächsten Schokolade. Heute war es Eiscreme. Sie würde fast alles tun für eine große Schüssel der Schokoladen-Gourmet-Eiscreme, die zu Hause im Gefrierfach stand. Oder vielleicht ein oder zwei Kilo davon. Bei dem Gedanken daran knurrte ihr Magen laut.

Maddies Gelächter schwebte leicht durch den Raum. »Keine morgendliche Übelkeit, nehme ich an. Gelüste?«

»Essen und Sex. Sex und Essen. Welches von beidem wichtiger ist, ändert sich häufig. Mir ist morgens ein bisschen schlecht, aber das hält nicht lange an, und dann fresse ich für den Rest des Tages wie ein Scheunendrescher. Manchmal giere ich nach Dingen, die ich noch nicht einmal mag. Wie konnte ich nicht vermuten, dass ich schwanger bin?«, antwortete Kara verärgert darüber, dass ihr Verstand nicht mehr Herr über das war, was sie tat. »Wenn es tatsächlich für dich in Ordnung ist, dann gehe ich nach Hause. Ich muss es Simon sagen, also kann ich es auch gleich hinter mich bringen.«

Ganz ehrlich, sie wollte es Simon so bald wie möglich sagen und hoffte, dass er ihr verzieh, dass sie ihn heute Morgen so schlimm behandelt hatte. Der Ausdruck in seinem Gesicht setzte ihr noch immer zu und zog ihr Herz zusammen.

Maddie schnaubte, drehte Kara um und schob sie sanft zur Tür. »Du stellst hier freiwillig deine Zeit zur Verfügung, Kara. Jede verdammte Woche, obwohl du Vollzeit im Krankenhaus arbeitest. Ich bin dir dankbar für deine Hilfe, aber du musst nicht um Erlaubnis fragen, wenn du gehen möchtest. Ich komme klar.« Maddie zögerte, bevor sie leise fragte: »Du hast gesagt, dass du so verängstigt warst. Darf ich fragen warum?«

Kara schüttelte leicht den Kopf. Die Türklinke in der Hand blieb sie stehen und drehte sich zu Maddie um. Es machte ihr nichts aus, dass ihre Freundin fragte, aber sie war nicht ganz sicher, ob sie es überhaupt erklären konnte. »Ist dir schon einmal etwas passiert, etwas so Gutes, dass es schwer war, zu glauben, dass es Wirklichkeit ist?«

Maddie zögerte, bevor sie kaum merklich nickte. »Ja. Einmal.«

Kara hatte das Gefühl, dass ihre Freundin sie wirklich verstand. »So ist es mit Simon. Manchmal muss ich mich kneifen, um sicher zu sein, dass ich nicht träume, dass es ihn gibt, dass er mich liebt. Ich glaube, ich habe Angst, dass mir etwas so Gutes irgendwie genommen wird, dass es nicht für immer ist.«

»Du hast im Alter von achtzehn Jahren deine Eltern verloren und hattest ansonsten keine Familie. Vielleicht ist es die Erinnerung an diesen Verlust, die alles für dich so furchterregend, so erschreckend aussehen lässt. Und wenn man schwanger ist, erscheint alles noch viel intensiver, weil man so gefühlsbetont ist«, erklärte Maddie fürsorglich.

Karas Augen weiteten sich, als sie über die Aussage ihrer Freundin nachdachte. Hatte der Tod ihrer Eltern dazu geführt, dass sie Verlustängste hatte? »Das kann sein. Ich schätze, ich will nur, dass Simon weiß, wie sehr ich ihn liebe, und dass es nicht wegen seines Reichtums ist. Ich war neulich verängstigt, besorgt, dass er das nicht verstehen würde. Dass ich den Menschen Simon liebe und nicht sein Geld.«

»Das Problem ist, dass er das bereits weiß.« Maddie stieß einen genervten Seufzer aus. »Deine Gesten, mit denen du ihn absichern oder deine Liebe zu ihm beweisen willst, sieht er nicht als Beruhigung an. Er sieht sie als Ablehnung all dessen, was er ist. Simon ist zwar in ärmlichen Verhältnissen aufgewachsen, aber er und Sam haben sich den Arsch aufgerissen, um erfolgreich zu werden. Das ist eine bedeutende Leistung in seinem Leben, an der du keinen Anteil haben willst.« Mit einfühlsamerer Stimme fuhr Maddie fort: »Ich verstehe, worauf du hinauswillst, und ich weiß, dass du immer unabhängig warst, aber stell dir mal vor, er wäre an deiner Stelle und du an seiner und du hättest mehr Geld als Fort Knox. Würdest du es nicht mit Simon teilen wollen, sein Leben leichter machen, nachdem er in Armut gelebt hat?«

Maddie wartete, bis Kara nickte, und fuhr dann fort: »Auf seine eigene verkorkste Art versucht er, sich um dich zu kümmern. Manchmal verbinden Männer ihren eigenen Selbstwert mit ihrer Fähigkeit, sich um die Frau zu kümmern, die sie lieben. Ja, es ist altmodisch und lächerlich, aber wahr. Glaub mir, Simon hat sich nie gefragt, ob du eine bist, die nur auf sein Geld aus ist. Das ist dein Komplex, nicht seiner.«

»Ich akzeptiere ihn. Ich lehne keinen Teil von Simon ab, und ich bewundere, wie er und Sam sich aus der Armut herausgearbeitet haben und ...«

»Dann lass um Gottes willen den Ehevertrag fallen und dir von dem Typen Sachen kaufen. Wenn es ihn glücklich macht, ist es doch egal, ob er sein Geld für dich ausgibt! Du verdienst es, und er weiß, dass du nicht hinter seinem Geld her bist. Aber du musst akzeptieren, dass er nun mal verdammt reich ist, und alles, was er dir gibt, reißt noch nicht mal ein klitzekleines Loch in sein Vermögen.« Maddie stemmte die Hände in die Hüften, als sie fertig war, und sah Kara mahnend an.

»Er kauft mir doch schon Sachen. Mehr als ich brauche.«

»Ja. Und du streitest mit ihm darüber. Ich weiß, dass du mit fast nichts dein ganzes Leben lang zurechtkommen musstest und deshalb meinst du, dass du nichts brauchst. Du musst dich mit dem Gedanken anfreunden, dass du einen der reichsten Männer auf diesem Erdball heiraten wirst. Weißt du, was ein Problem wäre? Wenn er versuchen würde, deine Liebe zu erkaufen oder seine Zuneigung nur durch Materielles zum Ausdruck bringen könnte. Aber in Simons Fall ist das nicht so. Er versucht nur, fürsorglich zu sein, möchte sich um dich kümmern. Ich sage dir ... lass ihn machen und freu dich über die Dinge, die er dir schenkt, ohne ein schlechtes Gewissen zu haben. Wenn du wirklich willst, dass er glücklich ist, dann lass ihn sein Geld für dich ausgeben. Mach Kompromisse. Du lebst noch immer im Überlebensmodus, zählst jeden Penny, den du ausgibst. Ich verstehe das. Aber das brauchst du nicht mehr, und Simon sieht seine Ausgaben nicht als Extravaganz an. Für ihn sind sie normal, denn er hat sich daran gewöhnt, reich zu sein. Verstanden?«

Kara starrte Maddie an und langsam dämmerte es ihr. Kompromisse machen? Hatte sie nicht immer *gedacht*, dass sie die machte? Aber hatte sie das wirklich? Hatte sie wirklich jemals versucht, Simons Seite beim Thema Geld zu verstehen? Innerlich seufzend wurde Kara bewusst, dass sie nie etwas kaufte, was sie nicht unbedingt für ihr Überleben brauchte, und Simon schalt, wenn er Geld für sie ausgab. Für Simon waren seine Geschenke normal gewesen, hatten seinem Lebensstil entsprochen. Für sie selbst waren sie übertrieben gewesen, weil sie immer in Armut gelebt hatte, doch sie begann einzusehen, wie Simon ihr Verhalten als Ablehnung hatte interpretieren können.

»Woher hast du diese Weisheit in Bezug auf Männer?«, fragte Kara Maddie. Sie wusste, dass ihre Freundin in mehreren Kinderheimen aufgewachsen war und selten eine Beziehung hatte.

Maddie zuckte mit den Schultern. »Als Beobachterin ist das unschwer zu erkennen. Wenn du aber gefühlsmäßig involviert bist, ist es nicht so leicht zu verstehen. Ich habe dich und Simon jetzt seit einem Jahr beobachtet, habe deine Reaktion an deinem Geburtstag, an Weihnachten und zu jeder anderen Gelegenheit gesehen, zu der er dir etwas Nettes geschenkt hat. Anstatt seine Geschenke mit einem Lächeln anzunehmen, hast du ihn zusammengestaucht, dass er Geld für dich ausgegeben hat. Und ich habe gesehen, wie verletzt er war. Er denkt, er schenkt dir etwas, über das du dich freust, und das Gegenteil ist der Fall. Ich glaube, das ist sehr schwer für sein Ego.«

»Oh Gott! Ich bin so eine Zicke! Das wusste ich nicht. So habe ich das nie gesehen.« Tränen schossen Kara in die Augen. *Oh Scheiße! Nicht schon wieder heulen!*

»He, mach dich nicht selbst fertig. Du bist hart im Nehmen. Deine Einstellung hat dich viele Herausforderungen in deinem Leben meistern lassen. Kein Grund, sich zu schämen. Ich sage nur, dass es an der Zeit ist, diesen Abwehrmechanismus abzustellen und sich ein bisschen zu entspannen. Lass dich von Simon nett beschenken und verbringt tolle Flitterwochen. Der Mann hat einen Privatjet. Nutze es.« Maddie schnappte schwungvoll Karas Testergebnisse vom Behandlungstisch. »Aber dieses Mal nicht nach Disneyworld, sondern woandershin.«

Kara lächelte Maddie schwach an. Disneyworld in den Frühjahrsferien war der einzige Urlaub gewesen, den Kara Simon erlaubt hatte, ihr zu spendieren. »He, ich wollte Magic Kingdom sehen, weil ich noch nie da war. Es war traumhaft!«

»Heb dir Mickey Mouse für deine Kinder auf. Lass Simon diesen Jet anwerfen und dich irgendwohin bringen, wo es romantisch ist. Für Familienurlaub bleibt später noch genügend Zeit.«

Kara grinste. »London? Paris? Rom?« Das waren alles Orte, die sie gern besucht hätte, aber nie gedacht hatte, dass sie sich das je würde leisten können.

Maddie lächelte zurück und zwinkerte. »Das hört sich schon besser an! Schluss mit der Bescheidenheit. Die Welt ist groß. Ich habe den heimlichen Verdacht, dass Simon nichts gegen sehr lange Flitterwochen hätte.«

Kara öffnete die Tür und trat hinaus. Sie ging auf die Eingangstür der Praxis zu, Maddie dicht hinter ihr. Kara schnappte ihre Jacke von einem Kleiderhaken und fragte Maddie leise: »Du wirst auf meiner Hochzeit auf Sam treffen. Ist das in Ordnung für dich?«

Maddie drückte sichtbar das Kreuz durch, als sie nach einer Akte griff, die als Vorbereitung für den nächsten Patienten auf der Empfangstheke lag. »Natürlich. Er bedeutet mir nichts.«

Hmm ... Kara bezweifelte das. »Wenn du ein bisschen Zeit mit ihm verbringst, wirst du feststellen, dass er nicht das Ungeheuer ist, für das du ihn hältst. Vielleicht ist er in der Zeit, in der ihr euch nicht gesehen habt, reifer geworden?«

Maddie sah sie zweifelnd an. »Also bitte! Ich lese doch die Zeitung und Zeitschriften. Der Mann hat immer noch Hörner unter diesen goldenen Locken. Deine Annahme steht auf tönernen Füßen. Verlass dich nicht darauf.« Sie folgte Kara bis zur Ausgangstür. »Gehst du nach Hause?«

Kara schlüpfte mit den Armen in ihre Jacke und zog mit einem geheimnisvollen Lächeln den Reißverschluss zu. »Bald. Ich muss erst noch einkaufen. Es ist Valentinstag. Ich muss etwas abholen und noch in ein paar andere Geschäfte. Ich habe aus meinem Glückspenny ein Medaillon machen lassen und eine goldene Kette für Männer dazu ausgesucht. Für Simon. Damit er mir den Penny nicht zurückgeben kann. Der Juwelier konnte die Münze einfassen, ohne sie zu beschädigen.« Der Münzsammler in Simon wäre zusammengezuckt, wenn sie aus dem seltenen Penny ein Schmuckstück hätte machen lassen, was die seltene Münze zerstört hätte. »Ich muss sie im Juweliergeschäft abholen.«

»Ach ja, Valentinstag. Habe ich ganz vergessen«, sagte Maddie abwesend und ein bisschen traurig.

Kara verabschiedete sich, trat aus der Praxis und schickte einen stummen Valentinswunsch an Amor, damit er für Maddie einen außergewöhnlichen Mann fand, den ihre Freundin verdiente.

Kapitel 3

Simon streifte durch sein Computerlabor wie ein Tiger im Käfig. Er wusste, dass die Gedanken, die er sich um Kara und die Tatsache machte, dass sie ihn verlassen könnte, unlogisch waren, doch er fühlte sich im Moment nicht gerade vernünftig. Nachdem Sam gegangen war, hatte er sich besser gefühlt, denn sein Bruder hatte ihm in sein dickköpfiges Gewissen geredet. Doch nachdem Simon eine SMS von Kara erhalten hatte, in der sie ihm mitteilte, dass sie später als gewöhnlich nach Hause kommen würde, hatte er es wieder mit der Angst zu tun bekommen und das Schlimmste erwartet. Und die Antworten auf seine SMS hatten ihn auch nicht beruhigt, denn sie waren unglaublich vage. Das einzig Positive war gewesen, dass er von ihr eine Nachricht bekommen hatte, in der sie ihm mitteilte, dass sie ihn liebte.

Ich liebe dich so sehr. Werde bald nach Hause kommen.

Simon unterbrach die Wanderung durch sein Labor lange genug, um den Worten nachzuhängen, die sie in ihr Handy getippt hatte, und hoffte, dass sie seine Laune heben und ihm Zuversicht vermitteln würden. Das hätten sie vielleicht auch getan, wäre sein Blick nicht zufällig auf den verdammten Ehevertrag gefallen, der auf dem Schreibtisch lag und ihn vor Verärgerung knurren ließ.

Vielleicht hätte ich ihn einfach unterschreiben sollen, wenn es sie glücklich macht. Was machte es schon? Ist ein blöder Fetzen Papier wirklich so wichtig? Er würde immer für Kara sorgen, egal, welcher Vertrag auch unterschrieben wurde.

Simon schnappte das Schriftstück vom Tisch und blätterte die Seiten durch. Mit zusammengebissenen Zähnen nahm er einen Stift und setzte mit wütenden Strichen seinen Namen darunter. Dann knallte er den Stift obenauf und brummte: »Gut. Das wäre erledigt. Die Welt wird nicht untergehen, weil ich das blöde Teil unterschrieben habe.«

Er würde Kara niemals verlassen und würde Himmel und Hölle in Bewegung setzen, damit sie an seiner Seite blieb. Die verdammten Papiere konnten verrotten, in der Kanzlei irgendeines unfähigen Anwalts verstauben, während Simon sein Leben mit der Frau verbrachte, die er liebte. »Ich will nur, dass sie glücklich ist«, flüsterte er leidenschaftlich und hoffte, dass die Unterschrift ihrer Betrübnis ein Ende setzen würde.

Karas Verhalten in den letzten Wochen machte ihn verrückt. Seine Frau war sonst so heiter, so euphorisch und positiv, obwohl das Leben nicht glimpflich mit ihr umgesprungen war. Es war die Hölle für Simon, ihr hübsches Gesicht mit weniger als einem Lächeln zu sehen. Wenn es der Ehevertrag war, den sie für ihren Frieden brauchte, dann würde er hundert davon unterschreiben. Sicher mochte er die Tatsache nicht, dass Kara an ihnen zweifelte, sich Gedanken darüber machte, dass sie sich eines Tages trennen könnten, doch er würde alles tun, um sie vom Gegenteil zu überzeugen. Vielleicht brauchte sie einfach mehr Zeit.

Kara hatte ihm so viel gegeben, vor allem ihre bedingungslose Liebe und Unterstützung während des letzten Jahres. Wenn sie es mit seinem launenhaften, gereizten, vernarbten Ich aushielt – meistens, ohne sich zu beklagen – konnte er das verdammte Papier für sie unterzeichnen. »Ich hätte es schon früher machen sollen«, sagte er leise und verfluchte sich dafür, wegen etwas so Trivialem so streitlustig gewesen zu sein. Er wusste, dass Kara wegen ihrer unterschiedlichen finanziellen Stellungen empfindlich reagierte, und hatte gehofft, dass sie darüber hinwegkam, dass sie anfing, sich mit der Tatsache zu befassen, dass, was seins war, auch ihr gehörte, aber er nahm an, dass sie noch nicht so weit war.

»Was hättest du früher machen sollen?« Die weiche, feminine Stimme legte sich über Simon wie feine Seide, als der singende Tonfall leise hinter ihm erklang.

Simon drehte sich um und sog mit beschleunigendem Herzschlag den Anblick der Frau auf, die er liebte. »Ich hätte die verdammten Papiere unterschreiben sollen, als du es wolltest, anstatt darüber zu streiten«, erklärte er ihr mit heiserer Stimme und dem dringenden Bedürfnis, sie in die Arme nehmen zu müssen, um ihre warme Sanftheit zu spüren.

Noch immer in ihrem hellrosa Krankenhauskittel, tapsten ihre leinenbeschuhten Füße leise um den Schreibtisch herum, und sie nahm die Papiere hoch, wobei der von Simon zum Unterschreiben benutzte Stift über den Schreibtisch rollte. »Du hast ihn unterschrieben?« Kara klang geschockt, überrascht.

»Ja. Tut mir leid, was ich gesagt habe.« Und Simon *tat* es leid. Mehr, als er es in Worten ausdrücken konnte, denn er war noch nie sehr gut in blumigen Reden gewesen oder beim Finden der richtigen Worte für Kara. Ehrlich gesagt, war er meistens von dem Verlangen besessen, sie zu besitzen und zu beschützen. Zarte Gefühle und schöne Worte waren nicht gerade seine Stärke.

Karas Blick landete auf seinem Gesicht, überflog seine Züge, als würde sie nach etwas suchen. »Warum? Ich dachte, du wolltest es nicht.«

»Will ich auch nicht.« Simon zuckte mit den Schultern. »Aber ich will, dass du glücklich bist. Ich weiß, dass dich das Thema Geld stört.« Er warf ihr einen düsteren Blick zu. »Ich habe ihn für dich unterschrieben. Aber du verlässt mich trotzdem nicht. Nie.« Und die Papiere würden nie gebraucht oder wichtig werden. Sie waren nur eine verdammt armselige Verschwendung von Bäumen, soweit es Simon anging.

Karas Mundwinkel verzogen sich zu einem kleinen Lächeln. Ihr Blick blieb auf Simon geheftet, als sie den Vertrag nahm und die Seiten einmal durchriss. Und noch einmal. Und ein weiteres Mal. »Du hast Recht. Ich verlasse dich nicht. Nicht, solange du mich liebst.«

Ihr Herz raste, als er antwortete: »Das wird so lange sein, wie ich atme. Warum tust du das?«, fragte er und sah zu, wie sich die kleinen Papierfetzen des Vertrages über den Schreibtisch verteilten.

»Weil ich nie hätte zulassen dürfen, dass Geld ein Problem zwischen uns ist. Es tut mir so leid, Simon. Wirklich.« Ihre Stimme klang brüchig, als sie schnell um den Schreibtisch herumkam und sich in seine Arme warf.

Simon genoss den Kontakt, schlang seine Arme um Kara und schloss erleichtert die Augen. Er küsste ihre Schläfe, ihre Wange und hielt sie so fest an sich gedrückt, wie es nur ging, ohne sie zu zerquetschen. »Ich hätte nicht sagen sollen, was ich gesagt habe.«

»Ich habe dich verletzt, weil ich so unsicher war. Du hast nie zugelassen, dass Geld in unserer Beziehung ein Problem ist, und ich hätte keines daraus machen sollen. Du warst im Recht und ich im Unrecht«, murmelte Kara leise an seiner Brust.

Zärtlich schob Simon Karas Kopf an seine Schulter, und sie lehnte sich bequem an ihn. *Wo sie hingehörte. Wo sie immer hingehören wird.* »Ich liebe dich. Ich will nur, dass du wieder glücklich bist. Du wirkst so traurig. Ich mag das nicht.«

Kara lehnte sich zurück, jedoch nur so weit, dass sie Simon in die Augen schauen konnte. »Ich bin nicht traurig, Simon. Ich bin emotional.«

»Ich möchte dich lieber emotional glücklich sehen als emotional traurig«, knurrte er und küsste zärtlich ihre Nasenspitze.

Kara umschloss mit ihrer Hand sanft seine Wange, als sie antwortete: »Du bist ein unglaublicher Mann, Simon Hudson. Immer besorgt um mein Glück und meine Sicherheit und immer so gewillt, dich für mich aufzuopfern. Ich liebe dich so sehr, dass es mir manchmal Angst macht.«

Simon fasste nach ihrer Hand und zog sie an seine Lippen, küsste zärtlich ihre Handfläche. »Ich bringe niemals Opfer für dich. Ich liebe dich. Und du kannst mich gern so viel lieben, wie du willst. Du wirst kein Wort der Klage von mir hören.« Simon konnte ein Grinsen nicht unterdrücken und wusste, dass er nie müde werden würde, zu hören, wie sehr sie ihn liebte, auch wenn sie ihm das hundert Mal am Tag sagen würde.

Kara lächelte sanft. »Ich habe heute Geld ausgegeben. Dein Geld. Äh ... ich meine unser Geld. Und ich habe beschlossen, dass ich ein Auto brauche. Vielleicht einen Geländewagen. Etwas ... äh ... mit mehr Platz. Und ich möchte, dass wir lange Flitterwochen verbringen. Können wir den Jet nehmen?«

»Auf jeden Fall. Wohin du willst.« *Gott sei Dank.* Simons Grinsen wurde breiter, als er sie scherzhaft fragte: »Hat es wehgetan?«

Kara brauchte nicht zu fragen, was er meinte. Simon verstand sie. »Schrecklich! Ich habe bei den Sonderangeboten angefangen, aber dort nicht das gefunden, was ich wollte, deshalb musste ich bei den Sachen gucken, die zum regulären Preis angeboten wurden.«

»Autsch!« Gott, wie er diese Frau liebte. »Und wie war es?«

»Ganz okay. Meine Hand hat nur ein kleines bisschen gezittert, als ich meine Kreditkarte in das Lesegerät gesteckt habe«, gab Kara verdrießlich zu. »Ich bin sogar zur Maniküre und Pediküre gegangen. Das habe ich noch nie zuvor gemacht. Es fühlte sich ... komisch an ... aber ich wollte es ausprobieren.«

Simon lachte und zog Kara noch näher zu sich. Er erinnerte sich, wie wenig Luxus diese Frau in ihrem Leben genossen hatte, wie wenige Dinge sie getan hatte, die andere Frauen regelmäßig machten und als selbstverständlich ansahen. »Was hast du gekauft?«

»Ein paar Dinge. Und äh ... neue Kleidung. Größere Sachen.« Ihre Stimme klang gedämpft, nervös.

»Hast du vor zuzunehmen?« Nicht, dass ihm das etwas ausmachen würde. Ihm war egal, welche Kleidergröße sie trug und ob sie ein paar Pfunde mehr auf den Rippen hatte. Ihre Kurven würden üppiger und weicher werden.

»Eine Zeit lang. Oh ... verdammt! Ich kann es auch gleich sagen.« Sie wich von ihm zurück, fasste seinen Kopf mit beiden Händen und sah mit ernstem Blick in seine immer noch spöttischen Augen. »Ich bin schwanger. Wir bekommen ein Baby. Das ist auch der Grund, weshalb ich so emotional bin. Ich habe das Gefühl, dass die Hormone meinen Verstand vereinnahmen.«

Simon fiel die Kinnlade herunter, und ein verständnisloser Ausdruck erschien auf seinem Gesicht, als er Kara ansah. Sein Mund bewegte sich zwar, doch es war kein Laut zu hören. *Schwanger? Sie würde sein Kind bekommen?* Simon wurde von Gefühlen überrollt. Eines nach dem anderen.

Angst.

Glück.

Sorge.

Und eine gesunde Dosis leidenschaftliche, besitzergreifende Gier.

»Wie? Warum?« Unsinnige Fragen, doch sie sprangen trotzdem aus seinem Mund, denn sein Verstand versuchte noch immer, seine Gefühle einzuholen.

Kara brach in Tränen aus, die dick über ihre Wangen kullerten, während sich ihr Gesicht vor Reue verzog. »Tut mir leid. Es ist wahrscheinlich passiert, als ich krank war. Es ist nicht genügend Wirkstoff der Pille in mein Blut übergegangen, weil ich mich übergeben habe. Ich hätte vorsichtiger sein sollen. Ich weiß, dass du jetzt noch nicht Vater werden willst. Aber ich liebe unser Baby schon so sehr.«

Unser Baby. Unser. Baby. Simons Herz hämmerte gegen seine Brust, und er zog Kara ganz fest an sich und wiegte sie sanft. »Schhhh ... es ist gut. Ich ... ich ... oh, verdammte Scheiße. Ich werde Vater.« Simon wurde von grenzenloser Freude erfasst, die sein Herz so anschwellen ließ, dass er glaubte, es würde jeden Moment explodieren.

»Es tut mir leid«, heulte Kara an seiner Schulter.

»Bitte, das muss dir doch nicht leidtun, Liebling. Es ist nicht dein Fehler. Bist du bereit, Mutter zu werden?« Er stolperte über die letzten Worte, denn er konnte es immer noch nicht glauben, dass Kara ihr Kind erwartete; ein Baby, das mit so viel Liebe empfangen wurde, dass er auf dem besten Wege war, vor Stolz zu platzen.

»Ja. Ich möchte es unbedingt. Aber ich weiß, dass du es nicht möchtest. Du wolltest nie darüber reden, außer, dass du noch warten wolltest.« Sie schnaubte und kuschelte sich wieder an ihn.

»Es ist nicht so, dass ich unser Kind nicht will. Ich ertrage nur nicht den Gedanken, dass du starke Schmerzen haben wirst und dass dir etwas zustoßen könnte. Es ist gefährlich. Frauen können bei der Geburt sterben.« Verdammt, er ertrug generell den Gedanken nicht, dass Kara aus irgendeinem Grund leiden könnte. Ihm war nicht bewusst gewesen, dass er ihr tatsächlich ins Wort gefallen war, unfähig, den Gedanken zu ertragen, dass sie leiden müsste, um sein Kind zu gebären. Er schauderte und hasste noch immer diese Gedanken.

Die Gefühle bekämpften sich in seinem Innern. Er wollte, dass Kara sein Kind bekam mit einer Sehnsucht, die so sehr schmerzte, dass es ihm fast den Boden unter den Füßen wegzog. Doch der Gedanke, dass ihr irgendetwas zustoßen könnte, machte ihn verrückt, wahnsinnig. Simon wollte sie seinem Schutz unterstellen, sie keinen Moment aus den Augen lassen. Das würde er vielleicht tun. Für ganz lange Zeit.

»Es ist nicht gefährlich, Simon. Jeden Tag bekommen Frauen Kinder. Die meisten sagen, dass der Schmerz vergessen ist, sobald man sein Kind in den Armen hält.« Ihre Stimme klang atemlos, hoffnungsvoll. »Du hast nichts dagegen?«

»Ich habe etwas dagegen, aber nicht so, wie du denkst.« Es quälte ihn, weil er nicht aufhören konnte, daran zu denken, dass Kara Schmerzen haben würde. Und er würde die verdammten Security-Leute um sie herum verdreifachen. Ob sie es nun mochte oder nicht. Seine Frau war schwanger, was sie noch schutzbedürftiger machte. »Ich möchte ein Mädchen.« Eine wunderschöne, süße Kopie ihrer Mutter. »Wir müssen umziehen. Müssen ein Haus außerhalb des Zentrums kaufen, wo sie einen Garten hat. Vielleicht einen Hund. Oh, verdammt, alles, was sie glücklich macht. Und wir müssen darauf achten, dass es eine gute Gegend mit guten Schulen ist. Sie wird so hübsch sein wie du, deshalb muss sie mindestens dreißig sein, bevor sie mit Jungs ausgehen darf.« Simon blickte finster bei dem Gedanken, dass irgendein Mistkerl seine Tochter anfassen könnte.

Sein Herz jubilierte, als Kara auflachte, sich zurücklehnte und ihn mit einem Lächeln ansah. »Ich möchte einen Jungen. Einen süßen kleinen Jungen wie sein Daddy.«

»Mädchen.«

»Junge.«

»Mädchen«, knurrte Simon.

Kara seufzte. »Gesund. Ich bin glücklich, wenn unser Baby nur gesund und glücklich ist. Mir ist es eigentlich egal. Er oder sie wird innig geliebt werden.«

Simon fühlte, wie ihm Tränen in die Augen stiegen, dass sein Glück fast nicht auszuhalten war, obwohl er wegen Karas Sicherheit fast durchdrehte. »Mir auch, Liebling. Mir ist beides recht.

Ich hoffe nur, dass das Baby aussieht wie du. Ich werde unser Kind so sehr lieben und ihm alles geben, was ich nie hatte.« *Eine stabile, glückliche Kindheit, Sicherheit, Liebe.* »Bist du in Ordnung? Du hast gesagt, du hast Gefühlsschwankungen. Ist dir schlecht? Wir sollten zum Arzt gehen. Was müssen wir außerdem tun? Was brauchst du? Sag es mir und ich besorge es.«

Simon klang besorgt, verzweifelt. Sein Magen zog sich zusammen, sein Beschützerinstinkt nagte an seinem Innern. Kara war schwanger. Simon musste sofort recherchieren, herausfinden, was sie brauchte, damit sie gesund blieb. Brauchten Frauen nicht etwas, wenn sie schwanger waren, etwas Besonderes? Oh, verdammt, er wusste gar nichts über schwangere Frauen, aber er musste das sofort ändern. Wie konnte er Kara schützen, wenn er keine Ahnung hatte, wie er das machen sollte?

»Ich brauche deinen heißen Körper und Eiscreme«, antwortete Kara mit heißblütiger Stimme. »Aber zuerst brauche ich eine Dusche.«

»Mich? Du brauchst mich? Sollten wir *es* tun?« Sex mit einer Frau, die schwanger war, war ungefährlich, oder? Scheiße, er musste das sofort nachsehen.

»Oh, ja. Wir sollten es oft tun. Ich bin ständig scharf. Das sind die Hormone«, flüsterte sie, während sie sein Ohrläppchen zwischen ihre Zähne nahm und daran knabberte.

Himmel! Wenn es um Kara ging, hatte sich Simon nicht unter Kontrolle. Sein Schwanz pochte vor Verlangen, sich in ihrer einladenden Glut zu vergraben. »Wir sollten vorsichtig sein«, flüsterte er, doch sein Verstand war bereits angefüllt mit erotischen Gedanken, und der Neandertaler in ihm wollte die Kontrolle übernehmen. *Meine Frau. Schwanger. Mein Baby. Meins. Alles meins.*

»Ich brauche Sex. Ganz viel Sex. Heißen, schweißtreibenden, verrückten Sex«, erklärte ihm Kara nachdrücklich. »Und ich erwarte, dass du meine Bedürfnisse erfüllst. Schließlich hast du mich geschwängert.«

Ja. Das hatte er. Er hatte seinen Samen in ihr abgelegt, und der hatte Wurzeln geschlagen. Simon überkam ein Gefühl animalischer, männlicher Zufriedenheit. »Wie verrückt genau?« Simon wurde unruhig, sein Schwanz stand kurz davor, in seiner Jeans zu explodieren. »Was ist ungefährlich?«

»Du kannst mich auf jede nur erdenkliche Weise ficken. Ich bin erst in der fünften Woche schwanger. Manche Frauen sind im ersten Drittel der Schwangerschaft müde, ihnen ist schlecht oder sie verlieren ihren Sexualtrieb. Aber ich nicht. Ich will, dass du mich mindestens fünfmal am Tag flachlegst.« Kara rieb sich mit einem kleinen, atemlosen Stöhnen lüstern an ihm. »Du brauchst keine Angst zu haben, mit mir zu schlafen. Es kann nichts passieren. Und ich brauche dich. In jeder Hinsicht.«

In diesem Moment wollte Simon jedes Bedürfnis von Kara erfüllen, wollte ihr geben, was immer sie wollte. »Ich kümmere mich um dich, Süße. Immer. Und du sagst mir, wie du dich fühlst, ja?« Wenn sie nur wollte, dass er sie festhielt, sie wertschätzte, ihr nahe war, wäre er glücklich damit. Das wilde Tier in ihm mochte wegen der Art, wie Kara sich an ihm rieb, die Zähne fletschen, aber ihre Bedürfnisse würden immer an erster Stelle kommen.

»Im Augenblick will ich nur unter die Dusche. Ich will einen Orgasmus, und ich will Eiscreme«, antwortete sie mit Nachdruck, wand sich aus seinen Armen und ging mit sinnlich wiegenden Hüften auf die Tür zu.

Scheiße. Wie sollte er sich *nicht* wie ein besitzergreifender Irrer benehmen, wenn er die begehrenswerteste Schwangere auf diesem Erdball heiratete? »Ich bin bereit.« *Wortwörtlich.* Sein Schwanz war hart wie Granit.

Simon folgte Kara, holte sie am Fuß der Treppe ein und schlang seine Arme von hinten um sie. Seine Hände strichen über ihren noch flachen Bauch, und er flüsterte: »Ich liebe dich. Bitte mich um etwas und ich tue es. Keine Fragen, keine negativen Antworten.«

Sie lehnte sich entspannt an ihn. »Ich glaube, das habe ich gerade getan.« Lachend verflocht sie seine Finger mit ihren, und beide verdeckten sie mit ihren Händen schützend ihren Bauch. »Ich ... ich brauche dich einfach. Ich habe so eine verdammte Lust auf dich und bin im Moment nicht ich selbst. Bitte versuche nicht, alles, was ich tue oder sage, persönlich zu nehmen. Du kannst nichts dafür. Es sind die Hormone. Die fressen zurzeit meinen Verstand auf, glaube ich.«

»Sei scharf. Sei griesgrämig. Ich werde dich noch nicht einmal darum bitten, nicht zu weinen.« Also ... er würde es immerhin *versuchen*. Scheiße, Simon hoffte, dass sie nicht viel weinen würde. Sonst wäre er ein Wrack, bis das Baby da war. »Aber bitte mich nicht, mir keine Sorgen zu machen oder dich nicht zu beschützen oder mir keine Gedanken um dein Glück und deine Sicherheit zu machen. Das kann ich nicht«, knurrte er und drückte ihre Finger.

»Du wirst nicht rechthaberisch sein?«

Simon schluckte. »Nein.« Also gut ... vielleicht nicht *ganz* so oft.

»Oder fordernd?«

Äh ... er könnte das reduzieren, oder? »Nein.«

»Herrschsüchtig? Kontrollierend?«

Also wirklich! Sie traf ihn, wo es wehtat. »Ich werde es versuchen«, entgegnete er ehrlich.

Kara brach in Gelächter aus, ein Lachen aus ganzem Herzen, das er schon seit über zwei Wochen nicht mehr gehört hatte. Ein entzückendes Geräusch, das ihn mit Freude erfüllte. Sie lachte so sehr, dass sie prustete. »Ich gebe dir vierundzwanzig Stunden. Diese Eigenschaften sind so tief in deiner DNA verankert, dass du es niemals länger als einen Tag aushältst.« Sie gluckste noch immer, als sie auf ihr gemeinsames Schlafzimmer zuging. Simon lief das Wasser im Mund zusammen, als sie das Oberteil ihrer Krankenhauskluft über den Kopf zog und glatte, seidige Haut im Überfluss offenbarte.

Er kicherte und wusste, dass sie wahrscheinlich Recht hatte. Doch das würde ihn nicht davon abhalten, sein Bestes zu geben. »Mindestens eine Woche«, rief er ihr selbstgefällig nach.

Ihr Gelächter ertönte lauter, stärker, drang über den Flur und schallte zurück zu ihm. Sein Grinsen wurde breiter. Verdammt! Sie kannte ihn zu gut.

Kopfschüttelnd ging er in die Küche, um seiner Frau Eiscreme zu holen.

Kapitel 4

Maddie Reynolds kaute an ihrem Daumennagel. Voller Konzentration blätterte sie die Seiten der Krankenakte eines ihrer fünfjährigen Patienten durch. Es war sieben Uhr abends, höchste Zeit für sie, nach Hause zu gehen, um sich etwas auszuruhen, doch irgendetwas an diesem Fall ließ ihr keine Ruhe. Sie musste etwas übersehen haben, etwas Wichtiges. Timmy war ständig müde und apathisch und litt unter gelegentlichem Brechdurchfall. Das musste mehr als ein Virus sein. Der arme kleine Racker befand sich schon seit Wochen in diesem Zustand.

Seufzend lehnte sie sich auf ihrem Stuhl im Büro der Praxis zurück und verzog das Gesicht, als sie ein wenig zu heftig auf ihren Fingernagel biss. Sie würde einen Kinderarzt hinzuziehen und mehr Tests machen müssen. Maddie schickte ein stummes Gebet zum Himmel, dass Timmys Mutter zum nächsten Termin mit ihrem Sohn erscheinen würde. Dann schloss sie die Akte. Das arme Kind hatte kein einfaches Leben, und seine Mutter war nicht gerade konsequent.

»Hallo Madeline.«

Ein heiserer Bariton erklang in der Türöffnung und ließ sie auf die Füße springen. Sie war bereit, den Alarmknopf an der Seite ihres Schreibtischs zu drücken. Die Praxis lag nicht gerade in einem guten Viertel, und die arme Kara wäre hier einmal fast erschossen worden.

»Ich wollte dich nicht erschrecken.«

Ein kalter Schauer lief Maddie über den Rücken, jedoch nicht aus Furcht. Sie erkannte die Stimme. Mit zusammengekniffenen Augen richtete sie ihren Blick auf den Körper und das Gesicht hinter dem samtweichen, maskulinen Tonfall und auf den Mann, der vor ihr stand. »Wie bist du an Simons Sicherheitsdienst vorbeigekommen? Und was zum Teufel machst du hier?«

Sam Hudson zuckte mit den Schultern und trat in das Zimmer, als würde es ihm gehören. Sogar in legeren Jeans und einem burgunderfarbenen Pullover mit Zopfmuster strotzte der Mann vor Stärke und Arroganz, trug sie auf seinen breiten Schultern wie einen eleganten Mantel. »Das sind auch meine Security-Leute, mein Sonnenschein. Sie arbeiten für die Hudsons. Denkst du, sie würden etwas anderes tun, als mich mit einem höflichen Gruß durchlassen?«

Arroganter Mistkerl! Maddies Herz raste, und auf ihren Handflächen bildete sich Schweiß. Sie wischte ihn an ihren Jeans ab, wünschte, sie hätte nicht in der winzigen Dusche im hinteren Bereich der Praxis geduscht und sich umgezogen, bevor sie in ihr Büro gegangen war. Vielleicht wäre es einfacher gewesen, Sam in ihrer Berufskleidung mit konservativem Knoten im Haar gegenüberzutreten. Sie versuchte, eine vorwitzige Korkenzieherlocke hinter ihr Ohr zu streichen, und drückte den Rücken durch, um größer zu erscheinen als nur ein Meter sechzig. »Was willst du, Sam? Das hier ist nicht deine Gegend. Und ich glaube kaum, dass du die Dienste einer Nutte benötigst.«

Ihre Stimme war hart und brüchig. Verdammt! Warum konnte sie nicht entspannt sein? So viele Jahre waren seit dem schmerzhaften Vorfall mit Sam ins Land gezogen. Er war jetzt für sie ein Fremder. Warum konnte sie ihn nicht als einen solchen behandeln?

Sam kam näher und antwortete düster: »Würde es dir etwas ausmachen, mein Sonnenschein? Würde es dich beschäftigen, wenn ich jede Frau in dieser Stadt ficken würde?«

»Hah! Als hättest du das nicht schon. Und hör auf, mich mit diesem albernen Kosenamen anzureden«, konterte Maddie sarkastisch, doch ihr Herz raste, und sie hielt den Atem an, als Sam so nahe kam, dass sie einen Hauch seines verführerischen Duftes nach Moschus und Mann wahrnahm, ein würziges Aroma, das sie leicht benommen machte. Sein Duft hatte sich nicht geändert, und er war immer noch so verführerisch wie vor all den Jahren.

»Warum bist du noch hier? Meine Security-Leute haben mich alarmiert, weil du noch hier bist, während es draußen schon dunkel ist. Du solltest zu Hause sein. Diese Gegend ist schon tagsüber nicht sicher, geschweige denn nachts«, knurrte er leise.

»Simons Security-Leute.« Irgendwie konnte Maddie die beiden Männer nicht miteinander in Verbindung bringen, obwohl sie Brüder waren. Simon war nett und hatte ein Herz aus Gold unter seiner rauen Schale. Sam war der Teufel schlechthin, Satan verkleidet als GQ-Model. Kein Mann hatte das Recht, so viel Geld und Macht zu besitzen. Und schon gar nicht ein Mann wie Samuel Hudson.

»Was, wenn sich irgendein Gangster an der Security vorbeischleicht und dich hier allein und schutzlos vorfindet?« Sam kam näher, so nah, dass Maddie spürte, wie sein warmer Atem ihre Schläfen liebkoste.

Gott, er war so groß, so breit und muskulös. Sam hatte auf dem Bau gearbeitet, als Maddie ihn vor Jahren kennenlernte. Harte, körperliche Arbeit hatte einen perfekten Körper hervorgebracht. Merkwürdigerweise hatte der sich kein bisschen verändert. Wie um alles in der Welt erhielt ein Mann diesen fantastischen Körper, wenn er den ganzen Tag hinter einem Schreibtisch saß? Sich weiter von seiner einschüchternden Gegenwart entfernend, stieß Maddie mit dem Hintern gegen den Schreibtisch. Nun war kein Platz mehr, um weiter von ihm wegzukommen.

»Ein Mann könnte den Vorteil nutzen, dass sich eine Frau allein in einem leeren Büro aufhält«, fuhr er mit leiser, gefährlich klingender Stimme fort.

Maddie stieß gegen Sams Brust, versuchte, sich aus ihrer eingezwängten Lage zwischen ihm und dem Schreibtisch zu befreien. »Beweg dich. Geh mir aus dem Weg, Hudson, bevor ich gezwungen bin, dir deine Eier in den Hals zu befördern.«

Sein muskulöser Oberschenkel schob sich über ihre, machte es unmöglich, ihm ihr Knie zwischen die Beine zu stoßen. »Ich habe dir diesen Schritt gezeigt, erinnerst du dich? Und teile deinem Angreifer nie deine Absichten mit, Madeline.«

Sie bog ihren Kopf zurück und sah ihn an. Seine smaragdgrünen Augen beobachteten sie aufmerksam. Genau wie vor Jahren ließ ihr sein schönes Gesicht den Atem stocken. Er hatte sie immer an einen antiken, blonden Gott erinnert, so verdammt perfekt, dass sein Körper und seine Gesichtszüge in Marmor gemeißelt werden sollten. Zurzeit war er allerdings so hart wie Marmor, aber weit davon entfernt, kalt zu sein. Hitze entströmte seinem Körper in Wellen, und sein Blick war ebenso feurig und glühend. »Fick dich ins Knie, Hudson.«

Sams Mundwinkel bogen sich nach oben, zuckten bedenklich, als versuchte er, ein Grinsen zu unterdrücken. Seine Hände spreizten sich in ihrem Rücken, zogen ihren Körper völlig zu sich, als er ihr ins Ohr flüsterte: »Ich würde lieber dich ficken, mein Sonnenschein. Das ist viel befriedigender. Du bist immer noch die schönste Frau, die ich je gesehen habe. Sogar noch schöner als vor Jahren.«

Lügner! Er ist so ein verdammter Lügner! Wenn ich so begehrenswert gewesen wäre, hätte er mir das nicht angetan. »Lass mich los und verlass sofort mein Büro!« Der Mistkerl manipulierte sie, und das war unerträglich. Sie war nicht schön, und sie hatte keine Ähnlichkeit mit den spindeldürren, blonden Models, mit denen er angab und die er in sein Bett schleppte.

»Küss mich erst. Beweise mir, dass zwischen uns nichts unerledigt geblieben ist«, verlangte Sam hart und fordernd, während in seinen dunkelgrünen Augen feurige Funken glühten.

»Das Einzige, was unerledigt geblieben ist, ist die Tatsache, dass du dich nie entschuldigt hast für das, was du mir angetan hast. Dir war das scheißegal. Du hast nicht …«

Maddie bekam keine Gelegenheit, den Satz zu beenden. Sams heißer, harter Mund erstickte ihre bitteren Worte, er bat nicht um ihre Reaktion, sondern forderte sie einfach. Seine großen, flinken Hände wanderten ihren Rücken hinunter, griffen nach ihrem Hintern und setzten sie auf den Schreibtisch, um ihren Mund leichter verschlingen zu können.

Sam küsste niemals nur, er setzte sein Zeichen, erhob seinen Anspruch. Maddie stöhnte in seinen Mund, als seine Zunge vor- und zurückstieß, vor und zurück, dass es Maddie den Atem nahm. Kapitulierend schlangen sich ihre Arme um seinen Hals, ballte sie ihre Hände in seinen seidigen Locken zu Fäusten und genoss den weichen Fall seiner Haare über ihre Fingerspitzen.

Sie schlang ihre Beine um seine Hüften, brauchte einen Anker, der sie davor bewahrte, auf einer Welle der Lust davonzuschwimmen, und erlaubte ihrer Zunge ein Duell mit seiner, während sie seine Erregung an ihrem erhitzten Geschlecht spürte. Ihre Hüften drängten mit jedem harten Stoß seiner Zunge gegen seine Erektion.

Sam stöhnte, seine Hände schoben sich unter ihr Sweatshirt, und seine Fingerspitzen strichen über die nackte Haut ihres Rückens, ließen sie vor Verlangen zittern. Und Maddie ertrank, verloren in einem See der Begierde und Lust wurde sie langsam von einer Kraft, die stärker war als ihr Wille, unter die Oberfläche gezogen.

Ich muss aufhören. Das hier muss vorbei sein, bevor ich völlig verloren bin. Ruckartig riss sie den Kopf zurück, löste ihren Mund von Sams und schnappte aufgewühlt nach Luft. Sam zog ihren Kopf nach vorne und legte ihn gegen seine wogende Brust.

»Scheiße. Maddie. Maddie«, stieß er hervor, während eine Hand in ihre Locken fuhr und ihr Haar ehrfurchtsvoll streichelte.

Oh Gott. Nein. Sie konnte sich nicht wieder von Sam Hudson aufsaugen lassen. Auf gar keinen Fall. Kraftvoll stieß sie gegen seine Brust, löste ihre Beine von seinen Hüften und ließ sie herunter, bis sie den Boden erreichten. »Lass mich!«

Die Wut in ihrem Innern baute sich zu einem Inferno auf. Wie konnte er es wagen, sie zu benutzen, mit ihr zu spielen, bloß weil er gelangweilt war und sie das einzige verfügbare weibliche Wesen im Gebäude. Sam Hudson war ein Playboy, ein Mann, der Frauen in sein Bett schleppte und sie anschließend wegwarf, um sich kurz darauf ein anderes Spielzeug zu suchen. Hatte der Mann kein Gewissen? Kümmerte er sich um niemanden außer sich selbst?

Maddie hätte sich am liebsten zusammengerollt, um sich zu schützen. Sie schämte sich dafür, wie sie auf Sam reagiert hatte, obwohl er ein solcher Schuft war. Was für ein Licht warf das auf sie? Sie wich mit einem Achselzucken zurück, drehte sich um und hastete zur Tür.

»Maddie! Warte!« Sams Stimme war heiser, flehend, fordernd.

Er ergriff ihren Arm und drehte sie zu sich, bevor sie die Tür erreichen konnte. Maddie starrte ihn an. Wut und Angst lieferten sich einen Kampf um die Vorherrschaft. »Fass mich nicht noch einmal an! Nie mehr! Ich bin nicht mehr die dumme, naive Frau, die du mal gekannt hast. Ich habe dir einmal vertraut und vergebe mir das nur, weil ich jung war. Aber ich mach das nicht noch einmal. Ich hätte nicht mal mehr die Entschuldigung, jung zu sein, um so viel Blödheit zu rechtfertigen.«

»Du willst mich immer noch«, entgegnete Sam heftig, und sein Blick wanderte über ihren Körper und landete in ihrem Gesicht.

Maddie sah ihm direkt in die Augen und antwortete wütend: »Nein, das will ich nicht. Mein Körper mag auf einen traumhaften Mann reagieren, aber das ist nur eine physiologische, eine sexuelle Reaktion. Du«, sie stupste ihn mit der Hand auf die Brust, als sie das Wort ausspuckte, »bedeutest mir absolut nichts mehr.«

»Du willst, dass ich dich ficke, bis du schreist. Ich bringe dich immer noch zum Schnurren, Kätzchen«, sagte Sam arrogant und mit einem zufriedenen Lächeln im Gesicht.

Maddie zuckte mit den Schultern und versuchte, den dringenden Wunsch zu bezwingen, den eingebildeten Ausdruck aus seinem hübschen Gesicht zu schlagen. »Woher soll ich das wissen? Du hast mich nie gefickt und wirst es auch niemals.«

Sie zerrte ihren Arm aus seinem Griff, sprang durch die Bürotür, riss ihre Jacke vom Kleiderhaken neben dem Empfangstresen und stürzte durch den Vorraum hinaus aus der Praxis. Maddie sah sich nicht um. Das konnte sie nicht. Einer von Hudsons Sicherheitsleuten begleitete sie zu ihrem Auto, und Maddie fuhr davon, als wäre sie auf der Flucht. Nichts wollte sie so sehr, als sich so weit wie möglich von Sam entfernen.

Maddie raste wie benebelt davon, und zwei Worte wiederholten sich in ihrem verwirrten Gehirn wie eine Schallplatte mit einem Sprung.

Nie wieder.

Nie wieder.

Sam Hudson ging in Gedanken versunken langsam durch den Empfangsbereich der Praxis. Was zum Teufel war gerade passiert? Er hatte angehalten, um nachzuschauen, ob es Maddie gut ging, als er gesehen hatte, dass sie so spät noch in der Praxis war. Verdammt! Konnte er diese Frau je ansehen, ohne von Besitzgier erfasst zu werden, den Wunsch zu verspüren, dass sie ihn so sehr begehren sollte wie er sie?

Du bist nie über sie hinweggekommen. Und das wirst du wahrscheinlich auch nie. Sie verfolgt dich seit Jahren und ist wie ein Holzsplitter, der unter die Haut geraten ist. Immer ein bisschen wund und gereizt, aber nicht zu entfernen.

Sam schloss die Praxistür hinter sich und sah einen der Sicherheitsbeamten an. »Können Sie abschließen?«

Der Mann nickte. »Ja, Sir. Ich hoffe, Ihr Zusammentreffen mit Doktor Reynolds verlief gut.«

Sam stieß ein humorloses, selbstironisches Lachen aus. »Ja. Es war sehr aufschlussreich.« Er winkte den anderen Wachmännern zu, als er zu seinem Auto ging. Ja. Das Zusammentreffen war wirklich gut gelaufen, dachte er düster, als er in seinen Bugatti stieg und den Motor startete.

Du hast dich nie entschuldigt.

Die Worte quälten ihn, würden ihn wahrscheinlich ab jetzt immer quälen. »Scheiße!« Sam schlug frustriert mit der Faust auf das Lenkrad. Nein. Er hatte nie gesagt, dass es ihm leidtat. Aber Maddie hatte ihm auch nie Gelegenheit dazu gegeben. Dennoch hätte er es sagen müssen, hätte einen Weg finden müssen, sich zu entschuldigen. Er hatte damals keine Chance gehabt, und vor ein paar Minuten hatte er gerade seine zweite Chance vertan. Was hatte Maddie an sich, dass er seinen Verstand verlor?

Du benimmst dich wie ein Arschloch, weil sie nicht mehr wirklich etwas für dich empfindet, und das frisst dich bei lebendigem Leibe auf. Du könntest vielleicht ihren Körper haben, wenn du sie verführst ... aber niemals ihr Herz. Nie wieder.

Es hatte eine Zeit gegeben, vor Jahren, da hatte ihn Maddie mit vor grenzenloser Liebe funkelnden Augen angeschaut. Eine dämliche Aktion, eine idiotische Begebenheit, und er hatte diesen Ausdruck für immer aus ihren wunderschönen Augen gelöscht.

Sam legte seine Stirn gegen das Lenkrad, schloss die Augen und konnte sich noch immer die Maddie vorstellen, die ihn mit Respekt und Liebe angeschaut hatte, auch als er keinen roten Heller besessen hatte. Es war schon paradox: Jetzt, wo er einer der reichsten Männer weltweit war, sah sie ihn an wie ein Insekt, das man zerquetschen musste, ein Nagetier, das es auszurotten galt.

Du wirst sie wiedersehen. Sie wird gezwungen sein, auf Simons und Karas Hochzeit mit dir zu reden. Die Trauung fand in seinem Haus statt, also hatte Maddie keine Wahl. Er war der Trauzeuge des Bräutigams und sie die Trauzeugin der Braut. Maddie würde sich zumindest anständig benehmen müssen, und Sam wusste, dass sie das tun würde. Sie war rücksichtsvoll und loyal jedem gegenüber, den sie als ihren Freund betrachtete. Sie würde ihre eigenen Gefühle in den Hintergrund drängen, um sicherzustellen, dass Kara eine fröhliche Hochzeitsfeier hatte, ohne Auseinandersetzungen oder Gemeinheiten. *Und egal, wie Maddie mich behandelt, egal, wie sie mich anschaut, ich werde mich ihr gegenüber nicht wie ein Arschloch benehmen.*

Sam lehnte sich mit einem tiefen Seufzer in seinem Sitz zurück und legte den Gang ein. Er fragte sich, ob das überhaupt noch möglich war. Die Wahrheit war, dass die Jahre ihn verändert hatten, ihn in einen Mann verwandelt hatten, von dem er überhaupt nicht mehr sicher war, dass *er* ihm gefiel.

Such nach einer Frau, eine, die dich von Maddie ablenkt. Er rastete den Sicherheitsgurt ein und fuhr rückwärts aus der Parklücke. Sam holte tief Luft und ging im Geiste eine Liste williger

Frauen durch … bis er einen verlockenden Geruch wahrnahm, einen schwer definierbaren Duft, der beharrlich in seinem Pullover hing. *Ihr* Duft. Eine Erinnerung an das, was sich gerade in ihrem Büro ereignet hatte.

»Verdammt! Ich kann es nicht. Ich kann mich nicht mit einer anderen Frau vergnügen. Nicht jetzt«, flüsterte er vor sich hin, verärgert, dass er sie geküsst und ihre üppigen Kurven an seinem Körper gespürt hatte. Der Gedanke, jetzt die Nacht im Bett einer anderen Frau als Maddie zu verbringen, ließ ihn kalt. Sam bremste am Ausgang des Parkplatzes, sah schnell auf seine Uhr und grinste, als er statt nach rechts nach links abbog, um zu Simons Wohnung zu fahren. *Es war Zeit.*

Simon hatte ihn vorhin angerufen, Sam mitgeteilt, dass er Onkel werden würde und ihn um einen Gefallen gebeten, was bei Simon absolut selten vorkam. Ganz ehrlich, es gab nichts, das Sam nicht für seinen kleinen Bruder tun würde. Einmal hatte es Sam nicht geschafft, Simon zu schützen, und das würde nicht noch einmal vorkommen. Was auch immer Simon brauchte, Sam würde für ihn da sein.

Gott sei Dank hatte Simon Kara gefunden. Sam vergötterte die Verlobte seines Bruders und hätte am liebsten den Boden geküsst, über den sie lief, weil sie seinen kleinen Bruder bedingungslos liebte und ihn glücklicher machte, als Sam ihn je gesehen hatte. Und Simon verdiente dieses Glück, diese Art von Hingabe einer Frau. Leider wurde Sam auch bewusst, wie leer sein eigenes Leben eigentlich war, wie trostlos und oberflächlich sein Dasein geworden war, wenn er Simon und Kara zusammen sah.

Maddie zu küssen, sie nach all den Jahren wieder in den Armen zu halten, hatte es noch schwerer gemacht. Es war, als wäre etwas tief in ihm erwacht, ein Gefühl, das ihm vertraut war, und doch wieder nicht. Auf jeden Fall war es nicht angenehm.

Vergiss sie. Vergiss, wie es sich angefühlt hat, sich in Maddies Sanftheit, ihrem Duft, dem Gefühl ihrer üppigen Kurven und ihres köstlichen, begierigen Mundes zu verlieren. Sam fluchte, weil er wusste, dass er heute Nacht alleine schlafen und selbst Hand an sich legen würde, wenn er von Maddie träumte. Und dieses Mal würden die Erinnerungen viel lebendiger sein, neuer, realer als je zuvor.

Scheiße! Er war völlig am Arsch ... und selbst schuld.

Kapitel 5

»Ja!«

Kara stieß die Faust in die Luft, außer sich vor Freude, dass sie endlich das erste Level von Simons neuem Spiel erreicht hatte. Eigentlich von ihrem neuen Spiel, denn er hatte das Computerspiel extra für sie entworfen und auch nach ihr benannt. *Karas Abenteuer* waren überwältigend, aber das überraschte sie nicht. Ihr Verlobter war ein verdammtes Genie, und jedes Spiel, das er programmierte, war einzigartig. Es war kein Wunder, dass Kara allem verfallen war, das Simon entwarf.

Sie fuhr mit der Hand über den Bildschirm und seufzte. Welcher Mann würde unzählige Stunden mit einem Spiel verbringen, das er extra für sie programmierte, ein Spiel, das er nicht zu vermarkten beabsichtigte? *Nur Simon.*

Kara schaukelte ein wenig auf dem Computerstuhl hin und her und sah auf die Uhr. *Huch!* Sie hatte mehr Zeit als beabsichtigt im Computerlabor verbracht, so sehr war sie in das Spiel vertieft gewesen. Aber es war so unglaublich, so verdammt süchtig machend.

Das neue Computerspiel war ein Valentinsgeschenk von Simon gewesen, eines von vielen. Ein Geschenk, das sie immer in Ehren halten würde, weil Simon es selbst geschaffen hatte, wahrscheinlich Wochen seiner fast nicht existierenden Freizeit darauf verwendet hatte, um es zu programmieren, nur um ihr eine Freude zu bereiten. Simon hatte sie vor über einer Stunde hoch geführt, um sie zu überraschen. Er war mit einem breiten Grinsen im Gesicht wieder gegangen, als Kara sich auf dem Computerstuhl niedergelassen hatte und nicht warten konnte, bis sie eine seiner Schöpfungen zu meistern versucht hatte.

Kara stellte schnell den Computer aus und war bereit, sich auf die Suche nach Simon zu machen, um sich richtig bei ihm zu bedanken. Der Diamant an ihrer linken Hand fing das viele Licht im Raum ein, funkelte hell und ließ ihr Herz höher schlagen. *Simon gehört mir. Wir werden heiraten und ein Kind zusammen haben.*

Ihre Traurigkeit und ihr Zögern hatten sich in Luft aufgelöst, als hätten sie nie existiert. Kara fühlte sich bei Simon wieder wie sie selbst. Ihr war klar geworden, dass ihre absurden Ängste mit der Tatsache zusammenhingen, dass sie sich ihre Schwangerschaft nicht hatte eingestehen wollen, weil sie Simons Reaktion auf die Neuigkeiten gefürchtet hatte. Sie hätte es besser wissen müssen. Wirklich, wann hatte der Mann, den sie liebte, sie je enttäuscht? Er war eher noch beschützender geworden. Aber das war eben Simon, und Kara liebte alles an ihm, sogar, wenn sie seine rücksichtslose Dominanz mitunter wütend machte.

Kara schmunzelte, als sie an sein Versprechen dachte, nicht mehr so dominant und kontrollierend zu sein. Er hatte sich den ganzen Nachmittag und Abend gut gehalten, hatte sich um sie gekümmert, behutsam mit ihr geschlafen, als ob sie zerbrechen könnte, weil sie schwanger war. Die Innigkeit und Zärtlichkeit waren tröstend gewesen, etwas, das sie nach den turbulenten Gefühlen der letzten Wochen gebraucht hatte. Jedoch ... sie stand kurz davor, ihr Alphamännchen zu zwicken. Simons sexuelle Dominanz war etwas, das sie nicht nur genoss, sondern in der sie regelrecht schwelgte. Er war zur einen Hälfte Zärtlichkeit und zur anderen geballtes Testosteron. Es wurde Zeit für ihren Neandertaler, herauszukommen und zu spielen.

Kara stand auf und zog ihren roten seidigen Morgenrock, enger um ihren Körper. Es war merkwürdig, dass sie Simon schon über eine Stunde nicht gesehen hatte. Normalerweise saß er im Labor bei ihr und arbeitete an einem seiner Spiele, während sie am Anwendungscomputer spielte.

Ihre nackten Füße verursachten auf dem Teppichboden keinen Laut, als sie die Stufen hinuntertappte. Kara sah auf ihre Füße, als sie die letzte Stufe nahm, und beschloss, dass sie in Zukunft vielleicht wieder zur Pediküre gehen würde. Ihre Füße waren geschmeidig, und es war wirklich sehr entspannend gewesen. Vielleicht könnten Maddie und sie kurz vor ihrer Hochzeit hingehen.

Ihre Hochzeit. Simon würde ihr Ehemann werden. Kara Hudson war ein Name, den sie immer voller Stolz tragen würde, denn sie wusste, welche Opfer beide Brüder gebracht hatten, um zu ihrem Ansehen zu gelangen.

»Simon?«, rief Kara, als sie die Küche betrat und verwirrt feststellte, dass er nicht dort war. Er würde sicher noch nicht schlafen, denn er ging niemals ohne sie ins Bett.

»Im Schlafzimmer, komm her«, rief Simon fordernd und mit rauer Stimme.

Ein kleines Lächeln bildete sich auf ihren Lippen, als sie auf das Schlafzimmer zuging. Simon bat selten, er ordnete an. Kara fügte sich, wenn sie es wollte, und gerade jetzt fühlte sie sich veranlasst, seinen Anordnungen zu folgen. Neugierig schlenderte sie den Flur hinunter. Die Tür zum Schlafzimmer war angelehnt und schwang geräuschlos auf, als Kara ihre Handfläche auf das Holz legte und leicht dagegen drückte.

Sie schnappte nach Luft, als ihr Blick auf Simon fiel, der außer dem Glückspenny an einer Goldkette und einem Paar seidiger Valentinsboxershorts mit Herzen und Teufeln darauf nichts anhatte und komplett an das Bett gefesselt war. Mit klopfendem Herzen eilte Kara zu ihm. »Simon, was tust du da?«

Kara war einige Male selbst gefesselt gewesen. Zum einen, weil Simon anfangs nur auf diese Weise Sex haben konnte, und später, weil es einfach erotisch und sexy war. In Anbetracht von Simons Geschichte konnte sie nicht glauben, was sie sah. Sie zwinkerte und zwinkerte noch einmal.

Beide Hände waren gefesselt, doch er öffnete eine Faust. Darin lag eines der Wunschherzen, die sie ihm zu jedem Feiertag schenkte. Ein winziges Papierherz, das er für einen Wunsch einsetzen konnte, eine Sache, die er von ihr wollte. Das winzige Herz zitterte in seiner Hand. »Ich wünsche mir, du würdest mir glauben, dass ich dir vollkommen vertraue.«

»Nein, Simon. Nein.« Kara kletterte auf das Bett und riss in einem Rausch aus Angst und Panik an den Fesseln, doch sie hielten. Sie wusste nicht, wie die Fesseln zu lösen waren, und bettelte frustriert: »Sag mir, wie ich dich losbinden kann.« Verzweifelt riss sie heftig an einer der Armfesseln, sie musste ihn befreien, weil sie ihn nicht so hilflos sehen konnte. Das musste ihn umbringen. *Verdammter Simon.* Gab es nichts, was er sich nicht antat, nur um sich ihr gegenüber zu beweisen? »Du brauchst das nicht zu tun. Ich vertraue dir völlig.«

»Kara, hör auf. Jetzt. Bevor du dich verletzt.« Seine Stimme war ernst, aber unbeugsam, auf eine Art, die sie noch nie von ihm gehört hatte. Und sie ließ Kara innehalten. In entspannterem Ton fügte er hinzu: »Das ist mir nicht unangenehm … abgesehen von einer geringfügigen Schwellung.«

Kara schlug mit der Hand auf ihr rasendes Herz und sah Simon zum ersten Mal, seitdem sie den Raum betreten hatte, ins Gesicht. Er … lächelte. Ein selbstgefälliges Grinsen, das sie ein wenig entspannen und die Situation in Augenschein nehmen ließ. Heilige Scheiße! Der Mann war sexy wie die Sünde. Seine vier Gliedmaßen waren festgebunden, und auf dem Bett lag nichts weiter als sein Körper und das schwarze seidene Spannbetttuch unter ihm. Die schwarzen Boxershorts waren neu, eines ihrer vielen Valentinsgeschenke an ihn in diesem Jahr, und sie bildeten seine Erektion perfekt ab.

Seine Erektion? Simon war tatsächlich erregt? Wie war das möglich? Mit seiner Vergangenheit, den Dingen, die ihm zugestoßen waren? Wie konnte er das hier ohne emotionalen Schmerz und Kummer tun? Kara suchte Simons Gesicht nach irgendeinem Anzeichen von Unbehagen ab, doch sie fand ... keines. Sein Blick war feurig, und er verschlang sie mit den Augen ohne eine Spur von Unsicherheit.

»Wie hast du das gemacht? Wie hast du dich selbst fesseln können?« Alle vier Gliedmaßen waren fest angebunden. Es gab keinen Spielraum, wie sie festgestellt hatte, als sie daran gerissen hatte.

»Sam«, antwortete Simon missmutig. »Ich glaube, dem Mistkerl hat es Spaß gemacht, die Dinger so fest wie möglich zu ziehen.«

Kara schlug mit der Hand auf ihren Mund. Sie versuchte, ein entzücktes Kichern zu unterdrücken ... was fehlschlug. »Dein Bruder hat das gemacht?«

»Ich bin sicher, dass ich mir das ewig werde anhören müssen. Ich wollte nackt sein, aber er hat darauf bestanden, dass ich meine Kronjuwelen bedecke, weil er sonst blind werden würde«, antwortete Simon unglücklich.

Oh Gott, Kara hätte alles dafür gegeben, bei *dem* Ereignis dabei gewesen zu sein. Sie konnte sich allerdings vorstellen, wie Sam seinen Bruder an das Bett gefesselt und darauf bestanden hatte, dass er sein Geschlechtsteil bedeckte. Sam kannte nicht alle Geheimnisse seines kleinen Bruders, deshalb hatte er die Situation wahrscheinlich eigenartig gefunden, etwas, mit dem er ihn ewig würde aufziehen können, und weniger etwas, um das er sich Sorgen machen müsste.

»Ich glaube es einfach nicht, dass du das getan hast.« Sie nahm ihm das Herz aus der Hand, zerriss es und ließ die winzigen Papierfetzen über seine Schulter rieseln. »Wunsch gewährt. Aber ich vertraue dir doch schon vollkommen, Simon. Ich habe dir doch gesagt, dass es die Hormone waren. Und ich habe nachgedacht. Mir ist klar geworden, dass meine Vorgehensweise wie Ablehnung ausgesehen haben musste oder Zweifel an dir, aber das war mein Problem, nicht deines.«

»Ich wollte sicher sein, dass du mir vertraust. Berühre mich jetzt, bevor ich wahnsinnig werde«, verlangte Simon mit einem Blick aus dunklen, fordernden Augen.

Kara sah ihn an, und es verschlug ihr den Atem, als sie seinen Anblick auf sich wirken ließ. Er lag vollkommen ausgestreckt vor ihr. Simon war wie ein angeleinter Tiger, der bereit war anzugreifen. Ihn gefesselt zu sehen war berauschend, erotisch. Er war ein einziges Muskelspiel und dunkle Begierde. Kara brannte darauf, ihn zu berühren und die goldene Haut zu streicheln. »Du bist der attraktivste Mann auf diesem Planeten.« Ihre Stimme war heiser und voller Verlangen.

»Ich glaube, du musst deine Augen untersuchen lassen. Habe ich schon immer gedacht. Ich habe Narben, Liebling. Hässliche Narben.«

Ja. Simon hatte Narben, ein Zeugnis seiner Stärke und seines Mutes. Kara würde sie niemals unattraktiv oder hässlich finden. »Wie ein dunkler Krieger, der Held meiner Träume.«

Sie streckte die Hand aus und ließ ihre Handfläche über seine Brust wandern, fuhr jede Narbe mit ihrem Finger nach, beugte sich vor und leckte mit ihrer Zunge darüber.

»Du bist verrückt«, stöhnte er und riss an den Handfesseln.

»Du machst mich so«, entgegnete sie mit einem Lachen und fuhr fort, seine Brust mit ihrer Zunge zu erkunden, knabberte leicht an einer Brustwarze, während sich ihre andere Hand auf seinen unter Seide verborgenen Schwanz legte.

Dass Simon ihr ausgeliefert war, war neu und in höchstem Maße verlockend. Kara kniete sich hin und ließ den Morgenrock von ihren Schultern gleiten. Fast hätte sie bei der Gier, ihn zu berühren, ihr verborgenes Geschenk für Simon vergessen.

»Verdammte Scheiße. Was trägst du da?« Simons Stimme klang gequält, und Kara lächelte ihn an, ein unanständiges, verführerisches Lächeln.

»Noch ein Valentinsgeschenk für dich.« Es war das Gewagteste, das sie je für Simon getragen hatte. Und das hieß etwas, denn er liebte sexy Dessous. Normalerweise würdigte Simon ihre Unterwäsche nur einer kurzen Beachtung, bevor er sie von ihrem Körper riss. Das rote Babydoll bestand nur aus einem Hauch von Stoff mit Spagettiträgern. Das Oberteil verdeckte kaum ihre Brustwarzen und die schmalen Streifen um ihren Bauch herum waren transparent. Das Höschen war ein Nichts und ließ ihren Hintern herausschauen, verbarg kaum ihr Geschlecht. »Ich musste mich natürlich rasieren. Komplett. Dieses Höschen bedeckt nicht viel.«

Simon schluckte und sein heißer, wilder Blick wanderte besitzergreifend über ihren Körper. »Komplett ... rasiert?« Beim letzten Wort versagte ihm fast seine heisere Stimme. »Das warst du aber noch nie.«

Kara schleuderte ihren Morgenrock auf den Boden, wandte sich Simon wieder zu und fuhr mit einem Finger seinen geschwollenen Schwanz nach. »Ich musste das machen, als ich es angezogen habe. Unmittelbar bevor du mit mir hoch gegangen bist, damit ich mein neues Spiel spiele. Es ist wunderbar, Simon. Ich denke, du solltest es rausbringen.«

»Verdammt noch mal, bring ihn raus! Ich explodiere gleich«, forderte Simon und atmete schwer.

»Ich habe nicht von deinem Schwanz gesprochen, Dummchen, sondern von deinem Spiel.« Kara kicherte, als sie sein

Glied befreite und sah, wie es in voller Länge heraussprang, als sie den Gummibund der Boxershorts herunterschob.

»Im Moment ist mir das Spiel scheißegal«, schnaubte Simon.

Auch für Kara war das Computerspiel vollkommen vergessen, als sie ihn berührte. Ihre Hand legte sich um sein seidiges Glied, während sie sich zu Simon beugte, um ihn zu küssen, und dabei ihre empfindlichen Brüste gegen seine Brust rieb. Seine Zunge stieß in ihren Mund, und seine Hüften hoben sich als Reaktion auf ihren festen Griff um sein Rohr. Simon küsste sie wie ein Besessener, und Kara antwortete mit gleicher Leidenschaft, während ihre Hand den Teil von ihm streichelte, den sie unbedingt in sich spüren wollte. Aber das konnte warten. Simon hatte das alles hier für sie inszeniert, und sie war entschlossen, ihm einen Genuss zu bereiten. Einen außerordentlichen. Sie würde ihren Neandertaler anstacheln, bevor sie ihrem eigenen Verlangen nachgab.

Sie gab seinen Mund frei, kniete sich neben ihn, während sie noch immer seinen samtigen Schwanz streichelte, und ließ in aller Ruhe ihre Hand über jeden Zentimeter seines Körpers wandern. Diese Gelegenheit würde sie vielleicht nie wieder bekommen. »Ich verspüre Heißhunger«, sagte sie mit sinnlicher Stimme, als sie ihn losließ und vom Bett rutschte.

»Kara! Komm zurück«, rief er bittend, aber auch mit Nachdruck.

Kara lief in die Küche und kam mit einer Flasche Sprühsahne zurück. Sie schüttelte sie lustvoll, legte den Kopf in den Nacken und öffnete die Lippen, um einen Strahl der süßen Sahne in ihren Mund zu sprühen. »Mmmm ... köstlich.« Sie leckte über ihre Lippen und schluckte die schaumige Masse. Simons gefährlicher Blick aus dunklen Augen bekam sie fast klein, als er sie fasziniert beobachtete. »Es gibt nur eine Sache, die besser schmecken würde. Wenn du jetzt sofort in meinem

Mund explodieren würdest. Darauf habe ich Heißhunger.« Sie krabbelte über das Bett zwischen Simons gefesselte Beine.

»Kara!« Seine Stimme war eine Warnung, eine, die sie nicht beherzigte. Sie sprühte die weiße Masse auf seinen muskulösen Unterleib, seine Oberschenkel und schließlich über seinen prallen Schwanz.

Zuerst leckte sie seinen Unterleib ab, genoss den süßen Geschmack der geschlagenen Sahne, fuhr mit der Zunge über jeden harten, sich heftig zusammenziehenden Muskel. Simon riss stöhnend an seinen Fesseln. »Kara! Dafür wirst du bezahlen.«

Sie lächelte, als sie über seine Oberschenkel leckte. »Ich zähle auf dich, großer Mann. Und ich meine wirklich ... groß.« Sein Schwanz war angespannt, pulsierte. Kara wechselte zum anderen Oberschenkel, knabberte und leckte und hinterließ eine kleine Spur mit ihren Zähnen, als sie die Süßigkeit verschlang.

Ihre Vagina zog sich zusammen, als sie sich auf seine Weichteile zubewegte. Das Höschen ihrer skandalösen Unterwäsche war bereits durchtränkt. Sie schnurrte leise, als ihre Zunge über sein Geschlecht fuhr und sie die Sahne sanft und gründlich aufleckte.

»Scheiße! Ich kann nicht mehr. Gott verdammt, Kara! Binde mich los!« Simons Stimme klang frustriert und heftig erregt.

Sie sah auf, blickte in seine feuchten, braunen Augen, in denen sich das Verlangen widerspiegelte, und suchte nach Anzeichen, dass er sich unwohl fühlte. Er tat es nicht. Er war völlig erfüllt von erotischem Genuss, sah sie an und war lediglich frustriert, dass er sie nicht in gleicher Weise verwöhnen konnte. »Ich dachte, du wolltest all meine Gelüste befriedigen«, flüsterte sie ihm zu. »Ich sehne mich danach, dich zu schmecken.«

Simon knurrte, und sein Kopf fiel zurück auf das Kissen, als Kara seinen Schwanz in den Mund nahm und ihre Zunge die bauchige Eichel umfuhr.

»Du bringst mich um«, keuchte er heftig, als ihr Mund immer mehr von ihm aufnahm. *Nur mit Genuss, mein Großer.*

Sie nahm so viel sie konnte von seiner erheblichen Länge in ihren Mund und schloss die Lippen um ihn, sog heftig mit sich auf und ab bewegendem Kopf, als sie ihn verschlang. Simon hob die Hüften, schob sich ihrem Mund entgegen, wenn sie ihren Kopf für jeden Stoß senkte. Kara blickte kurz auf, sah, wie sich seine Muskeln anspannten und seine Fäuste die Fesseln umklammerten. In diesem Moment sah Simon wunderschön aus in seiner Leidenschaft, in dem völligen Verlust der Kontrolle und mit einem vor Ekstase verzerrten Gesicht.

»Verdammt, Kara. Liebling. Ahhh … Gott! Jaaa!«

Er rief ununterbrochen zusammenhanglose Worte, während Kara sich schneller und heftiger bewegte. Sein Körper war schweißbedeckt, als er explodierte und sich in ihren Mund ergoss, so heiß, so befriedigend, dass auch Kara um seinen Schwanz herum stöhnte, als sie seinen Samen schluckte. Nachdem sie jeden Tropfen aufgeleckt hatte, schob sie sich über seinen Körper und küsste ihn, ließ ihn sich selbst und eine Spur der süßen Sahne kosten, als sie ihn umarmte.

Schließlich riss er seine Lippen von ihren. »Rasierte Muschi. Jetzt.« Er zerrte an seinen Fesseln und sein verzweifelter Gesichtsausdruck zeigte, dass er befreit werden wollte.

Ja. Es war an der Zeit, ihren Neandertaler zu befreien. »Hilf mir.« Sie hatte keine Ahnung, wie sie ihn freibekam.

Simon gab ihr knappe Anweisungen und endlich hatte sie seine Hände befreit. Er setzte sich auf und entfernte selbst die Fesseln an seinen Füßen.

In Nullkommanichts war er auf ihr, schwitzend, noch immer keuchend und völlig außer Kontrolle. Mein Gott, wie sehr sie ihn liebte. Alpha-Simon war auf der Jagd und wahnsinnig sexy.

Er zerrte an ihren Dessous, zerpflückte Top und Höschen mit wenigen Handgriffen, zerstörte das ganze Ensemble. Kara seufzte, bewunderte seine brutale Stärke, die Leichtigkeit, mit der er sie entblößte. Schon vor langer Zeit hatte sie es aufgegeben, ihn für das Zerfetzen ihrer Dessous zu schelten. Er würde ihr später neue kaufen. Und zu sehen, wie er vor Leidenschaft völlig wahnsinnig wurde, war es das wert. Wie immer, ging er mit ihrer Kleidung grob um, jedoch ohne Kara zu verletzen.

»Mein Gott, du bist so verdammt schön«, keuchte er, als er ihre rasierte Muschi enthüllte. »Zeit für Rache. Du willst spielen, kleines Mädchen, also musst du bezahlen.«

Kara war mehr als bereit für Simons Art von Bestrafung, die Art, die sie atemlos, bettelnd und stöhnend zurücklassen würde. Als seine Finger ihre geschwollenen, empfindlichen Brustwarzen nachfuhren, stöhnte sie. Sie war so, so bereit.

»Bitte, Simon.«

»Bitte was? Was möchtest du?«, fragte er barsch.

»Fick mich. Bitte.«

»Ich glaube kaum. Ich habe auch Heißhunger. Mir gelüstet nach flüssiger Sahne. Bist du feucht für mich, Liebling?«

Feucht? Verdammt ... sie war mehr als feucht. »Ja.«

Kara schob ihre Hüften vor, doch sie konnte seinen felsenähnlichen Körper nicht bewegen. Seine feuchte Haut lag auf ihrer, aber er stützte sich mit den Armen ab und hielt somit einen Großteil seines Gewichts von ihr fern. Kara sah auf in seine wilden, intensiven, dunklen Augen, und ihr Körper schrie danach, von ihm in Besitz genommen zu werden. »Du wirst für mich kommen, während ich von *dir* koste.« Seine Stimme war heiser, und er vergrub sein Gesicht in ihren Haaren. Sanft biss er in ihren Hals, bevor er seinen Weg hinunter zu ihren Brüsten leckte.

Kara stöhnte, als er mit der Zunge ihre Brüste umfuhr, von der einen zur anderen wechselte und so tat, als hätte er alle Zeit der Welt, um jeder empfindsamen Brustwarze zu huldigen. Ihr Inneres zog sich zusammen, als er sich weiter zu ihrem Bauch bewegte, stoppte, um mit seiner Zunge in ihren Bauchnabel zu fahren und feuchte, heiße Küsse auf ihrem Bauch zu verteilen. Endlich, kurz bevor sie bereit war, frustriert seinen Namen herauszuschreien, spreizte er ihre Schenkel. Als sein warmer Atem auf ihre nackte Muschi traf, zitterte Kara.

»Ich kann schon deine Erregung riechen, sehen, wie feucht du bist«, knurrte er und ließ seine Finger über die nackte Haut wandern.

Kara warf den Kopf hin und her und musste dringend seinen Mund auf ihr spüren. »Bitte, Simon. Ich brauche dich.«

Sein Finger fuhr entlang der feuchten Schamlippen, drang langsam tiefer ein. »So etwa?«, fragte er in forderndem Ton.

»Mehr«, bettelte sie, kurz davor, den Verstand zu verlieren, wenn er sie nicht sofort befriedigen würde.

»So?« Er umfuhr ihre Klitoris, und sein Finger glitt durch ihre glitschige Öffnung.

»Mehr! Verdammt! Mehr!« Sie drehte durch, ihr Körper bettelte ihn an.

»So?« Sein Mund schloss sich um ihr Geschlecht, und seine Zunge leckte begierig den Ort ihrer Erregung, verschlang sie. Oh Gott! Ja! Ja! Ja! Ihre Hüften hoben sich, wollten, dass seine Zunge noch tiefer, noch schneller eindrang. Simon spreizte ihre Schamlippen mit seinen Daumen und vergrub mit einem gequälten, widerhallenden Laut sein Gesicht in ihrer Muschi, verschlang sie wie ein Verhungernder und ließ seine Zunge schonungslos über ihre Klitoris schnellen, verzehrte sie ganz und gar.

»Ja! Bitte, Simon! Ich muss kommen!« Sie griff nach seinem Kopf, wühlte mit ihren Fingern durch seine Haare und stöhnte, als sie ihn zu sich zog und ihre Hüften schwang, während er ihr mit seinem glühend heißen Mund Vergnügen bereitete.

Simon stöhnte gegen ihr Geschlecht, und die Schwingungen schoben sie langsam in Richtung Wahnsinn. Leckend beförderte er sie in einen Orgasmus, der sie mit brennendem Körper in den Abgrund stürzte und sie verschlang.

Fast schluchzend vor Erleichterung schrie Kara seinen Namen, und Wogen der Lust schlugen eine nach der anderen über ihr zusammen. Nachdem Simon mit seinem begnadeten Mund auch das letzte bisschen Lust aus Kara herausgesogen hatte, streifte er seine Boxershorts ab und krabbelte zu ihr hinauf. Kara öffnete die Augen und sah den Mann, den sie liebte, mit all seinen Fehlern und Macken, genau wie sie ihn mochte. Genau wie sie ihn liebte.

Ihr Körper war gesättigt, doch das Bedürfnis, sich mit ihm zu vereinigen, fast unerträglich. »Fick mich, Simon. Jetzt.« Seine Erektion ragte gegen ihr noch immer bebendes Geschlecht.

»Du gehörst mir«, sagte er barsch. »Du wirst immer mir gehören.«

»Ja. Immer.«

Simon platzierte seinen harten Schwanz vor dem Eingang zu Karas bettelnder Scheide und drang mit einem harten Stoß, der ihr den Atem nahm, in sie ein. Er füllte sie aus, vervollständigte sie, und sie schlang ihre Beine um seine Taille und ihre Arme um seinen Hals, um ihm so nahe wie irgend möglich zu sein.

Simons Mund bedeckte ihren, durchflutete ihren gesamten Körper mit Leidenschaft und brachte sie an einen Ort, an dem nur sie und Simon existierten. Sein Schwanz hämmerte auf sie ein, wurde von Simon fast vollständig herausgezogen, bevor er wieder in sie stieß und Kara die explosive Paarung umfing. Er erhob seinen Anspruch auf sie, und sie wollte, dass er das tat.

Simon riss seinen Mund von ihrem und stöhnte: »Sag mir, dass du mir gehörst. Ich brauche dich. Ich liebe dich. Du wirst mich niemals verlassen.«

»Ich werde immer dir gehören, Simon. Nichts wird uns auseinanderbringen. Ich liebe dich.« Ihr keuchendes Bekenntnis war kaum über ihre Lippen gekommen, da spürte sie, wie sich ihr Orgasmus aufbaute. Sie verstärkte den Druck ihrer Beine um seine Taille, kam seinen kräftigen Stößen entgegen, und ihre schweißbedeckten Körper verschmolzen nahtlos miteinander.

Kara zerriss es, ihr Körper zitterte, und ihre Scheide kontrahierte, während sich ihre Nägel in Simons Rücken krallten. Sie schrie seinen Namen, schwang ihren glühenden Körper in seinen, molk seinen Schwanz, als ihr Orgasmus den Gipfel erklommen hatte und sie langsam wieder zurück auf die Erde kommen ließ.

»Verdammt! Kara! Kara!« Simon kam und sein explosionsartiger Orgasmus flutete ihren Leib. Er rollte sofort von ihr, packte sie und zog sie in seine schützenden Arme. Seine Brust hob und senkte sich, als er hervorstieß: »Habe ich dir wehgetan?«

Kara schüttelte den Kopf. Ihr Körper bebte noch immer. »Nein«, flüsterte sie außer Atem. »Du hast mir genau das gegeben, was ich brauchte.«

Ihr Bedürfnis befriedigt, küsste Kara Simons Stirn, bevor sie ihr Gesicht an seinem Hals vergrub und wieder zu Sinnen zu kommen versuchte. Irgendwie schien Simon immer zu wissen, was sie brauchte. Heute, an ihrem zweiten gemeinsamen Valentinstag, hatte er ihr seine grenzenlose Leidenschaft und tiefe, bedingungslose Liebe gegeben. Ganz sicher hätte er sich nicht fesseln lassen müssen, um ihr irgendetwas zu beweisen, aber allein die Tatsache, dass er gewillt gewesen war, sich ihr völlig auszuliefern, bewegte sie zutiefst.

Kara seufzte, sie fragte sich, wie sie je solch ein Glück gehabt haben konnte, über einen Mann wie Simon gestolpert zu sein, einen Mann, dem sie alles überlassen konnte, einen Mann, der immer auf ihre Liebe, ihr Vertrauen und ihre Seele aufpassen würde.

»Ich liebe dich. Schönen Valentinstag«, flüsterte sie an seinem Hals.

»Schönen Valentinstag, Liebling. Ich werde dich immer lieben«, murmelte Simon an ihrer Schulter und hielt seine Arme schützend und besitzergreifend um sie geschlungen. Welchen Herausforderungen sie und Simon auch begegnen mochten, sie würden sie gemeinsam meistern.

»Ich werde immer dir gehören«, versprach sie ihm leise, schläfrig.

»Ich weiß, Süße. Ich bin der glücklichste Mistkerl auf der Welt«, murmelte Simon.

Kara schlief mit einem Lächeln auf den Lippen und dem beruhigenden Wissen ein, dass sie eine Liebe gefunden hatte, die für immer halten würde. Für eine Frau, die einmal ganz allein auf der Welt gewesen war, war es das beste Valentinsgeschenk, das sie bekommen konnte.

Epilog

Maddie blätterte die Seite des Buches auf ihrem Schoß um und fragte sich, warum sie nicht aufgab und ins Bett ging. Eigentlich nahm sie die geschriebenen Worte gar nicht mehr richtig auf.

»Verdammt«, flüsterte sie, schlug das Buch zu und legte es auf den Tisch neben dem Sofa. Eigentlich wollte sie nicht ins Bett gehen. Dort würde sie nur wieder an ihr Zusammentreffen mit Sam denken und sich mit den Erinnerungen an den glühend heißen Kuss am frühen Abend quälen.

Sie schnappte sich die Fernbedienung vom Tisch, schaltete mit einem Knopfdruck den Fernseher ein und hoffte, dass sie ihre Gedanken mit den Zehn-Uhr-Nachrichten ausblenden konnte. Gerade als der Nachrichtensprecher das Neueste vom Tage berichten wollte, klingelte es an ihrer Haustür.

Wer zum Teufel konnte das sein? Sie hatte keine richtige Familie, und keiner ihrer Freunde würde um diese Zeit noch bei ihr klingeln, es sei denn, es wäre ein Notfall. Maddie sprang auf die Füße und rannte mit klopfendem Herzen zur Tür. Ein Blick durch den Spion, und sie sah einen Mann in Uniform, in einer Hudson-Sicherheitsdienstuniform.

»Wer ist da und was wollen Sie?«, rief sie laut durch die Tür.

»Eine besondere Valentinstagslieferung für Doktor Reynolds«, rief der Mann zurück.

»Stellen Sie sie vor die Tür und gehen Sie.« Maddie würde auf keinen Fall die Tür öffnen, auch wenn der Mann offensichtlich von Hudson war.

»Ich verstehe, Ma'am. Ich lasse es hier vor der Haustür stehen.« Der uniformierte Mann bückte sich kurz, richtete sich wieder auf und ging.

Maddie öffnete die Tür einen Spalt, ließ jedoch die Sicherheitskette vorgelegt. Sie sah, wie der Mann in seinen Transporter stieg und davonfuhr. Nachdem sie die Tür wieder zugezogen und die Kette entfernt hatte, öffnete sie die Tür erneut und traute ihren Augen nicht.

Vor der Tür stand der unglaublichste Strauß roter Rosen, den sie je gesehen hatte. Es waren mehrere Dutzend, zu viele, als dass sie sie in ihrem verblüfften Zustand hätte zählen können. Maddie hob die schwere, stabile Vase, die aus Kristall zu sein schien, hoch und schleppte die Rosen zu ihrem Esstisch. Nachdem sie die Vase in die Mitte der runden Eichenholzplatte gestellt hatte, zog sie die Karte aus der Mitte des Straußes.

Sie setzte sich, denn ihre zitternden Knie trugen kaum ihre Beine. Die Karte war klein und der winzige Umschlag mit Herzen und einem niedlichen, kleinen Amor in der Ecke verziert. Das Einzige, was darauf stand, war ihr Name. Sie öffnete den Umschlag mit zitternden Fingern und zog die Grußkarte heraus. In einer Handschrift, die sie noch immer wiedererkannte, standen dort nur vier Worte.

Es tut mir leid.

Keine Unterschrift, keine anderen Hinweise auf den Absender. Maddie ließ Umschlag und Karte auf den Tisch fallen, vergrub ihr Gesicht in den Händen und weinte.

Zeitfracht Medien GmbH
Ferdinand-Jühlke-Straße 7
99095 Erfurt, Deutschland
produktsicherheit@kolibri360.de

Druck:
CPI Druckdienstleistungen GmbH
im Auftrag der
Zeitfracht Medien GmbH
Ein Unternehmen der Zeitfracht - Gruppe
Ferdinand-Jühlke-Str. 7
99095 Erfurt